W0329837

Cătălin Mihuleac

OXENBERG & BERNSTEIN

Roman

Aus dem Rumänischen
von Ernest Wichner

Paul Zsolnay Verlag

Die Originalausgabe erschien erstmals 2014 unter dem Titel
America de peste pogrom im Verlag Polirom, Bukarest.

Die Herausgabe dieses Werks wurde gefördert durch TRADUKI, ein literarisches Netzwerk, dem das Bundesministerium für Europa, Integration und Äußeres der Republik Österreich, das Auswärtige Amt der Bundesrepublik Deutschland, die Schweizer Kulturstiftung Pro Helvetia, KulturKontakt Austria (im Auftrag des Bundeskanzleramts der Republik Österreich), das Goethe-Institut, die Slowenische Buchagentur JAK, das Ministerium für Kultur der Republik Kroatien, das Ressort Kultur der Regierung des Fürstentums Liechtenstein, die Kulturstiftung Liechtenstein, das Ministerium für Kultur der Republik Albanien, das Ministerium für Kultur und Information der Republik Serbien, das Ministerium für Kultur der Republik Rumänien, das Ministerium für Kultur von Montenegro, die Leipziger Buchmesse und die S. Fischer Stiftung angehören.

traduki

Dieses Buch erscheint mit Unterstützung des Programms TPS
des Rumänischen Kulturinstituts in Bukarest.

INSTITUTUL CULTURAL ROMÂN

Der Autor dankt dem MuseumsQuartier Wien.

1. Auflage 2018

ISBN 978-3-552-05883-5
© 2014 by Editura POLIROM
Alle Rechte der deutschsprachigen Ausgabe
© Paul Zsolnay Verlag Wien 2018
Satz: Eva Kaltenbrunner-Dorfinger, Wien
Autorenfoto: privat/Paul Zsolnay Verlag
Umschlag: Anzinger und Rasp, München. Motiv: © Thomas Danthony
Druck und Bindung: CPI books GmbH, Leck
Printed in Germany

FSC www.fsc.org
MIX
Papier aus verantwortungsvollen Quellen
FSC® C083411

In Erinnerung an die Opfer des Pogroms vom
Juni 1941 in Iași, verbunden mit der Hoffnung, dass,
wer durch diese Seiten wandert, an den damals
stattgefundenen Schrecken denkt und alles in seiner
Macht Stehende unternimmt, damit sich solch
ein Geschehen niemals wiederholt.

Suzy Bernstein & Cătălin Mihuleac

PROLOG

Amerika reinigt. Amerika faltet zusammen. Amerika verpackt. Amerika spendet. Wohltätige Organisationen warten auf die Gaben. Das Rote Kreuz, die Heilsarmee, Planet Aid, Goodwill. Was sie einsammeln, erdrückt sie beinahe. Sie übernehmen, was sie von den amerikanischen Bürgern kriegen. Sie laden die Container voll und verkaufen es weiter. Es gibt Wohltätigkeitsgesellschaften, denen geht es allein um den Dollar. Seit dem Jahr 2000 arbeiten sie auch mit der kleinen Firma meiner Familie Bernstein Vintage Ltd. zusammen.

Für ihre Sozialprogramme benötigen sie Geld. Für die Alkoholiker, die *homeless*, die ehemaligen Strafgefangenen, für die Kriegsveteranen. Zu deren Gunsten wird Geld gesammelt. Amerika bemüht sich, sie zu rehabilitieren und wieder zu integrieren. Das kostet pro Person etwa 40.000 Dollar. Das ist viel Geld, kein Spaß. Und selbst dann kann niemand dafür die Hand ins Feuer legen, dass das Programm erfolgreich verläuft. Aber versucht wird es.

Wir führen streng Buch. Haben große Register, Bücher mit Quittungen, Bestandslisten und Verzeichnisse. Haben Ablagen. Alles wird schwarz auf weiß festgehalten. Wir kaufen monatlich fünfzig bis sechzig Container mit gespendeter Ware. 45 spanischsprachige Angestellte wissen vor Arbeit nicht mehr, wo ihnen der Kopf steht. Sie entladen, sortieren, packen in Kisten. Fünfzig Stunden die Woche. Sie arbeiten, arbeiten, arbeiten. Währenddessen pfeifen und singen sie. Wir erlauben es ihnen, wir sind human. Nicht wie der Antisemit Henry Ford, der Ahnherr der Automobilindustrie. Er hat seinen Arbeitern nicht erlaubt, zu pfeifen und zu singen.

Wir sortieren die Ware. Kleidung zu Kleidung, Schuhe zu den Schuhen. Die Samsonite-Koffer und die Nichtsamsonite-Koffer finden ihre Paare. Elektronik, Bücher, Vinylplatten. Sessel, Gabeln, Gemälde, Möbelstücke, Skier, Krücken, Rollstühle und Fahrräder. Was es auch immer sei. Die *Vintage*-Ware wandert in eine besondere Abteilung. Die *Vintage*-Ware ist der Star. Ihr gebührt die Business Class.

Von hier aus reisen die Kleider und die anderen Gegenstände weiter. Die Säcke werden in Container verladen, um sich auf den Weg zu den *Second-hand*-Kunden zu machen. Ein Container fasst zehn Tonnen. Die Kunden befinden sich in Lateinamerika, in Afrika und in Asien. In West-, aber insbesondere in Osteuropa. Jeder Weiler mit seinen eigenen Bräuchen. In Holland will man die alten Vinylplatten haben sowie alles, was sehr amerikanisch ist. Angefangen mit Levi's Jeans. Japan will nur *Vintage*-Ware. Die Japaner sind süß, so süß, wie sie eben sein können als Japaner. Länder wie Rumänien bestehen darauf, dass aus den USA stammende Waren ausgeräuchert werden. Die armen Schlucker sind rührend. Rumänien fürchtet sich vor amerikanischen Furunkeln. Wir bringen das Zeug zu einer auf Ausräucherungen spezialisierten Firma. Vorsicht, die Containerklappen werden geöffnet! Ein paar Gastabletten werden hineingeworfen. Sie explodieren ohne sonderliche Wirkungskraft. Vorsicht, die Klappen werden geschlossen! Für 24 Stunden. Dann werden sie wieder geöffnet. Für weitere 24 Stunden. Und wieder geschlossen. Wir bringen ein Siegel an, und basta. Die Ware ist desinfiziert und insektenfrei. Haben die Katze am Schwanz gezogen.

Der Amerikaner spendet, weil er ein gutes Herz hat. Und weil ihm dafür jährlich fünfhundert Dollar Steuerermäßigung gewährt werden. Der Amerikaner kauft, hat aber keinen Platz mehr in den Regalen. Er muss Sachen wegwerfen, um noch mehr kaufen zu können. Er schaut in den Schrank und sagt *fuck*. Was für ein *boring* Pullover. Und dieses Kleid, was will es uns sagen? Ob es noch von der früheren Frau hier hängt? Frauen hinterlassen Spuren. Zu Goodwill oder zum Roten Kreuz damit.

Alkoholiker, Drogensüchtige, *homeless*, Kriegsveteranen. Hängen auf der Straße herum und warten darauf, dass man sie wieder integriert. Ohne Firmen wie unsere könnten sie lange darauf warten. Ich sage zu meinen Kindern: Seid nett zum Drogenabhängigen, zum Veteranen und dem *homeless.* Sie ernähren uns. Sie haben uns die Autos gekauft. Die Drogenabhängigen und die *homeless* zahlen für unseren Lexus. Sie bezahlen unseren Urlaub in Europa. Sie werden eure Uni-Gebühren tragen. Ohne sie hätten wir ein schweres Leben. Wie sie.

Hin und wieder gehen wir hinaus auf die Straße und mischen uns unter sie. Bringen ihnen Kleidung und Zigaretten. Über Bens Schreibtisch hängt ein gerahmtes Foto. Ein *homeless* dankt ihm für die erhaltenen Kleider. Er hat einen Fes auf dem Kopf und im Mund eine Zigarette. Ben lächelt charmant in die Kamera. Ben ist mein Mann. Er hätte auch der Mann einer anderen Frau sein können. Aber er ist mein Mann. Ich werde erzählen, wie das gekommen ist. Ich werde ganz gemächlich loslegen.

Amerika stiftet. Wenn dem nicht so wäre, würde dieses Buch nicht geschrieben werden.

Warum habe ich Cătălin Mihuleac dazu bestimmt, diesen Zeilen eine einigermaßen literarische Form zu verleihen? Weil er als Einziger auf der Liste der rumänischen Schriftsteller, die mir zur Verfügung gestellt wurde, bereit war, ohne die Vermittlung eines Literaturagenten mit mir zu sprechen. Ehrlich gesagt, glaube ich ja gar nicht, dass er es sich leisten kann, einen Literaturagenten zu bezahlen. Aber das ist schon ein anderes Paar Schuh. An ihm habe ich noch geschätzt, dass er keinen Bauch hat. Auf den nun folgenden Seiten werden Sie sehen, warum ich kein Vertrauen in einen dickbäuchigen Künstler haben kann.

Er hatte eine zweifache Aufgabe. Zuerst einmal musste er die von mir geschriebenen Seiten einigermaßen ziselieren. Ohne ihnen den buchhalterischen Stil auszutreiben, der für mich steht. Und zum Zweiten hatte er meine Geschichte so mit einer anderen Geschichte zu verflechten, dass die Spannung des Buches erhalten bleibt. Jene andere Geschichte habe ich als fertige Geschichte geschenkt bekommen, Sie werden sehen, wann und wie. Schließlich habe ich ihm erlaubt, das Werk mit seinem Namen zu versehen. Damit er sein Ego befriedigen kann, gewiss, in seiner Zunft, aber auch zu meinem Schutz. Ich mag, in einem Dschungel, den ich nicht kenne, kein Risiko eingehen.

Es versteht sich von selbst, dass ich nicht wissen kann, in welchem Maße sich mein auserwählter Literat seiner Pflicht entledigt hat. Ich weiß nicht einmal, inwieweit mein Roman *catchy* ist. Ich gestehe, dass es zwischen mir und dem Autor Momente solcher Angespanntheit gegeben hat, dass vereinzelt auch Vorwürfe und Kündigungsdrohungen geäußert wurden. Auch hat es etliche schwerwiegende Wortwechsel gegeben, die ich nunmehr stillschweigend auf sich beruhen lassen will. Ich betrachte die Dinge aus dem Blickwinkel der Geschäftsfrau und will gerne glauben, dass die zwischen uns entstandene Spannung konstruktiv war und beiden Seiten zum Besten ausgeschlagen ist.

Ich beschließe diese Vorbemerkung nicht, ohne Ihnen meinen intimsten Wunsch mitgeteilt zu haben. Meine Hoffnung, dass ich nach der Lektüre dieser Seiten zu Ihren Seelenfreundinnen zähle.

Suzy Bernstein
Washington, D.C.

ERSTER TEIL

Bernstein ist ein gelber Edelstein

Jacques Oxenberg, der Gynäkologe
mit den Beethoven-Fingern

1

Den Morgen, an dem der erste Buchstabe meines amerikanischen Schicksals niedergeschrieben wurde, habe ich klar vor Augen. Ich sehe ihn ganz deutlich.

Ich bin 33 Jahre alt, habe einen Wecker, der um sieben Uhr morgens klingelt, und ein Doppelbett. In dem schlafe ich allein. Das Bett ist die einzige Übertreibung in meinem mir recht eng um den Leib sitzenden Wohnraum.

Ich bereite mich auf die Arbeit vor. Bin Buchhalterin im Kaufhaus Moldova. Das Ritual dehnt die Augenblicke. Einmal an der Kaffeetasse geschlürft, zwei Schminkstriche. Die Brotscheiben, die Kashkaval-Scheibe und das Salatblatt verbrüdern sich im Mittagspausen-Sandwich. Das Telefon klingelt. Wie gestern, als ich 25 wurde. Wie morgen, wenn ich 39 werde. Um diese Uhrzeit ruft bloß Mutter an. Mich süß zu küssen. Was wir nur noch am Telefon tun.

Man sieht, dass heute nicht gestern ist. Heute ist heute, und am Telefon ist nicht Mutter. Sondern der Chef. Herr Finkelstein ruft nicht an, um zu küssen. Er ist Jude und küsst nicht unentgeltlich.

Sânziana, heute kommst du nicht ins Büro, machst Außendienst.

Und was mache ich mit dem Salatblatt?

Das verrechnen wir. Heute hast du deinen Kulturtag.

Und wer verrechnet mir den Arbeitstag?

Ebenfalls ich. Gehst, den »rumänischen Mark Twain« besichtigen. Dienstauftrag.

Das nenne ich ein Geschäft. Und wo finde ich unseren Mark Twain?

Ich rede von Ion Creangă. Den triffst du zu Hause an. In seinem Museum.

Ich war seit der zehnten Klasse in keinem Museum mehr. Öffnen die Museen nicht erst um zehn Uhr?

Ja, so kommst du zu ein wenig Kultur. Bis dahin kannst du dich schönmachen. Wirst zwei amerikanische Juden begleiten. Mutter und Sohn.

Es ist schön, den Sohn ins Museum zu führen.

Der Sohn ist fünfzig Jahre alt.

Umso schöner. Und die Mutter?

Die Mutter ist etwas älter, aber du tust so, als merktest du's nicht. Sie wollen hier ein Geschäft eröffnen.

Wir dienen dem Vaterland!

Ich rechne mit deinem Englisch, meine Liebe, sonst hätte ich jemand anderen darum gebeten. Mutter und Sohn können keinen Pieps einer anderen Sprache.

Nicht einmal Rumänisch?

Vielleicht nur Jiddisch.

Ich hab entschuldigt gefehlt, als in den ersten Schulklassen Jiddisch unterrichtet wurde.

Komm auf den Geschäftsparkplatz. Der Pförtner wird dir die Schlüssel für den Volvo geben.

Den Volvo fährt nur der Direktor. Sagen Sie mir bloß nicht, dass man mich zur Direktorin ernennen wird.

Ich sage nichts dergleichen. Du holst die Amerikaner am Hotel Unirea ab. Nach dem Museum geht ihr ins Restaurant.

Ich hoffe, der fünfzigjährige Knabe wird mich nicht zum Tanz auffordern. Sie wissen, dass ich nicht tanzen kann.

Wenn er dich darum bittet, tanzt du. Dienstpflicht.

Ich weiß, die nationalen Interessen stehen auf dem Spiel. Gestatten Sie, dass ich seufze?

Nein. Du wirst dich auch morgen und übermorgen um sie kümmern.

Mein Samstag, mein Sonntag ... Sie treten meine freien Tage mit den Füßen.

Ich bezahle sie dir zusätzlich.

Gehen die braven Juden samstags nicht in die Synagoge?

Wenn sie in die Synagoge wollen, führst du sie in die Synagoge. Was für eine Zahnpaste benutzt du?

Herr Finkelstein, ich glaube nicht, dass Sie solche Details ...

Welche auch immer es sein mag, wirb für sie! Lächle sie mit allen deinen strahlenden Zähnen an. Sei anschmiegsam, erobere die Amerikaner! Das ist Dienstpflicht.

An der Rezeption des Hotels Unirea sagt man mir, ich solle hinaufgehen. Zehntes Stockwerk, klopf-klopf. Keine Antwort. Ich öffne die Tür. Wasserrauschen verrät einen Körper unter der Dusche. Amerikaner mit rumänischer Pünktlichkeit. Jetzt könnten sie geduscht haben.

Da bemerke ich eine Silhouette am Fenster. Sie schaut hinunter, von hier oben auf die Stadt, ein Gewebe wie eine moldauisch gestickte Bluse. Sie wendet sich unerwartet um und misst mich mit zwei wie vom Weinen geröteten Augen. Sie mag sich mit ihrem Sohn gestritten haben oder an Bindehautentzündung leiden. Sie verbirgt ihre Verlegenheit mit einem kurzen Räuspern.

Du bist unsere Stadtführerin, nicht?! Ben, nun komm endlich unter der verdammten Dusche hervor!

Sie reicht mir die armbandumringte Hand.

Dora Bernstein. Nenne mich Dora.

Sânziana Stipiuc. Nennen Sie mich Sânziana.

Okay, Suzy.

Beiges Kostüm, Schuhe für anstrengende Touren. Collier, Ohrringe und Ring. Ein paar Swarowski-Schwäne gleiten über den weißgoldenen Teich. Dicke Lippen, große Rougeverschlinger mit permanent ironischem Lächeln. Feine, langgestreckte

Nase, Gesichtswächter. Kurze, viel zu blonde Haare, als dass sie echt sein könnten.

Ah, diese Sorte alter Frauen! Die glauben, kurzgeschnittene blondierte Haare verjüngten sie. Im Gegenteil. Der gleiche Effekt wie bei kurzbeinigen Frauen, die auf hohen Absätzen einherstaksen. Je höher die Absätze ausfallen, desto gedrungener erscheinen die darauf Herumlaufenden.

Ben erbarmt sich und kommt aus dem Bad. Nicht mit umgeschlagenem Handtuch, wie ich es erwartet hatte. Weiße Jeans, blaues Hemd mit einem Samtkrägelchen. An den Füßen Markentreter. Auf der Nase eine Ray-Ban-Brille. Im Bad wird die Sonne scheinen. Wie auch immer, der Kerl ist stark. Mit amerikanischem Charme ausgestattet. Schade nur, dass er sich das Haar rötlich gefärbt hat. Gewiss, man sagt, die Kinder ahmten ihre Eltern nach. Seine Mutter färbt sich die Haare, hoppla, er auch! Männer mit gefärbten Haaren sind rührender als gefärbte alte Frauen.

Ben, Fräulein Suzy ist unsere Stadtführerin.

Ich bin glücklich, dich kennenzulernen, Suzy.

Er riecht so gut, dass ich erst im Fahrstuhl seine Nase erblicke. Ein Trumm von einer Kartoffel. Ein Kartoffeltrumm, das auf Mayonnaise wartet.

Mutter, mach mir ein Foto mit Miss Suzy!

Er ist spontan böse. Packt mich von hinten an den Schultern. Ich hoffe, man kann auf dem Foto meinen rasenden Puls nicht erkennen. Rechtzeitig erinnere ich mich daran, dass ich für meine Zahnpaste werben muss. Ich lächle mit allen Zähnen. Es ist nicht mein Lächeln.

Ich hatte beim Republica-Kino geparkt. Ich öffne die hintere Tür und biete der alten Bernstein einen Platz an. Das Kind kommt nach vorne zu mir. Es möchte die Stadt besser sehen können. Oder meine Beine bewundern. Die Alte weist auf das Kino.

Was gibt es denn heute im Trianon-Kino?

Sie meinen im Republica-Kino.

Nein, im Trianon oder dem Gorki-Kino, wenn du das vorziehst.

Bist ganz schön vergreist, Madame. Bringst die Städte und ihre Kinos durcheinander. Von wegen Trianon. Und dann Gorki. Fahr nach Moskau, wenn dir der Sinn nach dem Gorki steht. Ich gebe mir nicht die Mühe zu antworten.

Los! Der rumänische Mark Twain erwartet uns mit frisch gegarten Kohlrouladen.

Ich ramme dem kräftigen Volvo die Sporen in die Seite, und das Sportröckchen entblößt mir das Knie. Es ist Freitag, der 29. Juni 2001, und ein besonderes Wochenende kündigt sich an. Ich erfülle eine dienstliche Aufgabe, bei der ich dem nationalen Interesse diene. Und dem persönlichen Interesse, warum nicht. Ich würde ganz gerne Amerika besuchen.

In Creangăs Museum interessiert sich Ben für die *Geschichte der Geschichten.* Eine kleine Huldigung an das Mannesorgan. Ich möchte das Thema wechseln, damit man mich nicht für vulgär hält. Er aber ist entflammt. Er hat einen Freund, der ist Produzent am Broadway, dem wird er davon erzählen. Daraus könnte ein vieldeutiges Stück entstehen, das jede Menge Geld einbringt. Dora schaut ihn angewidert an.

Willst du endlich aufhören mit diesen ekelhaften Dingen?

Wir reden von Geschäften, Mutter.

Dora möchte, dass ich sie neben dem Zuber fotografiere, in dem der »rumänische Mark Twain« gebadet hat. Gut, dass sie nicht nackt fotografiert werden will. Was für ein Einfall, eine Badewanne in Form eines Fasses. Auch sie wird sich solch eine Badewanne bestellen. Oder nein, sie wird diese Idee an eine Herstellerfirma verkaufen.

Ich habe den Eindruck, ich befinde mich nicht im Museum,

sondern auf einem Ideenmarkt. Jeder legt auf seinem Pult aus, was ihm einfällt.

Dora besteht darauf, mich mit Ben zu fotografieren. Wieder? Sie fordert uns auf, uns anzuschauen.

Jetzt Hand in Hand. Nicht so, sondern mit verflochtenen Fingern. Wusstest du, Suzy, dass die ersten »Shooting Girls« Jüdinnen waren? Ohne sie wäre die Kunstfotografie nicht sehr weit gekommen.

So erfahre ich also, dass die Kunstfotografie es weit gebracht hat. Weit auch über mich hinaus. Ich lass mich nicht gerne fotografieren.

Die Frau, wie sie verträumt an der Zigarette zieht, die Frau, wie sie die Katze streichelt, die Frau mit über die Wange gerecktem Zeigefinger ... Rauchst du nicht, Suzy?

Nein, aber ich hatte mal eine Katze. Und noch habe ich zwei Zeigefinger.

Mein Englisch macht sich ganz gut. Wenn ein Wort im Kolben stecken bleibt, hilft Ben ihm heraus.

Partner, nennt er mich.

Partner, antworte ich.

Zum Mittagessen gehen wir ins Restaurant Bolta Rece, wo ehedem der rumänische Mark Twain gezecht hat. Er kam mit seinem Freund hierher, dem Nationaldichter Eminescu.

Eminescu?

Nun ja, wie soll ich ihn nennen? Den »James Dean der rumänischen Poesie«.

Das Bolta Rece habe ich auf Empfehlung von Herrn Finkelstein ausgewählt. Die Köchin dort versteht es, Gefilte Fisch zuzubereiten. Die berühmten jüdischen Fischklößchen.

Im Lindenkeller in Wien konnte ich zwischen dem Schubert-Menü, dem Mozart- und dem Strauss-Menü wählen. Warst du schon einmal in Wien, Suzy?

Noch nicht, Dora.

Nimm dir die Zeit und fahr hin.

Danke für die Empfehlung, Ben. Ich werde mir gewiss mal die Zeit nehmen. Bisher war ich bloß in der Türkei.

Als Touristin?

Nein, Dora, eher geschäftlich.

Ist ganz gut, wenn man die Geschäfte mit dem Tourismus verbindet. Wie wir es tun.

Wir waren als Studenten in der Türkei. Ich hatte Höschen mit Herzen drauf gekauft, um sie im Heim zu verkaufen. Die Mädchen waren ganz verrückt nach der Verbindung Höschen-Herzchen. Das war das Geschäft. Der Weg zum Herzen führt durchs Höschen.

Ben führt einen Dialog mit den Klößchen. Dora schluckt die Fischkügelchen, als wären es Kugeln aus einem Kugellager. Als sie mich anspricht, bewundert sie die Schönheit der Luft über meinem Kopf. Vielleicht will sie ihre immer noch roten Augen schonen. Bestimmt hat sie eine Bindehautentzündung.

Ben geht auf die Toilette. Wie ein Paparazzo peile ich sein Gesäß an. Das Schönste am Mann. Die rechte Pobacke ist großartig. Etwas ausgebeulter. Dort sitzt sein Portemonnaie, darin die kleinen verzauberten Teppiche, die wie im Traum über den Ozean fliegen. Die Dollars. Und dort sitzt noch ein weiterer zauberhafter Teppich. Der Pass.

Als er zurückkehrt, reicht mir Ben eine Rosenknospe.

Werden in der Toilette Rosen gezogen, Ben?

Ein Mädchen verkauft sie, schau, dort. He, du bringst mich zum Lachen. Ich lache gerne. In Amerika kannst du es nur im Kino oder im Theater tun. Aber Jim Carrey und Adam Sandler langweilen mich mittlerweile.

Ja, gewiss, stimme ich ihm zu. Zwei Langweiler.

Ben, ich erlaube nicht, dass du über den amerikanischen Film lästerst. Du weißt, wie viel wir ihm verdanken.

Verzeih, Mutter!

Ich erhebe mich vom Tisch und kehre mit einer Rose für Dora zurück.

Danke, Suzy. Wenn eine Frau einer anderen Frau eine Rose schenkt, ist dies genauso traurig, als wenn sie Tango miteinander tanzten.

Dora steht plötzlich vom Tisch auf, wartet nicht mehr auf das Dessert. Ob sie meine Rose verärgert hat?

Ich möchte ein paar Schritte gehen. Nehme an, das Hotel ist nicht weit.

Etwa vierhundert Meter. Schauen Sie zum Himmel hoch, und Sie werden einen rumänischen Wolkenkratzer sehen. Das ist das Hotel.

Ich lasse euch allein. Wir sehen uns heute Abend.

Ben, ist mit ihr was nicht in Ordnung?

Ihr fehlt der Sport. In Washington, D.C. geht sie mit Madeleine Albright ins Fitnesstudio. Die hüpfen herum wie zwei schwarze Ziegen.

Hast du sie schon mal wie zwei schwarze Ziegen herumhüpfen gesehen?

Nein, aber so stelle ich sie mir vor. Mutter ist hüpfend geboren worden. Und Maddy kennst du ja.

Aus den Nachrichten.

Das reicht.

Ich fürchte, ich hab sie verärgert.

Weißt du, was Mutter zu mir sagt, wenn ich sie ärgere? Ben, ich kann es kaum erwarten, dass du in Rente gehst, dann kann ich an deiner Stelle jemanden anstellen, der jünger und energischer ist.

Im Bolta Rece verbringe ich die ersten beiden Stunden zu zweit mit Ben. Charmant, mit nicht verlöschendem Lächeln auf dem Kirschmund. Und einem Körper, der mich daran erinnert, dass ich seit drei Monaten mit keinem Kerl mehr zusammen war. Allein die gefärbten Haare stören, aber das ist auch gut so. Mit weißen Haaren würde er verheerend auf die Frauen wirken und mir jetzt nicht mehr den Hof machen.

Wie blöd kann man sein. Vielleicht wirbt er gar nicht um mich. Er ist vielleicht nur höflich zu so einer gewöhnlichen Rumänin. Er bewundert meine Kleider.

Du kleidest dich geschmackvoll.

Ich habe mein eigenes Modestudio.

Er ist ein Jagdhund, der sich soeben an einer Geruchskreuzung befindet. Weiß nicht, welche Richtung er einschlagen soll. Will sich für meinen Geruch entscheiden. Sei's drum, probeweise.

Als ich ihn zum Hotel begleite, ist es beinahe Abend. Die Rose in meiner Hand reckt sich zu meinen Nüstern, will gerochen werden. Aus einer der Seitengassen holen wir Dora ab. Sie bewegt sich gemächlich, kein bisschen beschwingt. Wirkt wie ihre eigene Mutter.

Dora, ich habe dir dein Kind gebracht.

Danke, hättest es noch behalten können. Ich hab hier irgendwo in einem Café einen Tee getrunken.

Diese Gassen habe etwas Romantisches.

Haben sie das Sidoli-Kino abgerissen?

Sidoli? Ich werde auf einem alten Stadtplan nachschauen.

Die Alte scheint besessen zu sein vom Kino. Über ihr Gesicht zieht ein Schauer mit elektrischen Entladungen, die das Gold ihrer Schmuckstücke angreifen. Die Swarowski-Schwäne ziehen sich in den Schilfrand zum Schlafen zurück. Sie beginnt mich zu ärgern. Niemals kann sie alle sieben grade sein lassen. Ich weiß wirklich nicht, ob das Land Investoren wie sie brauchen kann. Um ehrlich zu sein.

Wir werden uns frühmorgens am nächsten Tag wiedersehen. Dora möchte einen Abstecher in die Berge machen.

Ben, ich dachte, morgen wäre ein Synagogenbesuch vorgesehen. Schließlich ist Sabbath.

Hast du mal was vom »Pikuah Nefesh«-Prinzip gehört? Wenn es um die Rettung eines menschlichen Lebens geht, darf man die Synagoge links liegenlassen.

Wessen Leben muss gerettet werden?

Ich glaube, meines. Apropos, Mutter befindet sich auf halber Strecke zwischen Glauben und Atheismus. Rühr nicht daran. Wenn du davon zu sprechen beginnst, nimmt sie es möglicherweise als Angriff auf sie selbst.

Ich habe nicht im Sinn, sie anzugreifen, das tut sie schon selbst.

Wir werden unterwegs irgendwo essen und gegen Abend wieder zurück sein.

Ben reicht mir die Hand. Und ich hätte Lust, die Kartoffel mitten in seinem Gesicht herauszuschrauben, sie in der Röhre zu braten und aufzuessen. Mit ein bisschen zerlassener Butter.

Morgens um acht Uhr erwarten mich Mutter und Kind im Hotelfoyer. Sie tragen Sportkleidung, sind für den Ausflug gerüstet. Ben hat sich einen Pullover umgebunden, die Ärmel über der Brust verknotet. Er lächelt mir auf eine Weise zu, dass ich am liebsten meine Arme in seine Pulloverärmel steckte. Und sie ebenso verknotet auf seine Brust legte.

Doras Schwäne sind noch nicht erwacht. Sie sind im Zimmer geblieben, bei allem anderen Schmuck. Über den Jeans trägt die alte Dame eine dunkelblaue Bluse. Im Gesicht ein Lächeln mit veränderter Primzahl. Sie ist gut geschminkt, aber ich hoffe, es regnet nicht. Ich möchte nicht wissen, was für ein abstraktes Gemälde der Regen aus ihrer Schminke entstehen lassen könnte.

Ben setzt sich wieder auf den Beifahrersitz und streckt die Beine zu den Scheinwerfern. Durch die Jeans hindurch sieht man, wie seine Muskeln vibrieren, bevor sie ihre Ruheposition gefunden haben. Ich schalte mit zitternder Hand. Habe Angst, auch ihm einen Gang einzulegen.

Ich beschleunige und lege eine Johnny-Cash-CD ein. Amerikanischer geht's nicht mehr. Dora empört sich schon beim ersten Lied. Sie bittet, den Lärm auszuschalten und langsamer zu fahren. Ich schaue sie an, sie ist bleich. In Podu Iloaiei lässt sie mich anhalten. Sie möchte ein paar Schritte allein gehen. Und rennt wie verrückt zum Bahnhof.

Wo gehst du hin, Dora?

Ich will eine Flasche Wasser kaufen.

Wir haben hier im Auto welches.

Ben bedeutet mir, ich möge sie gewähren lassen.

Mach dir keine Gedanken über Mutter. Sie fühlt sich nicht ganz in ihrem Element.

Ich mache mir keine Gedanken. Ich bin nur sehr neugierig, welches ihr Element sein mag. Ob es ihr Element überhaupt gibt.

Als sie wieder zurück ist, erlaubt sie mir, Johnny Cash von der Leine zu lassen. Die Diktatorin ist milde geworden. Ben ist Cashs Souffleur: Er flüstert ihm den Text seiner Lieder zu, wie die Souffleuse im Theater: *I have been a rover …*

Das Lied ist wunderbar, aber ich würde lieber etwas anderes hören. Ich habe die *rover* satt. In der Bicaz-Klamm machen wir eine etwas längere Pause, damit ich mit der Natur der Heimat angeben kann. Und mit meinen Sandwichs mit Räucherlachs, Tomatenscheiben und einer Salatschleife um den Hals. Ich habe auch Sandwichs mit Käse und jungen Zwiebeln. Dora zieht ihre Kunststoffjacke über.

Gewaltig, dieser Berg, Suzy!

Als Wirtschaftlerin, die ich bin, habe ich eine Wechselstube vor Augen. In der die städtische Hitze in Kühle umgetauscht wird. Zum Tageskurs.

Sie lacht. Zeigt mir die hervorragende Zahntechnik, die jedes natürliche Gebiss in den Schatten stellt. Sie legt mir den Arm über die skulpturgleichen Schultern.

Komm, Ben, mach mir ein Foto mit dieser zuckersüßen Rumänin!

Die Zuckersüße bin ich. Sie bleibt ein Stück Sauer-Eingelegtes. Aber die amerikanische Variante davon. Schon befinden wir uns am Ufer des Roten Sees. Wir mieten uns ein Boot. Ben rudert und führt die Geschmeidigkeit seiner muskulösen Arme vor. Er spricht mit den Enten, die ganz scharf sind auf die Krümel von Doras Sandwich.

Im Restaurant spüre ich etwas Neues zwischen mir und Ben entstehen, bei dem Dora die Schiedsrichterin gibt. Eine ebenso unparteiische wie unsympathische Schiedsrichterin. Nach wie vor starrt sie in die wunderbare Luft über mir. Ich hoffe, sie will letztlich nicht auch noch Geld für die Fotos. Ich esse und lache. Esse.

Am Sonntag fahre ich Dora zum Besuch bei meinem Chef und ihrem Freund, Herrn Finkelstein. Ich habe nicht begriffen, woher sie einander kennen. Mir scheint, bei den Juden sind Kennenlernen und Geselligkeit ziemlich einfach.

Ben bleibt bei mir. Er will die Rosenbeete im Botanischen Garten gezeigt bekommen. Der Duft der Rosen entzückt ihn. Wie seine Mutter und Madame Albright in ihrem Gymnastiksaal hüpft er durch die unterschiedlichsten Rosensorten. Und spricht jeden Stängel mit »my friend« an.

Danach trinken wir noch einen Tee auf einer Kaffeehausterrasse in der Nähe. Er möchte mehr wissen über meine Kleiderkreationen. Ob, was ich gesagt habe, stimmt, dass ich mir meine Kleider selber entwerfe? Und ob ich sie etwa auch nähe?

Er drückt auf einen Knopf, auf den er besser nicht gedrückt hätte. Ich gerate in Trance. Rede von der rumänischen Kunst, sich durchzuwursteln, wenn man aus einer armen Familie kommt. Meiner Kunst.

Meine Kreationen? Ich erinnere mich an einen gestreiften Rock aus Jersey, den ich von meiner Tante bekommen hatte ... Daraus hab ich einen Minirock und eine Jacke gemacht. Ich sammelte alte Jeans. Daraus schneiderte ich eine Jacke, da wäre Clint Eastwood vor Neid geplatzt. Dann bin ich aus meiner Kleinstadt zum Studium hierhergekommen.

Hattest du dein eigenes Apartment?

Ich habe auf dem Campus gewohnt. Mitten auf dem Markt. Alle Mädchen konnten mich brauchen. Ich kaufte Uhrriemchen, applizierte sie an den Stiefeln und verlieh ihnen damit ein scharfes Design. Wenn die Stiefel nicht lang genug waren, verhalf ich ihnen über die Waden hinweg, indem ich die Ärmel alter Lederjacken zum Einsatz brachte.

Ben hört mir hingegeben zu.

Mit den Ösen der Chips- und Flockentüten ornamentierte ich Schuhe. Ohne diese Verzierungen hätten die Schuhe aus dem kommunistischen Handel wie Leichenschuhe ausgesehen. Kennst du Teodora Enache?

Der Name sagt mir was.

Du kennst sie nicht, woher auch? Sie ist eine Freundin von mir, eine berühmte Jazz-Sängerin, konzertiert auch bei euch in eurem Amerika. Ihre ersten Show-Schuhe habe ich entworfen. Ich hab Flüssigklebstoff draufgestrichen und die Splitter von zerstampften Weihnachtsbaumkugeln darübergestreut. Das Publikum starrte ihr bei ihrem Auftritt wie besessen auf die Schuhe.

Besessen?

Entrückt. Für die Diskothek hab ich Hosen mit Einblick am Bein geschneidert. Ich trennte sie von den Knien abwärts auf und fügte andersfarbige Stoffbänder ein. Und zwischen Knien und Knöchel entstand ein wunderbares »H«.

»H« von »Hello« und von »Hm«.

Aus einem wollenen Bauernsack von Großmutter hab ich eine sehr schicke Tunika geschneidert. Man schnürte sie an der Taille mit einem Lederriemen. Siehst du diese Tasche?

Hast du die in Mailand gekauft?

Ja, in Mailand hinterm Berg, Kreis Vaslui. Die hab ich aus einer Schweißerschürze gefertigt, die ich Onkel Vasile abgekauft hab.

Onkel Vasile ist ein großer Gerbermeister?

Onkel Vasile war ein genialer Schweißer. Er ist an Leberzirrhose gestorben.

Viele Genies sterben an Zirrhose. Große Komponisten, große Schriftsteller ...

... und eben auch große Schweißer. Die Lederreste hab ich nicht weggeworfen. Mit den verbliebenen Streifchen hab ich graue und grüne Pullover aus dem staatlichen Handel verziert. Die Streifen flossen von einer Schulter bis unter die Achsel gegenüber, eine Art Einladung zum Streicheln. Aus den kleineren Resten nähte ich Füllfederetuis oder Hussen für Tabaksdosen.

Also kannst du nähen.

Of course. Ich habe es über die Tschechow-Linie gelernt.

Ich dachte, Tschechow hat sich mit einem anderen *business* beschäftigt.

Frau Professor Palade, meine Freundin, übersetzt aus Tschechow. Sie hat eine Singer-Nähmaschine, die so um 1930 gebaut wurde. Daran hab ich es gelernt.

Oho, du kannst in russischer Sprache nähen! Wenn das nichts ist!

Auf dem Weg zum Auto schweigt Ben nachdenklich. Ob ich ihn mit meinem Gerede über die Kleider gelangweilt habe? Aber ich habe das Gefühl, ihn in der Hand zu haben. Dieses Gefühl, das jede Frau kennt, wenn sie Weib ist.

Ben, wie denkst du über Geschlechtsumwandlungen?

Nicht schlecht.

Ich habe an Männerhemden und -hosen Geschlechtsumwandlungen vorgenommen. Ich habe gekürzt und verlängert, habe immerzu geschneidert und umgeschneidert. Und die Ergebnisse meiner Arbeit hab ich an die Mädchen im Heim verkauft. Dies war meine außerschulische Jugend.

Sag mal, Suzy, warum haben die Mädchen sich ihre Kleidung nicht im Laden gekauft?

Was sie sich wünschten, gab es nicht in den Läden. Der Handel war von Scheußlichkeiten beherrscht. Wie ich schon sagte, ich wohnte mitten auf dem Markt, an der Stelle, wo der Bedarf am größten war. Ein studentischer Campus nahm sich aus unterschiedlichen Perspektiven wie ein Ghetto aus. Verstehst du, was ich sage.

Wenn ein Jude nicht versteht, was ein Ghetto ist, wer soll es dann verstehen!?

Auf diese Weise schlägt Ben mir vor, ich solle für sie arbeiten. Erst einmal muss ich nach Washington, D.C. reisen und drei Monate dortbleiben. Um mich vertraut zu machen mit den Unternehmungen der Firma Bernstein Vintage Ltd. Dora und ihr Ehemann Joe leiten sie. Das Sohnestrio bildet die zweite Ebene. Die Leutnants. Wenn wir uns handelseinig werden, habe ich mich um die Beziehungen mit Rumänien zu kümmern. Die dritte Ebene, die dritte Welt.

Er will mir nicht sagen, was es mit seinem *business* auf sich hat. Ich werde es an Ort und Stelle sehen.

Ben, wäre es nicht angebracht, dich mit Dora zu beraten? Was, wenn sie nicht einverstanden ist?

Es war ihre Idee, dich einzustellen. Sie hat gesagt, du bist die Richtige.

Und was mache ich, um an ein Einreisevisum für die USA zu gelangen? Dort liebt man die Rumänen wie Salz in den Augen.

Es wird alles für dich erledigt. Das Visum, das Flugticket, das Gehalt für die drei Probemonate ... Dora hat mit Herrn Finkelstein wegen eines unbezahlten Urlaubs für dich gesprochen.

Und wenn ich es nicht schaffe?

Wirst du auf deinen minderen, aber sicheren Job zurückkehren. Aber du wirst es schaffen. Wir werden langfristige Partner sein.

Ich schaue mit den Augen von Antoine Parmentier, des unternehmerisch begabten Apothekers, der aus der Kartoffel einen internationalen Star gemacht hat, auf die kleine Kartoffel mitten in dem Gesicht vis-à-vis.

Keep in touch, wie unsere dakischen Vorfahren zu sagen pflegten!

2

Wärme und Wohlstand der Familie beherbergen die kleine Golda wie ein Gewächshaus, in dem für alles gesorgt ist. Das Haus der Oxenbergs, im Zentrum der Stadt gelegen, ist hochgeachtet und wird stark beneidet. »Frieden und Harmonie« stünde auf dem Familienwappen, hätte man denn eines. Dienstfrau, Automobil, Skiurlaub in den österreichischen Alpen, die auf die Sommerferien an der Ostsee, im malerischen Warnemünde, folgen und die dort erlebten Freuden kompensieren ...

Die Mutter, Roza Oxenberg, hat ein Literaturstudium abgeschlossen und geht noch immer ihren beruflichen Bestrebungen nach, auch wenn sie den Papieren nach privatisiert. Sie hat ein Projekt, ein großes Projekt, an dem sie auf ganz eigene Weise festhält. Sie hat die Absicht, zusammen mit dem energischen Gelehrten Carol Drimmer eine *Anthologie der rumänischen Erzählungen* in deutscher Übersetzung herauszugeben. Das ist eine schwere Arbeit. Sie nehmen sich jede einzelne Novelle vor und übersetzen sie gemeinsam, wobei sie sich immerzu gegenseitig korrigieren.

Ihr Vorhaben überschreitet die Dimensionen eines schlichten kulturellen Akts. Es ist ein patriotischer Akt von großer Bedeutung und weit über die Grenzen des Landes hinausreichender Tragweite. Das Vorwort ist schon geschrieben, und zwar von dem Professor für deutsche Sprache Traian Bratu, dem Rektor der Universität, der nach wie vor eine Schwäche für seine ehemalige Studentin Roza hat. Mihail Sadoveanu, Ionel Teodoreanu, I.L. Caragiale, Ion Creangă, Mihai Eminescu und andere, weniger ruhmvolle Geister, sollen auf mehr als zweitausend Seiten gedruckt und in zehntausend Exemplaren verbreitet werden, damit sie der anspruchsvolle deutsche Leser zu Gesicht bekommt. »Durch unsere Übersetzungen wird das Ausland den geistigen Schatz des rumänischen Volkes in der Weise kennenlernen, wie ihn seine Schriftsteller mittels ihrer Federn zum Ausdruck bringen. Wir werden ein paar weitere Fenster nach dem Westen hin öffnen«, träumt Drimmer in seinem an das rumänische Außenministerium gerichteten Memorandum vom 15. Mai 1937.

Die Träume enden zumeist mit dem Erwachen, wenn sie brutal an die kantenreiche Wirklichkeit stoßen. Damit das anspruchsvolle Projekt zum Leben erweckt werden kann, braucht es Geld, viel Geld: 300.000 Lei, in Zeiten, in denen ein einigermaßen anständiges Gehalt sich mit einer Liegestatt auf einem Sockel von vier- bis fünftausend Lei begnügt, ist dies eine kolossal hohe Summe. Auch drängt es niemanden, etwas zu spenden. Das Auswärtige Amt begrüßt das Projekt, reicht es aber weiter an die Akademie. Diese, etwas einfallsreicher, schlägt zwei weitere Institutionen vor: das Erziehungsministerium und das Ministerium der Künste, aber auch diese reagieren nicht.

Die beinahe fünf Lebensjahrzehnte haben Carol Drimmers Optimismus nicht zersetzen können, obwohl er weiß, wie schwer es ist, einen deutschen Berg mit einem Karren hochzufahren, dem man rumänische Zugochsen vorgespannt hat … Eine Zeitlang überschüttete er Prinzessin Martha Bibescu mit flammenden Briefen, verfasst von der noch jüngeren Roza, die ihre Füllfedertinte an die Kalligrafie des Prinzessinnenblutes anzupassen trachtete. »Maestro!«, heben deren Billets schwungvoll an, nachdem sie zur Kenntnis genommen hat, dass die *Anthologie der rumänischen Erzählungen* ihr als Wohltäterin gegen eine geringe Unterstützung gewidmet würde, wie gering diese auch ausfallen mag. Gering kann nämlich auf dem Niveau einer Prinzessin ziemlich erheblich sein …

Die Naivlinge! Sie sehen nicht, dass Martha Bibescu vor allem Prinzessin ist, dann Schriftstellerin und erst zuletzt eine Frau. Die Geschichte zeigt uns, dass Prinzessinnen gerne etwas bekommen, nicht dass sie großzügig sind. Und eine Schriftstellerin erobert man nicht, indem man ihr signierte Bücher schenkt, vielmehr unterwirft sie dich, indem sie dir welche schenkt, deren Autorin sie ist. Um dies nicht noch weiter auszudehnen – eine finanzielle Unterstützung ist nie erfolgt.

In der ersten Novemberhälfte 1938 lief im Trianon-Kino der Film *Katia* nach dem gleichnamigen Roman von Martha Bibescu. Die Ehepaare Oxenberg und Drimmer treten eingehakt an und setzen sich in die beste Loge. Sie haben völlig recht, denn sie sind gekommen, eine alte Freundin wiederzusehen, deren Werk auf die Leinwand projiziert wird.

Sie kennen die Prinzessin Martha Bibescu nicht leibhaftig, aber die Briefe haben eine Freundschaft gestiftet – jedenfalls in ihren Köpfen. Als sie von dem Haufen Briefe erfahren haben, war es für Michael Haimovici sowie Marcel und Louis Mendel, die Besitzer des Trianon, selbstverständlich, ihnen die vier Logenplätze anzubieten, ohne dafür eine Bezahlung zu erwarten. Eine kleine Bitte hatten sie jedoch: Sie mögen ihnen die

Unterschrift der Prinzessin zur Verfügung stellen, damit sie sie, mittels einer Lupe vergrößert, in der Vitrine neben dem Filmplakat ausstellen können. Geht das? Wunderbar!

Bis zum Beginn der Vorstellung fokussiert sich die Aufmerksamkeit des Publikums auf die vier hohen Zuschauergäste. Roza Oxenberg vertraut ihre künstlerischen Erwartungen Fany Drimmer an, und beide brennen sie darauf, auf der Leinwand der Liebesgeschichte zwischen dem Zaren Alexander II. und der Prinzessin Katja Dolgoruki zu folgen.

Währenddessen blättern Carol Drimmer und Jacques Oxenberg eine weitere Seite in der Angelegenheit der rumänischen Erzähl-Anthologie um. Genauer gesagt, Drimmer spricht hingegeben: Seine schmalen Lippen sind blutdurchtränkt, der Adamsapfel schüttelt ihm den Staub von der grün gepunkteten weißen Fliege ... Und Doktor Oxenberg denkt an Europa, als handelte es sich um eine seiner Patientinnen, die ihre erste Jugend schon eine Weile hinter sich gelassen hat und nun auf dem Stuhl des Gynäkologen liegt. Europa wird gebären. Aber was wohl?

Für Roza bleibt die Literatur ein Hobby, eine Weise, das Blut nicht von den Wegen des Herzens und des Geistes abweichen zu lassen. Dies bezeugen die Hefte mit ihren Gedichten, die sie nicht zu veröffentlichen wagt. Aber ihre Hauptbeschäftigung liegt in der Aufzucht und Erziehung ihrer Kinder Lev und Golda. Lev, der intelligente und hübsche zehnjährige Junge – ausgestattet mit einer Nase und zwei Ohren von frühreifen Ausmaßen –, könnte gut und gerne auch Leib oder Leon heißen. Aber seine Mutter hatte darauf Wert gelegt, durch diesen russischen Vornamen ihrem unschätzbaren Tolstoi, dessen Werke sie buchstäblich verschlungen hatte, eine bescheidene Huldigung darzubringen. Den Vornamen des Mädchens hatte der Ehemann ausgewählt. Golda ist samten und hat die Haare mitten auf dem Kopf durch einen Ring gesteckt, man könnte schwören, sie trage einen kleinen Springbrunnen auf dem Kopf.

Die Statistik des Jahres 1938 hält fest, dass in Rumänien 25.350 Automobile verkehrten, was einem Durchschnittswert von 1,3 Fahrzeugen pro eintausend Einwohner entspricht. Demjenigen, der auf Deutschland mit seinen 18,6 Automobilen blickt oder auf Frankreich mit 43,7 pro tausend Einwohner, klingt diese Zahl etwas rückständig. Nicht zu reden von Amerika, das mit seinen 219,7 so weit voran ist, dass es eines Fernglases bedarf, um es noch zu Gesicht zu bekommen.

Doktor Oxenberg ist einer der glücklichen Besitzer eines Kleinwagens. Noch viel glücklicher aber ist seine Frau, wenn sie auf den vier Rädern davonfährt und dabei das Lenkrad mit ihren behandschuhten Fingern streichelt, und dies nur, um auf den Straßen Seufzer, Neid und huldvolle Grüße mit den Fingern an der Schirmmütze einzusammeln. Sie besitzen das Schmuckstück eines weichselroten Citroën B14. Zuerst hatten sie einen Chevrolet, den sie gebraucht von einem Bankier gekauft hatten; aber sobald die Geschäfte angefangen hatten, wie geschmiert zu laufen, hatte man sich der Frage nach einem neuen Automobil zu stellen. Die Entscheidung für eine bestimmte Marke, die gegen einen klassischen Ford anzutreten hatte, war nicht eben leicht. Für diesen Ford sprach immerhin, dass es in Bukarest eine Montagelinie gab, wo auch Karosserien hergestellt wurden. Und wie schon im Falle des Vornamens Lev, den ihr Erstgeborener erhalten hatte, versuchte sie, das Lenkrad auch in diesem Falle auf die russische Seite hin einzuschlagen:

Liebster, ich habe gelesen, dass Ford ein garstiger und böser Antisemit ist ... Dem können wir nichts abkaufen, selbst wenn er in Podu Iloaiei oder in Târgu Frumos produzieren ließe. Wir müssen etwas anderes finden. Was würdest du zu einem GAZ sagen, hergestellt in den Gorki-Werken in Russland? Ich glaube, das wäre eine ideale Wahl. Roza Oxenberg bewundert nicht nur Tolstoi, sondern auch Gorki. Sie liebt die russische Literatur und huldigt ihr in jeder Form. Sie bedauert, dass es keine Fahrräder der Marke Tschechow oder Puschkin auf dem Markt gibt, sodass sie Lev davon eines oder gar zwei kaufen könnte. Gewöhnlich erfüllt ihr Mann ihr jedwede Laune, aber er ist und bleibt ein rationales Wesen.

Meine teure Roza, weißt du, was mir gestern Millo Grossman gesagt hat, der das Autogeschäft auf der Strada Uzinei betreibt? Dass der Antisemit Ford das Werk in Gorki im Rahmen einer amerikanisch-sowjetischen Kooperation errichtet hat. Indem wir einen GAZ kaufen, befördern wir indirekt Fords Spiel, der, wie du draus ersehen kannst, ein ganzer Schlaumeier und ein halber obendrauf ist.

Sie seufzte und verzichtete auf die Vorstellung eines sowjetischen Automobils, das ohnehin in diesen Zeiten, da das eigene Land seine wirtschaftlichen Muskeln gegen den Osten hin anspannte, schwer zu beschaffen gewesen wäre.

Comme d'habitude, ich laufe an deiner Hand, Jacques.

Das klang verführerisch, stellte aber die Dinge auf den Kopf, denn der Mann war derjenige, der nicht von der Linie der Frau abwich. Jacques hat allen Einfallsreichtum, der einem Verliebten eignet, in Anschlag gebracht. Und die Folge?

Ein wunderschöner Frühlingstag wurde von einer himmlischen Erscheinung im Hof des Hauses auf der Strada Ștefan cel Mare zur Vollendung gebracht. Eleganz, Solidität, feine Manieren, Grazie. All dies in einem Werk, für das André-Gustave Citroën verantwortlich zeichnet. Ein hundertprozentiger Jude. Teure Roza, gibt es daran noch etwas auszusetzen?

Dabei war dies noch längst nicht alles. Das Modell B14, hergestellt von unserem Juden Citroën, heißt … Es heißt …

Komm, rate mal!

Du kannst mich teeren und federn, ich kann es nicht raten!

Rosalie! Citroën B14 Rosalie. Rosalie, Roza! Das Auto heißt ebenso wie du, mein Rosenknösplein!

Roza klatschte in die Hände, hätte sich beinahe die Handgelenke ausgerenkt. Über dem Mündchen des Wagens die beiden Winkel mit der Spitze nach oben, die für die Marke Citroën standen, sie ähnelten seinem schmalen Schnurrbart.

Die Frau lachte wie ein Kinostar, mit geschwungenem Hals, den Kopf in den Nacken geworfen, sodass die goldenen Backenzähne der Aprilsonne Signale zusenden konnten. Sie setze ihre Kinder auf die Rückbank, den Mann zur Rechten und fuhr los, eine Runde zu drehen durch die mit Knüppelholz gepflasterten Straßen der Innenstadt.

Um die Propaganda kümmerte sich Tincuța, ihre Bedienstete, ein Mädchen mit vier Volksschulklassen aus dem Dorf Belcești. Sie liebt Ilie, einen scharfen Gendarmen, Gehilfe des Dorfgendarmen. Mit Erlaubnis von Madame quetscht sie ihn an jedem zweiten Samstag in ihr Kämmerchen im Souterrain des Hauses, wo sollte er sonst bleiben.

Schau her, Ilie, da sag ich dir was, was dich umhaut. Frau Madame hat vom Herrn Doktor ein kleines Autolein gekriegt, das ein Jud gemacht hat, einer aus Frankreich, nur für sie.

Na und? So kleines Autozeug ist Scheiße auf die Landstraß.

Oi, das heißt wie sie selber.

Wer heißt wie sie selber?

Na sie, du Hornochs!

Was, die Frau Dame heißt wie die Dame?

Nein, huch, du Ochs. Sie und das Auto, die heißen wie sie selber, wie Madame.

Oxenberg heißt das Auto?

Nix Oxenberg, Mann Ilie, nu sei nicht dumm wie Haferstroh. Roza heißt das Auto. Wie Madame.

Na warum sagst du das nicht gleich, Mann, du Gans, Weib?

Das sag ich doch, aber wo du nix als Körner hast im Kopp,

die man den Gänsen hinstreut ... Und hat auch ein Bart wie der Herr.

Welcher Herr, he?

Wie der Herr Doktor.

Frau Roza hat einen Bart wie der Herr Doktor?

Nee, Mann, du Ochs, das Auto. Das hat vorn zwei Schnäuzer, schau so!

Herrgottsackra, des Judenvolk! Ich schaff es kaum mit Müh und Not, dir ein Paar Unterhosen zu kaufn, und die kaufn gleich ein ganzes Auto fürs Weib.

Und dann heißt das Gnädige auch noch wie die Gnädige. Und hat noch ein' Bart wie der Gnädige.

Begreifst jetzt, was das da für eine verjudete Angelegenheit is?

Ich schlag halt immer ein Kreuz.

Ob sich da nicht mal das Rad ganz gewaltig umdrehen wird!?

Vor Wut ist Ilie in die erstbeste Kneipe gegangen, ein paar Schnäpse kippen. Als er wieder gut parfümiert auf die Straße trat, hätte ihm beinahe ein Rad mit silberglänzenden Speichen die Schuhspitze plattgefahren. Da schlug ihm ein solches Hupgedröhne ans Trommelfell, dass die Körner, von denen Tincuța schwor, sie füllten ihm den Kopf, gewaltig erschüttert wurden.

Frau Oxenberg fuhr ihr Autochen ein. Roza lenkte Roza. Ilie fletschte die Zähne und schwang die Faust gegen das Rückfenster, wo man die plattgedrückten Nasen von Golda und Lev sehen konnte. Zwei kleine Judenbälger.

Ein paar Tage darauf hat Ilie sich noch mehr aufgeregt. Tincuța, ein anstelliges Mädchen, schneiderte auch, flickte, richtete das eine oder andere im Haus des Doktors: mal ein Hemd, einen Mantel, einen Pyjama. Damit sie besser vorankomme, hat Madame ihr eine Singer-Nähmaschine gebracht.

Vor Freude sang Tincuța leidenschaftlich »Ich hab mir einen neuen Pelz gemacht«. Aber Ilie, der grade seinen Kolben zwischen die Lieschenblätter seines Hosenschlitzes einfuhr und sich von ihr erhob, bemerkte, dass die Maschine alt und das Ornament von den Mengen an Material, das sich schon daran gerieben hatte, abgeschabt war.

Siehst du denn nicht, dass die älter ist als deine Großmutter, du dumme Pute?

Na und wenn! Die ist schon recht, ich lerne auf ihr nähen.

Die kaufn sich ein neues Auto und dir eine alte Nähmaschine.

Eine der ersten Aufgaben Tincuțas an der Nähmaschine war die Wiederherstellung von Goldas alten Puppen. Hanukkah stand vor der Tür – acht Abende und acht Geschenke –, und Roza Oxenberg hatte keine Lust, Geld für neue kostspielige Geschenke zum Fenster hinauszuwerfen, zumal sich das Mädchen sehr bald schon damit langweilen würde. Für solche Fälle war Kreativität gefragt. Woran es ihr nicht mangelte.

Abends, wenn die Kinder im Bett waren, holte Tincuța Materialreste hervor und schneiderte unter Rozas Anleitung daraus kleine Mützen, Hemdchen, Hütchen, Westen, Mäntelchen und Röckchen. Aus Hanf wurden blonde Zöpfchen gefertigt, aus Pferdehaaren ein brünetter Haarschopf, aus Sackleinen Mäntelchen, aus Walktuch Schuhe, aus der Stickerei der Kissen graziöse Spitzenkrägelchen. Bei Tincuța sitzend, bemalte Roza das Holz der Gesichter, bohrte Grübchen ins Kinn, verfrechte Nasen, erneuerte das Rosa der Wangen und schwang Schnurrbärte über die roten Lippen. Die Puppen erfuhren entzückende Veränderungen an ihrem Aussehen und mitunter sogar an ihrem Geschlecht: Die Puppe Mărioara beispielsweise wurde zum Schlingel Gavroche, der Soldat Giuseppe verwandelte sich in die deutsche Gouvernante Ingrid.

Kinder sind mitunter schwerer zu täuschen als Erwachsene.

Die kleine Golda merkte, dass die Puppe Ingrid nicht neu war, sie hatte keine eigene Schachtel und auch kein Etikett, wie dies alle Hüte, Handschuhe und Parfüms hatten, die Mami in den Geschäften auf der Strada Lăpușneanu kaufte. Roza nahm sie liebevoll in den Arm und erzählte ihr, wie sie Ingrid beschafft hatte. Sie war funkelnagelneu, aber sie sah nicht danach aus, und dies nur, weil Mami schwer gegen einen wütenden Kunden hatte kämpfen müssen, um sie zu kriegen. Ohohoh, war das ein schwerer Kampf! Beide hatten sie sie gleichzeitig an einem Arm gepackt, aber Mami hatte kräftiger gezogen und war mit ihr unter dem Arm davongerannt. Im Laufen hatte sie sie unter ein Regal geworfen, ohne dass der Feind dies hatte sehen können, worauf sie auf die andere Seite gerannt war und sie dort mit einem Haken herausgezogen hat. Das war ein Ringen um Leben und Tod, und in dessen Verlauf ist das Etikett abgerissen und verlorengegangen. Ein Kampf, den sie letztlich gewonnen hat. Aus Angst, sich eine Faust ans Kinn einzuhandeln, war Herr Copolovici, der Eigentümer des Geschäfts *Der Engel* in der Strada Costache Negri, unter seine Ladentheke gekrochen. Aber Mami hat Golduța die schönste Puppe der ganzen Stadt mitgebracht, ach was, des ganzen Landes, der gesamten Welt. Hatte sie dafür etwa kein Küsschen verdient? Sie bekam unzählige Küsschen, nicht nur ein einziges. Auch das Versprechen, mit Ingrid nur noch Deutsch zu sprechen. Während sie allmählich begriff, wie besonders das erhaltene Geschenk war, legte sich ein glückseliger Goldrand um Goldas Augen. Die Puppe langweilte sie wie üblich schon nach drei Tagen, vor allem, da sie bald darauf Gavroche bekam, ebenfalls ohne Etikett. Aber der Geschichte ihres Spielzeugs würde sie niemals überdrüssig werden.

Für später, wenn die rohe Gewalt des Lebens sie an den Haaren in die Volljährigkeit zerren sollte, hatte sie sich gemerkt, dass nicht der Gegenstand für sich zählte, sondern seine Geschichte. Die Geschichte der Puppe Ingrid sagte sie sich auf Deutsch vor.

Am nächsten Tag klingelte ein pickliger Jüngling, den Herr Copolovici vom Spielwarengeschäft *Der Engel* losgeschickt hatte, an der Tür der Familie Oxenberg. In der Hand hielt er einen kleinen Umschlag, auf dem »Fräulein Golda Oxenberg« stand. Darin fand sich das Etikett der Puppe Ingrid, das bei dem gestrigen Kampf zerrissen worden war. Ein stilisierter Schwan, Hals und Kopf zu einer Neun geschwungen, das Ganze eingefasst von einem hellbraunen Quadrat. »Michelangeli«, stand unter dem Schwan. Und darüber »Orvieto, Italia«.

Roza Oxenberg träumt davon, dass ihr Sohn einmal ein berühmter Künstler wird – Schauspieler, Pianist, Balletttänzer –, aber Lev kümmert sich nicht um den Ehrgeiz der Mutter. Er trägt die Verlockung des Geldes im Blut, also gibt es kein Kinderspiel, in dem er diesen kleinen persönlichen Profit nicht erkennen würde, ohne den die Welt nicht so recht wüsste, in welche Richtung sie sich zu drehen hat. Sein Händchen fürs Geschäft entwickelt er in der Schule, unter den Mitschülern, aber seine erste richtige Kundin ist seine Schwester. Eines Tages bittet Lev die Mutter, ihm beim Zählen seines Geldes, von dem er sich ein Fahrrad kaufen will, behilflich zu sein. Weil sich dabei nun ein recht auffälliges Plus von einhundert Lei ergibt, rechtfertigt er sich heiter, er habe dieses Geld von Golda.

Hast du ihr das Geld geklaut? Dafür bestrafe ich dich, da kannst du sicher sein.

Mit gekränktem Blick erklärt er der Mutter, dass er überhaupt nichts geklaut hat, dass er das Geld dafür bekommen hat, dass er seiner Schwester das Pfeifen beigebracht hat. Roza ruft das Mädchen als geschädigte Partei vor das mütterliche Gericht und lässt sich die Früchte ihrer Übung vorführen. Den angespitzten Lippen des Mädchens entströmt ein müder Luftstrom, der sich keines irgendwie mit Pfeiftönen verwandten Geräusches erfreut.

Lev, das nennt man Scharlatanerie. Gar nichts hast du ihr beigebracht. Gib der Geschädigten ihr Geld zurück und entschuldige dich!

Levs Kinn beginnt zu zittern. Seine von Geburt an krumme Nase glüht rot, als wäre nichts als Demütigung hineingefahren.

Ich kann ihr das Geld nicht zurückgeben, denn ich habe es sie gelehrt, sie aber muss sich mehr Mühe geben. Sagst nicht auch du immer, ein gutes Kind muss mehr für sich tun? Dass die Grundlage das individuelle Studium ist.

Nun ja ... Aber du, Golda, wozu musst du pfeifen können?

Das Mädchen erklärt ihr, dass es das Gleiche können möchte, was die Erwachsenen tun, wenn Mami auf der Straße vorbeikommt, im Auto oder zu Fuß. Zweimal kurz zu pfeifen und zu sagen: »Mann, Junge, was für ein Weib!«

Ein schöneres Kompliment hat Roza ihr Lebtag noch nicht bekommen. Sie gibt nach und lässt die Dinge auf sich beruhen, besteht aber darauf, dass der Sohn den Pfeifunterricht mit seiner Schwester, einer dafür nicht sonderlich begabten Schülerin, fortsetzt. Wenn sie nur ein kleines bisschen tiefer gebohrt hätte, wäre ihr klargeworden, dass auch Lev keine Kapazität in Sachen Pfeifen war, dass auch er bloß ein paar anämische amateurhafte Zischlaute hervorzubringen vermochte.

Roza bezaubert ihre Kinder mit ihrem Erzähltalent. Einmal, sie waren eben aus den Sommerferien in Warnemünde am Strand der Ostsee zurückgekehrt, erzählte sie ihnen, sie habe, zerstreut, wie sie war, vergessen, in der Küche ein paar Essensreste zurückzulassen. Nicht einmal etwas Wasser hatte sie stehen lassen. Und weil auch Tincuța nicht zu Hause war, hatten die Küchenschaben vor Hunger und Durst, vielleicht kam auch noch Langeweile hinzu, das Zeitliche gesegnet. Sie habe sie mit vertrockneten Beinchen und Flügelchen vorgefunden, mit kalten und zerbrechlichen Fühlern und vergeblich auf ein Brotkrümelchen oder einen Schluck Wasser hin aufgerissenen Mäulchen …

Lev fleht die Mutter an aufzuhören, es sei zu traurig. Seine feuchten Augen zeigen an, wie sehr ihn das tragische Schicksal der kleinen Käfer beeindruckt. Auch Golda schluchzt solidarisch. Man kann nicht sagen, Roza sei nicht entzückt, bei ihrem Sohn die Empfindsamkeit festzustellen, die den Künstler verrät, wie geschickt auch immer dieser sich tarnen mochte. Gewiss, ein paar Unterschiede gab es. Sie weint bei Tschechows kleinen Erzählungen »Schmerz« und »Wanka«, Carol Drimmer bei G. Coşbucs »Die Mutter«, Jacques Oxenberg bei manchen Szenen in den Filmen mit Charlot und Großmutter Elisa bei Chopin … Aber jeder Mensch hat das Recht, die Grenze zu bestimmen, an der er Tränen zu vergießen beginnt. Wenn ihr Sohn sich vom tragischen Schicksal dieser auf den Treppenstufen der Evolution doch sehr weit von uns entfernten Wesen derart anrühren lässt, müssen wir uns um das weitere Schicksal der Erde keine Sorgen machen. Dann ist klar, dass Güte und Mitgefühl auf unserem alten Planetenkügelchen nicht wirklich gefährdet sind.

Gleich nach dem Schulbeginn, Lev ist in der dritten Klasse, bittet die Lehrerin, Fräulein Blumenfeld, Roza zu einem Gespräch. Eine nur aus Lächeln bestehende Person lässt sie Platz nehmen und bietet ihr einen ziemlich geschmacksarmen Kaffee an. Dann holt sie ein Bündel Blätter hervor, die in ziemlich verwackelter Schrift beschrieben sind. Schauen Sie, was geschehen ist, Frau Oxenberg. Vor zwei Vormittagen haben wir den Kleinen angekündigt, sie würden nach der großen Pause um zehn Uhr einen Aufsatz darüber schreiben, was sie während der Sommerferien am tiefsten beeindruckt hat.

Wissen Sie, wir beobachten, in welchem Maße die Kinder

affektiv erreichbar sind. Ihre Gefühle und ihre Erlebnisintensität interessieren uns. Zu Papier gebracht, erlangen sie eine andere Aufladung als beim mündlichen Erzählen. Wir möchten, anders gesagt, ihr affektives Gepäck so genau wie möglich bestimmen können. Roza möchte gerne wissen, wo die kleine Lehrerin hingelangen will, die eben ihre ersten Berufsjahre absolviert. Worüber haben die Kinder wohl geschrieben, und warum hat man sich für dieses Gespräch ausgerechnet sie ausgesucht? Oder wurden alle Eltern einbestellt?

Schauen Sie sich die Arbeiten an, Madame Oxenberg. Alle Kinder haben über ein und dieselbe Sache geschrieben. Es bricht einem das Herz, wenn man das liest.

Seien Sie bitte so gut, Fräulein, und sagen Sie mir, worum es geht!

Alle waren zutiefst davon berührt, dass sie bei der Rückkehr aus den Ferien die Küchenschaben tot vorgefunden haben.

Rozas herabhängende Mundwinkel lassen ihr Gesicht mehr denn je der Schnauze ihres Citroën ähneln.

Heißt dies, dass sich die Küchenschaben auf solch alarmierende Weise in der ganzen Stadt vermehrt haben? Können sie etwa eine Seuche verbreiten? Fehlt es an Geld für insektenvertilgende Pulver?

Die kleine Lehrerin beruhigt sie.

Beruhigen Sie sich, soweit ich weiß, weisen die diesbezüglichen Erhebungen keine besorgniserregenden Ergebnisse auf.

Ja, wieso ist dann ...

Ganz einfach. Als die Kinder in der Pause beunruhigt waren, weil ihnen nichts einfallen wollte, hat Lev jedem der Kinder die Geschichte mit den tot in der Küche vorgefundenen Küchenschaben ins Ohr geflüstert. Und hat jeden Einzelnen dazu gebracht, sie ihm abzukaufen.

Wollen Sie mir sagen, dass jedes Kind über unsere dahingeschiedenen Käfer geschrieben hat?

Genau. Ich habe mir nur gedacht, ich sollte Ihnen das sagen. Ich bin keinesfalls verärgert. Er hat bloß einen Stoff verkauft, nicht einen fertig verfassten Aufsatz.

Können Sie mir den Preis dieses ... hm ... Geschäftes nennen?

Fünf Lei pro Kunde. Da ist ein nettes Sümmchen zusammengekommen. Ich habe allen Grund zur Annahme, dass Levs Einkommen mein Monatsgehalt übersteigt. Und ich glaube, das ist nicht sein einziges Geschäft in der Klasse. Nun ja, was soll's, die Klasse ist ein kreativer Raum.

Ich will Ihnen nicht verbergen, dass mich das ziemlich verstört. Ich weiß nicht, wie ich jetzt mit ihm verfahren soll.

Löblich ist immerhin, dass er angeboten hat, zehn Prozent seiner Einkünfte für die Klassenkasse zu spenden. So verfährt ein guter Jude.

Jacques Oxenberg kommt spät vom Spital nach Hause. Seine Frau erwartet ihn mit gedecktem Tisch und einer Flasche Château Mouton Rothschild 1934 aus der in den Sommerferien angelegten Sammlung, die im Spätherbst unterbrochen und in den Winterferien wiederaufgenommen und ergänzt worden war. Mit liebevoll verhangenem Blick gießt sie ihm ein und betrachtet dabei seine Hände. Für einen Gynäkologen gehörte es sich, mit langen Pianisten-Fingern ausgestattet zu sein. Aber seit Beethoven mit seinen stämmigen Knubbeln alle beiseite gefegt hat, konnte sich auch der eine oder andere geniale Gynäkologe mit unpassenden Fingern durchsetzen. Roza ließ ihn essen. Dann unterrichtete sie ihn mit dem Zartgefühl einer Ehefrau und dem Taktgefühl einer Mutter über die schulischen Geschäfte des Sohnes.

Sieh, Liebster, was Lev fertiggebracht hat. Er hat den Kindern den Stoff für einen Aufsatz verkauft. Und was für einen Stoff: die in unserer Küche verhungerten Küchenschaben.

Jacques denkt ein paar Sekunden nach, wie es seine Art ist, bevor er sich äußert.

Der Stoff ist aufregend, und zwar aus mehreren Gesichtspunkten. Die Käfer sind nicht irgendwo hungers verendet, sondern in der Küche. Hätten sie beispielsweise im Bad ihre Seele ausgehaucht, es wäre weit weniger dramatisch gewesen.

Ich verstehe dich nicht. Ich rede ernsthaft mit dir, und du beliebst zu spaßen.

Ich bin überaus ernst. Lev hat seinen Klassenkameraden eine Qualitätsware verkauft. Er hat seine Kunden nicht betrogen. Er ist kein Scharlatan.

Bist du etwa nicht beunruhigt, Jacques? Ich habe mir den ganzen Tag den Kopf darüber zerbrochen, wie ich ihn bestrafen soll.

Ihn bestrafen? Meine Liebste, du solltest ihn beglückwünschen, nicht bestrafen. Er ist erst in der dritten Grundschulklasse und hat schon ein Geschäft gemacht. Und was für ein Geschäft!

Was für ein Geschäft?

In dieser Stadt, in der die Juden alles verkaufen – von alten Kleidern und Knochen bis zu Automobilen und Brot; von Bundschuhen über Sodawasser bis zu den feinsten Parfüms –, hat unser Sohn die Küchenschaben hinzugefügt. Und keine lebendigen Küchenschaben – was die gesuchtere Ware sein mag, wie ich denke –, nein, tote Küchenschaben.

Mir ist, als wehte mich eine Brise Gogol an ...

Siehst du? Wenn unser Sohn in seinem Alter es fertigbringt, ein Geschäft mit toten Küchenschaben über die Bühne gehen zu lassen, muss ich mir hinsichtlich seiner Zukunft keinerlei Sorgen mehr machen. Im Gegenteil, da kann ich äußerst optimistisch sein.

Als Bekräftigung seiner Zufriedenheit zündet der Doktor sich eine wohlgedrehte Zigarette der Marke Murand an. Seine

Geste als Einladung zum Tanz der Rauchschwaden nehmend, entnimmt Roza das Paarstück dazu aus ihrer Doina-Packung: zehn Zigaretten zum Preis von 25 Lei. Die sie unentgeltlich von der Fabrik bekommt, denn die Werbung für diese sehr geschätzten Damenzigaretten zeigt sie selbst beim Malen an der Staffelei – das Haar gerafft, Schuhe mit Absatz – und eine Schachtel Doina auf dem Tischchen daneben. Sie pustet den Rauch nach oben, einer Zukunft entgegen, die schon ungeduldig auf sie wartet. »Die moderne Frau raucht, weil das Rauchen das Denken bei der Arbeit anregt. Entspannung für die pausierenden Nerven.« Das steht in den gewichtigen Zeitungen unter Rozas Porträt.

Sie lächelt verständig. Die Zigarette hat nicht allein mit dem Denken zu tun, sondern auch mit den Zuständen, in denen das Denken völlig aussetzt. Seit einiger Zeit schon haben die Rumäninnen erfahren, dass das Rauchen wie geschmiert auch nach jener ganz und gar zärtlichen Angelegenheit funktioniert. Die Rumäninnen verplempern ihre Zeit nicht. Die Rumäninnen informieren sich. Die Rumäninnen emanzipieren sich.

3

Bei den Frauen verändert die Zeitspindel das Gewicht von 33 Jahren. In Rumänien lasten 33 Jahre anders als in Amerika. In meinem Land reicht es aus, eine alleinstehende Frau jenseits der Dreißigergrenze zu sein, um Anspruch auf einen Behindertenparkplatz zu haben. Unverheiratet, kinderlos. Ohne eine gleichbleibende Stimme, die guten Morgen sagt oder Entschuldigung. Ohne jemanden, den man süß oder leicht angesäuert küsst, nachdem er einem das rissige Rohr repariert hat. Oder dir die Mischbatterie ersetzt hat, die ewig schon getropft und dich damit schier um den Verstand gebracht hat. Nein, das sind keine erotischen Phantasien mit dem Installateur. Dir fehlt ein Installateur mit seelischen Beigaben. Dir fehlt es nicht an Abenteuern, aber du möchtest deinen Schweiß nicht mehr mit One-night-Gesellen teilen. Brauchst keine Vormittage mehr, die in der Apotheke enden, mit dem Kauf der Pille danach oder des besten Mittels gegen Candidose. Bist auf der Suche und wagst keine Hoffnung mehr. Bewegst dich tastend voran.

In den Staaten bekomme ich eine makellos saubere Leinwand zum Malen. Die Leute wissen von den Polen, den Franzosen, den Mexikanern. Jede Nation hat ihr eigenes Etikett. Die Rumänen sind noch zu neu für ein Etikett. In Amerika habe ich bloß 33 Jahre. Und einen großen Vorteil. Ich habe kein schweres Gepäck zu tragen. Scheidungen, Alkoholentzüge, Selbstmordversuche. Auch keine Kinder, mit denen ich hätte beginnen müssen. Auch keine dreißig Kilo über dem Normalgewicht. Ich habe eine Vergangenheit, wie jeder eine hat. Aber die ist zu banal, als dass sich das FBI oder die CIA dafür interessierten. Ich bin auf meine Weise eine Partie. Und auf deren, die amerikanische Weise.

Ich wäre nicht Bens Ehefrau und Doras Schwiegertochter geworden, hätte ich nicht die drei Monate Probe überstanden. Ohne Waren von Bernstein Vintage Ltd. nach Rumänien verkauft zu haben. Ohne begriffen zu haben, wie kompliziert ihr Geschäft tatsächlich ist, das nach einer Bagatelle aussieht. Ein jahrhundertealtes Geschäft. Das so lange weitergehen wird, wie Flüsse ins Meer münden und die Welt sich ins Nichts dreht. Ein Geschäft mit getragener Kleidung. Derer es zwei Arten gibt. Kleidung mit einer *story*, *Vintage*-Klamotten, für diejenigen, die in einer Identitätskrise stecken. Und Klamotten mit *I'm sorry*, gewöhnliche *Second-hand*-Klamotten, für diejenigen, die finanziell kriseln.

In meiner ersten amerikanischen Nacht habe ich gespürt, wie mich etwas würgt. Die Revolte. Für solch geringe Dinge habe ich den Ozean überquert? Dafür hätte ich mich nicht einmal bemüht, den Milcov zu überqueren. Was tue ich hier, kehre ich in der Zeit zurück dahin, als ich im Studentenheim Fetzen verkaufte? Den ganzen Tag über arbeite ich in der Halle, in der die Ware sortiert wird, unter den Mädchen aus Guatemala. Vier Gruppen, sie halten keinen Augenblick inne. Elisa ist die Altersdekanin. Arbeitet seit zehn Jahren in der Firma. Fünfzig Wochen im Jahr. Diese mal fünf Tage die Woche mal zehn Stunden auf den Beinen. Vor ihr stehen zwanzig Kisten für jede Kategorie *ropa usada*. Von Gringos gespendeter Kleidung. Viererlei T-Shirts: langärmelige, kurzärmelige, erster Qualität, zweiter Qualität. Zweierlei Jeans. Kinderkleidung, Leintücher, Handtücher. Et cetera. Sehr viel et cetera.

Elisas Augen sind überflüssig. Die Finger sagen ihr, ob sie ein Shirt oder ein Kleid aus dem Sack holt, premium oder zweiter Qualität. Sie sucht Löcher, Sauceflecken. Die Saucen zerstören die Kleidung. Die Saucen zerstören die Welt.

In eine spezielle Kiste packt sie alle XXXL-Klamotten. *Gordo*-Kleidung für die Fettklöße des Planeten. Die XXXL-Kiste füllt sich mehrmals am Tag. Sehr viel öfter als die anderen. Die Leute werden immer fetter. Irgendjemand pustet durch eine Backkartoffel und einen Hamburger in sie hinein. Hinter ihren zwanzig Kleiderkisten könnte Elisa einen zutreffenden Bericht über den Gesundheitszustand der Nation verfassen. Amerika wird zunehmend runder. Das weiß sie, sie spürt es an ihrer Hand. Sie weiß es, ohne Nachrichten zu hören, ohne die Zeitung aufzuschlagen, ohne in einem Spital gewesen zu sein. Sie kreuzt die Finger. Für sie ist das Spital schlimmer als das Leichenschauhaus.

Die Mittagspause ist noch fern, um dreizehn Uhr. Bis dahin dürfen die Mädchen nichts zu sich nehmen. Kleidung und Nahrungsaufnahme wollen nicht recht zusammenpassen. Aber auch sie sind nicht von gestern. Essen heimlich. Warten, dass

Gladys, die Chefin, geht. Dann nehmen sie ein T-Shirt in die Hand, betrachten es mit gespielter Aufmerksamkeit. Bedecken sich damit das Gesicht und beißen in den Apfel. Dann folgt ein kräftiger Schluck Pepsi-Cola. Hin und wieder wird ein in der Kleiderkiste verstecktes Pepsi darin vergessen. Beim Verpacken läuft das Pepsi aus und über dreißig Kilo Ware. Die Schuldige wird hinausgeworfen. Sie weint, schwört, dass es nie wieder vorkommen werde, bettelt. Gladys kennt kein Erbarmen. Beim Gehen tritt das Mädchen gegen eine Pepsi-Flasche. Alle sind sie einverstanden mit ihr. Ein schädliches Gesöff. Tatsächlich eine galaktische Plage.

Alle zwanzig Minuten kommen die Jungs vorbei, die die Kollektoren aus Holz oder Drahtgeflecht schieben. Man könnte meinen, sie seien auf dem Feld beim Abmähen von Kleidern. Die Kollektoren füllen sich mit Kleidertaschen. Den Rest besorgen die Fahrer der drei Gabelstapler. Die Lager füllen sich, die Ernte verspricht ein gutes Jahr. Meine Aufgabe ist es, die Ware für Rumänien auszuwählen. Zu beurteilen, was man dort verkaufen kann und was nicht. Zu antizipieren, wie sich mein Land kleidungsmäßig ausrichten wird. In welche Richtung es sich bewegt. Die Psychologie meiner Landsleute zu beachten. Zu erraten, was sie heute haben möchten und was morgen. Zu berücksichtigen, was sie sich gestern gewünscht haben. Erwartungen zu erfüllen, die sie selbst noch nicht zum Ausdruck bringen können.

Der klassische Kunde wünscht sich Premium-Kleidung zu geringen Preisen. Akzeptiert, in Bedrängnis, auch solche zweiter Kategorie. Diese jedoch nur zu minimalen Preisen. Mein Land ist arm. Ebenso wie alle anderen, in denen dieses *business* aufblüht. Guatemala und Rumänien. Gegenden, in denen die Menschen noch nicht so aufgedunsen sind. In Südamerika taugen Schuhe der Größe 46 lediglich dazu, in die Schaufenster von *Second-hand*-Läden gestellt zu werden. Damit man sie schon von weitem sehen kann und sie die Kundschaft anlocken. Die großen Klamotten werden nur für den Karneval der Santa Maria de Guadalupe gekauft. Aber es ist ja nicht jeden Tag Karneval. Ich muss ziehen wie beim Schach. Wenn Amerika hustet, kriegt die ganze Welt die Grippe. Von einer der Umlaufbahnen her wird man demnächst sehen können, wie Terra sich den Gürtel um ein Loch weiter stellen wird. Der Hamburger und die Pommes frites stimmen von ihrer hohen Tribüne herab eindeutig zu. Sogar unter Eid.

Ben lädt mich ins Restaurant ein.

Hast du eine Vorliebe, Suzy?

Wohin auch immer, nur kein Fastfood. Ich möchte nicht meine eigene Kundin werden.

Er lacht und schlägt das Lenkrad eines funkelnagelneuen Lexus ein.

Bist ein Magier, Ben.

Woran hast du das gemerkt?

Ich sehe, in was für ein schönes Auto du die *Second-hand-*Kleider verwandelt hast.

Ich habe einen Zauberstab. Aber du hast Doras Haus noch nicht gesehen. Es ist hier in der Gegend, in Georgetown.

Das ist so eine Art Frühlingsviertel der Washingtoner.

Das Restaurant ist ein Italiener auf der Wisconsin Avenue, Nummer 1063. Ein paar Musiker und ein Sänger verlautbaren etwas von einem blauen Herzen. Ben sucht nach einem Tisch, an dem es mir nicht zieht. Das Feilschen um einen anderen Tisch als den, an den einen der Kellner führt, gehört zur Natur seiner Sippe. Dort, wo es nicht zieht, ist es zu hell. Oder zu dunkel. Oder aber der Tisch hat ein zu kurzes Bein, wie einer meiner Professoren an der Uni.

Es gibt auch eine Tanzfläche. Zum Glück fordert Ben mich nicht auf. An solchen Orten müsste es auch einen Boxring für diejenigen geben, die es hassen zu tanzen. Wir sind eine Minderheit, aber auch Minderheiten haben Rechte. Der Maulheld legt los. »O sooole miioooo!« Es mag der Verdauung helfen. Die Dorade auf dem Teller schwimmt in der O-sole-mio-Sauce etwas besser. Und das Rind in der Marsala-Sauce.

Ich sage dir später, wie Dora Pavarotti kennengelernt hat.

Vorerst erzählt er mir von seiner Studentenzeit, die er mit Weißwein und Fisch abschmeckt. Er hat Wirtschaftswissenschaften studiert, ebenso wie ich. Im Studentenheim hat er Poster zum Aufmotzen der Wände verkauft. Mit Wasserfällen drauf und Wäldern, für die Naturfreunde. Und mit Stränden, von denen die Studentinnen träumten, wenn sie eintraten, um den Cocktail *Sex on the Beach* zu taufen. Mit Motorrädern für die Adrenalinfreaks und Organspender. Mit fatalen Schauspielerinnen für die Buden der Jungs. Mit fatalen Schauspielern für jene der Mädchen. Beatles, Beach Boys. Und Joe Cocker, als er noch frisch war, nicht wie jetzt, da wir alle sehen können, wo er gelandet ist. Er bezog seine Poster für fünf, sechs, sieben Dollar das Stück. Und verkaufte sie für fünfzehn bis zwanzig. Ben sah ganz gut aus. Gewährte den Mädchen öfter mal Rabatt. Und auch sie gewährten ihm einen Rabatt.

Was treibt Dora so in ihrer Freizeit?

Ach, sie demütigt mich mit ihrer Vitalität. Zum Glück gibt es das Fitnesstudio, das sie auch mal auslaugt. Wir sind Frau Albright sehr dankbar.

Und Pavarotti? Du hast ihn vorhin erwähnt.

Ich habe es nicht vergessen.

Bei der Rückfahrt hält Ben vor einem kleinen Lebensmittelgeschäft.

Hier war unser Geschäft in den siebziger Jahren. Wir stützten uns auf die Künstler. Georgetown war und ist auch heute noch zu guten Teilen ein Künstlerstaubsauger. Das Viertel ist wie ein Blatt mit einer Mittelader, die Wisconsin Avenue, voller

Lärm und Autos. Wo manchmal um neun Uhr vormittags der Präsident vorbeifährt.

Ihr habt den Künstlern *Second-hand*-Ware verkauft? Weil deren Beutel meist ziemlich leer sind?

Wir waren auf *Vintage*-Kleidung spezialisiert. Dignity Clothing hieß unser Geschäft. Eines Tages hat uns Pavarotti besucht. Sein Gepäck war verlorengegangen, und er benötigte einen Frack, der seinen Speck fassen konnte. Ich erinnere mich, als wäre es gestern gewesen, das Konzert fand im Kennedy Center statt.

Habt ihr denn kein Autogramm von ihm erbeten, zum Einrahmen und Ausstellen? Auch so kann man um Kundschaft werben.

Dazu sind wir nicht gekommen. Dora beeilte sich, ihn zu fotografieren, und Pavarotti hat sich aufgeplustert, weil er dachte, man habe ihn erkannt. Wollte uns eben eines seiner *O sole mio* vorsingen.

Sag mir bloß nicht, ihr habt diese Gelegenheit verspielt!

Dora hat ihn zurechtgewiesen, bei uns sei das Singen verboten. Sie wollte ihn nicht als Künstler fotografieren, sondern als unseren bisher dicksten Kunden. Pavarotti aber ist wie ein Sturmwind davongerannt und hat die Tür hinter sich zugeknallt.

Ha-ha-ha! Dora kann wirklich herrlich sein!

Ein andermal ist Eddie Murphy hereingekommen. Dora dachte, da sei ein Schwarzer gekommen, der bestimmt was klauen will. Sie ist ihm auf Schritt und Tritt gefolgt, sodass er ihren Atem im Nacken gespürt hat. Hat ihn nicht aus den Augen gelassen.

Ist auch Eddie Murphy türenschlagend davongerannt?

Ich bin gekommen und hab die Situation gerettet. Ich habe ihn um ein Autogramm auf einem Pappkarton gebeten. Er wollte dafür einen Oscar-de-la-Renta-Pullover. Ich hätte euch das Autogramm gratis gegeben, sagte er, aber ihr habt mich allzu sehr wie einen Verbrecher behandelt.

Und, stand ihm der Pullover gut?

Er hat ihn nicht anprobiert. Er hat den Laden verlassen und ihn an der nächsten Ecke einem Obdachlosen gegeben.

Ihr hattet bedeutende Kunden.

Haben wir immer noch. Ich hoffe, auch den Präsidenten zu gewinnen, bevor sein Mandat zu Ende geht.

Sag mal, Ben, muss Dora jeden Tag eine bestimmte Anzahl Böcke schießen?

Gewiss. Aber ich glaube, sie macht das sogar absichtlich. Hast du ein Problem?

Ich bin etwas aufgeregt, was die Kleidergarnituren für Rumänien betrifft.

Die werden okay sein.

Ich hoffe, die sind okay und OC.

OC??

Otschen charascho.

Ben hält in der Abteilung für *Vintage*-Ware um meine Hand an. Während er mir die Theorie dieses Geschäftszweigs erklärt. Die auf paradoxe Weise das menschliche Bedürfnis ausnutzt, sich dadurch hervorzuheben, dass man den Stars ähnlich sieht.

Das sind Kleider für diejenigen, die einen Tupfer mehr für ihre Identität benötigen. Indem sie die anderer nachahmen. Kleider mit Vergangenheit. Und mit Würde. Illusionen. Der Illusion, an der Seite dessen, der das entsprechende Modell durchgesetzt hat, über Sterne zu schreiten.

Zwei der Mädchen sortieren die *Vintage*-Ware. Ben hat ihnen beigebracht, sie unter den Kleidern zu identifizieren, die von Amerikanern gespendet wurden. Er hat ihnen stapelweise Fotos, Kataloge und Zeitschriften gezeigt. Hat sie Top-Filme anschauen, die Augen aufsperren lassen bei erfolgreichen Videoclips. Auf alle aufzupassen, die einen begehrenswerten *look* lancieren. Kleider mit Blumenmuster, Schärpen in *degradé*, Blusen mit Strass. Große Marken. Levi's, Chanel, Dior. Kleidung mit einer *story*. Einer Geschichte jenseits des Etiketts. Einer Geschichte, die nicht jeder zu lesen versteht. Einer Geschichte mit geschlossenem Stromkreis.

Berlusconis Sakko. Die *Flats*-Pantoffel der Carla Bruni. Das schwarze Helanca des Steve Jobs. Elton Johns Brille. Schauen Sie sich diese Gucci-Jacke an! Und lauschen Sie der Geschichte, die sie selber erzählt:

Hello, ich bin das Modell aus dem Film *Top Gun*. Sie kennen mich bestimmt sehr gut. Fassen Sie mich nicht an, ich bin aus ganz feinem Leder. Da kann man ganz schnell ein Ekzem kriegen.

Oder wenn wir uns dieses Dolce-&-Gabbana-Kleid anschauen.

Hello, everybody, nicht wahr, ich bin *funky*? Ich war mir sicher, dass ihr mich wiedererkennt. Schließlich habe ich in *Dirty Dancing* mitgespielt! Möchten Sie ein Autogramm haben?

Diese Kleider werden vor allem durch Filme lanciert. Deshalb will Dora es nicht hinnehmen, dass wir über Hollywood lästern.

Die *First Lady* Amerikas tritt im Fernsehen auf und trägt ein Kleid von J. Crew? Sofort stürmen die Kundinnen die Geschäfte und kaufen den kompletten Bestand auf. Noch bis gestern war J. Crew etwas Gewöhnliches. Wie Zara oder Gap. Von nun an ist J. Crew J. Crew.

Die großen Namen des öffentlichen Lebens führen ihre Exponate auf der Yacht bei einer Party vor. Sonst treten sie auf die Bühne und öffnen ihren Schrank. Und die Massen schalten sich via eBay zu. Und stellen Suchmeldungen rein – jene Hosen von Prada. Oder jenes Sakko von Gianfranco Ferré. Das soziale Bedürfnis nach Stars …

Ben sieht aus wie ein Leader, der seiner Elitetruppe einen Vortrag hält, bevor er sie in den Kampf schickt. Die Elitetruppe aber sind die *Vintage*-Kleider.

Es gibt aber auch noch andere *Vintage*-Ware, jenseits der Kleidung. Beispielsweise die Vinylplatten. Ein holländischer Kunde hat einmal 25 Tonnen Vinyls gekauft. Der hat 20.000 Dollar für 25 Tonnen Musik bezahlt. Auf einer Vinylscheibe ist der Ton *Eco*. Da hat man die Kunst in ihrer ganzen Reinheit. Ist nur was für Kenner. Die Vinylscheibe ist das im Fluss gewaschene Leintuch. Das ist mit dem Leintuch, das in der vollautomatischen Waschmaschine und mit konzentrierten Waschmitteln gewaschen wird, nicht zu vergleichen.

Der professionelle Teil der Ansprache ist zu Ende. In einer Viertelstunde ist Mittagspause. Ben zieht seine edlen Schuhe aus. Ich sehe weg. Zu Männern in Socken fällt mir nicht sehr viel Vorteilhaftes ein.

Ich würde sie an den Nagel hängen, Suzy.

Tu sie dahin, wo du möchtest. Die klaut dir keiner.

Ich würde es für dich tun. Es sind meine Laufschuhe.

Wo bist du denn mit ihnen gelaufen?

Von Abenteuer zu Abenteuer. Nach meinen bescheidenen Möglichkeiten.

Lass die Symbole, ich kann sie nicht entschlüsseln. Sag mir auf Amerikanisch, was das bedeuten soll.

Das ist ein Heiratsantrag.

Glückwunsch. Wen heiratest du?

Dich. Was schaust du so?

Ich schaue immer so, wenn man mich heiraten will.

Wollte das schon mal jemand?

Nein. Aber wäre es nicht angebracht, dass du auch Doras Meinung einholst? Ich weiß nicht, wie gern sie mich hat, wenn sie mich überhaupt mag. Ich habe gehört, dass bei euch die Mutter nach Belieben schaltet und waltet.

Sie ist einverstanden. Sie hat gesagt, sie habe sich längst gefragt, ob ich denn blind sei.

Und ich werde immer stiller. Nun sind drei weitere Monate über die drei Probemonate hinaus vergangen. Ich habe fünf Warenlieferungen nach Rumänien verkauft. Alles beim ersten Aufruf und ohne insistieren zu müssen, direkt an die Großhändler.

Ich fliege alle drei Wochen zwischen Rumänien und den USA hin und her. In Washington, D.C. besuche ich Museen, wenn ich nicht arbeite. So entdeckte ich meine Leidenschaft dafür. Ich gehe auch noch an einen anderen Ort, worüber ich demnächst sprechen werde. Ich habe mein eigenes Geld, meine eigene Zukunft. Ben führt mich einmal die Woche aus ins Restaurant. Es ist gut so. Vor einer Woche hat er mich geküsst. Meine Devise ist und bleibt, dass ein Kuss mehr wert ist als ein Sexualakt. Ich fühlte mich verpflichtet, die Bedeutungshierarchie wiederherzustellen. Es war ziemlich einfach.

Ich besuchte einen Tarot-Spezialisten, der auch aus der Hand las und Träume deutete. Wenn der Präsident des wichtigsten Landes der Welt dessen Dienste in Anspruch nimmt, warum sollte ich es dann nicht tun? Zehn Dollar die Konsultation. Ich sagte ihm, ich träume von meinem Chef.

Wie heißt er?

Ist das wichtig?

Sehr wichtig.

Bernstein.

Er konzentrierte sich. Die gehen nicht einmal aufs Klo, ohne sich zu konzentrieren. Er hat mir erklärt, dass Bernstein bei den Deutschen auch dieser honiggelbe, vor allem an der Ostsee vorkommende Edelstein ist, und dieser verspreche Attraktivität und Virilität.

Ich hatte größte Lust, mir selber eine runterzuhauen. Dieser Übersetzer war all sein Geld wert. Ben zog mich an, und ich wusste es nicht. Und in meiner Handfläche las der Spezialist, dass ich zwei Kinder haben würde. Und nicht sterben würde, bevor ich ein Buch geschrieben hätte. Oder eine Leinwand museumswürdig bemalt hätte. Oder auf einer der großen Bühnen der Welt gesungen hätte.

Eines Abends, wir waren in unserem italienischen Restaurant, hab ich Rotwein getrunken, und zwar den von der sündigen Art. Ben nahm meine Hand in die seine und hat ein »I love youuuu« mit langer Schleppe vom Stapel gelassen. Wer hat da gesagt, die Liebe sei das von den Juden erfundene Wort, um unentgeltlich Sex haben zu können? Es war nicht unentgeltlich, ehrlich. Die Abstinenz hatte mir nächtens *Second-hand*-Träume geliefert. Am liebsten hätte ich ihm in die Kartoffel mitten im Gesicht gebissen. Wir haben uns geliebt, als wäre es nicht um unser beider Schicksal gegangen, sondern um das unserer Länder. Vielleicht waren wir der Wahrheit dabei gar nicht so fern.

Von hier bis zum Ehering ist es in Rumänien noch ein weiter Weg. Aber in Amerika ist es eher eine Kurzstrecke. Jedenfalls in meinem Amerika.

Ich sage okay zu Ben, obwohl ich k.o. bin. Aber eine Weile sollten wir die Ehe noch geheim halten. Und Dora überraschen. Wir sollten es ihr im Juni sagen, zu ihrem Geburtstag. Ich fürchte mich vor ihr. Ich weiß nicht, wie sie von mir denkt. Kaum dass ich mit ihr ein komplettes Sortiment banaler Sätze gewechselt habe. Rings um *hello, how do you do* und *goodbye*. Diese Frau bleibt für mich ein kaltes Rätsel. Sie trägt eine Maske, spielt Theater. Aber lieber eine kalte Schwiegermutter als eine warme. Die jederzeit aufwallen kann.

4

Als seine Eltern, die in Târgu Frumos ein kleines Kurzwarengeschäft hatten, ihn zur Medizin hinlenken wollten, erwiderte Jacques, er liebe die Menschen nicht so sehr, als dass er Arzt werden möchte.

Die Mutter aber antwortete ihm, man würde nicht aus Liebe zu den anderen Arzt, sondern aus Liebe zu sich selbst und den Seinen. Wähle dir die Medizin als Tätigkeitsbereich, richte es so ein, dass man dich wie einen Rabbiner betrachtet, und du wirst in Frieden und Wohlstand leben. Ich meine umgekehrt: in Wohlstand und Frieden. Denn wo es Wohlstand gibt, stellt sich bald auch der Frieden ein.

Die Erinnerungen haben Jacques die Studentenzeit so bewahrt, wie man einen toten Fötus in Formol konserviert. Nur allzu gerne wäre er dem Druck jener Jahre entkommen, die von dem langen und blutigen Guerillakrieg zwischen dem christlichen und dem jüdischen Lager geprägt waren. Dieser endlose Streit, stets mit einfallsreichen Schikanen alimentiert, konnte einen Pazifisten wie ihn nur ermüden. Der Krieg war zu Ende, Bessarabien war rumänischer Boden geworden und hatte die Universitäten mit Juden angefüllt, die untereinander Russisch sprachen und nicht von ihren russischen Mützen lassen wollten.

»Die jüdischen Studenten sollten zu den Anatomiestunden mit eigenen jüdischen Leichen antreten«, hörte er zu Beginn des Hochschuljahres. Sonst würden sie hinausgeworfen.

»Die jüdischen Studenten sollten zu den Anatomiestunden mit eigenen jüdischen Leichen antreten«, vernahm er an seinen letzten Tagen an der Hochschule. Sonst würden sie hinausgeworfen.

»Die jüdischen Studenten sollten mit ihren eigenen Leichen antreten«, war allenthalben zu hören.

Ernsthafte Menschen, die unendlich von ein paar leblosen

Körpern schnattern konnten. Ein Vorwand der Antisemiten, eine Etappe auf dem Weg dazu, jenen Numerus clausus einzuführen, der die Zahl der jüdischen Studenten prozentual dem Verhältnis der Juden an der Gesamtbevölkerung anglich. Ein Numerus clausus, den die Legionäre unter den Studenten als Abkürzung auf dem Weg zu einem Numerus nullus betrachteten. Ihr heiliger Traum: »Keine Juden an der Universität.«

Im Hochschuljahr 1922/23 waren an der medizinischen Fakultät in Iaşi 546 Rumänen und 831 Juden immatrikuliert, in Pharmazie 97 Rumänen und 99 Juden. Wir werden erdrückt, wir kämpfen für die Reinheit der Nation. Das rumänische Volk will sich entwickeln und verwirklichen, aber »die Judenplage« hindert es daran. Wir brauchen einen Numerus clausus, damit wir wieder atmen können.

Und die jüdisch-bolschewistische Gefahr nicht zu vergessen. Seht ihr denn nicht, wie bolschewistisch die sind in dem, was sie sagen, und dem, was sie tragen? Manche von ihnen verbreiten Manifeste. Andere werden mit gefälschten Papieren aufgegriffen. Da ist der Vetter Gheorghe auf dem Acker draußen eher ein Student.

Die Vereinigung der rumänischen Juden protestiert in Gestalt ihres Präsidenten Wilhelm Filderman, der den Verfassungsbruch anzeigt. Arithmetische Argumente werden als ironisches Mittel zur Gedächtnisauffrischung angeboten: »Man vergesse, dass unter den 215 während des Krieges auf den Schlachtfeldern gestorbenen Ärzten 77 Juden wahren. Man könne sehen, dass der *Numerus clausus* noch nicht greift.«

Der Senat der Universität denkt darüber nach und entscheidet: Ohne Übungen an jüdischen Kadavern und nicht an christlichen werden die Juden nicht zu den Prüfungen zugelassen.

Hat man sich den Hass zum Tätigkeitsfeld erkoren, dienen die Seiten der Verfassung nur noch für den Abtritt. Die gesamte Auflage der Zeitung *Lumea* wurde von den Verkaufskiosken abgeholt und auf der Piața Unirii verbrannt. Auf der zweiten Seite stand der Artikel »Epoche der Prüfungen«, der davon handelte, wie leicht die christlichen Studenten im Vergleich zu jenen mosaischen Glaubens ihre Abschlussdiplome erhalten.

Die Zeitung war Eigentum der Brüder Alfred und Jean Hefter. Juden. Der Kapitän Zelea-Codreanu warf das Firmenschild der Zeitung in den Straßengraben und grölte patriotisch: »Bringt mir einen Juden, und ich ziehe ihm mit meinen eigenen Händen die Haut ab!« Er ist es leid, den Zeitungsschreibern die Zähne zu ziehen. Als Anhänger des Fortschritts strebt er nach einer höheren Stufe. Am nächsten Tag geht er in die Kirche und betet inbrünstig. Werden Gott und seine eigene Legion der Heiligen ihm die Kraft verleihen, das Land zu entlausen?

Die Vereinigung der christlichen Studenten, deren Präsident er ist, bespricht die »jüdische Angelegenheit« im Garten des Restaurants Bejan. Es wird viel und mit großem Ertrag gehöhnt. Hauptzweck der Vereinigung ist »die Verteidigung der nationalen Kultur vor jüdischer Verfälschung«. Mit stets wacher Unnachgiebigkeit leeren sie Seidel um Seidel Zimbru-Bier, das von der Fabrik eines »Judenbocks« stammt.

Die Legionäre marschieren, zerschlagen Kieferknochen und Fensterscheiben, singen und erleichtern sich an den Türen des Juda auf der Strada Lăpușneanu. Auf einem Lampion vor der Universität flattert die schmissig-schöne faschistische Fahne. Constantin Manciu, der Polizeipräfekt, interveniert. Die Armee wird herbeigerufen, damit sie die universitäre Ordnung wiederherstellt.

Der Dekan der Rechtsfakultät, Professor A.C. Cuza, Mitglied der Junimea-Gesellschaft, reckt die Faust, lässt die Juden massenweise durchfallen und lanciert die Losung: »Kein Jude mehr, bei keiner Prüfung!«

Auch wenn ihr zwanzig Mal zur Prüfung antretet, ihr werdet durchfallen!, stellt er seine Position klar.

Zu seinen Opfern zählt der Student Beniamin Wechsler, der einige Zeit später als der große französische Schriftsteller Benjamin Fondane bekannt werden sollte.

Professor Corneliu Şumuleanu, Inhaber des Lehrstuhls für Medizinische Chemie, folgt dem Beispiel seines Kollegen Cuza und zerschmettert die Judenheit bei den Prüfungen. Şumuleanus Gesicht ziert ein üppiger Schnurrbart. Als Manschettenknöpfe und Krawattennadel trägt er je zwei geschwungene Kreuze. Auf die ist er ebenso stolz wie auf die stattliche Rotzbremse, als die sein Schnurrbart verspottet wird.

Außer mit dem Studentenausweis weist sich jeder gut christliche Student durch Stock und Messer aus. Cuza und Şumuleanu singen Seit an Seit: »Allein ein toter Jude ist ein guter Jude. Gut dann aber nur zur Autopsie.«

Zelea-Codreanu küsst noch eine Reihe Ikonen, um die Inspiration herbeizuzwingen. Aber die Inspiration will nicht kommen. Nun bringt er keinen Juden um, sondern einen Rumänen, der sich an die Juden verkauft hat. Den Polizeipräfekten Manciu. Die Vorlesungen werden ausgesetzt, die Studentenheime geschlossen. Die Universität wird erst wieder unter polizeilicher Bewachung eröffnet.

Professor Nicolae Paulescu arbeitet hingebungsvoll, um das Insulin zu entdecken. In seiner geringen Freizeit entspannt er sich und schreibt Artikel in der *Apărarea Națională*. Einer von ihnen wird am 1. Februar 1925 gedruckt: »Unser Bestreben ist die Vertreibung der Juden. Die Entlausung kann nicht auf Kosten unserer Nachbarn durchgeführt werden, die, selber auch bis über beide Ohren verlaust, sich mit Händen und Füßen wehren würden, auch noch unsere aufzunehmen. Also müssten alle von Juden infizierten Länder sich gemeinsam auf eine Kloake einigen (in Palästina, Afrika oder Amerika), wo jeder sein Abwasser hinkippen kann.«

Professor Nicolae Paulescu bemüht sich, das Insulin zu entdecken. Ein Mittel, das die Leiden der Diabetiker lindern soll. Der christlichen Diabetiker, selbstverständlich.

Sein Zögling, Zelea-Codreanu, wird für den Mord an Manciu freigesprochen. Durch die Lupe wohlgesonnener Zustimmung betrachtet, war seine Tat kein Verbrechen, sondern legitime Selbstverteidigung.

Die Uhr der Universität dreht sich mit beladenen Zeigern, Zungen, die anscheinend sprechen wollen, es sich im letzten Moment jedoch anders überlegen. Die Uhr an der Universität wird von den Brüdern Goldenberg gewartet. Beinahe alle Lieferanten der Universität sind Juden. Baumaterialien, Fenster, Farben und Lacke, Schreinerei, Elektrik ... Alles kommt daher. In der Mensa stärken sich die Legionäre, indem sie sich mit Käse und Fleisch vollstopfen, die von »verjudeten Lieferanten« stammen. Sie zerschneiden ihren Braten in »verjudeten« Tellern, spießen ihn auf »verjudete« Gabeln und zerteilen sie mundgerecht mit den Klingen »verjudeter« Messer. Dazu trinken sie Mineralwasser aus Breazu, das ein Jude abfüllt und vertreibt. Im Winter heizen sie mit Holz vom Juden. Allein die Luft, die sie atmen, ist nicht »verjudet«.

Die »Sache mit den Leichen« wird am Köcheln gehalten. Hin und wieder wird den jüdischen Studenten erlaubt, ihr Operationsbesteck an christlichen Leichen auszuprobieren. Dann stöhnen die rumänischen Studenten auf vor Schmerz, als schnitte man ihnen den Bauch auf. Der Hass glost, der Hass gärt. Man träumt von dem Augenblick, wenn der Hass »Hurra!« schreien wird. Ab und zu erhält die Anatomie vom Israelitischen Krankenhaus auch eine jüdische Leiche für die Autopsien. Na und? Zu wenige und viel zu spät.

Die Stadt hat kein Ghetto, aber in den Hörsälen tauchen Ghetto-Bänke auf für die Juden. Es sind die schlechtesten Plätze. Dort sollen sie sich hinsetzen. Wiewohl sie nicht einmal diese Plätze verdient haben.

Im Krankenhaus Sfântul Spiridon hält Doktor Emil Savini anstelle von Professor I.C. Parhon für die Studenten des fünften Studienjahres die Vorlesung »Die Poliklinik der Nervenleiden«. Eine Gruppe christlicher Studenten klopft höflich an und bittet um die Erlaubnis, die Juden zu entfernen. Keiner rührt euch an, ihr müsst bloß gehen. Gut, wir gehen. Hinter ihnen wird die Tür zugeknallt, Knüppel dirigieren in der Luft herum. Verwirrung, Angst, Schrecken. Stöhnen, Greinen, Schreie. Rempeleien, Gleichgewichtsverlust, Stürze. Blut, Zähne, Knorpel. Rippen, fragil von Ellbogen geschützt, Knochen, die wie Streichhölzer brechen, geplatzte Schädeldecken, in denen die Informationen durcheinandergeraten, die von Keim zu Keim fliegen, eine Antwort auf die Frage suchen, »warum?« Und das Stöhnen, letztes Stöhnen, überlagert von einer Musik der Ohnmacht, wie von Bach.

Ängstlich schlägt Jacques die Augen auf, seine Brillengläser sind zersplittert und von Blutfäden überzogen. Als er vollends zu sich kommt, merkt er, dass er nach Urin riecht. Er geht dem nach, es stammt nicht aus Eigenproduktion. Ein Aggressor hat es über ihm ausgekippt. Ein ehemaliger Kommilitone, der vor einem Jahr exmatrikuliert wurde, hat sich auf seine krankhafte Weise einen Scherz erlaubt.

Aha, also das werden meine künftigen Berufskollegen sein. Welch ein Pack! So werde auch ich mit euch verfahren, ihr Hübschen! Er geht ins Heim und wäscht sich gründlich. Im zweiten Stock ist einer, der verleiht modische Anzüge für amouröse Verabredungen. Es dauert eine Weile, bis er welche findet, die ihm nur eine Nummer zu groß sind. Er ist klein und schmächtig. Ein Jüdlein.

In ein paar Stunden trifft er sich mit Roza. Er hat sie auf dem Ball der Israelitischen Studenten kennengelernt. Gerne würde er mit ihr ins Kino gehen, ins Trianon oder ins Phoenix, aber er hat Angst, die Legionäre könnten ihnen begegnen. Dass sie ein paar Zentimeter höher aufragt als er, könnte ihre Aufmerksamkeit erregen und zu Provokationen führen.

Roza studiert Französisch und Deutsch. Sie hat nur noch ihre Mutter. Ihr Vater war einer jener 77 jüdischen Ärzte, die in einem Krieg gestorben sind, der keinem etwas genützt hat.

Zelea-Codreanu geht nach Frankreich, sein Doktorat in den Rechtswissenschaften zu erwerben. Es wäre schade, wenn er ohne Doktortitel bliebe, den Rechtswissenschaften ginge ein Talent verloren.

Scharen von jüdischen Studenten gehen den Weg des Exils. Die Universität ist ihnen feindlich gesonnen, aber auch im Ausland gibt es Universitäten, sogar solche, die den Geldbeutel entlasten. Die Einnahmen der Institution sinken, der Rektor macht sich Sorgen. Das Ministerium ordnet eine Untersuchung an. Der wütige A. C. Cuza wird zur Emeritierung vorgeschlagen.

Zu den an der Universität verbliebenen Studenten zählt auch Jacques Oxenberg.

5

Gleich, als ich die Urkunde sehe, bitte ich Ben, dass wir zum Rabbi gehen und unsere Ehe besiegeln.

Ich hatte Angst, er könnte aufgrund dieses Schocks einen Hirnschlag erleiden. Er wusste nicht, dass ich seit meiner Ankunft in Washington, D.C. regelmäßig die Hauptsynagoge besucht habe. Ich habe dem dortigen Rabbi erzählt, wie sehr ich die Menschen bewundere, die über Tausende Jahre hinweg die *Torah* bei sich getragen hatten. Von den jüdischen Künstlern, die ich gelesen, deren Musik ich gehört und deren Kunstwerke ich betrachtet hatte. Von dem Ort, aus dem ich selbst komme. Der gleiche Ort, aus dem auch Benjamin Fondane und Abraham Goldfaden, Idel Ianchelevici und I.A.L. Diamond kommen. Allesamt und jeder für sich ausgezeichnete Juden.

Der Rabbi hatte mich zu den Abendkursen geschickt. Die habe ich ein Jahr lang besucht. Ich habe lesen gelernt, etwas über die Geschichte und den Talmud erfahren. Schließlich habe ich mich in der Großen Synagoge vorgestellt. In einer Studierstube haben mich drei Rabbiner befragt. So wurde mein Wissen geprüft.

Die geistige Seite geschah unter der Aufsicht einer Frau. Ich habe auf Hebräisch den Wunsch vorgetragen, als Tochter von Abraham und Sarah wiedergeboren zu werden. Bin gänzlich im rituellen Mikvah-Bad untergetaucht. Da blieb kein Haar trocken. Gänzlich heißt gänzlich.

So erfährt Bens gesamte Familie von meiner Konversion. Mit Joe, dem Vater, spreche ich erst während des Festessens ausführlicher. Alle sitzen wir in unserem italienischen Restaurant um den Tisch. Auch die beiden Brüder Bens sind mit anwesend. Bill und Sam. Schweigsam hängen sie ihren Gedanken nach, auch tragen sie keine Kartoffelknolle mitten im Gesicht. Unverheiratet. Schreiten über einen Teppich aus Scheidungen und Unterhaltszahlungen.

Joe ist der Einzige in der Familie, der sich nicht die Haare färbt. Er scheint sich nicht von seinem sanftmütigen Lächeln trennen zu wollen, das, so gut es eben geht, durch das Dickicht seines weißen Schnurrbarts dringt. Ein Rentner-Jüngling. Die breit gerahmte Brille verbündet sich mit der Nase zu einem schier schockierenden Duo. Auch hat er zwei große Ohren gepachtet, wie zwei Briefumschläge, die er sich nicht entscheiden kann, zur Post zu bringen. Eines der Ohren hat allerdings lediglich ornamentalen Wert. Er hatte als Panzerfahrer in Europa gekämpft und seine Überlebenstaxe bezahlt. Seine teilweise Taubheit schlägt sich in seinem Stimmvolumen nieder. Und weil er keinen Blödsinn redet, hört man ihm zu. Er scheint ein

Weiser zu sein. »Herr fünf Rabbiner in einem«. Eigentlich lacht er nicht, er schießt scharf. Es wirkt anregend, neben ihm zu sitzen.

Jedes Familienmitglied leitet ein Viertel der Firma. Ben den *Vintage*-Sektor. Sam die Uniformen-Abteilung. Bill die eigentliche *Second-hand*-Abteilung. Ich die Export-Beziehungen. Und über uns allen: Dora und Joe. Die beiden Hemisphären des Geschäftsgehirns. Joe stellt die kreative Hemisphäre dar und Dora die rationale.

Ich habe gehört, du kommst aus Osteuropa, Suzy.

Aus einem Land namens Rumänien.

Rumänien? Mein Vater kannte dort einen Rabbiner.

Wie kam es dazu, dass er ihn kannte?

Sie haben eine Zeitlang in der gleichen Stadt gewohnt.

War dein Vater Rumäne?

Das war er, aber es ist ihm vergangen.

Und du?

Auch ich. Ich bin dort geboren. Ich war ein kleines Kind, als wir hierherkamen.

Er spricht recht gewunden. Nun war ein Jahr vergangen, und ich erfuhr, was andere mir in der ersten Viertelstunde erzählt hätten. Dass die Familie Bernstein rumänische Wurzeln hat. So erklärt sich einiges. Mehr weiß ich allerdings nicht über den Clan. Jedenfalls vorläufig.

Danton hatte eine Redewendung, Suzy. Man könne sein Land nicht an den Schuhsohlen mitnehmen.

Ist Danton nicht derjenige, den sie mit der Guillotine traktiert haben?

Ja doch, sie haben ihn guillotiniert, aber mit Gewinn.

Mit welchem Gewinn, wenn er dabei draufgegangen ist?

Mit Gewinn für die Demokratie.

Alle beginnen zu lachen. Außer Dora. Sie setzt wie stets ihre etwas herablassende Grimasse auf. Ben hatte mich vorgewarnt, ich möge bloß in ihrem Beisein keinen Witz erzählen. Sie hasst Witze. Sie hält sie für den Königsweg, um in einer Gruppe Sympathien zu erwerben. Man wiederholt wie ein Idiot, was andere schon Millionen Male vor einem gesagt haben.

Bedenke, Suzy, du kannst dein Land nicht an den Schuhsohlen mitnehmen. Aber du solltest auch wissen, dass im Absatz immer etwas aufbewahrt wird.

Wieder lachen alle, am wenigsten Dora. Der Alte ist subtil. Derart subtil, dass ich den Witz der Sache nicht verstehe. Ob er ihn versteht?

Auf dem Weg zu unserem Haus im Wald sagt Ben mir, Joe habe die Stiefel seines Vaters zu Hause an der Wand. Er war mit ihnen aus Rumänien nach Amerika gekommen. Er hat sie an einen Nagel gehängt. Ausstellungsstücke eines Museums.

Warum lächelst du, Suzy?

Ihr habt es mit dem Schuhwerk, das ihr an den Nagel hängen wollt. Als du mir den Heiratsantrag gemacht hast, sagtest du doch, du wolltest deine Laufschuhe an den Nagel hängen. Nun erfahre ich, dass dein Großvater seine Stiefel »Made in Romania« an den Nagel gehängt hat.

Das ist die Spezialität unseres Hauses. Die Wände unseres Hauses sind voller Nägel.

Wäre es nicht bequemer, ihr kauftet euch einen Schuhschrank?

Ben kann diesen Scherz nicht genießen. Da fehlt für seinen Geschmack noch etwas Ketchup. Und Mayonnaise.

Zu meiner großen Überraschung stelle ich fest, dass keiner der Bernsteins auch nur einen Hauch Rumänisch kann. Nicht einmal Joe.

Das Prinzip des Vaters ist von Danton inspiriert: Wenn du einen Ort verlassen hast, bist du endgültig weg. Seine Eltern haben untereinander Jiddisch gesprochen.

Doch wo kommt Dora her?

Auch vom Osten in den Westen. Ich glaube, aus Bălți. Oder Odessa. Sprich das bloß nicht an, da wird sie giftig.

Ihr seid die einzigen Juden, die keine Fremdsprachen können.

Kann schon sein. Amerika ist Amerika. Sollen doch die anderen unsere Sprache lernen. Wenn die alten römischen Kaiser in den Hollywoodfilmen amerikanisch sprechen, werden dies auch die Nachkommen der Römer tun.

Seine Anspielung demütigt mich. Ich tröste mich damit, dass es keinen Emigranten geben mag, der dieses Gefühl nicht kennt.

Wir besitzen fünfzig Kilometer vor Washington, D.C. ein großes Haus. Wie im Film. Ben hat es gleich nach unserer Hochzeit gekauft. Hinter dem Haus hat der Wald das Wort. Er liefert uns frische Ware an den Zaun. Eichhörnchen, Opossums, Rehe, *raccoons*. Wenn man an einem solchen Ort wohnt, wird der Himmel zu einem touristischen Ziel ohne sonderliche Anziehungskraft.

Vor dem Einschlafen denke ich an meine Familie in Onești. Vater Installateur im Petrochemischen Kombinat. Mutter Fahrkartenverkäuferin in einem Büdchen der öffentlichen Verkehrsmittel. Nunmehr beide Rentner. In Rumänien ein tragisches Wort. Bei meinem jüngeren Bruder hat es mit Müh und Not gerade einmal zur Elektriker-Ausbildung gereicht. Costel. Er hat ein einziges Buch in seinem Leben gelesen, *Winnetou*. Dies aber Hunderte Male.

Sie haben kein Visum für die USA bekommen, um alle zusammen zu feiern. Nicht jeder Dahergelaufene kriegt ein solches Visum. Das Land der alten Emigranten fürchtet sich vor den neuen Emigranten. Ich habe ihnen zweihundert Dollar geschickt, damit sie das Ereignis zu Hause begießen. Ich glaube ja, sie haben es nicht über das Herz gebracht, sie auszugeben. Meine Eltern legen Geld zurück für eine Gruft. Eine Revanche-

Gruft. Ihr Leben könnte mit gutem Recht im Pariser Museum der Fälschungen in einer Vitrine ausgestellt werden. Ein falsches Leben. Aber die Gruft wird was hermachen.

In meinen amerikanischen Anfängen bin ich von Museum zu Museum gehüpft. Ich betrat auch das Museum of Modern Art in New York, die Ausstellung »Minimal Art« hatte mich angezogen.

Ben ist bei einem Treffen mit seinen ehemaligen Mitschülern. Er lässt mich allein. Er hat erfahren, dass schon in der Renaissance, die ersten Museen waren eben aufgetaucht, die schwangeren Frauen sie besuchten. Ihre gesteigerten inneren Erlebnisse übertrugen sich auf die Leibesfrucht. Die Seele der Mutter wurde zum Leib des Kindes. Ich bin nicht schwanger, aber ich arbeite daran. Und verpasse kein Museum.

Wenn ich mir die Eintrittskarte kaufe, will der Angestellte mein Herkunftsland in seine Kladde eintragen. Sie sammeln solche Daten für ihre idiotischen Statistiken:

Where are you from?

I'm from the moon.

Okay, you are from the moon. Be welcome!

Für meine Antwort bekomme ich zwanzig Prozent Ermäßigung. Ich zahle zwanzig Dollar statt 25. Ich plustere mich zur Kunstexpertin auf. Ohne dieses Getue hast du im Museum nichts verloren.

Auf einer Etagere sehe ich ein Bierseidel. Es steht nicht für durstige Besucher da. Es ist ein Kunstwerk. Es heißt »Halbeer«. Logisch. Der Künstler, František Lesák, hatte einen Moment tiefster Inspiration erlebt. Ich denke mal, er muss lange und gründlich in kreativer Trance ausgeharrt haben.

Daneben der Streich des Künstlers Carl Andre. Ein Anhänger mit ordentlich gestapelten Baumstämmen. Ich habe sie gezählt, es waren zwanzig. Das Kunstwerk heißt »Zwanzig Baumstämme bei zwanzig Grad«. Ich denke an die rumänischen Wälder, die mitleidlos abgehholzt werden. Sieh an, auch unsere Holzfäller machen Kunst. Minimale zwar, aber Kunst.

Ich gehe weiter. Und stolpere über ein paar Steine, die in einem Kreis mit drei Meter Durchmesser angeordnet sind. Ich errate den Titel des Werks noch bevor ich ihn auf dem Schildchen überprüfe. »Steinkreis« von Richard Long. Ich bin vom Fach.

Ich wende mich der Video-Abteilung zu. Auf einem Bildschirm sieht man einen jungen Mann rückwärts eine Linie entlanggehen, die auf dem Boden eines Zimmers gezogen ist. Das ist sein Ding. Auf einem anderen Bildschirm ist ein anderer junger Mann in Jeans und mit einem gelben Hemd zu sehen, der auf dem Fußboden schläft. Er schläft echt kunstvoll. Ist müde.

Alle meine Hoffnungen ruhen nun auf dem dritten Bildschirm. Hier beschäftigen sich die Lider eines Mädchens mit dem Blinzeln. Sie blinzelt oft, immer öfter, wie besessen. Dann lang und tief, um wieder zu Atem zu gelangen. Worauf sie ihre Lider wieder auf Touren bringt. Auf den Lidern steht »fuck«. Aha, sage ich mir! Ich begreife die Botschaft des Künstlers Peter Weibel. Das heißt doch wohl, dass wir das meiste, was uns im Leben widerfährt, den Blicken zu verdanken haben. Ein großer Philosoph. Es gibt nichts, was sich mit der Kunst vergleichen ließe.

Die Ausstellung gibt mir zu denken. Wenn ich nun schwanger wäre, würde ich da nicht Gefahr laufen, ein missgebildetes Kind zu gebären? Groß ist der Garten der Minimal Art. Wiewohl ich nur das Minimale und nicht auch die Kunst sehe. Der erste Minimal-Künstler muss demnach Kaiser Nero gewesen sein. Mit seinem wegweisenden Werk »Das brennende Rom«.

Auf dem Weg nach Washington, D.C. beschließe ich, selber auch ein bisschen Minimal Art zu schaffen. Ich habe einen Einfall für eine Debüt-Arbeit.

Ben, was würdest du sagen, wenn wir ein großes Lager mit En-gros-Ware in Rumänien eröffneten? Lass uns ein neues Kettenglied in unseren Geschäften eröffnen.

Eine gute Idee, Suzy. Aber wer soll sich darum kümmern?

Meine Familie. Mutter, Vater und mein Bruder Costel.

Werden sie das packen?

Da bin ich mir sicher.

Dass ich also aus meiner armseligen Familie *Bisnisleute* mache. Sie aus ihrer Zwei-Zimmer-Bruchbude in Oneşti in eine geräumige Villa umziehen lasse. Dass ich ihnen Markenuhren und -brillen kaufe, denn sie können nicht einfach so an Verhandlungen teilnehmen. Dass ich ihnen also die Möglichkeit eröffne, sich schon zu Lebzeiten zu revanchieren und ihre Hoffnungen nicht weiterhin in eine Gruft zu setzen. Sodass sie alle ihre erlittenen Demütigungen überwinden können.

Dies ist mein erstes künstlerisches Werk. Minimal Art. Mit maximaler Wirkung.

6

Die Unruhe dieser Jahre lässt im männlichen Rumänien eine geachtete und dauerhafte Institution entstehen, die der Armee. Auch unter diesem Gesichtspunkt muss sich das Land den internationalen Normen angleichen. Könige, Minister, Schriftsteller, Hochschullehrer, Bankiers und Industrielle, alle heben sie den Unterschied hervor zwischen der zu Hause eierlegenden Frau mit vom Vergehen der Jahre welken Brüsten und der Frau jenseits des Gartenzauns, deren Busen dynamisch aufstrebt wie der Flügel eines Automobils. Die abgestandene Luft des Ehelebens steht gegen den feinen Hauch des Unbekannten.

Die Tangos in den Restaurants kleben die Körper mit solch einer brennenden Hitze aneinander, dass die Kleider wegzuschmelzen drohen. Die Korken in den Flaschen bereiten sich auf die anspielungsreichen Eruptionen des Champagners vor. Der schwarze Kaviar auf den Tellern kündet nicht mehr von der Vereinigung der Störe, er bereitet die menschlichen Vereinigungen vor. In den Separees schallt das Gelächter, irre Blicke rotieren in tiefen Augenhöhlen, von neuen Geschmäckern getränkte Zungen benetzen die lüsternen Lippen. Die Feste werden am frühen Morgen beendet, so zwischen drei und vier Uhr, wenn die erotische Ungeduld die Schwelle der Kalamität erreicht hat.

Verlassen in Haus und am Herd, zurückgestuft auf die Funktion schlichter Gouvernanten oder Köchinnen, finden sich die Gattinnen plötzlich in einem ehelichen Verschiebebahnhof wieder, an dem es keinerlei Sicherheit mehr gibt, beginnend mit ihrem eigenen Status. Sie empfangen Schlag auf Schlag, denn die Liebhaberinnen – Aspirantinnen auf den Status der Gattin – verstehen es, mit harten Bandagen zu kämpfen. Beinahe aus heiterem Himmel beschenken sie ihre Partner mit einem Kind, was Teil jener perversen Strategie ist, die stets in die Wahl mündet: Entweder ich oder die zu Hause, schließlich bin ich nicht dein Dummerchen.

Mit einem außerehelichen Kind sieht sich plötzlich auch I.C. Brătianu gesegnet, der liberale ehemalige Premierminister. Hätte er die erschöpfenden Unternehmungen außerhalb des Regierungsgebäudes vermieden, so hätte er vielleicht auf den Rat des jüdischen Bankiers Mauriciu Blank gehört und den Staatsschatz nach England und nicht nach Moskau verbringen lassen, von wo er niemals wieder zurückkehren sollte ...

Einige der Ehefrauen resignieren, die meisten aber beschließen, sich zu rüsten. Ihre ins Innere der Familie zielenden Argumente müssen nicht bloß rational sein, sondern auch von körperlicher Natur. Wieder appellieren sie an die Schneiderinnen, sie probieren die neuesten Hutmodelle an, raspeln ihre Fersen glatt, rufen betörende Parfüms und Cremes zu Hilfe, die der Haut Geschmeidigkeit und Straffheit über den Tod hinaus versprechen. Der Kampf zwischen Ehefrau und Geliebter diversifiziert sich, nimmt immer perfektere, ja sogar fein ziselierte Formen an.

Eine der klassischen Waffen der klugen Ehefrau ist das Abwarten. Man muss den Mann subtil und nicht brutal davon überzeugen, in das weich ausgepolsterte Ehebett zurückzukehren. Dort gehört er hin, nicht auf einen neuen Ast, der schon beim erstbesten Windstoß abknickt. Der Ehemann ist ein Flugzeug, das man zur Bodenstation zurückholen muss, wenn es ausreichend gekreist ist und seine Bomben abgeworfen hat, wie es die männlichen Bräuche so vorgeben. Keinesfalls dürfen ihn die Artilleriegeschosse des Militärs vom Himmel holen.

All dies ist Jacques Oxenberg bestens bekannt, wiewohl er mit den Frauen einen rein beruflichen Kontakt pflegt. Er spezialisiert sich nicht auf Gynäkologie, weil ihn das Wunder der menschlichen Geburt betört hat, sondern weil er sich das wirtschaftliche Potenzial in diesem Segment vorstellen kann. Man verkauft im Geschäftsleben ja auch nicht irgendwelche Produkte, sondern Geschichten über Produkte. Ebenso verhält es sich in der Medizin.

In seinen letzten Tagen an der Universität heiratet Jacques, dann bekommt er ein Stipendium zur fachärztlichen Qualifikation an der Tarnier-Klinik in Paris. Er reist zusammen mit Roza ab und lässt eine Stadt mit einer Universität zurück, die eher als Basisstation für antisemitische Übergriffe denn als Tempel der Gelehrsamkeit funktioniert.

Eineinhalb Jahre später kehrt er zurück. Er hat sich beruflich bestens vorbereitet und birst schier vor Ehrgeiz. Auch haben sie nun ein kleines Kind dabei, Lev, auf Pariser Boden empfangen und geboren, wie Roza es sich gewünscht hatte. In kürzester Zeit wird der kleine und schmächtige Brillenträger, dessen Haupthaar schier methodisch immerzu neue Kopfpartien enthüllt, zum Künstler des Kaiserschnitts.

Der Kaiserschnitt! Das stärkste Argument, das die Institution der Ehefrau in ihrem Kampf gegen die Konkurrenz der Geliebten haben kann. Und Doktor Oxenberg versteht es bestens, seinen Vorteil aus der Geschichte zu ziehen, durch den Kaiserschnitt bewahre sich die Vagina ihre Frische und biete dem Mann im Bett, wenn schon keine erheblichen Teile der himmlischen Seligkeit, so doch Liebesvergnügungen von unvergänglicher Elastizität an.

Eine Kaiserschnitt-Operation ist ein Kunstwerk. Ja, ein Kunstwerk. Die Mythologie lehrt uns, dass Äskulap nicht bloß Apollos Sohn, sondern auch aufgrund der unmittelbaren Intervention desselben zur Welt gekommen war.

Apollo, der Gott der Künste, sprang entrüstet auf, als er vernahm, dass ihn eine schlichte Sterbliche, Koronis, betrogen hatte. Er setzte den Fuß auf die Schwelle und ordnete an, man möge sie umbringen. Zur Kompensation rettete er das Kind der kleinen Hure durch einen Kaiserschnitt, den er höchstpersönlich vornahm. Äskulap, der Gott der Medizin, kam gurrend zur Welt und von der Hand seines Vaters, Apollo, dem Gott der Künste mit Neigung zum Gynäkologen. Der Beweis dafür, dass die Medizin eine Kunst ist.

Doktor Oxenberg macht es Spaß, seinen Patientinnen diese Geschichte zu erzählen, wenn er ihnen die Quittung ausstellt, und den Patientinnen macht es Spaß, sie weiterzuerzählen und in Gesellschaft damit zu glänzen. Dies weiß er von seiner geliebten Frau Roza, deren Wissbegierde ihn nicht wenig wundert und entzückt. Und es ist für ihn die Definition der Liebe.

Gleich nach der Heirat zieht Jacques mit Roza und deren Mutter, Frau Professor Elisa Șoicaț, um. Ein paar Zimmer ihres Hauses in der Strada Ștefan cel Mare werden an junge jüdische

Familien vermietet. Die nicht ausreichenden Geldmittel zwingen die Schwiegermutter, Klavierunterricht zu erteilen. Auch Roza hat Nachhilfeschüler für Deutsch und Französisch. Die Pension, die auf den verstorbenen Doktor Șoicaț zurückgeht, kann die Bedürfnisse nicht decken.

Vor der Heirat hatten Mutter und Tochter sich beraten, wie hinsichtlich Jacques' zu verfahren sei. Die Weisheit der Mutter und der Instinkt der Tochter fanden zu einem einvernehmlichen Beschluss. Er war der Richtige, auch wenn er im Ressort männliche Schönheit etwas zu wünschen übrigließ. Aber es erwartete von ihm ja niemand, dass er in Filmen mitspiele. Zuallererst kam es auf sein finanzielles Potenzial an. Und als Frau fühlt man sich an der Seite eines Gynäkologen doch einigermaßen in Sicherheit. Da für ihn die nackte Frau mit gespreizten Beinen Arbeitsmaterial war, stand ihm in seiner Freizeit der Sinn gewiss nicht mehr nach gespreizten Beinen und Nacktheit. Auch kamen sie in seinen Träumen nicht vor, es sei denn, es handelte sich um Albträume.

Der Plan der Jungvermählten sieht vor, dass er hier in der Stadt mit einer guten Schule für Geburtsmedizin und Gynäkologie sich auf Chirurgie spezialisiert. In der Stadt, in der Doktor Vasile Bejan im Jahr 1890 die erste chirurgische Kaiserschnitt-Intervention in Rumänien und Professor Nicolaie Zăhărescu-Karaman im Jahr 1910 die erste Kaiserschnitt-Operation nach der Methode von Frank vorgenommen hat. In der Stadt, in der Eugen Aburel praktiziert, der Studienfreund und mittlerweile Universitäts-Assistent, der konsultiert werden kann, wenn komplizierte Fälle auftreten. Sie gehören in diese Stadt, aber nur für eine erste Etappe.

Die Oxenbergs planen, nach zwei bis drei Jahren der beruflichen Spezialisierung nach Bukarest zu gehen, wo seine Profession bessere Chancen bietet. Und wo, dies auch, die Institution der Geliebten und der Ehefrau sich eines größeren und hinsichtlich der Konfrontationen reichhaltigeren Spielfeldes erfreut. Und wo, implizit, der Kaiserschnitt im Vergleich zur lahmen Moldauprovinz großartige Perspektiven hat.

Der Plan wird allerdings verschoben, aus glücklichen Umständen. Die Patientenschaft beginnt bei einem Kern und weitet sich schnell aus. Sie nimmt zwar an Umfang nicht so sehr zu, denn hier waltet das Prinzip »wenige, aber mit größtmöglichem Gewinn«. Das Gerücht, ein jüdischer Arzt lasse dich gebären, ohne erotisch verstümmelt zu werden, also ohne dass die intime Anatomie ausgeweitet würde, beschränkt sich nicht nur auf den streng lokalen Raum. Es kontaminiert die ganze Gegend. Frauen mit Geld und ohne geistige Verstopfung kommen aus Bârlad, Bacău, Suceava, Piatra Neamț oder Botoșani zum Herrn Doktor nach Iași, um sich untersuchen und vormerken zu lassen.

Die einfachen Frauen gebären zu Hause, mit oder ohne den Beistand einer Hebamme, die emanzipierten Damen jedoch machen es im Stil der Mode in Paris, London oder Berlin: mittels Kaiserschnitt. Gewiss, die Genesung schmerzt und dauert eine Weile, aber diese Opfer lohnen sich. Und die zurückbleibende Narbe ist ein Siegel der Vornehmheit. Mit einer solchen Narbe am Bauch heißt man nicht mehr Madame Ionescu, sondern »Gräfin von Ionescu« oder »Herzogin von Ionescu«.

Ionescu? Ja, Ionescu, waschechte Rumänin. Denn nach äußerst kurzer Zeit beginnen auch die christlichen Frauen, direkte Nichten von Decebal und Trajan, ihre Schenkel auf der gynäkologischen Liege im Anbau des Israelitischen Krankenhauses zu spreizen. Mit den feinen Seidendessous legen sie zugleich auch den Antisemitismus ab. Den Frauen rieselt es wohlig durch den Körper, es ist geradezu süß, wie der kleine schnauzbärtige Brillenträger sie anschaut und abtastet. Die Berührung seiner – kurzen, aber, ah, gleichermaßen beethovenhaften, lisztartigen, brahmsmäßigen und enescuwürdigen! – Finger ruft intensive

Visionen und unkontrollierbare Überschwemmungen in ihnen hervor.

Es sind Zeiten, da die Jüdische Gemeinde angesichts des sich im christlichen Lager stets steigernden Hasses erhebliche Schutzgelder an die Chefs der Gendarmerie, der Polizei und der Armee entrichtet. Die Gattinnen dieser Krösusse der Augenblickskonjunktur katzbuckeln um ihren Anteil aus den Umschlägen mit den Millionen, die ihre Männer lediglich veranlassen sollen, ihrem Beruf in diesem endlosen christlich-jüdischen Krieg nachzugehen. Ein Teil des Geldes wird für elegante Kleider ausgegeben, ein weiterer für Produkte, die der Schönheitspflege dienen ...

Aber der dritte Teil landet, wenn es darauf ankommt, beim Gynäkologen, dem man einen Vorschuss bezahlen muss, damit er einen im Blick behält, wenn es auf die Entbindung zugeht. Doktor Oxenberg verlangt hohe Honorare. Die Männer erfahren lediglich, die Operation sei aufgrund der Disproportion zwischen Schädelumfang und Enge des Geburtskanals geboten. Mehr müssen sie nicht wissen.

Ohne dass die Rivalin etwas davon mitbekommt, befestigt die Institution Ehefrau ihre Schutzmauern.

Im Kämmerchen im Souterrain knöpft sich Ilie, nachdem er sein Maschinengewehrfeuer unter Tincuțas Schürze eingestellt hat, nervös den Hosenschlitz zu. Mit schier erstickter Stimme spricht er eher zu sich selbst als zu Tincuța, die in ein Paar von Madame Oxenberg abgelegte, aber immer noch gute Unterhosen schlüpft. Sie sind rosa, waren zu ihren Glanzzeiten aber rot.

Hör mal, Dummerchen, kennst du die alte Weisheit vom Glück des Menschen?

Das, dass man sich das Glück selber zubereiten muss?

Quatsch! Das taugt nicht mal dazu, sich den Arsch mit abzuwischen.

Na was dann, du Hornviech?

Dass, wenn der Mensch echt kein Glück hat, er sogar in der Fotze auf einen fünf Zentimeter langen Nagel trifft.

Ha, das hab ich gekannt, aber mit ein paar Zentimetern weniger. Das hat zu Haus mein alter Herr gesagt, wenn der Hagel uns wieder einmal die Ernte zerschlagen hatte. Aber er hat noch gesagt, dass der Nagel verrostet war.

Nu schau dir nur mal kurz den Doktor da an. Was der einen Geldhaufen hat. Lass dir von mir gesagt sein, dass der Mann, wenn er Glück hat, sogar in der Fotze noch über eine Geldquelle stolpert.

Tiefe Wahrheiten haust du raus, Mann, Ilie! Du bist ja erleuchtet und nicht so platt und dumm wie ein Kuhfladen! Das ist's auch, warum du mir so lieb geworden bist!

Ilie ist stummelkurz, als hätte man ihn aus einer hydraulischen Presse gezerrt, und seine Nase ist von anrührender Krummheit. Roza Oxenberg scherzt, wenn sie mit zwei Nasen geboren worden wäre, würde sie ihm gerne eine davon überlassen.

Sie mag die beiden, Ilie und Tincuța. Gesund aus dem rumänischen Erdreich gesprossene Halme.

7

Um meine Hochzeit zu begießen, lässt Vater mit seiner Rentnerbande eine Sause steigen. Und zwar in seinem favorisierten Lokal, das auch genauso heißt: Favorit. Eine von Zigarettenrauch zugenebelte Kaschemme, in der die Rentner des Viertels Schulden anhäufen. Einmal pro Monat werden sie beglichen, wenn der Postbote geklingelt und ihnen den Witz, den man Rente nennt, gebracht hat.

Vater hatte davon geträumt, dass ich ihn rächen käme. Dass

ich eines Tages Chefbuchhalterin oder Finanzdirektorin im Petrochemischen Kombinat von Onești werde. Und seinen Chefs, die dann meine Untergebenen wären, das Leben vergälle.

Die Enttäuschung zu überwinden, dass ich nicht bereit war, in den elterlichen Racheplan einzusteigen, hat ihm einiges abgefordert. Jahrelang hatte er davon geträumt, dass ich eines Tages mit der geladenen Entlassungswaffe in der Handtasche im Kombinat auftauchen würde. Und Ingenieur Mazăre feuerte, der ihm das Röhrchen zum Pusten hinhielt, um ihn im angetrunkenen Zustand zu erwischen. Und er erwischte ihn oft, wie denn nicht? Alle Angestellten regelten ihre Flüssigkeitszufuhr mit Alkohol, um sich damit gegen Giftschwaden zu wappnen. Nicht aber Ingenieur Mazăre, der hat sich niemals einen hinter die Binde gegossen.

Vater ist so richtig häuslich. Eine Zeitlang hat er auf einer freien Fläche zwischen den Wohnblocks Hühner und Hasen gezüchtet. Dann hat er einen Flecken am Flussufer gekauft und mit der Schubkarre Erdreich hingekarrt. Da entstand ein prächtiger Garten auf dem steinigen Untergrund. Aber bloß Gemüse ohne eine Spur Proteine, das hat keine Zukunft. Deshalb hat er sich auf Nutrias verlegt. Anständige Tiere, tüchtig und an ihrem Platz. Sie haben uns während des Kommunismus zu überleben geholfen. Haben unsere Teller gefüllt, haben uns winters gekleidet und etwas Haushaltsgeld eingebracht.

In den Jahren meines amerikanischen Wohlstandes sollte ich Mitglied aller Organisationen werden, die sich um den Schutz der Nutrias kümmerten. Und mich sofort empören, wenn ihnen auch nur das geringste Übel geschah. Und Demonstranten bezahlen, damit die ihre Fäuste recken, wenn sie gar malträtiert wurden. Das gleiche Gefühl muss irgendwann einmal Alfred Nobel empfunden haben, wenngleich in etwas größerem Maßstab.

Vaters Freunde scherzen auf seine Kosten: Mensch, Ioan, da

kann man mal sehen, dass deine Tochter deine Talente geerbt hat.

Was sagst du da, Vasile?

Na schau doch, wie gut sie sich darauf versteht, Mosaike zu verlegen!

Wo hast du das nun wieder her?

Na, hat sie sich nicht religionsmäßig aufs Mosaische verlegt? Ist sie nicht zur mosaischen Religion übergetreten?

Vater holt eine weitere Runde Bier von der Bar. Er fühlt sich gerächt, aber nicht hundertprozentig entschädigt. Bis er diesen Einfall hat. Er plant, zusammen mit Herrn Sălăvăstru und Herrn Anghel den Ingenieur Mazăre aus seinem Haus zu locken. Ihm vorzuspiegeln, es ginge um Leben und Tod. Und ihn ins Favorit zu bringen.

Der steigt drauf ein, denn er langweilt sich zu Hause ohnehin. Und Vater ruft mich an. Ich bin mit Ben in Paris in einer Kneipe in Montmartre. Ein kühler Juni. Wir arbeiten an der Empfängnis unseres ersten Kindes. Summen und singen mit Charles Aznavour, wenn er singt:

Montmartre, en ce temps-là,
Accrochait ses lilas
Jusque sous nos fenêtres.

Das sagt der Armenier ganz richtig. Und ich mit ihm:

La bohème, la bohème,
On était jeunes, on était fous.

Ben ist von dem Lied ganz begeistert. Den könnte man ohne Betäubung kastrieren, den Ganoven, und er würde noch immer nicht zugeben, dass er Französisch versteht. Er lässt mich übersetzen, wie Montmartre seine Fliederblüten unter unsere Fenster gesteckt hat, als wir junge und verrückte Bohemiens waren.

Ich mag nicht telefonieren. Vater bittet mich, dem Ingenieur Mazăre zu sagen, er sei ein Volltrottel. Ein größerer Volltrottel als die Erbsen, die das Schaf unter seinem Schwanz produziert. Er reicht ihn mir:

Küss die Hand, Fräulein Sânziana, und meine aufrichtigsten Glückwünsche zur amerikanischen Heirat! Ich hab ja immer gewusst, dass Sie es mal weit bringen werden.

Was machen Sie denn noch so, Herr Ingenieur, seitdem Sie Vater nicht mehr pusten lassen?

Ach, es ist schwer, Fräulein, schwer. Wenn mich die Leber in Ruhe lässt, quält mich der Magen ... Und Gehalt kriegen wir nur alle drei Monate ...

Herr Mazăre, ich will in Rumänien ein En-gros-Lager eröffnen. Hätten Sie Interesse an einer Arbeit? Das Gehalt ist gut, dreihundert Dollar zuzüglich Prozente vom Verkauf.

Na klar interessiert mich das, warum sollte mich das nicht interessieren!?

Der Arbeitsplatz wird in Iași sein. Ich zahle Ihnen auch ein Tagegeld und die Unterbringung.

Küss die Hand! Jetzt verstehe ich, warum mich Herr Ion zu der Uhrzeit aus dem Haus geholt hat.

Aber Sie werden Vater zum Chef haben.

Warum nicht, wir haben uns doch immer gut verstanden.

Entschuldigen Sie vielmals, Herr Mazăre, aber wenn Sie das ablehnen, sind Sie ein größerer Volltrottel als die Erbsenkügelchen unter dem Schafschwanz. Ich möchte, dass Sie meine letzten Worte wiederholen, damit ich weiß, dass Sie mich verstanden haben.

Ja, Fräulein, ich bin ein größerer Volltrottel als die Erbsen unter dem Schafschwanz.

Vater ist gerächt. Der Chef, der ihn mit seinem Röhrchen gequält hatte, wird nun sein Untergebener. Ist das keine Kunst? Minimale, immerhin ganz minimale.

In Paris ein Kind zu zeugen ist in meinen Augen eine große Sache. Und nicht irgendwo in Paris, sondern oben auf dem Hügel, in Montmartre. Das Künstlerviertel, na ja. Ich bin im Heim für Unverheiratete gezeugt worden, in dem Vater damals wohnte. Er hat Mutter mit einer Entensuppe und einem großen Pott Glühwein präludiert. Auf seinem Rechaud hergestellt. Im Zimmer stank es, dass sich einem die Nase verbog. Aber das Fenster zu öffnen wäre ein Verbrechen gewesen. Februar in Rumänien. Damit legt man sich nicht an.

Bach ist der mit dem wohltemperierten Klavier, glaub ich. Ich bin die mit der wohlbefruchteten Eizelle. So kehre ich aus Paris zurück. Und mit drei Flaschen Martell Cognac. Für meinen Schwiegervater Joe. Ich sage ihm, das sei echter Cognac, kein Betrug. Nichts von dem, was ich im Museum der Fälschungen in der Rue de la Faisanderie, Nummer 16 gesehen habe. Gefälschte Zigaretten, gefälschte Getränke, gefälschte Medikamente. Parfüms, Schmuck, Spielzeug. Und Klamotten, viele Klamotten.

Da gibt es für mich ein Dilemma. Gefälschte Klamotten oder *second-hand*? Was ist moralischer? In beiden Fällen möchte der Träger als etwas scheinen, das er nicht ist. Joe parfümiert seine Worte mit Cognac:

Bis zu einem gewissen Punkt sind Fälschungen entschuldbar. Wie viel Respekt kann man für jemanden haben, der hundert Dollar für ein Marken-T-Shirt ausgibt? Ist es nicht besser, du nähst das gleiche Emblem auf irgendeinen Fetzen, der nicht mehr als einen Dollar kostet?

Das ist nicht korrekt, Joe. Man muss doch die Marke respektieren.

Suzy, es ist noch gar nicht so lange her, da kam die Modeindustrie mitten aus dem Herzen von New York, aus dem Garment District. Dort, wo das Denkmal mit der gigantischen Nähnadel steht, die durch das Loch an einem Knopf fährt.

Ich habe mich dort fotografieren lassen. Daneben steht das Denkmal eines Schneiders, der an seiner Nähmaschine sitzt.

Amerika hatte eine Textilindustrie, die auf den Erfolg abonniert war. Dank der Juden.

Die hat sie auch heute noch.

Bloß noch dem Namen nach. Heute wird alles in China hergestellt, in Bangladesch, in Peru ...

Und in Rumänien, nicht zu vergessen. Du kränkst mein Nationalgefühl.

Entschuldige! Heute lautet die Devise: »Billig für den Hersteller, teuer und schlecht für den Käufer.« Ich habe mir ein Paar echte Ralph-Lauren-Schuhe gekauft. Sie haben mich 130 Dollar gekostet, und ich konnte sie gerade fünfmal tragen. Um mich zu rächen, habe ich mir für zwölf Dollar die Fälschung gekauft. Die trage ich immer noch.

Trotzdem, mir gefällt Ralph Lauren. Das Emblem sieht gut aus. Ein Polospieler hoch zu Ross, der mit seinem Schläger einen imaginären Ball spielt.

Weißt du, was meine Frau dazu sagt? Dieses Emblem lässt sie einen reitenden Polizisten sehen, der einen zu Boden gegangenen Juden während des Pogroms in Iași schlägt.

Hoppla! Dora kennt sich in Geschichte aus.

Pogrom in Iași? Ich habe in der Schule und an der Universität Geschichte gehabt, bis mir der Kopf brummte. Aber kein einziger Professor hat so etwas auch nur mit einem Wort erwähnt.

In Washington, D.C. treffe ich einen Historiker aus Iași. Ich hatte in meiner Studentenzeit ein paarmal mit ihm Kaffee getrunken. Gut gebaut, die Ausstrahlung eines Intellektuellen, der exzessiv liest. Eine streng wirkende Person, nicht umsonst heißt er Sever. Er hat ein Stipendium für dieses Thema und beantwortet mir alle meine Fragen. Es hat eine Zeit gegeben, da kehrte ich von meinen Treffen mit Männern mit Armen voller

Blumen oder Geschenken zurück. Jetzt verlasse ich sie mit einem Stapel Bücher.

Daraus erfahre ich, dass die Stadt meiner Studentenschaft während des Zweiten Weltkriegs ein Pogrom erlebt hat. Und was für ein Pogrom! Mit 13.266 Opfern, darunter vierzig Frauen und 180 Kinder. Gemäß Bericht Nummer 1503 vom 23. Juli 1943 des Spezialinformationsdienstes. 13.266 von insgesamt 50.000 Juden, die in der Stadt lebten, etwa die Hälfte der Gesamtbevölkerung. Zwei Monate davor waren es noch 51.200, aber die etwas Scharfsinnigeren hatten es noch geschafft zu fliehen. Umgekehrt waren kurz vor dem Eintritt Rumäniens in den Krieg dreitausend nach Iaşi gekommen. Infolge der Anordnung, die jüdische Bevölkerung aus den Dörfern zu evakuieren. Beinahe alle erwachsenen jüdischen Männer sind während des Pogroms massakriert worden.

Ich mag an Joe den Rabbinerblick für die Waren zweiter Hand. Es ist angenehm, diesen Planeten dabei zu beobachten, wie er wie blöd um die Mode kreist. Solange es die Mode auf der Welt gibt, wird das jüdische Volk überleben. Aber Mode bedeutet von allem Anfang an *second-hand.* Wie die Papageien wiederholen wir, was vor dreißig bis vierzig Jahren getragen wurde.

Der Betrieb der Familie Bernstein gründet auf Kreativität. Sie hatten mit Uniformen begonnen. Washington, D.C. ist eine Gegend mit zahlreichen, von der Regierung gestellten Diensten. Das Zentrum der Welt, gewissermaßen. Was betonharte Sicherheit erfordert, für die wiederum private Firmen sorgen. Joe hat die Firmenbesitzer davon überzeugt, dass es keinen Sinn hat, Geld für neue Uniformen zu verschwenden. Schließlich schickten sie ihre Angestellten ja nicht in die Diskothek, damit sie dort auf der Tanzfläche für Furore sorgen. Auf Sparsamkeit bedacht, verzogen sich ihre Schnauzer zu einem leicht behaarten Lächeln.

Eines Tages suchte Dora in Hollywood einen Drehbuchautor auf. I.A.L. Diamond war sein Pseudonym. Sie freundeten sich an, weil beide, Diamond und Joe, Juden aus Iași waren. Woher sie dies wusste? Dora ist in Sachen Informationsbeschaffung ein Phänomen.

Wie geht es, Herr Itzec Domnici?

Nanu, woher wissen Sie denn, dass ich eigentlich Domnici heiße?

Schlichte Ableitung! Mein Mann ist auch in Rumänien geboren, ebenfalls in Iași.

Man kann das Land nicht an den Schuhsohlen mitnehmen, hat einmal ein Ziegenbock namens Danton gesagt.

Ja, gewiss, aber im Absatz bewahrt sich immer etwas.

Ha-ha-ha, das ist stark! Darf ich das in meinem nächsten Film benutzen?

Darüber müssen Sie mit Joe sprechen, meinem Mann. Es ist sein geistiges Eigentum. Ich habe hier etwas für Sie.

Dora zeigte ihm ein paar Postkarten aus Iași, dann aus Ungheni, dem Marktflecken, in dem Diamond 1920 geboren war. Zwanzig Kilometer von Iași entfernt. Er war von dort weggezogen, als er neun Jahre alt war, noch bevor er in die tödlichen antisemitischen Statistiken hatte geraten können. Rechtzeitig, damit aus Domnici Diamond werden konnte. Diamanten entstehen unter Druck.

Der kleine Domnici war nach langem Schlaf als Diamond aufgewacht. Er schaute sich ein paar Postkarten mit der Strada Lăpușneanu an. Was waren das für Geschäfte! Dort hatten seine Eltern sich ein Telefunken-Radio gekauft. Ein Schmuckstück. Und ihm hatten sie einen Schokoladekuchen aus der Konditorei Tuffli mitgebracht. Er hatte den Geschmack auch jetzt noch im Mund. In Hollywood gab es so etwas nicht.

Irgendwann haben die Bernsteins sich regelmäßig mit Diamond zum Essen getroffen, eben wie Juden mit gemeinsamen

Wurzeln. Der Drehbuchschreiber ließ sich von Joes Humor anregen, der war feiner und humaner als sein eigener, der ziemlich berechnend war. Man erriet bei Diamond ziemlich schnell die Ausbildung zum Mathematiker. Da kam auch sein Pseudonym her, denn I.A.L. hieß nichts anderes als »Interscolastic Algebra League«. Joes Gedankengänge begannen, sich in Diamonds Drehbücher einzuschleichen.

Izzy Diamond, du bist ein echter Diamant! Bist so viel wert wie dein Gewicht in Gold!, dabei schlug er ihm auf die Schulter.

Ein Spruch, der leicht verändert im Mund der Sugar wiederauftauchte, also von Marilyn Monroe in der Komödie *Some Like It Hot:*

Real diamonds! They must be worth their weight in gold!

Joe und Dora verpassten keine Kinopremiere. Alle anderen Zuschauer interessierten sich für das Gewebe der Handlung und das Spiel der Darsteller, Joe und Dora aber interessierten sich allein für die Kleidung der Hauptfiguren. Und sie unternahmen alles, was in ihren Möglichkeiten stand, um in den Besitz dieser Kleider zu gelangen. Wenn sie die Originale nicht bekommen konnten, trösteten sie sich mit identischer Ware. Oftmals kündigte ihnen Diamond einige Zeit vor der Premiere an, was die Stars in ihrem neuen Film tragen würden.

Er verkaufte uns Trumpfkarten, Suzy. Wir sollten uns nicht hinter Worten verstecken.

Die Bernsteins waren der Konkurrenz stets einen Schritt voraus. Um den Schritt eines Elephanten. Sie packten die Ware in Kisten. Jede Kiste erhielt ein Etikett mit dem Namen des Films: *Love in the Afternoon, The Apartment, Cactus Flower*. Oder mit dem Namen der Schauspieler: Marilyn Monroe, Shirley MacLaine, Jack Lemmon, Walter Matthau. Sie sammelten die Kleidungsstücke der Stars. Dann warteten sie ab, dass ihre Zeit käme. Diese Filme sich in der Mode festsetzten. Und in der Geschichte. Ebenso wie die Zeitungen die Nekrologe auf Könige und Präsidenten fertig in der Schublade liegen haben.

Wenn ihre Zeit angebrochen war, brachten wir die Klamotten zur Versteigerung. Aus diesem bodenlosen Brunnenschacht genannt Snobismus sprudelte das Geld geradezu. Diamond bekam seine Prozente. Aber auch ich bekam meine Prozente von seinen Drehbüchern. Wenn er ins Straucheln kam, klingelte bei mir das Telefon.

Joe hat aus dem Krieg nicht bloß eine partielle Taubheit mitgebracht, sondern auch eine totale Nostalgie. Kaum war er nach Hause entlassen, da begann er auch schon damit, all das Zeugs zusammenzukaufen, das mit dem Weltenbrand zu tun hatte, an dem er beteiligt war.

Pistolen, Bajonette. Fallschirme, Kompasse, Karten, Helme, Ferngläser, Schaufeln in Hüllen, Tarnkleidung, Lederjacken, Pullover, Socken. Gillette- und Star-Rasierklingen in Bakelitschächtelchen. Rasiercreme, Kaugummi, Camel- und Pall-Mall-Packungen. Die berühmten K-Rationen in den luftdicht abgeschlossenen Büchsen. Vorsicht, Explosionsgefahr. Briefumschläge für die Post nach Hause, worin die Soldaten um Strümpfe für die Mädchen baten, die sie auf dem erotischen Schlachtfeld kennengelernt hatten. Selbst Klopapier, das um die Hälfte kleiner war als das, mit dem man sich heute den Arsch wischt. Schade, dass Joe keine Panzer und gepanzerten Fahrzeuge finden konnte, die wurden nicht angeboten. Er hätte auch die gekauft.

Mein Schwiegervater ist nicht nachtragend. Er hat alles gekauft, was mit den alliierten Truppen zu tun hatte. Aber auch die Sachen der Nazis, und zwar gleichermaßen. Er hat ein gewaltiges Depot damit gefüllt. Darin kam man sich wie auf einem Schlachtfeld vor, auf dem vorerst die Soldaten fehlten. Sie waren zum Baden gegangen.

Suzy, diese Ware machte mich viele Jahre nach dem Ende des Krieges zu einem reichen Kriegsgewinnler. Ich habe alles, absolut alles an Sammler verkauft. Ich bin der einzige Kriegsgewinnler ohne moralisches Problem.

Die Cognac-Flasche ist leer. Das ist nicht Joe, der da schnarcht. Es sind Flieger, die zum Kampfeinsatz über dem alten Kontinent fliegen.

8

Die Wirtschaftskrise trifft jedes einzelne Land anders, aber die Rumänen haben ihre unnachahmliche Weise, in einer ersten Phase die Realitäten zu ignorieren. Ein seltsames Virus zieht sich vom Gehirn zu den Gefühlen hin und entfremdet die offensichtlichsten wirtschaftlichen Indikatoren ihrer verstehenden Kenntnisnahme. Die Rumänen benötigen eine beträchtliche Zeitspanne, um sich mit der Vorstellung vertraut zu machen, dass das Bruttoinlandsprodukt sinkt, die Arbeitslosigkeit sich von der Bedrohung zur Tatsache gewandelt hat, dass die Streiks zunehmen und die Banken schwindlig werden aufgrund der Höhenluft.

Es ist das Jahr 1929, das Krisenjahr, aber die Regierung versichert, die Wirtschaft brumme, und der Landwirtschaftsminister, Ion Mihalache, rät den Bauern, sie mögen sich auf die Solidität der Banken verlassen. Im gleichen Tonfall erklärt die Zeitung *Universul* den Bauern, die Moderne sei angebrochen, ihre vorgestrigen Pferde als Zugtiere müssten durch die Rennpferde der Ford-Wagen ersetzt werden, die in Garagen auf sie warteten, nicht in Ställen. Nebenbei gesagt, auch die folgenden acht, neun Jahrzehnte haben die Bauern nicht von der Notwendigkeit überzeugen können, die Pferde im Halfter gegen Pferdestärken einzutauschen, wie 1929 vorgeschlagen.

Je nach dem Ort, an dem man sich befindet, sind die Auswirkungen der Krise unterschiedlich und werden auch so wahrgenommen. Wie schmerzhaft der Rückgang der individuellen Einkünfte auch sein mag, in einer Universitätsstadt sichern die Diplom-Aspiranten gemeinhin einen zufriedenstellenden Lebensstandard. Die Studenten füllen die Stadt und bringen den Konsum auf Trab: Sie mieten Zimmer, kaufen Nahrungsmittel und Kleidung, besuchen Restaurants und Veranstaltungssäle.

Auch treffen die Ausschläge der Krise die Berufsstände unterschiedlich hart. Der Arbeiter am Hochofen und der Bauer erleben sie auf andere Weise als der Händler oder der Arzt. Für den einen bedeutet sie Arbeitslosigkeit und für den anderen lediglich eine geringfügige Einschränkung der Aktivitäten.

In solcherart entscheidenden Zeiten kann man sehen, in wem das Blut eines echten Kapitalisten kreist. Es gibt Menschen, die sich am Krieg bereichern, aber es gibt auch solche, die sich an einer Krise bereichern. Es ist die Zeit der großen Kanonen. Die Zeit der billigen Ankäufe und unvorhersehbaren Rückabwicklungen.

Im Jahr 1929 hängen die Ärzte Louis und Marcel Mendel zusammen mit ihrem Kollegen Michael Haimovici – vom jüdischen Kinofieber gepackt – ihre weißen Kittel an den Nagel, um auf der Strada Lăpuşneanu Nummer 37bis das Trianon-Gebäude zu errichten. Ausgestattet mit vortrefflicher Ventilation und Zentralheizung und darauf ausgerichtet, in einer ersten Phase französische Filme auszustrahlen, funktioniert das Trianon wie ein modernes Fahrzeug, das seine Passagiere bis nach Paris und wieder zurück fährt.

Wie ein Gutsherr in seiner Praxis mit sicherer Kundschaft installiert, bleibt dem Gynäkologen das ganze umtriebige Gewusel fremd. Er befindet sich in tagtäglichem Kontakt mit der

Quelle des Lebens, was ihn anscheinend dazu befähigt, das Leben auf eine philosophische Weise zu betrachten. Er erfährt einiges über die Wirtschaftskrise, aber nicht mehr als das unbedingt Notwendige, das die Zeitung *Dimineața* bringt, die er abonniert hat. Er liest diese Zeitung vor allem wegen der Reportagen des Filip Brunea-Fox, seines ehemaligen Klassenkameraden. Er könnte gut und gerne auch die Lokalzeitungen *Opinia* oder *Lumea* abonnieren, beide von seriösen Juden patroniert, aber was gehen ihn die Verhältnisse der Stadt an, wo er doch ohnehin vorhat, eines Tages wegzugehen in die gewissheitsgetränkte Sphäre der Hauptstadt.

Er operiert, bringt Kinder zur Welt, ohne die intime Anatomie der Mutter in Mitleidenschaft zu ziehen, kassiert die Schecks, kommt nach Hause und trinkt im Bett mit seiner Frau Rotwein aus dem Bordeaux, um seine von den Unmengen Vulven, die sich in seiner Berufsbiografie bis unter die Decke stapeln, angeschlagene Potenz wieder aufzufrischen.

Roza ist seine Frau, manchmal seine Assistentin, aber auch Image-Direktorin, welcher Beruf hierzulande fremd ist. Sie bringt ihm kleine Tricks bei, durch die er Intimität mit seinen Patientinnen hervorrufen und steigern kann, denn die Frau, die an die Tür des Hals-Nasen-Ohren-Arztes klopft, hat einen ganz und gar anderen Puls als die, die beim Gynäkologen vorstellig wird. Doktor Oxenberg vertraut ihrer Kompetenz als Frau. Er beginnt damit, dass er statt des klassischen und kalten weißen Kittels einen grünen Kittel anzieht. Er benetzt Schläfen, Hals und Handgelenke mit dem Eau de Cologne Mouchoir de Monsieur von Guerlain. Er wirft seinen Kundinnen ein asymmetrisches Lächeln zu, wobei er unter dem schmalen Filmhelden-Schnauzer den Glanz jenes Geschenkes enthüllt, das er von Roza zu ihrem fünften Hochzeitstag bekommen hat: ein paar Goldzähne. Aber was für ein Gold, fein und verführerisch!

Die Patientinnen fassen Mut und führen sich gegenseitig an

der Hand hierher, wie die Schulmädchen. Mit knallrotem Gesicht, schön ausstaffiert und parfümiert, treten sie ins Kabinett. Stumm legen sie das Röckchen ab, dann die Strümpfe und scheren sich nicht darum, ob ein Strumpf an einem Fußnagel hängen bleibt und einen Faden zieht ... Schließlich streifen sie mit schmerzerfüllten Gesten das Höschen ab – als wär's lebendige Haut – und steigen mit vor Scham geschlossenen Augen auf den gynäkologischen Richtstuhl. Ihr Herzklopfen ist ihnen Gewitterdonner, wenn der Herr Doktor – aber nennen Sie mich Jacques, ich bitte Sie darum von ganzem Herzen! – seine Beethoven'schen Finger darauf vorbereitet, die Partitur in Angriff zu nehmen. Die einen Partituren wirken wie fruchtbare Äcker, andere wieder sind gepflegt wie englischer Rasen, die meisten sind von der Zartheit der Rosenblütenblätter. Seine Aufgabe hier auf Erden ist es, darüber zu wachen, dass der Rose die Frische erhalten bleibt.

Sein Kölnischwasser lässt die Komplimente schweben. Er spricht sie, niemals mit der linken Mundhälfte, unter dem Beistand eines Grammofons, das Chansondüfte und betörende Walzer in die Luft streut. Er punktet mit kleinen Erwiderungen, die er bei Roza auswendig gelernt hat, um geistreich zu wirken:

Ach, die Liebe; immerzu habe ich mich gefragt, warum sie von den Dichtern und nicht von Psychiatern besungen wird!

Die Kundinnen lachen und vergessen die unbequeme Position, in der sie sich befinden.

Apropos, wussten Sie, dass Äskulap, der Gott der Medizin, selber auch durch einen Kaiserschnitt geboren wurde?

Das hab ich nicht gewusst, Herr Doktor, woher hätte ich das denn wissen sollen?

Sein eigener Vater, Apollo, der Gott der Künste, hat den Eingriff vorgenommen. Deshalb ist die Medizin vor allem eine Kunst.

Die Patientinnen enthüllen ihre Weiblichkeit. Ohne Höschen kommen die Geständnisse von ganz allein. Wissen Sie, Herr Doktor, vielleicht sollte ich Ihnen das nicht sagen ... aber mein Mann hat eine Neue. Jung und etwas verhurt, aber blendend schön, das Miststück. Jetzt, wo das nun auf mich zukommt, werde ich da noch Mittel haben, gegen die Schlampe anzukämpfen?

Manch eine kann ihre Tränen nicht beherrschen. Andere wünschen den Kaiserschnitt aus Gründen der Vorsorglichkeit. Der Mann hat zwar keine andere, aber sie möchte ihm auch keinen Grund liefern, sich eine zu suchen. Oxenberg nimmt sie alle in die Arme. Für die einen ist er der Rabbi und für die anderen der orthodoxe Pfarrer in grüner Soutane. Sie möge sich keine Sorgen machen. Noch ist keine seiner Patientinnen wegen einer Geliebten verlassen worden.

Was ist denn die Geliebte tatsächlich? Ein sexuelles Nießen, um nicht zu sagen, ein sexueller Furz. Ein Bahnhof, an dem kein ernstzunehmender Zug je anhält.

Schließlich bekommen die Damen einen Termin für die Kaiserschnitt-Operation. Sie gehen und lassen den Umschlag auf dem Tisch zurück. Die meisten haben sich mit Jacques' Fingern tausendmal wohler gefühlt als mit dem Ding in den Hosen ihres Mannes.

Die Weiblichkeit der Moldauerinnen erwacht und schlüpft unter der schweren feudalen Schneedecke hervor.

Die Umschläge werden gesammelt und auf das Familienkonto eingezahlt. Frau Professor Elisa Șoicaț muss ihre Zimmer nicht mehr vermieten, auch muss sie keinen Klavierunterricht mehr erteilen, um da und dort noch ein Loch zu stopfen. Auch der Nachhilfeunterricht Rozas ist schon lange eingeschlafen. Im Haus an der Strada Ștefan cel Mare sind Wohlhabenheit, Frieden und gute Laune eingezogen. Das Klavier erklingt nicht mehr, weil es unbedingt sein muss, sondern aus freien Stücken. Seine Tasten unterbrechen ihren Tanz nur, um dem Radio das Wort zu überlassen, an dem Roza aufgeregt der Stimme lauscht, die allein für sie flüstert:

Hier ist Radio Wien!

Ah, Wien, auch sie wird dorthin gelangen, ziemlich bald schon!

Eiligen Schrittes genehmigen sie sich eine Tincuța-Dienstmagd und ein zweites Grammofon, das für die Wohnung bestimmt ist. Denn das erste war für die Praxis, damit die Patientinnen sachte und getragen vom Zauber der Musik ihr Herz und ihre Beine öffnen.

Kuchen und Torten werden ausschließlich in der Konditorei Tuffli gekauft, Rozas Kostüme bei Mode Hèléne, die Rosen für den Tisch und fürs Knopfloch in der Blumenhandlung La Buchet, die Medikamente gegen die Gicht der Schwiegermutter in der Central-Apotheke und die feinen roten oder grünen Krawatten für ihn im Geschäft des jüdischen Kaufmanns, der sich unter dem Namen Cristian verbirgt, schließlich versucht jeder, den Antisemitismus, so gut er es eben kann, zu täuschen. Und dann, ja, die Ferien im Ausland, die unvergesslichen Ferien an Europas Küsten ...

Nicht umsonst hatte sich Roza mit so viel Herzblut darum bemüht, Französisch und Deutsch zu lernen. Wenn Lev in Paris empfangen worden ist, im Herzen des bohemen Montmartre, so war die Erzeugung des zweiten Kindes ein Tribut, der dem deutschen Boden zu entrichten war. Es gab nur ein kleines Problem, das darin bestand, den richtigen Ort zu finden, denn sie überließ nichts dem Zufall. Man kann überall ein Abenteuer haben, je mehr es ein Abenteuer von überall ist, umso besser, aber die Herstellung eines Kindes ist eine Unternehmung, die einem schwere Zügel anlegt.

Auf Empfehlung von Carol Drimmer reisten die Gatten

Oxenberg im Sommer an den Stadtrand von Rostock, nach Warnemünde an der Ostseeküste. Nur sie beide, Lev war zu Hause in der Obhut der Großmutter geblieben, die sich heldenhaft darum bemühte, ihm die Leidenschaft für Musik anzudienen. Die arme Alte! Trotz aller Bemühungen mit den Tasten des Instruments leuchtet das Gesicht des Enkels bloß auf, wenn ihm erlaubt wird, mit Geld zu spielen. Nichts sonst interessiert ihn. Er küsst die Banknoten, streichelt zärtlich über die Rundungen der Münzen und legt sie dann in das Bettchen, das er in einer Bonbonschachtel für sie vorbereitet hat.

Angesichts der gewaltigen Wassermassen explodiert Rozas Vortrefflichkeit, begünstigt auch durch die schier anämische Besiedlung der Küste. Sie geht nackt ins Meer, das sich ihr mit schaumgekrönter Enthaltsamkeit zu Füßen legt. Die Brustwarzenmünzen auf den kleinen Brüstchen klimpern silbern, wenn sie den folgsamen Jacques an der Hand in das Wäldchen zerrt, das den Strand wie ein Gürtel umfängt. Sie wirft ihn auf den Rücken und summt ihm einen noch nie zuvor gehörten Refrain ins Ohr, bis sich sein Marschallstab fest und entschlossen anfühlt.

Immer wieder besteigt sie ihn mit jauchzender Brust. Die kupferfarbenen Algen zwischen den Beinen weichen vor dem hohen Gast zur Seite. Er wirft den Kopf in den Nacken, und das Zahngold stellt die Verbindung mit der Sonne her, die noch unschlüssig scheint, ob sie sich ins Wasser begibt oder nicht. Er atmet schwer, seufzt unten und schreit oben. Die Möwen antworten ihm im Flug, wären auch bereit, ihm die Flügel zu leihen. Sie ist keine einfache Frau mehr; sie ist nun die Anführerin, die einen jungen Hengst reitet, ist die nackte Woiwodin an der Spitze der aufrührerischen Rumäninnen. Und das Kribbeln im Blut sind Aale, die gegen den Strom schwimmen, um ganz oben, nahe den Quellen, den verwegensten Rogen der Welt abzulegen. Der Horizont beißt sich mit ihr zusammen ein Stück aus der reifen Wassermelone der Ostsee.

Über tausend Kilometer weiter weg verspürt Tincuța einen grundlosen Stich und hopst stolz auf Ilies Sattelknauf. In Trab verfallen, dann in einen irren Galopp, folgt sie ihrer Woiwodin. Tausende unterdrückte Moldauerinnen folgen ihrem Mut im Gefühl, für eine heilige Sache zu kämpfen, und lassen die geschichtsträchtigen Täler des Landes erdröhnen.

Der Abend weht seine Kühle über Rozas Wangen. Der grüne Leuchtturm am Ufer blinkt Jacques phallisch zu.

Wenn ich es recht sehe, bereitest du diesem Ort keine Schande, mein Freund, sagt der Leuchtturm wie unter Männern zu ihm. Du sollst wissen, dass genau hier, an dieser Stelle, unser Freund Edvard Munch seine nackten Männer gemalt hat, die für einen Skandal in der Kunstwelt gesorgt haben.

Die Mösen aus dem Berufsleben des Doktors sind verschwunden. Es gibt auf der Welt nur eine Frau, die Seine.

In Rozas Heften füllen die erotischen Gedichte Seite um Seite. Ob sie wohl den Mut haben wird, sie Professor Traian Bratu oder wenigstens Carol Drimmer zu zeigen? Oder besser noch ihrem Landsmann Hieronim Haimovici, der sich das literarische Pseudonym Horia Bonciu zugelegt hat? Oder soll sie es mit Geo Bogza probieren? Vielleicht findet er eine avantgardistische Zeitschrift, die bereit ist, einen Skandal zu riskieren. Denn das geht nicht ohne Skandal ab.

In Warnemünde nehmen die Oxenbergs den Zug Richtung Wien. Auf Rozas Wunsch wohnen sie im Hotel Sacher in der Philharmonikerstraße. Wer hat noch nie eine Geschichte über das Sacher gehört oder gelesen? Weil es schade wäre um die wunderbaren Möbel, versuchen sie, es noch einmal ganz heftig in einem Sessel aus dem Rokoko zu treiben. Aber der Samt und das alte Holz helfen ihnen nicht, der Hengst erhebt sich nicht mehr auf die Hinterbeine, die Truppe folgt den Befehlen nicht mehr. Sie sind völlig erschöpft.

Neun Monate später sollte Golda geboren werden. Empfangen, ohne dass die beteiligten Parteien dies gewollt und erfahren hatten, in Wien. Und nicht an der Ostseeküste, wie es geplant worden war.

9

Die Krise ist auch bei uns angelangt. In diesem Jahr sind unsere Verkäufe um dreißig Prozent im Vergleich zum vergangenen Jahr zurückgegangen. Von den drastisch gestiegenen Kosten nicht zu reden. Im Juli ist der Mindestlohn von 5,85 auf 7,55 Dollar pro Stunde angestiegen.

Die Kunden sind vorsichtig, die Bestellungen gehen zurück, es will kaum mehr Geld hereinkommen. Auf dem Hauptmast der Nachrichtensendungen flattert bedrohlich die schwarze Fahne. Unter einem Schädel zwei gekreuzte Beinknochen. Unsere Keulen. Täglich wird 28.000 Amerikanern mitgeteilt, dass sie keinen Arbeitsplatz mehr haben. Die Betriebe schließen, und die Banken machen Druck wegen der Raten. Unsere Halle füllt sich mit Ware, deren Umsatz stagniert. Statt mir zu helfen, reist Ben in der Welt herum. Treibt sich herum wie ein kopfloser Schwanz.

Mich packen Wut und Verzweiflung. Ich ersticke. Ich habe ein Kind, das ich schon auf der Straße schlafen sehe. Den Bernsteins scheint das nichts auszumachen. Der *Vintage*-Bereich läuft von allein. Dort hat man Japaner, auf die man sich verlassen kann, seriöse Holländer, Schweden und Deutsche. Auch die Uniformen laufen, denn Washington, D.C. bleibt nun mal, Gott sei Dank, Washington, D.C.

Aber was machen wir mit der großen Masse *Second-hand-*

Ware, die exportiert werden muss? Mit dem schlichten Klamottenvolk? Nachts in meinen Träumen sehe ich mich zerquetscht unter Tonnen von Kleidern. Langsam erwürgt mich eine Seidenschleife.

Endlich kommt Ben nach Hause. Er riecht nach Amsterdam-Sex. Nicht das stört mich. Er lacht und steckt mir die Hand ins Höschen. Ich schalte den Fernseher ein. Damit er den Schädel und die gekreuzten Knochen auf der Fahne der Nachrichtensendungen sieht. Ich sollte ihn an der Nase packen und langsam im Bräter in der Röhre schmoren. Ich hab seine Theorien satt. Wenn er stets die gleiche Rede schwingt, egal in welchem Film er sich gerade befindet, kommt er mir vor wie Al Pacino.

Seine Rede blendet aus, dass »es kein Geld gibt«.

Geld gibt es, Suzy, aber es ist nicht bei uns. Momentan.

Er reist ihm hinterher, und zwar durch Mittelamerika. Er sucht den kleinen nicaraguanisch-guatemaltekischen Unternehmer. Lädt ihn zum Abendessen ins beste Restaurant ein. Zur Vorspeise erzählt er ihm, wie er von ganz unten angefangen hat. Zum Hauptgericht zeigt er ihm Fotos des Lexus. Und von Oscar, unserem Kind, das des gleichnamigen Preises würdig wäre. Dem fügt er noch hinzu, wie sehr wir uns eine Schwester für ihn gewünscht hätten, was uns die Finanzkrise nun nicht mehr erlaubt. Als Nachtisch serviert er ihm ein Telefongespräch mit mir. Als Digestiv lädt er ihn zu uns ein, damit er die Ware sieht und unser Haus im Wald besichtigen kann. Als der kleine Nicaragua-Guatemalteke geht, träumt er vom Lexus und von unserem Haus im Wald. Wieder allein, ruft Ben mich an:

Wenn einer ins Wasser geht, werden alle nass, Suzy. Das Gesetz der jüdischen Taufe aus dem *Second-hand*-Geschäft.

Klingt nicht schlecht. Mal sehen, was du für ein Al Pacino bist.

In weniger als zwei Wochen leert sich die Halle. Wir werden zuverlässig bezahlt. Noch wichtiger aber ist, dass uns der kleine Nicaragua-Guatemalteke mit Bestellungen überhäuft. Da ist einer ins Wasser gegangen, und jetzt sind alle klatschnass. Bens Wohlwollen erteilt mir eine amerikanische Ohrfeige. In diesem Land unternimmt man etwas, hier wird nicht lamentiert:

Suzy, die Finanzkrise ist das Himmelreich des *Second-hand*-Geschäfts. Panik ist etwas für die anderen. Merk dir das!

Ich merke mir noch ein paar Dinge. Dass Panik im *business* nichts verloren hat. Druck wohl, denn der lässt sogar Diamanten entstehen, wie beispielsweise I. A. L. Diamond.

Ich verliebe mich wieder in meinen Mann. Vergesse, dass er noch vor ein paar Tagen nach Amsterdam-Sex gerochen hat. Na und? Auch in Amsterdam halten unsere Rumäninnen die Fahne hoch und schlagen in den Schützengräben und Schaufenstern des Rotlichtviertels schwere Schlachten.

Ich lege ihn auf den Rücken. Die Ströme des Kapitalismus enthüllen meinen Leib. Gratis fahre ich ihn in einer vierzigminütigen Kreuzfahrt von Amsterdam nach Rotterdam. Oscar ist bei Dora, sich mit der Familie Simpson vollstopfen.

Uns bleibt noch Zeit für ein Nachspiel, das den Sexologen ebenso zufriedenstellen könnte wie den Rabbi. Wir liegen nackt im Bett, küssen uns und sprechen vom Geschäft. Die Krise der anderen führt zu unserer Blüte. Bloß diejenigen verlieren, die neue Ware verkaufen. Wir fahren Gewinne ein. Gewinne und Gewinne ...

Jetzt ist der Moment gekommen, das Geschäft in Rumänien auszubauen, Ben. Der Markt wächst.

Jetzt ist der Moment, Suzy.

Ich kann an der Härte seines Glieds erkennen, wie stolz er auf mich ist. Die Schlaufen schließen sich immer so, als habe es einen Schnitt ringsum gegeben. Sagt Joe.

Die Krise bringt uns neue Kundschaft. Und die besteht aus

jenen, die abhängig sind von den Etiketten der großen Marken. Das sind die Einstiegsdrogen. Dann erst folgen die bekannten, sehr viel schwächeren Drogen. Das LSD, Haschisch, Marihuana und Kokain.

Jedes Luxus-Kleidungsstück wird zu einem heimatlosen Fetzen, wenn man den Namenszug der Herstellerfirma abreißt. Seit die Krise begonnen hat, erlauben sich immer weniger Leute, bei den großen Markenfirmen einzukaufen. Alle, die sich keine neuen Sachen mehr kaufen können, beschaffen sie sich *second-hand*. Über uns. Zehn-, zwanzigmal billiger. Amerikanische Ware. Der Schein bleibt gewahrt. In dieser Welt kommt es allein darauf an.

Eine weitere Konfrontation mit einer geografischen Besonderheit. Die Rumänen, geschröpft von der Krise, schämen sich, *Second-hand*-Läden zu betreten. Als würde an deren Tresen mit Psoriasis und Rückenmarkkrebs gehandelt. Einige greifen zurück auf Kommissionäre. Die gegen ein Trinkgeld für sie einkaufen. Andere sind einfallsreicher. Die Schauspieler und Opernsänger sagen, sie benötigten die Kleider für ihre nächsten Rollen. Die Pavarotti-Strategie. Aber wie viel Schauspieler und Opernsänger gibt es im Land? Eine Handvoll.

Die Rumänen beschenken sich gerne, aber ihnen fehlen dazu die Mittel. Das ist der richtige Zeitpunkt, dort *Vintage*-Ware zu platzieren. Waren mit einer *story*. Unser Erfolgsintervall ist die lange Geschenksaison. Und die reicht vom Winteranfang bis in den späten Frühling. Es beginnt mit Sankt Nikolaus und Weihnachten. Im Februar folgt der Tag der Verliebten und der Valentinstag, das Fest eines erst vor kurzem wichtig gewordenen Heiligen. Und dessen Aufgabe ist es nicht, Liebesbeziehungen zu stiften oder zu befestigen, sondern das Geschäft zu beleben. Dann ist Dragobete an der Reihe, ein Döskopf, der als autochthone Kopie von Valentin herhalten muss. Der Frühling beginnt mit dem 1. März. Sekundiert von seinem größeren Bruder, dem 8. März. Tag der Frau. Dann das Häschen, das Ostern ankündigt.

Dieses ganze Bündel Festtage wird stetes von Geschenken begleitet. Die Männer bieten an, und die Frauen verharren in Empfangsposition. Die Männer sind Märtyrer. Versetz dich mal in die Haut dessen, der Frau und Geliebte hat. Oder zwei Geliebte. Bittet der nicht selber darum, in die Psychiatrie eingeliefert zu werden?

Ich habe diesen lästerlichen Spruch gesagt. Dass Liebe das von den Juden erfundene Wort sei, um sich etwas Sex für lau zu erschleichen. Dem, der sich diesen Spruch ausgedacht hat, würde ich die Unzahl von Geliebten und Ehefrauen vorführen. Wie sie zu den genannten Festtagen die Hände ausstrecken. Ihren Obolus erwarten. Und wenn sie ihn nicht bekommen, sind sie zu den blutrünstigsten Sachen imstande. Hüte dich vor der Rache der verletzten Frau! Die Verletzung durch eine Kugel ist im Vergleich zur Wunde aufgrund eines erwarteten und nicht bekommenen Geschenkes nichts als ein Flohbiss. Kann man der Geliebten irgendetwas Beliebiges schenken? Keinesfalls. Du kannst sie tödlich verletzen, wenn die Gabe geringer als erwartet ausfällt.

Am besten passt ein *Vintage*-Geschenk mit dazugehöriger Geschichte. Schau, Liebste, endlich habe ich das Kleid aufgetrieben, das Marilyn Monroe in *The Seven Year Itch* getragen hat. Zieh es an, ich schalte den Ventilator ein. Mal sehen, ob es bei dir ebenso hochfliegt wie bei ihr.

Oder: Meine Teuerste, ich habe dir eine Oscar-de-la-Renta-Jacke gekauft, wie sie Penélope Cruz in deinem Lieblingsfilm getragen hat. Oder eine Guess-Jacke, die Cameron Diaz in dem Film anhatte, in dem du so hemmungslos geweint hast. Du meinst, du habest schallend gelacht? Entschuldigung, ich kann mich nicht mehr so genau erinnern. Ich kann mich nur an die

Jacke erinnern. Ich habe sie mit Müh und Not aufgetrieben, bin rumgelaufen, bis mir die Augen aus den Höhlen gefallen sind. Nein, es spielt wirklich keine Rolle, wie viel sie gekostet hat. Lass mich glauben, dass wenigstens am Tag der Verliebten das Geld auf die Wichtigkeitsstufe »N« verschoben werden kann.

Die Verliebten sind die größten Lügenhändler! Dabei handeln sie nicht einmal mit ihren eigenen Lügen. Selbst ihre Lügen sind *second-hand*. Was sagen sie? Das Geld landet bei der Stufe »N«? Unfug! Gerade am Tag der Verliebten rückt das Geld in den Vordergrund. Und bleibt dort auch.

Sex für lau bleibt ein marxistisch-leninistischer Traum.

Die entscheidenden Dinge erkennt man in Krisenzeiten. Etwa das Zartgefühl Bens und seiner Familie. Alle sorgen sie sich darum, dass mich die Distanz zwischen den USA und Rumänien fertigmachen könnte. Aber die Distanz gibt es. Ich durchmesse sie Tag für Tag.

Das einzige Mal, da ich Dora in Panik geraten sehe, ist kurz bevor sie mit einem Leistenbruch ins Krankenhaus muss. Es ist nicht die Sorge um die Operation, was sie verdunkelt. Sondern das, was dranhängt. Dass sie auf dem Operationstisch nicht geschminkt sein kann. Dass sie vor dem Arzt und dem Anästhesisten nichts wird verbergen können. Dass sie während des Eingriffs und in der Reanimation schnarchen könnte. Dass die Operationsschwester ihre mobile Zahnprothese verlegen könnte, und Herrgott, es handelt sich um die Schneidezähne! Dass sie auf den Hairstylisten verzichten muss, der sie für die Wochenendbesucher frisieren soll.

Ich vergleiche das spezifisch Amerikanische dieser Sorgen mit dem spezifisch Rumänischen der Überlegungen, die meine Mutter vor einem Jahr angestellt hat, als sie sich ein Lipom auf dem Rücken hatte entfernen lassen müssen. Ich zitiere aus ihrer

Arbeitsagenda. »Werde ich einen Platz bekommen im Spital? Und wenn, wo? Im Bett mit einer anderen Kranken, mit zweien? Wird es Leintücher, Kissen und Decke geben, oder werde ich sie von zu Hause mitbringen müssen? Haben sie Watte, Impfspritzen und Medikamente, oder muss man sie kaufen? Reicht dieser prall gefüllte Umschlag aus, damit der Herr Doktor den hippokratischen Eid beachtet? Was, wenn er gelangweilt ist und mich den Händen eines Praktikanten überlässt? Reichen diese dünneren Umschläge aus, um von den Assistentinnen bei der Reanimation nicht vergessen zu werden?«

Joe scheint stets die gleichen Sachen zu tragen. Sommers Jeans, ein blaues Hemd und an den Füßen Sneakers. Winters umhüllt ihn eine Jeansjacke auf amerikanische Weise. Und die Stiefel, seine berühmten Stiefel mit dem abgetretenen und tausendmal erneuerten Absatz. Sie gleichen den Stiefeln, in denen sein Vater zum ersten Mal den Boden des gelobten Landes betreten hatte. »Man kann sein Land nicht an den Schuhsohlen mitnehmen. Aber im Absatz wird immer etwas bewahrt.« Was kann man in einem Absatz schon bewahren?

Seine Zähne irritieren mich. Oben fehlen ihm einige. Unten hat er eine Prothese, damit ihm nicht die Zunge über die Unterlippe hinausgleitet. Er würde sie nicht tragen, wenn er nicht so viel reden würde.

Suzy, ich sage dir ganz offen, ich bin kein Anhänger der Jagd auf Klamotten. Ich habe im Krieg nicht viele bekleidete Leichen gesehen. Wie ich auch nicht viele Münder gesehen habe, aus denen die Goldzähne nicht mit einer Zange herausgebrochen worden waren. Du verstehst, was ich sage.

Ich verstehe es nicht.

Ein paarmal habe ich die, welche die Toten entkleideten, auf frischer Tat ertappt. Männer und Frauen. Ihre Gesichter strahlten in der Vorfreude auf die Erneuerung. Sie erweckten den Eindruck, als suchten sie sich die Kleidungsstücke auf dem Tresen eines Geschäfts aus. Bloß die Kugellöcher und die Blutflecken störten sie. Jedoch nur geringfügig.

Es ist einer der Abende unter uns dreien. Immer öfter: ich, er und die Martell-Flasche.

Soll ich dir auch die beschreiben, die die Goldzähne aus den Mündern der Toten oder Sterbenden herausbrachen? Oder verschieben wir es auf ein andermal?

Auf niemals.

Sein Hirn stellt merkwürdige Verbindungen her.

Es tut mir leid, dass du mich erst jetzt kennenlernst, Suzy. Als ich 25 Jahre alt war, fiel mein Blick auf die Brüste der Frauen. So mit 35 bewunderte ich ihre Taille, mit 45 die Beine, mit 55 den Hintern. Weißt du, welcher Teil jetzt meine Hochachtung genießt?

Sag es mir, Joe.

Das Zahnfleisch. Es macht mir großen Spaß, die Frauen zum Lachen zu bringen, und zwar nur, damit ich mich im Rosa ihres Zahnfleisches verlieren kann. So erotisch finde ich es.

Du und Edith Piaf seid diejenigen, denen das Leben rosafarben erscheint.

Als ich gehe, schläft Joe wie üblich in seinem Sessel. Im Zahnfleischrosa, das die Wände seiner Träume überzieht. Als ich das Haus verlassen will, begegne ich Dora. Was mich überrascht. Sie macht sich normalerweise nicht die Mühe, mich zum Wagen zu begleiten. Will sie mir vorwerfen, dass Joe in meiner Anwesenheit zu viel trinkt? Schließlich flöße ich ihm das Zeug nicht ein.

Suzy, ich möchte dich um etwas bitten.

Bitte, sag es mir!

Ich sage es dir ganz direkt, ohne Umschweife. Mach noch ein Kind. Oscar muss noch einen Bruder oder eine Schwester haben. Zur Sicherheit.

Ich werde morgen meinen Agenten anrufen. Vielleicht findet er einen freien Termin in seinem Kalender.

Verzeih, Suzy, aber ich scherze nicht. Es ist eine Familienpflicht.

Und das ist das erste und letzte Mal, dass sich Dora in mein Leben einmischt.

Ein paar Monate nach diesem Gespräch wird Rachel geboren. Weil ich schon schwanger war, als mich Dora auf diese Pflicht zur Vermehrung hingewiesen hat.

Und Ben zeigt seinen Geschäftspartnern bei den Verhandlungen ein Foto mit zwei Kindern.

ZWEITER TEIL

In Hollywood gibt es keine Legionäre

Der Amerikaner,
der beste Freund des Menschen

1

»Tod dem Fotzendoktor!«

Die mit kräftiger gelber Farbe auf ihren Zaun geschriebene Botschaft. Roza alarmiert die Polizei; die kommen herbei, verbergen nur mühsam ihr Gelächter und fotografieren die Frucht der Gesetzesübertretung.

Erst als die Polizisten wieder weg sind, erfährt Roza, dass Lev den ganzen Tag in der Schule einen Zettel auf dem Rücken getragen hat. Auf diesen Zettel hatte ein wohlmeinender Mensch geschrieben: »Der kleine Fotzenmeister«. An einem der nächsten Tage zeigte Carol Drimmer Jacques einen Leitartikel in der Zeitung *Însemnări Ieșene,* in dem die Rumäninnen in der Stadt ermahnt wurden, sich ein Beispiel an ihren Schwestern auf dem Land zu nehmen und wieder zu Hause zu gebären im Beisein der Familie und einer Hebamme. Überschrieben mit »Die rumänische Frau muss rumänisch gebären«, hebt der von einem mysteriösen Dr. Burebista gezeichnete Artikel die verurteilenswürdige Neigung der modernen Frau hervor, zu rauchen, kräftig mitzutrinken, Automobile zu fahren, mit übereinandergeschlagenen Beinen zu sitzen, Farben und Parfüms zu nutzen und – dies ganz besonders – feige vor den Geburtsschmerzen davonzurennen.

Diese Schmerzen gibt es, Dr. Burebista macht nicht auf *niznai,* aber die kommen von Gott auf himmlischen und patriotischen Wegen und sind nicht zu vergleichen mit dem Opfer der in den Kriegen der Nation gefallenen Helden. Mit einiger Sicherheit weiß man, dass ihr Ausmaß zumeist vom jüdisch-freimaurerischen Propagandaapparat übertrieben dargestellt wird. Diese teuflische Maschine hat ein weiteres verlogenes Gerücht in Umlauf gebracht – ein kaufmännisches, keineswegs medizinisches –, das deutlich auf bestimmte anatomische Folgen der patriotischen Geburt verweist. Eine Gebärweise, durch welche das Geheimnis der heiligen Verschmelzung von Mann und Weib kompromittiert würde.

Da er nun fand, es sei von nationaler Bedeutung, wo und auf welche Weise ein Kind geboren wird, auch wer bei seinem Eintritt in die Welt zugegen ist, nannte er es gegen Ende seines Artikels unerträglich und nicht hinnehmbar, dass ein »stinkender Jud« an der Geburt christlicher Kinder beteiligt ist oder auch nur dabei assistiert. Die rumänische Nachkommenschaft muss unter Christus' leuchtender Aura auf die Welt kommen und keinesfalls unter dem fauligen Stempel des Juda, der auch noch Geld verlangt für sein nichtsnutziges Geschäft. Denn Juda ist nicht länger Juda, wenn er seine Silberlinge nicht kriegen kann, worauf zu insistieren hier aber keinen Sinn ergibt.

Hier geschieht etwas Übles, das ihm seine Behaglichkeit vergiftet. Jacques Oxenberg hatte den Antisemitismus stets als eine vorübergehende Modeerscheinung gehalten. Ein Hutmodell, eine Krawattennadel, die den jungen Leuten eine schicke Note verleiht; was so jedoch nicht endlos funktioniert, denn die jungen Leute werden erwachsen und räumen den Platz für andere junge Leute, die mit ihrem eigenen Hutmodell und der eigenen Krawattennadel antreten. Die Wirklichkeit widerspricht ihm. Die »Leichen-Sache« ist nun über das schöne Alter von fünfzehn Jahren hinaus, der Numerus clausus begleitet sie. »Hüte dich vor Leuten mit fixen Ideen«, müsste eines der göttlichen Gebote lauten.

Der Arzt ist allein in seiner Praxis und blättert in den Zeitungen. Er hat sie noch nie aufmerksam gelesen, konnte sich nie vorstellen, dass der antisemitische Rasierschaum einmal seine Wange berühren würde. Ihm fällt ein, wie er vor zwei Jahren mitten in der Nacht von einem eleganten und rätselhaften

Herrn aus dem Schlaf geweckt wurde. Er hatte ihn angefleht, er möge sich seine Frau anschauen, die vor der Zeit von den Geburtswehen heimgesucht worden war. Er vertraute sonst niemandem. Das Auto wartete vor dem Haus, die Frau stöhnte auf der Rückbank, Jacques ist im Schlafanzug hinausgegangen. Drei Stunden hat die Operation gedauert, die er eher schlafend vollbracht hat, drei hintereinander geschlürfte Tassen Kaffee haben es gerade vermocht, ihn auf den Beinen zu halten.

Eine komplizierte Intervention mit Hindernissen: die Mutter fragil und mit zarten Beckenknochen, und der Fötus im Gegensatz dazu ein Dickschädel. »Sieht mir ähnlich«, bemerkte der glückliche Vater. Er hat ihm wärmstens gedankt und eine Telefonnummer zurückgelassen für den Fall, dass er mal »so jüdische Unannehmlichkeiten« haben sollte.

Der Arzt, der von allem Anfang an begriffen hatte, in welcher Bude der mysteriöse Herr seine Ware verkauft, bedankte sich, ohne ernsthaft zu glauben, dass ein friedfertiger Mensch wie er, der völlig zivilisiert seinen Beruf ausübt, jemals solche »jüdischen Unannehmlichkeiten« bekommen sollte. Jacques verdächtigte ihn, er wolle sich um die Honorarzahlung drücken; doch nein, der elegante rätselhafte Mann hat alles korrekt bezahlt, selbst den Dringlichkeitszuschlag.

Jetzt hat er tatsächlich diese »jüdischen Unannehmlichkeiten«. Er ruft ihn an und bittet darum, ihn besuchen zu dürfen. Der Mann, immer noch elegant und von einer anderen Welt, empfängt ihn in einem Büro auf der Strada Vasile Conta und erinnert sich warmherzig an den Herrn Doktor. Er bittet ihn, Platz zu nehmen, und er bietet ihm einen guten Cognac an. Martell, ist der recht? Ja, antwortet Jacques. Wie geht es Ihrer Frau, und dem Kind? Der Kleine ist schon um einiges gewachsen, und das Leben mit der Frau läuft perfekt, was er mit einem spitzbübischen Augenzwinkern bekräftigt. Ob er denn dem Herrn Doktor irgendwie zu Diensten sein könne?

Aufmerksam hört er dem Mann zu, der ihm die Weiblichkeit seiner Frau gerettet hat. Ja, die Dinge sind gerade am Hochkochen, aber die Richtung, in die sich dies bewegt, wird um jeden Preis unter Kontrolle gehalten werden. Es gibt auch gute Zeichen. Corneliu Şumuleanu, der rohe, zu den Legionären gehörende Medizinprofessor, hatte vor ein paar Tagen die Freundlichkeit, von uns zu gehen. Ausgerechnet vor den allgemeinen Wahlen. Aha, Sie hatten den an Ihrem Lehrstuhl, dann wissen Sie ja, was das für ein Früchtchen war, wie er die christlichen Studenten in seinen Vorlesungen aufforderte, mit den Knüppeln auf ihre jüdischen Kommilitonen loszugehen. Ein schöner Lehrer! Kann es nicht sein, dass er diese tatsächlich schrecklichen Worte am zweiten oder dritten Tag nach dessen Beerdigung auf seinem Gartenzaun hatte lesen können? Die festliche Beisetzung hat am 17. Dezember stattgefunden, und daran hat auch der Finsterling von Zelea-Codreanu teilgenommen.

Ohoho, was war das für ein Zirkus, hier habe ich die Berichte der Jungs! Schauen Sie: Vor dem Chemielabor auf der Strada Săulescu – vierzehn Pfarrer haben die Messe gefeiert. Vierzehn Pfarrer, Herr Doktor, vierzehn Popen mit grauen Bärten, die so lang sind, dass sie sich damit den Schwanz abwischen können! Fünfzehn, wenn wir noch den Metropoliten der Moldau und Suceavas, Nicodim, hinzunehmen, der eine Rede darüber gehalten hat, wie der Schwachkopf sich aus dem Sarg erheben und in den Himmel aufsteigen wird, unbedingt in den Himmel. Dieser Şumuleanu, der seine Seminare in christlich-jüdische Prügelkammern verwandelt hat, ist mit den Ehren versehen worden, die einem Woiwoden zustünden. Der Chef der Anwaltskammer, Petru Pogonat, hat davon geredet, dass das Land »einen Quell der Weisheit« verliere. Das schlägt nun dem Fass den Boden aus, auch wenn man bedenkt, dass die Anwälte aufgrund der Natur ihres Berufes Lügner sind. Was uns beunruhigt, ist, dass zehntausend Menschen auf der Strecke, die der Sarg zum Friedhof genommen hat, standen und Maulaffen feilgehalten haben. Die meisten haben ihr Wehklagen nicht zu Hause gelassen. Und dies bei einer Bevölkerung von 100.000 Menschen, die es in der Stadt gibt.

Von denen sterben auch welche, hol sie der Gehörnte! Manchmal packen sie auch kameradschaftlich für einen anderen mit an. Freiwilliges Aufräumen. Und doch, wie übel sie ihren Kameraden, den Mihai Stelescu, letztes Jahr zerstückelt haben! Jemanden im Krankenhaus abschlachten und dazu auch noch drei Theologiestudenten mobilisieren, künftige Pfarrer! Kranke Geister. Aber ich hab mich, was die Pfarrer angeht, längst eines Besseren belehren lassen. Ich rede von den orthodoxen Pfarrern.

Es wäre ganz gut, wenn Sie auch den beruflichen Neid nicht außer Acht ließen, der meiner Meinung nach in einem Beruf in dieser humanitären Höhe unerklärlich ist. Beispielsweise die Gynäkologin Elvira Ionescu, sagt Ihnen dieser Name etwas? Sie ist die Frau des Legionärschefs Ilie Gârneață. Sie arbeitet in der Entbindungsklinik und bietet öfter mal unentgeltliche Konsultationen an. Eine Paradegeste, kein Zweifel, damit die Patientinnen und vor allem deren Gatten den Unterschied begreifen zwischen einem jüdischen Gynäkologen mit – hm! – nicht eben geringen Tarifen und einer christlichen Gynäkologin mit Nulltarif.

Wo, sagen Sie mir, hat man je einen Arzt zum Nulltarif gesehen?! Elena Ionescu, schauen Sie, hier sehen Sie ein Foto von ihr. Ziemlich grobschlächtig, mit der würde ich nicht ins Bett steigen, nicht einmal mit einer Pistole an der Schläfe. Auch schreibt sie in allen möglichen Zeitungen Artikel unter dem Pseudonym Dr. Burebista. Schauen Sie, hier habe ich einen: »Die rumänische Frau muss rumänisch gebären.« Meiner Meinung nach verbreitet sie Halbwahrheiten und Lügen, die in eine bestimmte Richtung zielen.

Eigentlich, Herr Doktor, habe ich Ihren Anruf erwartet. Die wertvollen Juden haben keinen Grund zur Panik, aber Sie müssen vorsichtig bleiben. In den nächsten Tagen wird eine neue Regierung ernannt werden, denn die alte hat sich bei den Wahlen lächerlich gemacht. Wir haben Informationen darüber, dass ...

Aber alles zu seiner Zeit. Zur Sicherheit werde ich dahingehend intervenieren, dass man Ihnen einen Polizisten vors Haus stellt. Und verlassen Sie die Stadt nicht, hier werden Sie beschützt, anderswo kann ich für nichts garantieren. Es heißt, es kämen Kriegszeiten auf uns zu. Der eine ist kaum zu Ende, da klopft schon der nächste ans Tor.

Hat Herr Doktor schon mal daran gedacht, sich einen rumänischen Partner in die Praxis zu holen, den man als Vordermann platzieren könnte, um damit den Lästermäulern selbiges zu stopfen? Das wäre die Lösung für die Havarie. Sie kennen doch, normal, die Nürnberger Gesetze von 1935. Ich frage mich, ob sie auch uns kontaminieren werden, vor allem, weil die neue Regierung ...

Aber lassen Sie uns nichts antizipieren, wiewohl Antizipieren mein Beruf ist. Noch einmal, Sie müssen sich keine Sorgen machen. Bloß vorausschauend sollten Sie sein. Jetzt wird Sie mein Chauffeur nach Hause fahren, es ist spät geworden.

Nehmen Sie noch einen Schluck Cognac? Freund Blumenfeld füllt mir die Reserven auf. Wir leben in einer verrückten Welt. Wüssten nicht, was wir ohne Juden tun würden, aber wir wollen uns von ihnen befreien. Habe ich Ihnen gesagt, dass Ihr Schwiegervater im Krieg meinem Vater das Leben gerettet hat? Ein Schrapnell hat ihm für ein paar Minuten das Leben ausgeknipst. Doktor Șoicaț hat es ihm wieder eingeschaltet. Ein großer Mann. Sie sind sehr blass, sind Sie sicher, dass es Ihnen gut geht?

So endet Doktor Oxenbergs Glück.

Die antisemitische Regierung des Dichters Goga und seines Mitspielers A.C. Cuza, des emeritierten Professors aus Iași, wird Ende Dezember mit der Wucht eines Schneesturms installiert. Roza liest ihrem Mann Gedichte von Octavian Goga vor, damit sein Puls sich beruhigt. Ein Mensch, der so schön empfindet und schreibt, kann nicht böse sein. Und Cuza ist selbst Mitglied der Gesellschaft Junimea, zu der auch Eminescu, Creangă und Caragiale gehört haben. Jacques ist nicht der gleichen Meinung hinsichtlich des schönen Schreibens. Er hört da ein kurzes Gedicht, in dem es um ein paar Tränen geht, die sich in Perlen verwandeln, wahrscheinlich nach der Methode eines jüdischen Juweliers. Dann ein anderes mit einem Herz in Nöten:

»Ein Herz so arm und krank,
Herberge mir auf plattem Land,
Wer hat denn noch nicht vergessen,
Wie viel Wandersleute es besessen.«

Weinerliche Reimereien, in Herbergen in Zuständen absoluter alkoholischer Melancholie zusammengebastelt. Bei Säufern mit rührselig-poetischen Neigungen kann die Katerstimmung schrecklich werden. Jacques informiert sich über das Gesetz zur Überprüfung der Staatsbürgerschaft, das solch eine verkaterte Schöpfung Gogas ist, ohne auch nur einen Hauch von Lyrismus darin. Auf wen zielt es wohl, und auf wen nicht? Er kommt davon, aber wie viele seiner jüdischen Freunde werden nun staatlich verwaist dastehen.

Er ist verwirrt, läuft barfuß über Nusschalen. Er verringert seine Konsultationen, die ohnehin schon von allein zurückgegangen waren. Wartet auf die Zeitung, aber die Zeitung wird nicht zugestellt. *Adevărul* und *Dimineața* erscheinen nicht mehr. In einem anderen Augenblick von akuter politischer Katerstimmung haben der Dichter Goga und sein Kollege sie verboten.

Für die rumänischen Ideale hinsichtlich der Meinungsfreiheit sind sie zu »verjudet«.

Goga und Cuza wirken wie zwei Eltern, die nach einem auf dem Land in einer Herberge durchzechten Tag torkelnd nach Hause kommen. Sie zünden die Möbel an, zerschlagen das Porzellan und zerreißen ihre Sparbücher. Worauf sie anfangen, Gedichte zu schreiben. Und sie schreiben und schreiben, wie zwei Besessene ... Jeden Morgen haben sie einen neuen Band fertig.

Nach nur 44 Tagen Regierungszeit mit verbrannten Möbeln und dem Porzellan überwiegend in Scherben wird das Elternpaar Goga-Cuza genötigt, rechts ran zu fahren. Sieh an, der Kindstod bei Kleinkindern unter einem Jahr hat nun auch auf Regierungen übergegriffen, sagt sich der Gynäkologe. Er bewegt sich in seiner professionellen Sphäre, kennt die Zahlen. Er weiß, dass Rumänien sich bei der Geburtenrate positiv von seinen Nachbarländern abhebt, aber er weiß auch, dass die Kleinkindsterblichkeit – beginnend mit den Neugeborenen – ziemlich wütet.

Der Sessel des Premierministers, soeben von dem Dichter Goga geräumt, gelangt jetzt an den Patriarchen Miron Cristea. Doktor Oxenberg schaut verdutzt zu, wie Jesus Christus mitsamt Kreuz zum Propagandamittel für das autoritäre Regime des Königs Carol II. benutzt wird. Der Patriarch verspritzt sein Weihwasser, wie die Kater ihr Revier markieren. Selbst der königliche Priapismus, machtlüstern auch der, empfängt seine Weihen.

Nur drei Monate nach dem Tod seines mitregiert habenden Ziehkindes stirbt auch Octavian Goga an gebrochenem Herzen, ein Heft voller Gedichte in den Armen.

Auch von denen sterben welche, wiederholt der Doktor die Worte seines rätselhaften Freundes. Sein Puls normalisiert sich wieder, aber seine Aufmerksamkeit bleibt wach. Er begreift, dass Rumänien nichts anderes tut, als sich international einzuordnen. Das Schicksal des alten Kontinents geht in die Hände dominanter Männer über. Hitler findet das passende Schlupfloch, sich nach Österreich einzuschleichen, Mussolini überlässt Italien das Vergnügen, seine Virilität zu bewundern ...

Auch Carol greift nach einem kräftigen Insektizid und löst die politischen Parteien auf, deren Gesumm seine Ruhe stört. Europa bewaffnet sich, da lässt Rumänien sich nicht lumpen. Aus dem ärgerlichen Durcheinander von Fragen tritt eine in den Vordergrund: Was, wenn nicht Carol das dem Land bestimmte Mannsbild ist, sondern ein anderer, noch um einiges Unangenehmerer?

Roza beruhigt ihn. Der König wird lange und gut schlafen, und zwar aus dem einzigen Grund, dass er ein großer Herr ist. Mit dem König an der Spitze sind wir in Sicherheit, mein Liebster, denn Seine Königliche Hoheit liebt die Kunst und die Bücher, er liebt das Schöne. Schau, mit welch großen Namen sich der Verlag der Königlichen Stiftungen umgibt: Liviu Rebreanu, Ionel Teodoreanu, Mihail Sebastian ... Hier hast du auch den Stapel mit der Zeitschrift der Königlichen Stiftungen. Und dem König zur Seite sitzt der große Iorga, der Gelehrte mit dem weißen Bart ...

Jacques hat sich mittlerweile von dem gestern noch äußerst Uninformierten weit entfernt. Hinsichtlich der Schriftsteller hat er sich aufgeklärt. An Goga hat er sich die Finger verbrannt, er weiß auch von den antisemitischen Versammlungen, die der Schriftsteller und Rechtsanwalt Ionel Teodoreanu auf eigene Initiative einberuft, und bei denen er stets damit beginnt, die Eliminierung der Juden aus der Anwaltskammer in Iași zu fordern, um schließlich bei ihrer Entfernung aus allen Bereichen des öffentlichen Lebens und, wenn möglich, vom Antlitz der Erde zu landen.

Er hört vieles über die bösartige Rachsucht, auf die sich Iorga wie auf einen zweiten Spazierstock stützt. Er weiß, dass Corneliu Zelea-Codreanus Verhaftung und Einkerkerung darauf zurückzuführen ist. Nicht, dass er dort nicht gut aufgehoben wäre, das ist er sehr wohl, wünschen wir ihm »Frohe Jahre!« und »Mazeltov!«. Aber wie kann man von einem offenen Brief beleidigt sein, den man nicht einmal veröffentlicht? Und wie kann man als genialer Gelehrter durch den Biss einer kulturellen Laus tödlich verletzt werden? Wo bleibt die intellektuelle Eleganz, wo sind Frack und Spazierstock? In *Neamul Românesc* kritisieren, aber dem Gericht das Antwortschreiben überreichen und die Verhaftung des Verfassers fordern ... Von einem Bartgesicht wie ihm hatte man etwas anderes erwartet.

Ihn erwärmt die Kunstleidenschaft des Königs nicht. Auch Nero liebte die Kunst, ja, er hielt sich sogar für einen dieser geborenen Künstler, der sein Künstlertum nicht erworben hat. Was ihn nicht daran hinderte, Rom mit christlichem Schmalz in die Bratpfanne zu hauen.

Auch Hitler malte schöne Landschaften, jetzt aber bereitet er sich darauf vor, tote Stilleben zu malen. Ja den Tod selbst.

2

Eines Abends erzählt mir Joe, wie er den über Jahre hinweg zusammengetragenen Kriegskrempel verkauft hat. Die Lagerhallen, in denen das Zeug lagerte, waren bestens gefüllt. Ein Teil davon war schon erheblich beschädigt. Schon wenn man sie berührte, zersetzten sich die Sachen in Fäden und Staub. Von Ben hatte Joe zufällig gehört, dass es in Japan einen Markt für solche Dinge gab. Ben wusste dies von seinem ehemaligen Kommilitonen Shinji, der aus Japan stammte. Da haben die Bernsteins den kleinen Japaner zum Essen eingeladen.

Joe hat sofort gelernt, wie man mit Japanern sprechen muss und aus welcher Distanz. Wie man mit ihnen lacht und sich in

Geduld übt. Wie man – auf dem Bauch liegend, wie im Krieg – in ihre Kultur hineingleitet. Er hat Shinji in sein Geschäft mit hineingezogen:

Suche mir in Tokyo einen *showroom*, Partner. Für zehn Tage. Hier hast du das Geld für deine Auslagen. Deine Provision hängt davon ab.

Joe hat Ben an einem Flügel gepackt und ist mit ihm losgeflogen. Sie hatten vierzig *Overweight*-Kisten voller Kriegsmaterialien aufgegeben. Man hätte schwören können, hier solle ein Gemetzel unter Gespenstern angezettelt werden. Sie hatten auch ein paar *Vintage*-Produkte dabei, damit der Japaner sich seine kleinen gelben Finger leckt.

Tokio. An zwei Tagen war alles verkauft. Mit einem Gewinn von 30.000 Dollar. Aber der Erfolg bestand in etwas anderem. Dass sie nämlich Dutzende Bestellungen mitgebracht haben. Und Takafumi, den Onkel von Shinji. Der feste Boden auf japanischer Seite. Speziell nach Washington, D.C. gekommen, das Warenlager zu besichtigen. Takafumi gehörte zur ersten Generation der japanischen Glotzaugen. Er betrat Joes Lagerräume, als wären sie das Paradies. Und kaufte alles. An Ort und Stelle, ohne Feilschen. Seither ist Takafumi derjenige, der uns die *Vintage*-Ware für Japan abnimmt. Er ist das zweite Kettenglied. Alle seine Schlitzaugenkumpel kaufen bei ihm. Ware mit einer *story*.

Man macht mich bekannt mit Takafumi. Ich weiß mittlerweile, dass die Geschichte des Gegenstandes, den ich verkaufe, wichtiger ist als der Gegenstand selbst. Ich heize meiner Kreativität ein. Sortiere die Ware nach den Geschichten. Geschichten vom Krieg oder vom Frieden. Die Geschichte eines noch lebenden Stars. Oder eher eines toten Stars. Die Geschichte vieler Abenteuer. Die Geschichte, die den Preis steigen lässt.

Wenn die Marke Marilyn Monroe gesucht wird, muss man

auch die Marke John F. Kennedy suchen. Denn die beiden sind nicht umsonst miteinander im Bett gelandet. Für den Anfang verkaufe ich Takafumi eine kugelsichere Weste. Die John F. Kennedy an jenem fatalen Tag in Dallas anzuziehen vergessen hatte. Takafumi reißt die Augen auf. Ich zeige ihm die Erzählung »Verwundet«, die ein Nobelpreisträger geschrieben hat, Heinrich Böll. Er hatte in der Stadt meiner Studentenschaft gekämpft. Und war dort 1944 sogar verwundet worden. Davon ist in der Erzählung die Rede.

Bitteschön, lies sie!

Takafumi ist der heiterste Japaner der Welt. Er quiekt vor Glückseligkeit. Hier hast du Bölls Waffenrock. Schau, das Loch der Kugel, die ihn am Rücken verletzt hat. Ohne diese Kugel wäre die Erzählung nie geschrieben worden. Wärest du daran interessiert, aus seiner Feldflasche Sake oder Tee zu trinken? Schau, hier stehen seine Initialen: »H. B.« Neben dem Deckel. Möchtest du auch sein Essgeschirr? Vielleicht auch das Portemonnaie? Darin haben sich ein paar rumänische Scheine und Münzen erhalten. Schau, ein Zwanzig-Lei-Schein mit dem Porträt von König Carol II. Habt ihr in Japan solche Nasen? Habt ihr nicht. Was sagst du zu einem Paar Baumwollstrümpfe? Die Strümpfe sind das Protein der Beine. In Kriegszeiten ist man ohne ordentliche Strümpfe erledigt. Wie man es auch in der Erzählung lesen kann.

Meine Kreativität und mein gewinnendes Wesen helfen mir, rumänische Geschichte nach Asien zu exportieren. Über Takafumi. Der Kommunismus ist ein großartiges Label. Enthält eine ganze Menge *stories*. Ich spüre es hier im Herzen. Und im zweiten Herz, im Geldbeutel. Ich beute den sozialen Bedarf an Stars aus. Ich verkaufe die Pionierkrawatte von Nadia Comăneci für viel Geld. Und die Mütze, die der Tennisspieler Ilie Năstase nachts im Schlaf trug, um seine nonkonformistische Mähne nicht zu derangieren. Und die Jagdmütze Ceaușescus. Sowie den Köcher, in den er die Hasen- und Wachtel-Bälger steckte. Und das Telefon, an dem er den Russen getrotzt hat, als sie in die Tschechoslowakei eingefallen sind. Und das Kopftuch seiner Frau Elena. Und eine von den Papiertüten, in der sie gebratene Sonnenblumensamen verkauft hat. Und die Creme, mit der sie ihre Hämorrhoiden besänftigt hat.

Was ich mache, kann man nicht mehr Handel treiben nennen. Es ist Kunst. Minimal Art. Minimal Art mit maximaler Wirkung.

Ich lenke den Kommerz herüber in die postkommunistische Epoche. Besorge ein paar extrem seltene Gegenstände. Den Anzug, in dem der spätere Präsident Ion Iliescu im Fernsehen den Sturz des Diktators Ceaușescu verkündet hat. Den Pullover des ersten Premierministers nach der Revolution, Petre Roman. In diesem Pullover hat er die hormonell gesteuerten weiblichen Stimmen haufenweise in die Wahlurnen seiner Partei geschaufelt. Vorneweg die Mädchen von Apaca, der berühmten Textilfabrik. Bei den ersten demokratischen Wahlen im Mai 1990 ging es zu wie in einer Diskothek. Die Damen schenkten ihm ihre Stimmen, wie sie ihm ihren Körper geschenkt hätten, wenn Roman dies gewünscht hätte. Sein Pullover war so berühmt wie der Kittel von Hugh Hefner – Begründer der gehobenen Bildungseinrichtung *Playboy*. Hätte der rumänischen Ausgabe des *Playboy* die Fotostrecke mit den Apaca-Mädchen nicht gefehlt, die Zeitschrift hätte Geschichte schreiben können.

Aber meine große Leistung besteht in etwas anderem, he-he-he. Darin, Begründerin einer künstlerischen Schule geworden zu sein. Sie wissen ja, dass ich während meiner Studienzeit bei Frau Ligia Palade nähen gelernt habe. Sie war Professorin für Russisch, Übersetzerin von Tschechow, Tolstoi, Dostojewski, Gogol und einer ganzen weiteren Mannschaft. Ich hatte sie auf einer Parkbank getroffen. Sie fütterte ein paar herrenlose Katzen. Sie packte die kleinen Salamistücke mit den Fingern, die in silbrigen Handschuhen steckten. Aus ihrer Manteltasche lugte ein Bändchen Jessenin. Sie hatte ein schönes Gesicht. Regelmäßige Gesichtszüge, die entschiedenen Befehlen folgten. Tschechow hätte sie gerne beschrieben. Tolstoi ebenso. Auch ich.

In null Komma nichts waren wir befreundet. Sie war traurig, hatte ihren Mann verloren. Tschechow konnte ihr da nicht beistehen, auch er hatte seine Frau zur Witwe gemacht. Sie litt wie eine Adlige. Als wäre ihr Mann nicht tot, sondern für die nächsten 25 Jahre eingekerkert in einem Erdloch irgendwo in Sibirien. Ich bewunderte sie. Mich hatte ein Langhaariger wegen einer Tusse mit großen Titten aus Târgu Frumos sitzenlassen. Ich habe nicht wie eine Adlige gelitten, sondern wie eine dumme Kuh. Was soll's, ich bin die Tochter armer Leute.

Frau Palade hatte zu Hause eine Singer-Nähmaschine. Geschwungen wie ein zu Beginn der 1930er Jahre aus dem Ei geschlüpfter Schwan. Mit einem aus der Cucuteni-Kultur stammenden Muster an Hals und Nacken. Einer Fruchtbarkeitsgöttin, einem Stier mit auf die Hörner zentrierter Erektion, einem Wolf mit angespannten Nerven. Tausende Jahre alte Symbole auf einer vor sich hin rostenden Nähmaschine. Ein schlichter, nur noch dekorativen Zwecken dienender Gegenstand.

Mit mir hat sich die Singer-Nähmaschine wieder auf den Weg gemacht. Ich habe von einer Tante, die etwas davon verstand, ein paar Unterrichtsstunden bekommen. Dann habe ich mich rangehalten. Allein. An meiner Seite las die Frau Professor ihren Tschechow. Zum tausendsten Mal. Diese Maschine heißt nicht umsonst Singer. Mit ihr habe ich nicht genäht, ich habe gesungen. Es war ein Musikinstrument. Der Stoff unter der Nadel traf haargenau die Notenwerte. Mit dem Pedal unter dem Fuß hielt ich den Rhythmus. Meine Finger gaben die melodische Linienführung vor. Da erklangen lustige Lieder für Discokleider. Sehnsuchtslieder, wenn es nur noch einen

Tag dauern sollte, bis man den Liebsten wiedertraf. Katzenjammer, wenn der Langhaarige einen verlassen hatte, als wäre man ein altes Kleidungsstück ohne Wiederverkaufswert. Lieder über die neuen Hoffnungen. Lieder von der Schneiderei. Mir ist schier das Herz gebrochen, als ich sie in Rumänien zurücklassen musste. Ich bin in Amerika, Frau Palade und die Singer-Nähmaschine blieben zurück. Und Tschechow und der Samowar.

Im Feuer meiner künstlerischen Verkäufe stellte ich nun Berechnungen an. Ob Madame Palade wohl begehrenswert für Takafumi sein mochte? Ein weiterer Witwer mit der Leere großer Einsamkeit in der Seele.

Sie war schön, er zivilisiert. Ich aber wollte mehr erschaffen, als nur eine Wochenend-Leidenschaft unter zwei älteren Menschen. Ich wollte sie in Feuer und Flamme stehen sehen, wollte Ätna und Vesuv. Wollte Tschechow und Tolstoi.

Um ein japanisches Herz herauszufordern, das die erste Jugend hinter sich hat, braucht man eine *story*. Wie muss ich es anstellen, damit Takafumi sieht, dass er es mit einer *Vintage*-Frau zu tun hat? Ich muss meiner Frau Professor eine Geschichte anheften ... Aber was für eine Geschichte? Zwei Herzen zu verbinden, die sich auf Abwegen befinden, ist bei den Juden eine Mitzwa. Eine heilige Handlung. Wenn die Verbindung zur Ehe führt, fährt man mit *Business Class* in den Himmel. Alles, was ich zu tun habe, ist, die Herzen mit Klebstoff einzuschmieren. Ihnen einen Stups zu verpassen. Dann muss ich sie in Ruhe ihren Hochzeitstanz tanzen lassen. Ein Bagatellfall angesichts meines Talents als Schöpferin von Minimal Art.

Ich nehme Takafumi beiseite. Ich sage ihm, dass Frau Palade eine Liebesgeschichte mit Gorbatschow hatte. Und was für eine! Aber Vorsicht, streng geheim! Sie haben sich bei einer geheimen Beratung in der Nähe von Ungheni kennengelernt. Sie war als Begleiterin des künftigen Präsidenten Ion Iliescu, eines guten Bekannten, dorthin gekommen. Iliescu war der Kommunistenchef von Iaşi. Das wiederum hast du nicht gewusst, Takafumi. Iliescu kannte Frau Professor, weil er die russische Kunst liebte. Er ging ins Theater und las enorm viel. Das kannst du überprüfen, wenn du magst, Takafumi.

Ich werde es überprüfen. Ich bin überrascht, wie viele Dinge in der Stadt geschehen sind, aus der du kommst. Mehr als in Nagasaki, wo ich die Universität absolviert habe.

Ich spinne die Geschichte aus. Am Abend, man gab sich entspannt, sang Ligia Palade für sie. Und zwar reichlich. *Suliko*, unter anderem. Das Lied, das Stalin so sehr mochte, wofür es selbst nichts kann. Auch hat sie für sie etwas getanzt.

Nun geht es darum, dass Gorbatschow wie vom Donner gerührt war. Es heißt, er habe Ceauşescu nur gestürzt, um sie sehen zu können, wann immer sein Herz es begehrte. Diese Beziehung hat jahrelang gehalten. Bis der KGB, von Putin angestiftet, sich eingemischt hat. Gorbi durfte sich als erklärter Widersacher Putins keine Angriffspunkte erlauben. Ihre Liebe musste abgewürgt werden. Internationale Interessen haben dies erforderlich gemacht. Deshalb ist Frau Palade so traurig.

Beinahe verblödet vor Bezauberung hört Takafumi mir zu. Als ich sie miteinander bekanntmache, zittert er wie einer ihrer Seismografen.

Einen Monat darauf beenden er und Frau Palade die von mir begonnene Naht. Sie heiraten in Sankt Petersburg. Ich setze Himmel und Hölle in Bewegung, damit Gorbatschow ihnen ein Glückwunschtelegramm schickt. Ich allein weiß, was mich das gekostet hat.

Es versteht sich, dass die Zügel der Bernstein-Unternehmung in meine Künstlerhände übergehen. Die anderen bleiben bei der Abwicklung, ich wechsle in den schöpferischen Bereich. Joe und

Dora bleibt viel mehr Zeit füreinander. Hand in Hand sitzen sie auf der Veranda ihres Hauses. Sie schauen Richtung Europa, reisen nach Europa, schicken mir Ansichtskarten. Sie unternehmen keine Reise, bei der nicht auch Wien mit dazugehört. Anscheinend gefällt es ihnen dort sehr gut.

Bens Brüder wechseln ihre Autos und Häuser. Auch die Frauen, die sie begleiten. Irgendwann haben sie ihre Laufschuhe an den Nagel gehängt. Nur zeitweilig. Nun haben sie mit dem Sich-Verloben zu tun. Was öfter mal geschieht. Im letzten Augenblick lösen sie die Verlöbnisse wieder auf. Und interpretieren auf diese Weise Joes Rat, der behauptet, die Frau befinde sich knapp vor der Hochzeit auf dem Höhepunkt ihres Zartgefühls. Welchen Sinn hat es dann, noch zu heiraten, wenn man ohnehin schon das Maximum an Freuden mit ihr erlebt hat? Jüdische Rechenübungen. Nicht, dass er etwa unrecht hätte.

Auch Ben bleibt nur solange zu Hause, wie die Krähe auf dem Zaunpfahl sitzt. Er zieht los, neue Kunden zu finden, obwohl wir genug haben. Wenn er wieder heimkehrt, bin ich neu für ihn. Er bespringt mich wie ein Stier. Darum ist es ratsam, eine Ehe nicht an die Wand zu fahren.

Ein einziges Mal merke ich, dass ich mit meiner Kunst, Waren mit *story* zu verkaufen, danebenliege. Ich informiere mich über das Pogrom von Iași. Der Historiker Sever hält mich mit seinen Forschungen auf dem Laufenden. Er sucht in den Wäldern bei Iași nach weiteren Massengräbern. Er hat Zeugen gefunden, die mit eigenen Augen die Exekutionen gesehen haben.

Joe feiert seinen Geburtstag. Den wievielten wohl? Alle Bernsteins kommen zusammen. Er lobt meine Leistungen. Es fehlen ihm keine Zähne mehr im Oberkiefer. Er hat sich etwas Neues einmontieren lassen, das ihn verjüngt. Ich spüre, dass er sich für mich zahnmäßig erneuert hat.

Wieder einmal führt mich dieses unbezwingbare Jucken auf meiner Zungenspitze in Versuchung. Ich sage, das Pogrom von Iași sei eine sehr gute Geschichte, die man für die *Vintage*-Produkte, die wir verkaufen, fruchtbar machen sollte. Takafumis Japaner wären entzückt. Doras Blick lässt meine Worte zu Eis erstarren. Sie schlitzt mich auf, von oben bis unten. Eine Stille breitet sich aus, die man mit dem Richtbeil zerstückeln könnte. Joe erbarmt sich zu sprechen:

Hast du schon mal von den Händlern gehört, die den Frauen in Kriegszeiten Gleitmittel verkaufen, damit es ihnen nicht wehtut, wenn der Feind sie vergewaltigt?

Nein, davon habe ich noch nicht gehört.

Ich auch nicht. Ich meine damit, dass die Bernsteins nicht zu jener Art Kaufleuten gehören. Wir verkaufen nicht alles. Je eher du das begreifst, umso besser für dich.

Ich schlucke die in Alufolie gewickelte Kohlroulade.

Ben ist meistens weg, ich habe mit der Firma zu tun. Irgendjemand muss sich um die Kinder kümmern. Zumal das Mädchen noch klein ist. Ich hatte vier Dienstmädchen. So nach einem halben Jahr konnten sie sich jeweils den Bauch mit der Nasenspitze kitzeln. Unser Haus liegt im Wald. Hätten die Mädchen nicht einen freien Tag in der Woche gehabt, hätte ich gedacht, ein Waldgeist habe sie geschwängert.

Ich habe keine Nerven mehr für eine fünfte Schwangere. Ich muss zur alten rumänischen Lösung greifen. Mutter herholen, die Großmutter meiner Kleinen. Die Großmutter – eine *Secondhand*-Mutter. Oder *Vintage*-Mutter. Vielleicht lernt sie auf diese Weise auch ein bisschen Amerikanisch. Sie hat ein Zehnjahresvisum bekommen.

Mutter lernt kein Krümelchen Amerikanisch. Aber in drei Monaten spricht Oscar Rumänisch. Joe ist entzückt. Das wird ihm zum Material für ein weiteres Beispiel von seiner Art:

Man weiß tatsächlich nie, wer von wem etwas lernt, Suzy. Du gehst zum Rabbi, damit er dir mit einem Rat weiterhilft, dabei bist du es, die ihm einen Tipp gibt.

Eines Abends sind Joe und Dora bei uns zu Besuch. Mutter holt den gefüllten Karpfen aus der Röhre, Joe ist mit mir und der kleinen Rachel auf der Terrasse. Ich habe sie auf dem Arm, um sie vor der Dunkelheit zu beschützen, die vom Wald her kommt. Joe schaut, das Martell-Glas in der Hand, nachdenklich den Bäumen in die Augen.

Ich schaue mir die Bäume an, die gerade einmal mit den Blattspitzen zittern. Man könnte meinen, sie stehen vor einem Erschießungskommando.

Joes poetischer Augenblick wird von schallendem Gelächter unterbrochen. Dora schüttelt es, dass das Sofa unter ihr beinahe zu Bruch geht. Sie hat sich ihr Gelächter von einem Lachen-Verleih ausgeliehen, da bin ich mir sicher. Wie ein Sturmwind fege ich ins Zimmer, hoffentlich ist keine Tragödie passiert.

Oscar steht vor Dora und erklärt ihr ganz leise etwas. Sie stimmt zu:

Of course, of course. Gewiss, ich kaufe es dir, Oscar.

Und er klatscht in die Hände wie bei einem Basketballspiel.

Eine Woche später, Oscar hat Geburtstag, verstehe ich den Grund dieser Heiterkeit. Mein Sohn bekommt von Dora einen Safe geschenkt. Ich frage ihn aus:

Wozu brauchst du einen Safe?

Um mein Geld sicher aufzubewahren.

Vor wem willst du es sichern.

Vor Rachel.

Vor deiner so kleinen Schwester?

Es spielt keine Rolle, wie klein sie ist. Sie ist gefährlich, denn sie ist *broke*.

Es stimmt, meine Tochter ist *broke*, sie ist pleite. Es kann auch nicht anders sein, denn sie kennt den Wert des Geldes nicht. Dora schaut mich an:

Weißt du, die Geschichte wiederholt sich. Sowohl die große als auch die kleine, die Familiengeschichte. Habe ich dir jemals gedankt für diese wunderbaren Kinder, Suzy?

Sie hat mir nicht dafür gedankt, aber das spielt nun auch keine Rolle mehr. Sie gehen aufs Haus.

3

Roza wird immer klarer, wie vergeblich ihr Traum ist, aus Lev einen Pianisten, Tenor oder wenigstens einen Balletttänzer mit eng und poetisch die Hüften umhüllenden Hosen machen zu wollen. Aber wenn ihre Erwartungen, die Kunst möge sich mit einem soliden Einkommen verbinden lassen, mit Lev nicht erfüllt werden können, wird Golda sie schadlos halten.

Das Mädchen ist offenbar mit einer ganz außergewöhnlichen Sensibilität ausgestattet. Wenn sie Kinder in zerlumpten Kleidern sieht oder verkrüppelte Soldaten, die an einer Straßenecke betteln, klammert sie sich an Großmutter Elisas Hand fest, und *Bubbe*, die bei ihrem Goldilein jederzeit dahinschmilzt, kauft bei Tuffli auch für diese eine Schachtel Kuchen. Und wenn es ein Samstag ist, lädt sie sie im Geiste der guten mosaischen Tradition, von der die pensionierte Pianistin niemals abweicht, zum Essen ein.

Wenn sie das hilflose Miauen einer verwaisten Katze hört, besteht sie darauf, sie in ihrem Bettchen zu wärmen; wenn sie einem Droschkengaul begegnet, den der Kutscher mit der Peitsche traktiert, weint sie tagelang und will auch diesen in ihr Bett nehmen oder wenigstens in die Garage. Sie wünscht, den Papageien, die die Zigeuner auf einer Stange halten – träge Vögel, heruntergekommen zum Instrument billiger Straßenbetrügereien –, die Freude am freien Flug wiederzugeben. Die armen Flatterwesen, die vergessen haben, wie Fliegen geht! Wenn man sie antippt, schnäbeln sie in einem kleinen Trog nach einem Zettelchen, auf dem steht dann angeblich die Zukunft des Kunden, wie sie in den Arbeitsheften der Sterne festgelegt und verzeichnet ist.

Und nicht nur das. Im letzten in Warnemünde verbrachten Sommer, bevor der Hitlerismus Deutschland auch touristisch schwer verdaulich werden ließ, hatte Golda all ihren Badegefährtinnen, den Kautschukentchen – gelb waren sie, mit orangem Schnabel –, die Freiheit im Meer geschenkt. Sie liebt ihre Entchen, eben deshalb haben sie mehr verdient als eine Badewanne und eine künstliche Zukunft. Wenn sich die Empfindsamkeit eines Gemüts in Kunst konvertieren lässt, ist alle Welt glücklich. Wie Roza an dem Tag, als sie erfährt, dass ihre Tochter, die eben die zweite Schulklasse besucht, den »Ion Creangă«-Geschichtenwettbewerb gewonnen hat, der sich normalerweise an ältere Kinder richtet.

Goldas Geschichte hat eine kleine Tanne zum Helden. Eines Tages geht das Tannenkind ans Grab seiner Großeltern, einen Strauß frischer Lerchen und Finken dort abzulegen. Die Großeltern waren von einigen Leuten eingefangen, hingerichtet und in eine Ferienhütte verwandelt worden, aber der Neffe, der ein guter Neffe ist, will die Erinnerung an sie lebendig halten. Als er von dem Grab als Ferienhütte zurückkehrt, sieht ein junges Pärchen das Tannenkind. Diese, ganz schön aufgeheizt, wie es Verliebte qua Definition stets sind, zücken das Taschenmesser, um ihre Vornamen in seinen schmächtigen Stamm zu ritzen. Umsonst fleht der junge Baum sie an, sie mögen es nicht tun, er leide unter Anämie, nehme jeden Tag Vitamine zu sich, bekäme sogar Impfungen, könne mit anderen Worten jeden Augenblick ohnmächtig werden. Aber die Angreifer haben nur ihr eigenes Tun im Sinn und schreiben sich ein in die Haut des Tannenknaben – »Andrei und Ioana, Juni 1938«. Zögerlichen Schrittes gelangt das Tannenkind mit Müh und Not nach Hause. Als sie ihr Kind weinend und verwundet heimkommen sehen, schütteln die Tanneneltern vor Zorn die Mähnen, bringen die Vogelwelt auf ihren Ästen zum Schweigen und brechen auf an den Ort des Verbrechens. Es fällt ihnen leicht, die beiden unbedachten jungen Leute auf einer Waldlichtung bei der Rast zu erwischen. Sie rufen ihnen zu: »Bestien, die ihr seid!«, sträuben die spitzen Nadeln, mit denen die Natur sie ausgestattet hat, und unterzeichnen, zur Rache, auf deren Haut: »Frau und Herr Tanne, Juni 1938«. Das Ende der Geschichte bringt eine schöne Versöhnungsgeste. »Einige Zeit später heiraten der junge Mann und das Mädchen. Als sie das Standesamt verlassen, setzt sich ein Strauß frischer Lerchen und Finken auf ihre Haare und Schultern. Es ist das Hochzeitsgeschenk des Tannenkindes.«

Die Geschichten der Tochter ähneln den Gedichten der Mutter. Auf Vermittlung von Carol Drimmer wird die Geschichte des Tännchens in der Zeitschrift *Unu* veröffentlicht. Gerne würde er sie übersetzen und in Deutschland veröffentlichen, aber der Antisemitismus dort macht ihm diesen Plan zunichte.

Die Revanche kommt aus England, wo die Zeitschrift *For Children* sie begeistert druckt und großzügig an Eltern wie an Kinder mit der Empfehlung verteilt, sie als Parabel auf das zu lesen, was im nationalsozialistischen Deutschland geschieht.

Für die Briten kommt die Geschichte genau richtig. Einen Monat zuvor hatten deutsche Geschäfte ein amüsantes Puzzle verkauft. Um die semitische Unterwanderung Englands zu persiflieren, zeigte das Puzzle eine nackte Frau mit der Zeitung *Times* in der Hand, die sich im Spiegel bewunderte, wo aus *Times*, spiegelverkehrt gelesen, *Semit* wurde. England und Deutschland verspotten sich elegant.

Jenseits des internationalen politischen Kontextes, an den

sich morgen oder übermorgen ohnehin niemand mehr erinnern wird, entzückt Roza das Gesamtrezept des Vorgangs. Pfund Sterling im Wert von ungefähr 20.000 Lei, mithin – ohoho! – das rumänische Durchschnittsgehalt für ein halbes Jahr. Wenn Golda in ihrem Alter ihr künstlerisches Talent derart in Geld umsetzen kann, muss man kein Optimist, sondern lediglich Realist sein, um sich vorstellen zu können, wie sich die Dinge darstellen, wenn sie erwachsen und zu einer nationalen und weltweiten Berühmtheit geworden ist.

Unter vier Augen erhält Carol Drimmer den Auftrag, einen Verlagsvertrag für das erste Buch von Golda auszuhandeln. Erst einmal den Vertrag in der Tasche haben, denn das Buch wird sich von ganz allein schreiben, wie dies die Klassiker von allen Büchern behaupten. Einen Monat darauf fragt Roza das Mädchen, wo das für die Geschichte bekommene Geld hin verschwunden ist.

Ich habe es in der Bank deponiert, antwortet Golda unschuldig, wie es uns die Lehrerin gelehrt hat.

Bei welcher Bank, mein Kleines?

Bei der Lev-Bank. Schau, hier sind die Papiere.

Und sie holt zwei handgeschriebene Quittungen hervor, die sie von ihrem größeren Bruder bekommen hat. Der Bankier Lev Oxenberg verpflichtet sich, ihr fünf Prozent Zinsen pro Jahr zu bezahlen, dazu garantiert er für die Sicherheit und vor allem die Geheimhaltung aller Bankhandlungen.

Rozas Mund bleibt offen stehen, und dem Mädchen schmerzen die Augen von dem Gold, das ihre Zähne umhüllt.

Das zweite von der Lev-Bank ausgestellte Schriftstück bevollmächtigt deren Direktor Lev Oxenberg, persönlich mit den interessierten Verlagen die finanziellen Bedingungen für die Veröffentlichung jedweder weiteren Geschichte aus der Feder der Kundin Golda auszuhandeln.

In ihrem Kämmerchen im Souterrain schrauben sich Tincuța und Ilie ohne großes Herzklopfen auseinander.

Hörst, Mann, du meiner Seel, es heißt, das Kind vom Herrn da oben, das macht eine Bank auf.

Komm, geh, Tatsach?

Auf mein Leben! Soll Lev-Bank heißn, wie das Bübchen eben.

Drei Teufel nochmal! Wenn du das bloß mal richtig verstanden hast, Dummchen! Da hast es ja richtig weit gebracht, Mann, Weib, wenn das stimmt!

Wieso weit?

Na schau mal an, wer wäscht denn dann dem jungen Herrn Bankdirektor die Unterhosen rein?

Roza möchte ihren Mann unbedingt erheitern, koste es, was es wolle. Ihr gefällt nicht, dass er so oft den Zigarettenrauch in sich hineinseufzt. Also packt sie ihn an einem Flügel und wirft ihn in den Schlafwagen des Schnellzugs Iași-Bukarest. Am 17. September 1938 hat Mihail Sebastians Stück *Das Ferien-Spiel* auf der Bühne des Komödientheaters Premiere.

Mihail Sebastian, das literarische Pseudonym des Josef Hechter, einer unserer Juden. Das Theater ist atemberaubend, der Saal quillt über, es riecht nach selbstbewusstem Wohlstand. Roza zeigt ihm die Schauspieler. Die Schauspielerin dort ist Jüdin, der Hochaufgeschossene dort ist ebenfalls Jude, der Autor ist Jude. Siehst du, es gibt keinen Grund zur Besorgnis.

»Du bist zu oberflächlich, als dass du faul sein könntest«, sagt ein Jüngling auf der Bühne zu einem Mädchen. »Du bist jedenfalls, was die Ungezogenheit betrifft, bloß ein Hochstapler«, hält sie dagegen. Eine Minute später erklärt sie es ihm: »Bist ein anständiger Kerl, der sich den Schnauzbart eines Wüterichs angeklebt hat, um die Leute zu erschrecken. Aber in dem Augenblick, da er sie heftig angeht, muss er selber lachen, und der Schnauzbart fällt ab.«

Der Applaus rollt durch den Saal wie ein Rudel Singer-Nähmaschinen. Jacques ist der einzige Zuschauer, der nicht lacht und nicht in die Hände klatscht. Ihm gefällt das Stück überhaupt nicht. Schier mathematisch kalkulierte Dialoge, das Lachen als Ergebnis einfacher oder etwas komplizierterer Gleichungen ... in Lizenz fabrizierte Paradoxa, ebenso wie man in Bukarest Ford-Automobile in Lizenz herstellt. Die Gerüche zwicken ihn am Hirn und lassen seinen Kopf fast platzen. Er will zu einer Apotheke; er, der aus Prinzip gegen Medikamente ist.

Verzeih, Roza, dass ich nach dem Stück nicht beim Empfang bleibe.

Sie bleibt, will den Autor kennenlernen. Sie hat auch Geo Bogza im Publikum gesehen, er überragte alle um Kopfeslänge, sie möchte ein paar Worte mit ihm wechseln. Nur darum ist sie in Bukarest: um Bekanntschaften zu machen, zu berühren ... sich zu unterhalten.

Jacques stolpert und schwankt ins Hotel, er nimmt die Löcher im Bürgersteig gar nicht wahr. Spät, gegen Morgen, taucht auch Roza auf. Sie ist beschickert, legt sich angezogen aufs Bett und schläft wie gefällt. Aus einem professionellen Gattenreflex heraus legt er die Hand auf ihre Hüfte. Sie hat keine Unterhosen an. Er lenkt den Zeigefinger zur kleinen Blume der Weiblichkeit. Sie ist verklebt. Ein neues Bajonett fährt in seinen Leib. Seit wann geschieht dies? Ihm ist danach, sich selbst auszulachen. Der eifersüchtige Gynäkologe, das wäre wirklich eine Komödienfigur.

Jacques wird erwachsen, stellt seine eigenen Berechnungen an. Er sieht, dass zu viele Wasser auf den gleichen Damm zuströmen. Das kann zu nichts Gutem führen.

Eine Jüdin, die am Kopfende des königlichen Bettes dessen Priapismus bewacht, ist eine zweischneidige Waffe. Zu einer weiteren Bombe mit verspäteter Wirkmacht führt die Schnur der Freundschaft zwischen dem König und dem jüdischen Spezialisten für Bewaffnung, dem Industriellen Max Auschnitt. Und nun Hechter-Sebastian, der hatte gerade noch gefehlt mit seiner in komödiantische Theaterstücke verwandelten Algebra. Beinahe könnte er schon denen zustimmen, die behaupten, die Juden hätten die Crème des Landes unter Beschlag genommen. Die erste Geliebte des Landes ist eine Jüdin, der Verantwortliche für die Landesbewaffnung ist ein Jude, der königliche Komödienlieferant ebenso ... Selbst der Zug, der ihn nach Hause nach Iași bringt, wird von einer jüdischen Lokomotive gezogen, auch sie wird von Auschnitt gebaut.

Aber unten, wie sehen die Dinge unten aus? Sein rätselhafter Freund zeigt ihm die offiziellen Wirtschaftsstatistiken. Landesweit gehören 31 Prozent der Firmen Juden. Dies bei lediglich 4,2 Prozent Juden an der Gesamtbevölkerung, wie es die letzte Volkszählung ausweist. In der Moldauregion ist die Situation noch explosiver. Die Industrie- und Handelskammer spricht Jüdisch: Von insgesamt 28.476 Betrieben, die in den offiziellen Unterlagen verzeichnet sind, sind 15.979 jüdisch. Wenn man dann noch bedenkt, dass Deutschland nur 0,8 Prozent Juden hatte, und was dabei herausgekommen ist ...

Der Druck defiliert ihm mit den Stiefeln übers Trommelfell. Er sieht rechts und links nur noch antijüdische Lunten brennen. Die Menge und Umschlagsgeschwindigkeit der Judenwitze gibt ihm zu denken; er hat einige davon sogar von Juden selbst gehört. Ob die wohl ganz und gar gedankenlos sind? Merken die nicht, dass diese Witze das schnurlose Telefon des Antisemitismus sind? Man lacht darüber, aber das Lachen ist wild, intolerant, ohne humanen Kern.

Allerdings fällt es ihm schwer einzugestehen, dass zur Herausbildung dieser Meinung auch der Witz beigetragen hat, der über ihn und seine Frau kursiert. »Frau Oxenberg ist mit ihrem

Zäpfchen spazieren gegangen.« Man lacht öffentlich über den Größenunterschied zwischen ihnen beiden.

»Kennst du den Witz von dem jüdischen Fotzenarzt, den seine Frau betrügt?« Der Bajonettstich wird aufgefrischt. Ob es etwa solch einen Witz gibt?

Er trifft sich nun immer öfter mit seinem mysteriösen Freund, dessen schwangere Frau er operiert hat. Sie diskutieren und trinken französischen Cognac. Er ist ein intelligenter Mann, ein glänzender Philosophie-Absolvent. Er erfährt konkrete Daten, aber vor allem lernt er, neben und hinter die Erscheinungen zu sehen.

Wenn du jemandes Handlungen verstehen willst, darfst du nicht mit deinem Verstand urteilen, du musst mit seinem Kopf denken. Das ist die erste Lektion, die man uns beibringt, wenn wir unterwiesen werden.

Er befolgt seinen Rat und holt sich einen Sozius in die Praxis. Keinen hundertprozentigen Christen, sondern einen zum Christentum übergetretenen Juden. Doktor Sandu Pielaru, einen ehrgeizigen und energischen jungen Mann, Sohn eines Kurzwarenhändlers aus Ungheni. Er überlässt weitgehend ihm die immer seltener werdenden Operationen. Doktor Oxenberg zieht sich auf die Voruntersuchungen für die Operationen zurück. Er ist nur noch der Fliegenfänger, der die Kundschaft anzieht. Eignet sich bestens, neben das Firmenschild gestellt zu werden. Wie könnte man das Ganze nennen? »Zum Pariser Kaiserschnitt«?, »Zur künstlerischen Geburt«? oder »Zum kleinen Fotzendoktor«?

Es werden vor allem Jungen geboren, was den volkstümlichen Glauben nährt, der Krieg warte gleich um die Ecke, dort hinter der Tür ... Er aber braucht keinen volkstümlichen Glauben, um dies zu wissen. Schließlich wird sich das Land nicht bewaffnen, um die Kanonen in die Vitrinen zu stellen, als Ornamente.

Es ist der 8. November, als er über Radio London erfährt, dass ein siebzehnjähriger Rotzbengel am Vortag in Paris den deutschen Botschaftssekretär Ernst vom Rath erschossen hat. Vom Rath, der, sieh an, bevor er 1935 nach Paris berufen wurde, Attaché der Deutschen Botschaft in Bukarest war. Es scheint ein Bravourstück gewesen zu sein, das umsonst war, aber er fragt sich, ob da nicht schweres Geld geflossen ist, damit es geschieht.

Es ist der 9. November, als sich über Deutschland die »Kristallnacht« herabsenkt. Ein weiteres Land, in dem das häusliche Kristall zerschlagen wird. Unter den entfesselten arischen Nerven geht alles Jüdische zugrunde. Die Synagogen geraten in einen Flammenschlund, die Häuser lösen sich auf in Ziegelstaub, die Geschäfte werden unter der Sohle des Bulldozers zermalmt. 38 Juden wird sogleich die Seele ausgetrieben. Weitere 20.000 werden an spezielle Orte verbracht, um gequält und professionell umgebracht zu werden.

Jacques geht ohne rechte Überzeugung mit Roza und dem Ehepaar Drimmer zur Premiere des Films *Katja*. Weder gelingt es ihm, aufmerksam dem Geschehen auf der Leinwand zu folgen, noch danach dem schwadronierenden Freund Carol. Seine Gedanken sind allein beim morgigen Tag. Wo wird all dies hinführen?

Die Zeichen stehen schlecht für Rumänien. Carol, der Beschützer der Künste, vertieft sich in die Arbeit, nachdem er sich versichert hat, dass Hitler sich nicht in unsere Innenpolitik einmischen wird. Ende November ist sein künstlerisches Werk fertig. Zelea-Codreanu und seine Haftgefährten sind unter dem Vorwand des Fluchtversuchs unter Eskorte umgebracht worden. Die herrschenden Mannsbilder sind unerbittlich gegenüber ihren Rivalen.

Auch von denen sterben welche, sagt sich Doktor Oxenberg wieder.

Er gibt Roza recht, die Zelea-Codreanu eher für die Abenteuer-Filmindustrie für geeignet hält als für die Politik. Er schaut sich das längliche Gesicht an mit den schmalen Wangen und den Augen eines Teufels-Căpitans. Was könnte man mit dem für ein Geld verdienen, wenn er in amerikanischen Filmen spielte! Vorausgesetzt, er geriete in die Hände eines guten jüdischen Regisseurs.

Die Zukunft klingt nicht barock, sagt sich der Gynäkologe, als er zuhört, wie das Klavierspiel seiner Schwiegermutter eine barocke Stickerei webt. Er sitzt in seinem Zimmer am Schreibtisch und liest. Lev versucht am Telefon einen Klassenkameraden zu überzeugen, seine Ersparnisse nicht von der Lev-Bank abzuziehen, die Bank werde von einem eventuellen Krieg nicht berührt. Golda fragt sich, ob die Plastikentchen, die sie an der Ostsee freigelassen hat, Eier gelegt und gleichfalls Plastikküken oder aber Nachkommen mit echtem Flaum bekommen haben. Roza geht zu ihm und liest ihm ein antifaschistisches Pamphlet von Geo Bogza vor: »Wie sich den Nationen die Kinnladen verschieben.«

Nach zwei Monaten des Erkaltens gebieten sie der Blockade im Schlafzimmer im Duett Einhalt. Sie hat einen fließenden Nachtmantel an, der die weißen verführerischen Formen sehen lässt. Die Augen des Gynäkologen starren auf seine Kompetenzregion. Rozas Schamhaar ist in Hakenkreuzform geschnitten.

Heil Hitler!

Heil Hitler!

Jacques lacht, wie er es bei Sebastians Stück nicht getan hat. Sein Gelächter zieht sich körperabwärts, wo dann binnen zwei Minuten das Hakenkreuz ans Leintuch genagelt wird.

Das Ohr an der Tür, begreift die arme Tincuța rein gar nichts mehr.

Die beiden treiben Krieg, Teufelspack, jüdisches!

4

Als ich nach Amerika kam, hatten die Bernsteins einen Vertrag mit einer Reinigungsfirma. Sie zahlten 350 Dollar pro Monat. Zweimal die Woche kamen ein paar unendlich fleißige südamerikanische Arbeitsbienen. Sie packten ihre Utensilien aus, werkelten herum und verließen nach einiger Zeit eine spiegelsaubere Halle. Im vergangenen Jahr kostete der Reinigungsdienst zehntausend Dollar pro Monat ... Ich kann meine Entwicklung als Geschäftsfrau daran ermessen, dass ich die Mengen an Abfall und Müll, die früher anfielen, und heute miteinander vergleiche. Es gibt keinen verlässlicheren Indikator. Schade, dass die Börse ihn nicht beachtet, für besondere Bewertungen.

Meine Ehe unterliegt den gleichen Zahlen. Geschäft und Ehe bemisst man an den Resten, die sie hinterlassen. Gestern haben wir den Gipfel bestiegen. Ben hat einen Müllwagen der Marke Mack gekauft. Mit einer Kapazität von sechs Tonnen. O-ho-ho! Wir haben unseren eigenen Müllwagen! Wir sind die Einzigen in dieser Branche, die sich dessen brüsten können. Vorne ist er mit zwei Lamellen versehen. Schauen Sie ihn sich an und bewundern Sie ihn! Er kann sich in der Hüfte sogar hinabbeugen. Probiert es, ohne Fehlschläge. Er wirft sich die Last über den Kopf, anmutig und elegant. Eine Gymnastin der Müllwagen.

Ich korrigiere, was ich weiter oben gesagt habe. Die Geschäfte und die Ehe finden ihr Maß in der Fähigkeit, den eigenen Müll selber zu bewältigen. Aber dafür braucht man einen eigenen Müllwagen.

Sentimental, wie wir ihn kennen, bestellt Joe eine Flasche französischen Champagners. Er macht alle verrückt mit seinem Frankreich. Er lässt uns alle neben der großen Gefeierten antreten, der Prinzessin Müllwagen. Der Korken knallt,

Joe handhabt die Flasche wie einen Feuerlöscher. Er spritzt uns voll Schaum, aber auch wir bespritzen ihn. Wir sind ein Haufen Kinder, die Seil springen. Ben, meine Schwäger, ich. Alle Bernsteins, am wenigsten noch Dora. Dann die Angestellten. Auch Takafumi ist bei uns, über alle Maßen entzückt. Der festliche Moment verlangt nach Fotos für die Nachwelt, zur Erinnerung. Eine ordentliche Fotostrecke. Allein oder in der Gruppe. Fotos für das Album der kleinen Familie, die Bernsteins. Fotos für das Album der großen Familie. Die heilige Firma des *Second-hand-*Planeten Bernstein Vintage Ltd.

Der Champagner versüßt mir die Tränen. Lässt sie honigsüß kullern. Ebenso wurde ich in der Kindheit fotografiert. Mit einer ausgestopften Ziege, die drei ausgestopfte Zicklein geboren hatte. Dieser ausgestopften Mutterschaft begegnete ich im Park, wenn Vater mich ausführte. Ein Onkel Fotograf ließ sie dort weiden. Er verlangte fünf Lei pro Foto. Als rastete ich auf einem Gebirgsweg. Ich schaue hinab auf den zurückgelegten Weg und werde schwindlig.

Schließlich kommen die Kinder an. Oscar klettert hinter das Lenkrad. Spreizt sich, wie es der Augenblick erfordert. Er möchte künstlerische Fotos haben, sie sind sehr gut für das Image, *mommy*. Er will sie unbedingt einem Mädchen in seiner Klasse zeigen, Sarah, ein launisches halbes Hemd. Oscar umschwärmt sie wie nichts Gutes. Sie aber, sturköpfig, nein und wieder nein.

Schauen wir jetzt mal, ob sie da immer noch widersteht. Was habe ich gesagt über die Liebe und den Müll? Nur mein Mädchen, Rachel, ignoriert den Müllwagen. Noch weiß sie nicht, was es mit der Liebe auf sich hat.

Am Abend gehen wir alle ins Restaurant. Joe vergießt einen Tropfen Cognac für seinen Vater:

Mein armer Vater, ich wünschte, er wäre hier bei uns. Damit er sähe, wie weit ich es gebracht habe, jetzt, da wir unseren eigenen Müllwagen haben. Er erzählte mir, in Iași habe man den Müll mit Pferdewagen weggebracht. Immer hatte er Tränen in den Augen, wenn er mir davon erzählte.

Außerhalb der klassischen Geschenkesaison läuft die *Vintage*-Ware in Rumänien nicht. Wenn ich mich beschwere, lächelt mich Dora an. Ironisch, anders versteht sie es nicht. Ihr großer Mund nimmt den Kartenumriss des Karpaten-Donau-Raums an. Die Zähne ähneln Karpaten, die der Erosion unterworfen sind. Die Zunge kann mit der rumänischen Tiefebene verwechselt werden, trocken und reich an Erdöl.

Dein Land ist nicht auf *Vintage*-Ware vorbereitet, Suzy. Bloß ein paar Verliebte, die da noch aufmucken.

Meine gekränkte Miene verlangt eine Erklärung.

Deine Rumänen haben Zara und Gap, Banana Republic und Steilmann noch nicht satt. Sie wollen in den neuen Klamotten, die jetzt in den Schaufenstern der Mall sind, gut aussehen. Jetzt, da sie ihre Klasse behaupten, da sie zur »Elite« derer gehören, die 150 Dollar für eine Markenjacke ausgeben.

Alles, was Dora sagt, komprimiere ich zu dem einen Satz: »Eigentlich seid ihr ein Haufen Rüpel.«

Nimm es nicht persönlich. Ihr wollt eure Musik auf CD hören, nicht auf Vinyl. Ihr habt Angst, die Zeit zurückzudrehen, wollt die Uhr bloß vorstellen. Weil ihr nämlich zurückgeblieben seid.

Wer so mit dir spricht, bettelt dich an um einen Kopfstoß in die Schnauze. So friedfertig du auch sein magst.

Vintage-Kleidung bedeutet Stil. Kostet weniger und gibt dir mehr. Erklär das einem deiner Landsleute und sage mir, ob er diesen Dialekt versteht.

Danke *very much*, Gnädigste! Ich koche vor Wut. Zum Glück kommt der Müllwagen herangefahren. Ich rede mit dem Chauffeur:

José, wenn du den Mädchen an den Sortiertischen noch einmal schöne Augen machst, schmeiße ich dich raus!

Ich lasse Dora Dora sein.

Wenn ihr mein Land dermaßen stinkt, warum wollte sie mich dann zur Schwiegertochter? Hat sie sich eine ausgesucht, die sie ununterbrochen demütigen kann? Es ist bekannt, dass die Mütter von Söhnen zu solch asiatischen Racheunternehmungen fähig sind. Sie tut so, als wäre sie eine Amerikanerin, die Kolumbus 1492 hat an Land gehen lassen, und vergisst, dass sie in Bălți oder Odessa geboren ist. Niemand weiß genau, wo, möglicherweise nicht einmal sie selbst.

Bist du aus Bălți oder aus Odessa, Madame. Ich werde jemanden mit einem mittleren Betriebswirtgehalt einstellen, damit er dich dreimal am Tag daran erinnert.

Am Abend rufe ich Vater an, den würdigen Repräsentanten meines Landes. Mutter ist an meiner Seite. Das Geschäft läuft in Rumänien wie geschmiert. Wir verhalten uns zum Rest der Bevölkerung wie die Sonne zum Mond. Die Finanz- und Wirtschaftskrise wird schlimmer, wir werden reicher. Die *Secondhand*-Geschäfte erweitern ihre Kundschaft. Alle, die sich keine neuen Kleider oder Sachen mehr leisten können, schwenken auf uns ein. Sie erneuern sich aus zweiter Hand.

Und das ist nicht alles. Ich habe den Markt der rumänischen Wahlen entdeckt. Der Lokalwahlen, der allgemeinen und der Präsidentschaftswahlen. Die selbstverständlich auch unter dem Zeichen der Armut abgehalten werden. Damit letztlich die Rechnung an den Urnen gut ausgeht, muss die Wahl von den Kandidaten mit Krisengeschenken präludiert werden. Und die kommen ganz demokratisch in unser Warenlager in Iași, um sich rechtzeitig einzudecken. Die Mitglieder der Linksparteien ebenso wie die der Rechten ... Auch die Sozial-Moderaten und die Ultranationalisten und die freiheitlichen Wechselspieler. Die ganze feine Bande. Mein Bruder fängt sie mit der Angel ein. Du musst im Grunde nur einen überzeugen, denn wenn du einen nass gemacht hast, gehen alle anderen freiwillig ins Wasser.

Für die Politiker zahlt es sich aus. Mit dem gleichen Geld kaufen sie bei uns das Zehnfache dessen, was sie in den Geschäften bekämen. So läuft das bei Wahlen, es kommt auf die Menge an. Sie laden die Ware aus dem Depot direkt in die Laster. Kandidaten aller politischen Färbungen aus sämtlichen Körperschaften, vereint euch am Sitz unserer Firma! Dann entladen sie alles in ihrem Wahlkreis. Die Wähler drängeln sich. Und nehmen ihre Geschenke in Empfang, nachdem sie sich verpflichtet haben, den entsprechenden Kandidaten zu wählen. Ein *gentlemen's agreement* ohne Gentleman.

Wir bieten ihnen amerikanische Ware an. Nicht umsonst sind wir ein Nato-Mitgliedsland. Was, in die ... ihrer Mutter! Denn schließlich ist der Amerikaner der beste Freund des Menschen, wie Vater sagt, und zwar nach dem Hund, dem Pferd, dem Schwein und der Nutria. In unseren Regalen ist alles vorrätig, für sämtliche Wähler. Sportschuhe, Matelassé-Jacken, Pullover, Jeans, Shirts, Socken, Stiefel. Plus Möbelstücke: Sofas und Kanapees, Stühle, Tische. Ebenso elektrische Haushaltsgeräte: Waschmaschinen, Fernseher, Massagegeräte. Wir verkaufen auch Masseusen, wenn sie nachgefragt werden.

Diese Geschenke, interessant verteilt, lenken das Kreuzchen auf dem Wahlschein von der einen Position zur anderen. Was nicht korrekt ist. Aber was ist denn in der Politik schon korrekt? Jahrhunderte vorher hat auch Kolumbus sich nicht weniger betrügerisch verhalten. Auch er hatte die amerikanischen Ureinwohner mit einer Handvoll bunter Kugeln übers Ohr gehauen, der Schlaumeier!

Vater gibt an vor seinen Freunden im Favorit:

Ich bin der Chef einer Firma von internationalem Interesse,

Mann. Ohne mich hätte das Land weder Parlament noch Regierung. Von der Demokratie bliebe nichts mehr übrig als ein müder Schlappschwanz, und nicht einmal der bliebe ganz. Ich bin der Garant des Fortschritts und der bürgerlichen Freiheiten. Ich bin der wahre Senatspräsident. Und meine Tochter ist die echte Staatspräsidentin. Es lebe der Amerikaner, der beste Freund des Menschen nach dem Hund, dem Pferd, dem Schwein und der Nutria!

Ingenieur Mazăre hilft beim Aufladen. Er ist ein Musterangestellter, glänzt im Schweiß, der an ihm herabrinnt. Er muckt nicht auf. Vater beobachtet seine Bewegungen aufmerksam, dass er ihm bloß keine Sekunde Faulenzen abzweigt. Vater ist kapitalistischer, als Ford es je war. Auch jener hatte in seinen Ford-Werken rittlings auf seinen Arbeitern gesessen.

Vater und Ingenieur Mazăre feiern den Sieg von Steaua bei einem Fußballspiel. Zu zweit und bis gegen Morgen. Sie trinken wie zwei Herrscher: Bier, Wein, Champagner. Vater bestellt mexikanisches Essen, damit es seinen Gast ein bisschen an der Galle kitzelt. Der Rauch aus zwei kubanischen Zigarren bildet den Abschluss. Eine amerikanische Geschichte, alles in allem.

Irgendwann in der Nacht möchte Herr Mazăre am liebsten ins Bett. Er hat am nächsten Tag viel zu tun. Vater hält ihn zurück. Lass sie doch in ihre Mutter ... mit ihrem Kapitalismus. Schließlich errichtet dir doch niemand ein Denkmal. Steaua hat gewonnen, was, zum Pferdeeumel.

Sie gehen um drei Uhr früh. Aber erst, nachdem sie »Hoch soll er leben!« gesungen haben. Sie fahren nach Hause, jeder in seinem Taxi. Es ist nicht gut, wenn man uns zusammen sieht. Ich bin der Chef, du bist der Angestellte. Es könnte Gerede geben.

Am nächsten Tag kommt der Prolet Mazăre zu spät zum Dienst. Weiß ist er im Gesicht wie ein Blatt Papier, das man aus einem Schulheft gerissen hat. Der Kater in ihm zittert. Vater knöpft ihn sich vor. Er lässt ihn in das Alkoholtest-Röhrchen pusten und streicht ihm 25 Prozent des Gehalts. In Anwesenheit von Kunden macht er ihn zum Putzlappen. Unter ihnen ein recht chancenreicher Kandidat für den Senat. Und daneben ein anderer für die Abgeordnetenkammer.

Beim nächsten Mal schmeiße ich dich raus. Unverschämter! Ihr, die junge Generation, ihr macht euch lustig über die Wirtschaft des Landes. Darum befindet sich das Land in dieser elenden Lage.

Der Kandidat für den Senat will ihm beistehen:

Vergib ihm, Meister, vergib ihm! Siehst du denn nicht, dass er im Vergleich zu dir nur ein halbes Hemd ist? Die Wirtschaft sollte auch ohne ihn zurechtkommen.

Da ruft Vater auch den zur Ordnung:

Misch du dich nicht ein, wenn du nicht weißt, was das für ein Nichtsnutz ist! Ich mische mich nicht in deinen Senat ein, und du hältst dich aus meinem Senat raus. Wir arbeiten hier, ficken keine Nachteulen, wie andere.

Vater ist ein wütender Kapitalist. Der Prolet Mazăre wird so dünn wie sein eigenes Plakat in Lebensgröße. Nur zu gerne würde er Vater das Röhrchen unter die Nase halten, wie damals, als er sein Chef war im Petrochemischen Kombinat. Das geht nicht mehr. Die Zeitläufte haben eine prächtige Kehrtwende hingelegt. Der Arme! Er seufzt und schweigt. In Augenblicken wie diesem werden die großen Gewerkschaftsideen geboren.

Ich habe großes Mitleid mit ihm. Schicke ihm heimlich, ohne dass Vater davon etwas erfährt, etwas Geld. Um den Schaden der 25 Prozent Gehaltskürzung auszugleichen und ihn seine Gewerkschaftsideen vergessen zu lassen. Ich tröste ihn auch mündlich, nicht nur durch das, was ich getan hab. Am Telefon. Ich spreche chiffriert, Vater ist in seiner Nähe, er behält ihn im Blick. Er hat keine Angst vor der Gewerkschaft. Was soll das denn sein, eine Gewerkschaft? Pipifax.

Es geschieht an einem Vormittag, unter meinen Augen. Die Mädchen in der Halle stellen das Schuhwerk paarweise zusammen. Den Linken neben den Rechten, Größe 7,5 zu Größe 7,5. Elisa ruft mich herbei:

Señora, kommen Sie mal kurz!

Eines der Mädchen holt etwas aus dem spitzen Absatz eines Cowboystiefels heraus. Wie sie Amerikaner tragen, wenn sie am amerikanischsten sind. Es ist ein grünes Bündel. Kein Gras, Dollars. Nur Hunderterscheine. Ihre Finger zittern. Alles in allem 7700. Welch ein Geld! Gebündelt und an einem sicheren Platz verwahrt, im Absatzsafe.

Ich deute die Landkarte dieses Stiefels, rekonstruiere vor dem inneren Auge das Bein. Er hatte einen beachtlichen Stummel. Das Ding hatte einem gut über siebzigjährigen Mann gehört. Mittelgroß, drahtig. Er war überraschend gestorben. Schlaganfall, Herzinfarkt? Und die eiligen Erben haben sich schnell aller Lasten entledigt. Haben alles zusammengetragen, was nichts wert war, und haben es gespendet, wie es ganz Amerika tut. Um die Quittung über die fünfhundert Dollar zu bekommen, die man von der Steuer absetzen kann. Sie hatten fünfhundert Dollar verdient und 7700 verloren. Nicht zu versteuerndes Geld.

Wir können die Spender der Stiefel finden. Mit geringem Aufwand, einem kurzen Telefonat. Können ihnen das Geld zurückgeben. Es wäre nicht korrekt. Der Alte hat es vor ihrer jungen und mitleidlosen Habgier versteckt. Aber wenn er es vor seiner Frau verborgen hat? Möglich. Der Rabbi empfiehlt Mann und Frau, sie mögen ein Leib und eine Seele sein. Nicht auch ein Gehalt. Wer weiß, wovon der Alte geträumt hatte, wozu er die Ersparnisse benutzen wollte. Vielleicht für eine letzte amouröse Eskapade in Europa. Mit einem Luxusmädchen aus Italien, schließlich hat auch Italien die Form eines Stiefels. Eine Gondel, eine Mandoline, ein Sternenhimmel und eine Flasche Rotwein. Neben dem alten und großzügigen Amerikaner sitzt ein schönes und billiges, schlaues Mädchen. Rumänin, warum nicht. Sie braucht Geld, um es nach Hause zu schicken. Die Familie kommt sonst nicht zurecht. Die Eltern arbeitslos, kleine Brüder, Sorgen. Mich packt die Wut. Bitteschön, was hatte die Besitzgier dieser jungen Amerikaner angerichtet! Einer vom Elend geplagten rumänischen Familie haben sie das Brot vom Mund gestohlen. Ich beschließe, keinen Heller zurückzugeben. Ich behalte zehn Prozent des Geldes. Mein Anteil, schließlich gehört der Stiefel mir. Den Rest gebe ich Elisa, damit sie ihn unter den Mädchen und Jungs in der Halle verteilt. Eine kleine Prämie, von mir für sie.

Am nächsten Tag wartet Elisa um neun Uhr früh auf mich. In der Hand hält sie einen Umschlag und eine Bonbonschachtel. Der Umschlag quillt über vor Geldscheinen, etwa sieben-, achttausend Dollar. Die Schachtel enthält keine Bonbons. Als ich sie öffne, bin ich geblendet. Darin befinden sich Goldringe, Ohrgehänge mit Diamanten, eine Perlenschnur. Auch Goldzähne, viele Goldzähne. Auch eine Uhr, mit Gold und Weißgold besetzt, eine Longines.

Hast du mir ein vorgezogenes *Thanksgiving*-Geschenk gebracht?

Ja, die Mädchen sind Ihnen dankbar. Hier haben Sie zehn Prozent von all dem, was sie in den letzten Jahren gefunden haben. Gestern haben sie begriffen, dass Ihnen zehn Prozent zustehen.

Und wo, sagst du, haben sie das gefunden?

Im Schuhwerk, gut verborgen. In Schuhen aller Art und in Stiefeln. In der Sohle oder im Absatz.

Die Mädchen haben ihre Methode. Klopfen den Absatz ab.

Schauen sich die Sohle an, ob sie geöffnet und neu verklebt worden ist. Sie erraten den Inhalt am Klang.

Ich bleibe allein im Büro und denke, ihr Beruf ist nicht eben langweilig. Wenn in jedem Schuh ein Schatz verborgen sein kann. In meiner Halle gibt es mehr Gewinnchancen als im Lotto. Ich betrachte das Geld und den Schmuck, versuche, ihre Geschichte zu erraten. Es ist ganz schön traurig, seinen Schatz vor den eigenen Angehörigen zu verstecken. Aber wo kommen die Goldzähne her? Aus einem lebendigen Mund? Aus einem toten Mund, in einem letzten Spasmus verbissen?

Von den Chefs bin ich die Einzige, die noch im Betrieb ist. Ben wälzt sich durch das alte Bukarest, seine Brüder treiben sich auch frei herum, vor allem da Bill sich allen Ernstes an das Studium der Aktmalerei gemacht hat. Joe und Dora sind in Frankreich bei Weinverkostungen im Loire-Tal.

Nach einer Weile taucht Takafumi auf. Der richtige Mann für meine Ware. Ich hatte vergessen, dass er kommen würde. Ich zeige ihm die Goldzähne. Er fragt nicht einmal mehr, was es mit denen auf sich hat, er nickt nur noch. Kauft sie auf der Stelle. Dann den Schmuck, Stück für Stück. Die Longines-Uhr legt er gleich an. Nachdem er das Herstellungsjahr gesehen hat: 1943. Erst bei der Perlenschnur will er den Mund öffnen. Aghiuță zwinkert mir zu. Ich muss ihm mehr sagen, als er zu hören vorbereitet ist:

Die habe ich heute erst bekommen, früh am Morgen. Sie hat Raissa Gorbatschowa gehört. Ein Geheimnis, das unter uns bleiben muss!

Ich sollte die Perlenkette bei der nächsten Gelegenheit am Hals von Frau Palade sehen. Als Korrektur der Geschichte.

5

Doktor Oxenberg hat recht: Nicht Carol hat die Vorsehung zum dominierenden Mannsbild des Landes ausersehen – in einer Reihe mit Hitler und Mussolini. Sondern Antonescu, zwar nicht sein Namensvetter, aber ihm gleich in der roten Haarfarbe. Und dieser weist dem Judäo-Bolschewismus die Faust und verspricht die Wiederherstellung des unversehrten Landeskörpers, den das Diktat von Wien verstümmelt hatte. Auch Rache verspricht er, Waggons, vollbeladen mit Rache.

Er spricht das Wort »Jude« auf ganz besondere Weise aus. Tut es metallisch und kalt, als setzte er in den Nacken dessen, der diesen Namen trägt, eine Kugel frei. An der Seite von Antonescu ist Seine Majestät König Mihai ein Plüschkönig, der sich dazu eignet, den Kindern zu Weihnachten oder zu Hanukkah geschenkt zu werden.

Im Vorbeigehen hört Jacques, dass immer mehr jüdische Männer beim Sitz der Quästur festgehalten werden. Als Grund wird angegeben, sie seien Kommunisten oder Kollaborateure der Sowjets. Er hört auch von denen, die am Kragen gepackt und aus dem fahrenden Zug geworfen wurden. Wie mag es wohl sein, aus dem Zug geworfen zu werden? Er hatte eine solche Szene in einem Abenteuerfilm gesehen, aber dort hatte der Held Knochen aus Kautschuk. Er hat sich abgerollt, ist unversehrt aufgestanden und hat den Zuschauern ein bezauberndes Lächeln geschenkt.

Die Errichtung des national-legionären Staats im September 1940 ist ein Zeichen dafür, dass für die Juden die Ruhe der Vergangenheit angehört. Das Beispiel der Klassenlehrerin Deutschland drängt zur Tat. Die antisemitische Säuberung geschieht im Namen der Romanisierung und erstreckt sich auf alle Bereiche: die Lehre, die Rechtspflege, die Medizin ... Rumänien packt seine Juden am Kragen und wirft sie aus dem Zug.

Pistolenschüsse setzen den Stempel pfeifend auf alte Buchungsunterlagen. Die Kreise lachen finster, bevor sie sich im Todeskuss verschmelzen. Wie bei jedem mondänen Ereignis »mit Steif« fehlt Iorga nicht, obwohl er diesmal, nur dies eine Mal, gerne fehlte. Auch der mit dem einen Auge fehlt nicht, den seine Mutter gleich als Minister geboren hat: Armand Călinescu.

Habt ihr geglaubt, ihr würdet entkommen, ihr Süßen? Kommt mal näher ran, dass wir euch ein Geheimnis ins Ohr flüstern können. Erinnert ihr euch noch an den Căpitan, an Corneliu Zelea-Codreanu? Nehmt hier die heiligen, die christlichen Patronen! Die sind von ihm für euch, mit grünem Schleifchen. Unterschreibt, dass ihr sie bekommen habt, hier rechts unten. Und gute Reise in die Hölle, denn der Himmel gehört uns!

Es wird viel gestorben, es wird haufenweise gestorben. Zu spät, sich jetzt noch zu verkrümeln; die Richtung hat sich verkehrt, aus Westeuropa kommt man hierher, das Bündel am Stock. Zeremoniell schließen die Grenzen den Theatersaal des Landes.

Tragische Ereignisse haben ihre eigenen Vorboten, sie rühren aus der gestörten Ordnung des Planetensystems. Die Geschichte zeigt, wie im Dezember 1664 und im April 1665 zwei finstere Kometen London überflogen und die Pest angekündigt haben, die 100.000 Sterbeurkunden ausstellen sollte.

Im November 1940 erschüttert ein Erdbeben die ohnehin schon erregten Geister in Iași. Der Arzt lacht traurig: Ganz gewiss wird für dieses Erdbeben wieder den Juden die Schuld zugeschoben. Wer sonst kann die Erde in der Weise bestechen, dass sie bereit ist, sich zu schütteln?

Um jeden Zweifel zu beseitigen, ordnet der Stadtbürgermeister, Spiridon Polaciu, den Abriss der alten Synagogen Jurist und

Tapițeru an, die im Zentrum und die an der Râpa Galbenă. »Beschädigt infolge des Erdbebens, stellen die Gebäude eine öffentliche Gefahr dar, die schleunigst beseitigt werden muss«, rechtfertigt sich der Legionär Polaciu. Er ist Arzt von Beruf. Die Kunst zu hassen hat er von Professor Corneliu Șumuleanu gelernt, möge das Erdreich schwer auf ihm lasten.

Jacques hat keinerlei Zweifel mehr daran, dass kommt, was kommen muss. Alles, was ihm zu hoffen bleibt, ist, dass er und die Seinen verschont werden. Von nun an wird sich jede Familie auf eigene Rechnung durchwursteln müssen.

In solchen Zeiten fiebern selbst die Gerüchte und beginnen zu delirieren. Jacques erfährt von den Gruppen, bestehend aus je vier bis fünf mit Pistolen bewaffneten Legionären, die in die Häuser wohlhabender Juden eindringen, die Männer herauszerren und zur Bejan-Terrasse in der Râpa Galbenă bringen, wo sich ihr Hauptsitz befindet. Dort prügeln sie auf sie ein, als klopften sie Bohnen. Vor allem, weil sie Spaß daran haben, sie zu verprügeln. Um zu verschnaufen, sprechen sie ein kurzes Gebet und beginnen von vorne. Scharf sind sie auf Bärte und Schnurrbärte. Davon gibt es für ihren Geschmack zu viele. Man muss sie wegreißen und damit seltener machen. Auch Iorgas Bart war zu dicht geworden und musste ausgedünnt werden. Sah er nicht ganz würdig aus im Sarg?

Die Legionäre begehren, was die Juden an Gutem haben: Geld. Sie wollen Geld, alles Geld, dazu noch mit Zinsen, wenn's geht. Das geht immer. Zwei Brüder, Nachbarn der Oxenbergs, wurden in ihrem Haus gefesselt und um 3.500.000 Lei beraubt. Eine immense Summe, die dem Safe entnommen wurde. Nirgendwo mehr läuten die Türglocken in Sicherheit.

Um die Geister zu beruhigen, kommen die aufgeklärteren Köpfe der Jüdischen Gemeinde darauf, einen »freiwilligen Beitrag« zu entrichten. Nehmet hier, werte Legionäre, dieses Geld an wie ein paar Tabletten zur Beruhigung eurer Nerven, aber verschont unsere Bärte. Das hat nur eine meteoritenhafte Wirkung. Es läuft auch mit dem »freiwilligen Beitrag«, dem widerspricht niemand, aber ernstzunehmende Summen erhält man nicht durch Freiwilligkeit. Ein guter Legionär weiß das.

Doktor Oxenberg sucht seinen rätselhaften Freund auf, um zu erfahren, in welche Richtung sich die Dinge entwickeln. Dieser weicht seinem Blick aus und verlagert den Gesprächsgegenstand um einen Meter nach links. Er ist schrecklich beschäftigt und hat bloß Zeit für einen pferdeschnauzenhastig gekippten Cognac. Jacques möge in gutem Frieden ausharren, er würde alles ihm Mögliche tun, damit ihm nichts Böses geschieht. Sein Haus wird weiterhin bewacht, ihn wird niemand entführen. Da kann man kaum was tun, so ist es nun mal, wenn der Krieg näher kommt.

Ob er noch in die Praxis gehe? Ja, er gehe hin und wieder hin, aber sehr selten. Auch hat er kaum noch Patientinnen, wer hat denn noch Lust, künstlich zu gebären? Auf den Sozius hat er verzichtet, er konnte ihn nicht mehr bezahlen. Er hat nur noch eine Assistentin, die ihm zur Hand geht. Auch sie ruft er nur herbei, wenn er sie braucht, aber auch das kommt selten vor.

Gut, er möge sich weiterhin um seine Arbeit kümmern, so wenig es auch sein mag. Das Haus verlassen solle er nur tagsüber, und dann auch nur in Begleitung. Wie er mit dem Geld stehe, gut? Es freut mich, das zu hören. Er möge es an einem sicheren Ort verwahren, er würde es noch brauchen.

Und weil man von den Patientinnen gesprochen habe, ob er sich mal eine Schwangere anschauen wolle, hm, eine etwas speziellere? Vorsicht, es handelt sich um eine streng vertrauliche Mission, worüber niemand, nicht einmal die hochverehrte Frau Roza, etwas erfahren dürfe. Es handelt sich um eine christliche Frau, die Gattin einer wichtigen, einer äußerst wichtigen Person. Er solle sie sich ansehen, ihre Schwangerschaft beurteilen und sie für einen Kaiserschnitt terminieren. Totale Diskretion.

Er lädt ihn des Nachts in sein Auto und fährt mit ihm zu einem Haus im Copou-Viertel. Der Ehemann der Frau behandelt ihn kühl, aber korrekt, militärisch. Die Schwangere kommt im Morgenmantel, dick und schön, eine Stute auf den Hinterbeinen.

Doktor Oxenberg bittet um eine Waage und ein Schneidermaßband, dann will er mit der Patientin allein gelassen werden. Seitens des Mannes streift ihn ein Hauch Eifersucht, die von einem goldstrahlenden Lächeln weggewischt wird. Er misst ihren Blutdruck, lauscht den Herztönen des Kindes ... Scheint beherzt zu sein, der Kleine.

Apropos, wussten Sie, dass Äskulap, der Gott der Medizin, selber auch durch einen Kaiserschnitt geboren wurde?

Nein, das habe ich nicht gewusst.

Der Gott der Künste selber, Apollo, sein Vater war es, der die Operation vorgenommen hat. Deshalb ist die Medizin vor allem eine Kunst.

Die Stute fremdelt, bevor sie sich auf den Rücken legt. Der Arzt bereitet seine Finger vor, sie zu betasten: Zeige- und Mittelfinger. Die Stute erbebt, stöhnt leise. Sie mag es, wie der Doktor riecht, nach fremden Ländern. Das Gold in seinem Lächeln flößt ihr Vertrauen ein. Ah, hätte er doch etwas längere Finger, sodass er etwas herrschaftlicher hinlangen könnte! Ihre Gebärmutter wird mit dem Schneidermaß vermessen, als ginge es um ein Ballkleid.

Der chirurgische Eingriff könnte so ungefähr in vier Monaten erfolgen. Ich werde Sie noch ein paarmal untersuchen müssen, die Schwangerschaft muss im Blick behalten werden. Das nächste Mal in einem Monat. Vom achten Monat an jede zweite Woche, und im neunten Monat wöchentlich.

Wird es mir wehtun, Herr Doktor?

Überhaupt nicht, nicht im Geringsten. Die Spinalanästhesie sagt nein zum Schmerz. Hinzu kommt, dass ich sie mache, eigenhändig.

Bei der Heimfahrt strahlt Jacques über das ganze Gesicht:

Ich danke dir, nun habe ich wieder die Freuden meines Berufes verspürt. Bedenke aber, dass ich eine Assistentin benötige für die Handreichungen.

Ich werde deine Assistentin sein, bietet sich der rätselhafte Freund an. Du musst verstehen, es darf niemand erfahren, dass ein jüdischer Gynäkologe eine christliche Patientin operiert, und dazu noch die Ehefrau von ... Wenn das rauskommt, sind wir erledigt. Nun, was meinst du, wird mir der Kittel der Assistentin gut stehen?

Antonescu steht das Kostüm des landesweit beherrschenden Mannsbildes wie angegossen. Mit Zustimmung seines Doktorvaters, des emeritierten Herrn Professor Adolf Hitler, wirft er die Legionäre im Januar 1941 mitleidlos aus dem fahrenden Zug. Wieder einmal wird satt gestorben, wie in den Historienschinken, die im Trianon-Kino, im Sidoli und im Phoenix laufen.

Auch der legionäre Bürgermeister Spiridon Poliacu wird aus dem Zug geschmissen, aber seine Kautschukknochen erlauben es ihm, sich wieder zu erheben und zu seinem Beruf als Arzt zurückzukehren.

Der Doktorand Antonescu studiert gewaltig. Er ist sehr talentiert, was die Umsetzung der wissenschaftlichen Ideen in die Praxis angeht. Er sitzt allein da, an seiner Seite der Plüschkönig. Manchmal streichelt er ihn zärtlich, dann wirft er ihn wieder in die nächstbeste Ecke.

Auch er hat so seine Zustände.

Die berufliche Isolierung des sanftmütigen Oxenberg hat auch ihre gute Seite. So findet er Zeit und Gelegenheit, sich seinen Kindern stärker anzunähern, hauptsächlich Golda. Er verbringt seine Tage mit der Familie, diskutiert mit Lev dessen Geschäftspläne oder lauscht den wunderbaren Geschichten seiner Tochter. Mit Lev hat er schon öfter mal wie unter Männern gesprochen, aber das Mädchen entdeckt er eben erst jetzt. Sie träumt davon, eines nicht allzu fernen Tages Filmdrehbücher zu schreiben, und zwar in Amerika.

In Hollywood liegen die Gefilde meiner Träume, Vater. Vor allem gibt es dort keine Legionäre. Es ist eine Welt, geschaffen von Juden mit Verstand, den Herren Zukor, Mayer, Warner oder Fox. Wusstest du, dass sie alle hier aus unserer Umgebung ausgewandert sind, aus den östlichen europäischen Ländern? Sie haben der Welt das Kino gebracht. Ich werde dorthin gelangen, Papa, das verspreche ich dir. Und ich werde zu Besuch kommen, wenn meine Filme hier Premiere haben. Wir werden mit Mami, *Bubbe* und Herrn Drimmer ins Trianon-Kino oder ins Sidoli gehen, um den Applaus entgegenzunehmen für die Filme, die an den Orten geboren wurden, zu denen die Phylakterien weisen: aus Herz und Geist.

Mir scheint, du hast deinen Bruder vergessen. Nehmen wir ihn nicht mit zur Premiere?

Ich bedauere, aber Lev bleibt zu Hause. Der ist imstande, den Applaus im Saal einzusammeln und an einen anderen Film zu verkaufen, der uns Konkurrenz macht.

Jacques' Lachen ist bis ins Souterrain und in Tincuțas Kämmerchen zu hören. Eine unbekannte Wärme umfängt ihre Seele.

Du hast recht, wir können es nicht riskieren, Lev mitzunehmen. Vielleicht wäre es gut, du stelltest ihn als deinen Impresario ein.

Das hängt allein von ihm ab. *Der Zauberer von Oz* wird nichts sein im Vergleich mit meinen Filmen, Papa. Zum Schluss werden wir die Bühne betreten, damit uns das Publikum bewundern und beklatschen kann, uns allein. Mich, die Autorin des Drehbuchs, und euch, meine Familie, die mein Talent gepflegt hat. Wir werden *Bubbe* Elisa einladen, das musikalische Thema des Films auf dem Klavier zu spielen, und am nächsten Tag wird alle Welt es auf den Lippen haben. Nur werden wir dir einen neuen Anzug aus dem Geschäft von Herrn Davidovici in der Strada Cuza Vodă kaufen müssen.

Ich habe genügend Anzüge, Golda, es hat keinen Sinn, dafür Geld rauszuschmeißen. Was soll ich mit einem neuen Anzug anfangen?

Sie werden uns am nächsten Tag im Rathaus zu Ehrenbürgern machen. Da kannst du nicht in irgendeinem Anzug erscheinen.

Jacques ist einverstanden. Er streichelt ihre rötlich-blonden Zöpfchen und kann sich nicht erklären, woher sie all diese Kenntnisse hat. Sie ist noch keine elf Jahre alt. Er kann sich erinnern, wie sie mit drei Jahren Herrn Rosenzweig – den Besitzer des Hotels Astoria – auf der Straße angehalten und gebeten hat, den Rosenstrauß nicht mehr mit den Blüten nach unten zu halten:

Ich bitte Sie, Herr Rosenzweig, den Blüten schießt das Blut in die Köpfe, und sie können daran sterben!

Wie verschieden diese beiden Kinder sind! Als wären sie aus unterschiedlichen Regionen des gleichen Elternhirns geboren worden: der Junge aus der praktischen und das Mädchen aus der sentimentalischen Seite …

Ein Schatten legt sich über sein Gesicht: Was wird wohl aus ihnen werden? Wie alle jüdischen Kinder sind auch sie beide aus den Staatsschulen ausgeschlossen worden. Darum geht es nicht, die Gemeinde hat parallel zur staatlichen Struktur Grundschulen und Gymnasien mit hervorragenden Lehrkräften organisiert. Aber die Signale, dass gewisse gesetzliche Regelungen keinerlei Ausnahmen mehr zulassen werden, machen den Doktor schier verrückt.

Wegen Lev und dessen pragmatischem Geist macht er sich keine Sorgen. Der hat gezeigt, dass er dazu in der Lage ist, sich unter allen Zeitumständen zurechtzufinden ...

Aber Goldilein? Was soll aus der Kleinen werden, deren Sensibilität sie dazu treibt, ihre Kautschukentchen in die Ostsee zu entlassen und von den Erwachsenen zu verlangen, sie mögen die Rosen mit aufrecht gehaltenen Blüten tragen, damit ihnen nicht übel wird. Ob sie die Zeiten überstehen kann, in denen sie selbst mit den Blütenblättern nach unten gehalten werden wird?

Im Nebenzimmer betet seine Schwiegermutter auf Hebräisch. Sie steht da, das Gesicht nach Jerusalem gewandt, und wiegt sich langsam vor und zurück, vor und zurück. Jacques ist überzeugt, sie kenne den Sinn der Gebete gar nicht mehr, aber es heißt, sie helfen in solch wahnsinnigen Zeiten trotzdem. Verängstigt suchen die Juden Zuflucht in den heiligen Schriften. Die Häuser der Juden füllen sich mit Psalmen. Ihr Rauch steigt wie eine finstere Vorhersage aus den Schornsteinen.

Roza hilft ihm, einen anderen Zufluchtsort zu finden. Gewiss, ihre Brüste und Schenkel sind nicht mehr wie gestern, auch der Bauch nicht. Aber was ist denn noch so, wie es gestern war? Ein großartiger Gedanke, das Gegenteil der Eifersucht, steckt seinen Schwanz nun in seinen Kopf.

Werden ihre im Welken begriffenen Reize ihr helfen können, unversehrt durch den Krieg zu gelangen?

Im Souterrain betrachten Tincuța und Ilie das Leben mit vereinten Hoffnungen. Man hört, die Gendarmen werden gerade hier in der Stadt spezielle Aufträge bekommen.

Da braucht's viel Geld, träumt Tincuța.

Da fällt auch haufenweise Geficke an, überschlägt Ilie es in Gedanken, und schärft hintersinnig-versonnen sein Bajonett.

6

Rosch ha-Schana, das Neujahrsfest. Wir gehen, alle Bernsteins, in die Synagoge Beth Sholom. In neuen Kleidern, wie es der Aberglaube will. Sie werden uns Glück bringen. Wiewohl uns die alten Kleider, die wir mit Profit verkaufen, Glück genug bringen.

Wir hören dem Rabbi zu, wie man einem Rabbi zuhört. Wie üblich blättere ich im Gebetbuch herum. Ich bin mit meiner Lektüre niemals auf der angezeigten Seite. Ich stoße auf einen Text, in dem ein Jude ein Gesuch an Gott richtet. Er hat die immense Bitte, nach seinem Tod an einen speziellen Ort geleitet zu werden. Mit grünen Wiesen, Quellenrauschen und duftenden Blumen. Auch Oscar liest diese Passage:

Na gut, Mama, aber im Himmel ist es ja wie zu Hause. Wir könnten unseren Grund zu Himmelspreisen verkaufen.

Er hat recht. Ich werde mich erkundigen, welchen Kurswert die Grundstücke im Himmel haben. Wir werden haufenweise Kundschaft finden. Für mich selbst hätte ich gerne einen untypischen Himmel, ohne Wald. Den mir zustehenden Wald gebe ich gerne ab. Ich will einen personalisierten Himmel. In dem ich den Duft der Geschäfte rieche. Und der Cafés. Auch eines Restaurants, selbst wenn es zu den bescheideneren gehören sollte. Mit einer kleinen Band. Sie sollen mir die ganze Ewigkeit lang Blues spielen.

Ich habe den Grund noch nicht enthüllt, weshalb Ben sich für dieses Haus im Wald entschieden hat. Ich mache es jetzt. Ein Freund von ihm hat ein Kind, das in der städtischen Betonlandschaft aufgewachsen ist. Erst mit acht Jahren hat es eine

Wiese gesehen. Es hat ein Blatt Minze abgerupft und ist aufgeregt zu seiner Mutter gerannt:

Mami, Mami, riech doch mal! Die haben Kaugummi unter das Gras gemischt.

Ben wollte nicht, dass es auch seinen Kindern so ergeht.

An einem unserer Abende fragt Joe:

Suzy, weißt du, wie die goldene Regel auf unserem Planeten lautet?

Rücksichtslosigkeit ist die kürzeste Strecke zwischen zwei Punkten?

Das ist die silberne Regel. Die goldene Regel unseres Planeten lautet, wer das Gold besitzt, der macht die Regeln.

Jetzt ist das Gold in meinem Besitz. Ich bestimme die Regeln bei Bernstein Vintage Ltd. Ich unternehme regelmäßige Spritztouren nach Europa. Mit, aber vor allem ohne Ben. Offiziell, um Ware zu suchen. Inoffiziell, um durch die Museen zu streifen. Ich werde immer jüdischer. Und immer rumänischer. Raten Sie mal, was aus dieser Mischung entspringt.

Ich erzähle Takafumi von dem Saxofon, mit dem Bill Clinton in einem Club in Prag gespielt hat. Er bestellt zehn Saxofone. Und von der leinenen Tragetasche, in der Václav Havel in seiner antikommunistischen Dissidentenzeit die Pakete ins Gefängnis gebracht wurden. Er will hundert solcher Tragetaschen haben. Und tausend jener Bierseidel, aus denen der große Schriftsteller Bohumil Hrabal zusammen mit den Präsidenten Clinton und Hável im Goldenen Tiger getrunken hat. Und fünfhundert Taschentücher mit Monogramm, in die Kafka gespuckt hat.

Mithin bin ich in Prag.

Prag, Barcelona, Paris, Rom, Amsterdam. Nur nach Wien schaffe ich es nicht. In all diesen Städten besuche ich die Synagogen und das Jüdische Museum.

Where are you from? Fragt man mich stets beim Betreten eines Museums.

I'm from the moon, antworte ich wie gewohnt.

Be welcome!

Jedes Jüdische Museum hat seine eigene Abteilung über das Leben im Ghetto. Bestückt mit Kultgegenständen, alten Fotos und Büchern. Daneben Wellen von Textilien. Aus Stoffresten sind Mosaiken von überwältigender Schönheit entstanden und ebensolchem Schmerz.

Der fliegende Händler – der *pedler* – verließ am frühen Morgen das Ghetto. Er schob seinen mit Waren beladenen Karren. Er zog durch die ganze Stadt und pries großmäulig seine Klamotten an. Er erspürte seine Kundschaft mit den Nasenflügeln, köderte sie, feilschte.

Abends kehrte er ins Ghetto zurück. Die nicht verkauften Kleidungsstücke kannten die Traurigkeit der Rückkehr nach Hause. Die Nähte lösten sich, die Gelenkstellen sprangen wie Flöhe auseinander, mit der Schere wurde operiert und amputiert. Imagination war am Werk. Je nach Beschaffenheit des Stoffes wurden die Kleidungsstücke in etwas anderes verwandelt. Beim nächsten Mal wurde das Andere in ein wieder Anderes verwandelt.

Zuschneiden, schneiden, kombinieren, nähen. Wenn darauf nicht das Verkaufen folgt, war alle Mühe vergebens. Aus nichts einen tragbaren und verkäuflichen Gegenstand herstellen. Kunst. Jüdische Vollkommenheit, über die Welt verstreut. Von Immigranten nach New York gebracht.

Ich fühle mich überall zu Hause. Überall spüre ich den Fingerabdruck der moldauischen Juden. Abraham Goldfaden hat das jiddische Theater aus dem Grünen-Baum-Garten in Iași an den Broadway gebracht. Auf den aus Iași stammenden Benjamin Fondane stoße ich in Paris. Im Jüdischen Museum von Amsterdam werde ich daran erinnert, dass DADA von moldauischen Juden initiiert worden ist. An ihrer Spitze Tristan Tzara aus Moinești.

Ich komme auch nach Belgien, nach Liège. Die Stadt, von der Jacques Brel in *Il neige sur Liège* singt. Geburtsort des Komponisten César Franck. Und von Georges Simenon, Vater des berühmten Kommissars Maigret. Takafumi will tausend Pfeifen, mit denen der Schriftsteller gepafft hat.

Aber nicht das Lied *Il neige sur Liège* ist der Stolz der Stadt. Auch nicht das Haus, in dem Simenon gewohnt hat. Genauso wenig das Konservatorium, in dem Franck gelernt hat. Sondern eine grandiose Plastik, äußerst kunstvoll geschwungen, über dem Fluss La Meuse. Ein bronzener Schwimmer konzentriert sich angespannt, um ins Wasser zu springen. Das Werk trägt auch diesen Titel: *Le Plongeur*. Es gibt kein touristisches Werbeblatt, auf dem er fehlte.

Geschaffen hat ihn Idel Ianchelevici. Jude auch er, geboren in einem Dorf bei Iași. Ich betrachte die Skulptur, und in mir erstehen die Noten der Nationalhymne. Unfreiwillig geselle ich dem Bildhauer den Autor und Drehbuchschreiber I.A.L. Diamond bei, den Freund meiner Schwiegereltern. Ebenfalls aus Iași, Oscar-Preisträger. Die Filme, die er geschrieben und Billy Wilder als Regisseur gedreht hat, entzücken die Welt.

Ianchelevici ist in Belgien berühmt geworden, Diamond in Hollywood. Wären sie nicht rechtzeitig emigriert, lägen ihre Knochen jetzt in einem Massengrab. Und warteten darauf, von meinem Freund entdeckt zu werden, dem Historiker Sever. Dem Intellektuellen mit dem strengen Habitus.

Die Noten der Nationalhymne erwecken nicht den Eindruck, als wollten sie so bald wieder verschwinden. Ich verspüre das Bedürfnis, mich als Botschafterin meines Landes zu betätigen. Anderen von alledem zu erzählen. Und wer kann besser zuhören als Kinder?

Ich werde offiziell in Oscars Schule eingeladen. Soll seinen Mitschülern etwas über Rumänien erzählen. Eine Aktion im Rahmen der *Other Countries Week*. Zweihundert Knaben und Mädchen im Alter von zehn Jahren, die Mehrheit von ihnen mit jüdisch-europäischen Wurzeln, bilden einen Sardinenschwarm in Röckchen und kurzen Hosen. Vierhundert Trichter warten auf meine Worte.

Wie aufgeregt ich bin, herrje, wie aufgeregt! Mein Herz ist ein Kreisel. Ich trage eine bukowinische Bauernbluse, die meine Grazie unterstreicht. Auf dem Kopf trage ich einen Strohhut mit ein paar Ähren und Trikoloreband. Ich habe Landkarten mitgebracht, Bücher und touristische Broschüren.

Oscar bestreitet die Eröffnung. Wie die zweitrangigen Stars bei den Konzerten der erstrangigen. Er erweckt die Neugier seiner Schulkameraden, indem er ihnen ein paar alte rumänische Silbermünzen und Geldscheine zeigt. Darunter auch die mit Silber überzogene 100.000-Lei-Münze, die 1946 geprägt wurde. Mit dem Profil von König Mihai. Auf dem Rand die Inschrift »Nihil sine Deo«. Nichts ohne Gott, was zum Teufel?! Oscar stopft den Amerikanern – gewohnt, am Blattwerk des Dollars zu grasen – den Mund.

Dann betrete ich die Bühne, wie ein Superstar. Der Applaus nimmt mich in die Pflicht. Das Publikum reicht mir bis zur Hüfte. Am Anfang zeige ich ihnen meine Pionierkrawatte. Um den Altersunterschied zwischen Bühne und Saal zu überbrücken, binde ich sie mir um den Hals. Und überlasse mich meiner Rede, Schwester.

Rede vom Donaudelta mit seinen schmollenden Pelikanen. Neben denen weitere dreihundert Vogelarten herumflattern. Vom Gehopse bei unserer altehrwürdigen Hora sowie dem der Mädchen aus Căpâlna. Über den kleinen Pflug und den Neujahrshirschen. Über die schnellen und klaren Gebirgsbäche, in denen, stimmt leider, hin und wieder auch ein Plastikbehälter liegt, den Touristen verloren haben. Über die Karpaten. Aber vor allem über Persönlichkeiten wie Abraham Goldfaden, I.A.L. Diamond, Idel Ianchelevici und Benjamin Fondane. Die aus der Stadt meiner Studentenschaft aufgebrochen waren, die Welt schöner zu machen.

Um sie zu beglücken, streue ich allerhand Scherze in meine Ansprache. Ich trage auch ein paar volkstümliche Schnurren vor, damit man sieht, wo mein Sinn für Komik herrührt. Wahrscheinlich tun ihnen die Hände weh, sie klatschen nicht mehr. Ich sage, dass ich ihre Fragen erwarte.

Der erste Schwall Neugierde bezieht sich auf die zwölf Stunden Flug, von denen ich als Hinweis auf die Distanz zwischen Washington, D.C. und Rumänien gesprochen habe. Fünf Kinder interessieren sich für das Essen, das im Flugzeug serviert wurde. Ob es koscher ist? Es wird in kleinen Schachteln gebracht? Wie klein? Ist es warm? Bekommt man Mittag- und Abendessen? Gibt es auch Zwischenmahlzeiten? Wie steht es mit den Säften? Können wir uns auf *coole* Säfte mit viel Säure verlassen? Haben sie auch Eis? Fürchten sie nicht, ihre Sitze könnten befleckt werden? Zeigen sie Filme im Flieger? Wo befindet sich die Leinwand? Ist auch eine Pyjamaparty möglich, wenn man die Flugdauer bedenkt?

Ich liefere ihnen die gewünschten Einzelheiten. Schließlich verfüge ich über alles, was eine Stewardess braucht, außer dem Lächeln.

Dann folgen Fragen über Goldfaden, Fondane, Diamond und Ianchelevici. Wie viel Geld sie wohl mit ihrer Kunst verdient haben mochten, mit ihren Autorenrechten? Ob ich denn nicht ihre Nachkommen ausfindig machen und sie bitten könnte, ihren Ausflug zum Ende des Schuljahres zu finanzieren?

Ein Teufelchen von einem Mädchen richtet mich hin. Ich hätte sie mit ein paar seltsamen Scherzen unterhalten, *very good*. Deren große Qualität aber ist nicht, dass sie gut sind, sondern dass sie seltsam sind. Warum ich nicht versuche, sie Jim Carrey zu verkaufen?

Anscheinend zucke ich immer noch in Agonie. Da schießt der Teufelsbackfisch noch eine Kugel ab, um sicherzugehen, dass ich mich nicht mehr rühre.

Ich könne sie ja auch an Adam Sandler verkaufen, wenn Jim Carrey sie ablehnt, was zu erwarten ist.

Mir entfährt ein Stöhnen. Die Lehrerin kommt zu mir:

Sind Sie okay?

Die klassische Frage, auf die man in allen amerikanischen Filmen stößt. In denen mit Jim Carrey ebenso wie in denen mit Adam Sandler. Ich werde darauf zurückkommen.

Auf dem Weg nach Hause drückt Oscar mir den vom Ärmel der Bauernbluse mit den stilisierten Pfingstrosen bedeckten Unterarm. Wie das Löwenjunge das Bein der Löwin umfängt, wenn diese verletzt von der Jagd heimkehrt. Ich fühle mich wie ein unverstandener Künstler. Ich bin eine unverstandene Künstlerin.

Sei nicht traurig, Mama. Großvater Joe hat so eine Redensart.

Großvater Joe hat viele Redensarten.

Eine, die zur Situation passt: Es brüllt der Löwe, aber es brüllt auch der Esel.

Genau. Ohne diese Demokratie wäre Amerika nicht groß geworden.

Daran kann man ersehen, dass man sein Land nicht an der Schuhsohle mitnehmen kann. Was im Absatz verwahrt wird, kann man vernachlässigen.

Oscar verrät mich. Er erzählt Dora, dass ich vor seinen Mitschülern gescheitert bin. Meine Schwiegermutter schenkt mir ein paar Kopien von ihrem triumphierenden Grinsen:

Was du nicht verstanden hast, Suzy, ist, dass wir Produkte

verkaufen, die eine Geschichte beinhalten. Geschichten ohne Waren gehören nicht zu unserer Spezialität. Hollywood verkauft Geschichten in Form von Filmen, der Broadway verkauft Geschichten in Form von Theaterstücken. Dort musst du hin, wenn dir der Sinn nach Selbstdarstellung steht.

Die Frau geht mir auf die Nerven. Aber ich habe nicht vor, das Banner zu senken. Ich weiß auch, wo ich mich revanchieren werde: vor Leuten ihres Alters. Das nächste Mal werde ich die Präsentation meines Landes in einem Altersheim voller Doras vom Stapel gehen lassen.

Als Rednerin werde ich beleidigt, aber als Geschäftsfrau lobt man mich. Das Land meiner Geburt lässt mich, wenn's darauf ankommt, nicht im Stich. Mein Vater und mein Bruder, Costel, teilen mir die wunderbare Nachricht mit. Man kann dabei zuschauen, wie die Verkäufe an die Übergewichtigen zunehmen. Und für deren Brüder, die sich eben auf den Weg dahin begeben, die schlichten Dickbäuche.

Eine Zeitlang habe ich Kleidungsstücke eingelagert, die von den amerikanischen Bisons getragen worden waren. Nun ist es an der Zeit, dass die Moldauer Auerochsen sie tragen. Klamotten der Größe XXXL, für die größten Exemplare auf diesem Planeten. »De gordo«-Klamotten, wie die Mädchen in der Halle sie in ihrer südamerikanischen Sprache nennen.

Ich teile Ben die Nachricht mit.

Glückwunsch, ich höre allenthalben, dass dein Land einige Anstrengungen unternimmt, sich international zu integrieren. Die Ergebnisse kann man sehen. Über die entsprechende Zahl Fettleibiger zu verfügen, heißt, dass man sich global einfügt.

Mir ist nicht mehr danach, die Kartoffel inmitten seines Gesichts aufzuessen. Ich befinde mich mittlerweile in einer anderen Ehephase, in der solche Anwandlungen der Vergangenheit angehören. Vor ein paar Tagen habe ich eine Präservativschachtel gesehen, die auf den Boden gefallen war. Ich habe geseufzt. Ben büxt nun auch immer häufiger aus und kümmert sich um seine letzten sexuellen Erfolge. Oder vorletzten, wie er hofft.

So geht das Spiel, das nicht ich erfunden habe. Wenn er mir bloß nicht mit einem Geschenk nach Hause kommt, einem Wechselbalg, eingemümmelt wie ein Hotdog. Einem Brüderchen für Oscar und Rachel. Da ginge es nicht um verletzte Gefühle. Sondern darum, dass sich das Erbe für meine Kinder auf drei verteilte.

Die runden Rumänen sind mir sehr sympathisch. Nicht bloß, weil sie schließlich meine Kunden werden, sondern weil sie das Dutzend Würstchen auf dem Grill und den eisgekühlten Kasten Bier zu würdigen wissen. Und weil sie ihren Speck durch eine Geschichte entschuldigen können. Schließlich ist allgemein bekannt, dass alle Dicken von Schwächlingen herrühren.

Du wirst niemals einem seriösen rumänischen Dickbauch begegnen, der dir nicht die Geschichte seiner übertriebenen Leibesfülle anvertraut. Während er sie dir erzählt, wird sein waschschüsselgroßes Gesicht von Schweiß überschwemmt. Von Zeit zu Zeit kichert er zu einem Pupser oder einem schneeglöckchenhellen Rülpser. So hat die Zeichensetzung im Satz zu sein, damit der rhetorische Effekt vollständig rüberkommt. Darum rutscht ihnen niemals ein höfliches »Pardon« raus.

Ihre Geschichten sind traurig, mit unterschiedlichen negativen Personen darin. Mit einer Mutter, die sie nicht geliebt hat. Oder aber sie hat sie übertrieben stark geliebt, was auf das Gleiche hinausläuft. Mit Büro-Stress. Mit einer völlig vertrottelten Scheidung. Oder mit Leistungssport, he-he-he. Jedes karpatodanubiale Walross legt Wert darauf, dir klarzumachen, dass es Sport getrieben hat. Leistungssport, nicht irgendwelchen sonst. Aber man habe es aufgegeben, schrecklich. Aus dem einen oder anderen Grund. Und dann sei man ebenso ungewollt wie unerwartet fett geworden. Herrgott, wie dick man geworden sei! Und da er dies ausspricht, kichert er nochmal über einen Furz und rülpst nochmal schneeglöckchenhell. Schlichte Interpunktion. Rhetorik, Brüderchen.

Die Amerikaner geben sich nicht mit der Geschichte ihrer Fettleibigkeit ab. Obwohl das mit den Satzzeichen, von denen die Rede war, Teil der amerikanischen Kultur ist. Man wird kaum einen Hollywoodfilm finden, der die gasförmige Komik analer Provenienz ignorieren würde. Jim Carrey oder Adam Sandler können da Unterricht erteilen. Hätte Gott der Herr nicht die Blähung geschaffen, der amerikanische Film wäre verschwunden wie der Bison. Der amerikanische Fettkloß hat im *Politically Correct Dictionary* eine Unmenge Tarnnamen: *overweight, person of size, differently sized person, individual with an eating disorder, full-figured*.

Die Betroffenen scheuen sich nicht, enganliegende Shirts zu tragen, die das Fassungsvermögen ihres Bauches hervorheben. Sie haben die Macht, Gegenwart und Zukunft liegen in ihrer Hand. Schon stellen sie ein Viertel der Bevölkerung. Sie haben Spezialgeschäfte. Und in den normalen Läden gibt es ganze Regale nur für sie. Die dann *Torrid* heißen oder *Just My Size*.

Man hat ihnen auch Regale in den Fernsehprogrammen reserviert. Sie haben ihre Shows. Ihr Reiz muss gesendet werden. *The Biggest Loser* ist bloß eine dieser Shows. Sie tauchen ein paar Wochen lang Abend für Abend auf dem Bildschirm auf. Sie wiegen sich vor den Augen der Nation. Bemühen sich angeblich abzunehmen. Als bereiteten sie sich darauf vor, im *Nussknacker* zu tanzen.

Es gibt welche, die injizieren sich Ozon durch das hintere Schließmuskelrund. Gott sei Dank privat, nicht vor den Fernsehkameras. Ich habe ein solches Mitleid mit dem Ozon, diesem Sauerstoff mit Doktortitel! Was muss das für Tage erleben!

Bürger Amerikas, vergesst bitte nicht, wenn ihr einen Nadelwald anlegt, sorgt ihr für mehr Ozon, das man den umfangreichen Zeitgenossen in den Hintern pumpen kann. Ihre Winde werden reiner sein, ökologischer. Sie sind die Zephire der Zukunft.

Nichts als in die Augen gestreuter Sand. Ein *individual with an eating disorder* würde seine Fettleibigkeit auch für Gold nicht aufgeben. Weil er nämlich Rechte hat. Und was für Rechte! Gott bewahre, dass man als Betrieb in den Verdacht gerät, man habe ihn nur wegen der Kleinigkeit von fünfzig Kilogramm zu viel Lebendgewicht nicht angestellt. In den Flugzeugen müssen sich die normalen Passagiere drängeln, so gut sie es eben vermögen. Die glücklichen *persons of size* jedoch sitzen ganz bequem auf ihrem Sitz neben einem freien Sitz. Den sie mit ihrem Ausufern ebenfalls besetzen.

Ihr soziales Gewicht folgt ihrem wirtschaftlichen Gewicht. Und dieses lässt sich von den Zahlen inspirieren, die von der Waage angezeigt werden. Sie bringen Profit. *Differently sized persons* zu züchten ist rentabler, als Nutrias zu züchten, wie Vater es getan hat, damit wir nicht meckern vor Hunger. Die Pausbacken legen einen besonderen Appetit auf schlechtes Essen an den Tag. Hierin liegt der entscheidende Unterschied zwischen ihnen und den Nutrias. Unter der Bedingung, dass es viel gibt. Dass ihr Bauch, der mehr zu fassen vermag als der Kofferraum eines Mini Cooper, gut gefüllt wird. Ihr Weihwasser ist säurehaltiger Saft, ihre Luft ist der Zigarettenrauch, ihre heilige Kommunion ist das Medikament. Sie haben stets die Tasche mit den Tabletten dabei. Eine ganze Schar Wanzen tummelt sich fröhlich in ihrem erdrückenden Fell.

Der Augenblick ist historisch. Die USA und Rumänien befreunden sich auch auf einer anderen, eher unkonventionellen Schiene. Die offizielle kennen wir. Die junge rumänische Fettleibigkeit trägt jetzt die von der sehr viel reiferen amerikanischen Fettleibigkeit getragenen Klamotten. Ich lege die Hand aufs Herz. Im linken Ohr höre ich die Hymne meines Geburtslandes. Im rechten Ohr die des Landes meiner Wahl. Diese Bruderschaft ist mein Werk. Minimal Art mit maximalem Effekt.

Ich schaue meine Kinder an. Herrgott, wenn du nur etwas Sympathie für mich empfindest, bewahre sie schlank! Dabei habe ich gar keinen Grund, mir Sorgen zu machen. Die Gene der Bernsteins tragen ihre Rippen sichtbar. Bloß in meiner Familie ist es anders, Vater ist auseinandergegangen wie ein Stellfass. Gefolgt von Mutter, die ihre Anteilnahme unter Beweis stellen wollte. Neuerdings auch von meinem Bruder Costel. Der kurz davor war, Elektriker zu werden. Jetzt aber ist er Geschäftsmann, hat also alles Recht, dick zu werden. Und auf alle weiteren Vorzüge seines neuen sozialen Status.

7

Es ist Anfang Juni und Mitternacht, als Jacques vom Auto seines mysteriösen Freundes ausgehoben und ins Haus der wichtigen Person gebracht wird. Die Stunde der Schwangeren rückt näher.

Er hat sie im letzten Monat jede Woche einmal besucht, immer nur nachts, wie ein Dieb, damit ihn niemand sehen konnte. Sie fahren erst einmal bei seiner Praxis vorbei, wo der Doktor sich abholt, was er brauchen kann. Inklusive Kittel, Kopfschutz, Gesichtsmaske und Handschuhe für seinen Freund, der die Assistentin vertreten wird.

Die wichtige Persönlichkeit empfängt sie, wirft dem jüdischen Arzt einen grimmig-prüfenden Blick zu und geleitet sie in das für die Operation vorbereitete Zimmer. Irgendwo, weggeschlossen in einem Kämmerchen, warten zwei Hebammen darauf, dass die Operation beendet wird.

Die Frau mit der Stutenkruppe lässt Jacques ein Lächeln der Art »was uns verbindet, weiß ohnehin niemand, und zwar niemand-niemand« zukommen, während sie ihm stolz ihre Trophäe in Gestalt des riesigen Bauches vorführt. Der Doktor packt sein medizinisches Gepäck aus und summt leise den Walzer mit, der den Raum erfüllt. Wie er es verlangt hatte, zerstäubt das Grammofon den samtenen Dunst der Wiener Walzer. Er möchte ein paar Minuten mit der Schwangeren allein gelassen werden. Ein kurzes Gespräch psychologischen Charakters, das vor jedem chirurgischen Eingriff nötig ist.

Sie ist eine vorbildliche Patientin, denn sie hat ihren für Schwangere typischen Appetit überwunden und seit mehr als 24 Stunden nichts mehr zu sich genommen. Sie hat verstanden, dass ein Klistier bei einer hohen Dame ganz und gar unangebracht wäre – hier errötet sie stark –, wiewohl es vorzeiten ein durchaus übliches Verfahren war, den Körper zu reinigen.

Sie öffnet brav die Beine und enthüllt ein nun doch überraschendes gut siebentägiges Gestrüpp. Die Mine des Gynäkologen verfinstert sich. Na ja, nun ist die Patientin nicht mehr vorbildlich. Da fehlte nur noch ein Auerhahn, der aus dem Blattwerk aufflatterte. Warum hat sie denn die Toilette des Vulvaumfeldes nicht so gestaltet, wie er es von ihr verlangt hatte? Schließlich hatte er ihr doch gesagt, dass diese Decke fein säuberlich mit Scherchen und Rasiermesser entfernt werden muss. Na bitte, nun verlieren wir Zeit. Und dabei hat er schon die Spritze für die Spinalanästhesie vorbereitet.

Die Frau wird nochmal um ein Viertel roter, wirft ihm einen schrägen Blick zu und bittet ihn mit Akazienhonig auf den Lippen:

Mach du es mir, lieber Jack!

Was soll ich dir machen?

Die Toilette dort unten. Rasier du mich! Du hast alles, was du brauchst: Wasser ebenso wie Seife, Rasiermesser und Creme.

Und sie vervollständigt ihre Bitte, indem sie ihm wie bei der Promenade auf dem Boulevard zublinzelt, diesmal mit dem Auge inmitten des Gestrüpps.

Der Arzt weiß, dass es keinen Ausweg gibt. Er verkneift sich den Seufzer, lässt ihn nicht über die Lippen. So sieht's aus, manchmal ist auch seine Fertigkeit als Mösenrasierer gefragt. Er tröstet sich damit, dass dies schließlich nicht die unterste Tätigkeit auf der Skala der unangenehmen Verrichtungen ist. Er setzt sich zwischen ihre weißen Beine, schäumt die Stelle mit Rasierseife ein und macht sich an die Arbeit.

Aber was singst du denn da, mein kleiner Jack?

Den *Barbier von Târgu Frumos*, normal.

Wer ist das denn nun?

Der Barbier, der Sevilla verlassen und sich an dem Ort niedergelassen hat, an dem ich geboren wurde und meine Kindheit verbracht habe.

Soso. Du bist mir ein großer Hallodri. Und singst mit Konfitüre in der Stimme. Ich glaub ja, dass du mit deinem Rührknüppel dort den Frauen ganz schön den Kopf verdrehst.

Die Schwangere erzittert. Sie erschnuppert sein *Mouchoir-de-Monsieur*-Parfüm so, als würden die im Tale unter dem Bauch gekappten Fäden die Nüstern neu öffnen und weiten. Zum Schluss massiert der Doktor die feine weiße Haut mit Creme ein, damit sie sich nicht entzündet. Selbstverständlich weiß er nicht, dass der Ehemann der Patientin glühend vor Eifersucht den ganzen Vorgang durch das Schlüsselloch beobachtet.

Der arme Moldauer! Wäre ihm nicht bewusst, dass es sich immerhin um einen chirurgischen Eingriff mit einem erheblichen Risikofaktor handelt, er würde hineinstürzen, dem Jüdchen das Rasiermesser aus der Hand reißen, ihm mit einem Schnitt den hässlichen Kopf vom Rumpf trennen und ihm einen Tritt verpassen, der ihn nach Palästina beförderte. Zum Osterfest deiner Mutter, Dreckskerl!

Und jetzt, was macht er jetzt? Sieht so aus, als bitte er sie zum Tanz, der Teufelsjud. Jacques packt ihr Handgelenk – ob er sie so dickbäuchig, wie sie ist, zu diesem geschmeidigen Walzer um- und umdrehen will? –, ertastet den Puls und schnürt ihren Arm ab. Er schnürt ihn eng ab, beobachtet, wie sich die Vene mit Blut füllt, streicht mit Alkohol darüber, greift nach einer kleinen Harpune, sticht zu und montiert den feinen Darm, den die über ihrem Kopf montierte Infusion alimentiert.

Endlich kann sein mysteriöser Freund hereinkommen. Während der Ehemann am Schlüsselloch spioniert hat, hat er einen starken Kaffee zubereitet, von dem er auch dem Arzt ein paar Schlucke reicht. Er zieht sich den Kopfschutz über, achtet dabei auf seinen Mittelscheitel, worauf Mund und Nase unter der Chirurgenmaske versteckt werden, was ihn noch mysteriöser erscheinen lässt. Er ordnet die Instrumente auf dem Tablett mit Handgriffen, die eher an einen Automechaniker denn an eine Operationsschwester denken lassen.

Die Spritze mit dem Betäubungsmittel läuft vor Ungeduld beinahe aus, während der Doktor in Lendenhöhe eine Spezialnadel in den Zwischenraum zweier Rückenwirbel steckt. Ein paar Sekunden Geduld, dann pick-pick-pick ... Die Wirbelsäulenflüssigkeit plätschert leise und markiert die Sekunden wie eine Sanduhr. Gut so, das ist der richtige Punkt für die Anästhesie. Die Spritze wird ins Nadelende gesteckt und beginnt, ganz zärtlich die Droge einzuschieben.

Ein Wärmeschwall umfasst die Beine der Patientin und stöbert Heerscharen von durchscheinenden Ameisen auf. Es ist erst fünf Minuten her, dass der narkotische Schnabel sie gepickt hat, und schon merkt sie, wie der Teil hüftabwärts sich nach und nach von ihrem Körper löst, als hätte sie ihn irgendwann einmal als Sicherheit einer Bank anvertraut, und die Gerichtsvollzieher zögen ihn jetzt ein, ohne dass sie sich dagegen wehren könnte. Von nun an ist sie nabelabwärts völlig gefühllos.

Das im Ballsaal des Grammofons kauernde Orchester nimmt, von dem Skalpell in der Hand des Chirurgen schwungvoll dirigiert, einen neuen Walzer in Angriff. Der Stoff der Haut löst sich und zeigt das weißlich-gelb darunterliegende Futter in Gestalt von Fettgewebe; es zittert wie die Fettaugen auf einer Kapaunsuppe. Mit Blitzgeschwindigkeit durchtrennt das Skalpell die Sehnenhaut der Bauchmuskeln und legt diese frei. Wie die Deckel eines Gebetbuchs werden sie vorsichtig aufgeklappt, um den Weg freizumachen für den dritten Schnitt am parietalen Peritoneum, dem Häutchen, das die Organe in der Bauchhöhle schützt. Endlich gelangen wir zur Gebärmutter. Noch ein Schnitt, und der Fötus ist enthüllt.

Pinzette, Skalpell, Schere!, fordert der Dirigent, der mal andante operiert und mal allegro ma non troppo, wenn nicht gar menuetto.

Der mysteriöse Freund reicht ihm die gewünschten Instrumente und achtet darauf, die Harmonie nicht zu stören. Er hat sich gründlich vorbereitet, kennt die Abfolge der Handgriffe. Der Doktor lässt sich von künstlerischen Peitschen vorantreiben. Aus den Augenwinkeln sendet er der Patientin hin und wieder ein Lächeln zu. Sie aber befindet sich im Rausch der zauberhaften Pirouetten ihres Wiener Ballsaals.

Sieh an, da ist auch schon der Gefeierte! Mit der rechten Hand stützt Jacques den Kopf des Kindes und geleitet es ans Licht, wobei er den Druck nutzt, den sein mysteriöser Freund als gute Assistentin – was er tatsächlich ist – auf den gegenüberliegenden Pol des Uterus ausübt. Unter seinem Gesichtsschutz kann man ein Lächeln erraten, da er ganz professionell die ersten Lebensäußerungen begutachtet: Das Teufelchen ist gesund, schreit perfekt wie ein Ferkelchen. Es ist ein Junge, schließlich kommt der Krieg.

Er neigt die Linke wie einen Abhang und lässt das Ferkelchen nun ganz an die Oberfläche gleiten. Er hält ihn sanft und wie ein weiches Tonmodell auf dem Arm und fragt sich dabei, das wievielte von ihm auf die Welt gebrachte Kind es wohl sein mag. Jetzt bedauert er, sie nicht gezählt zu haben, und vor allem, das Verhältnis zwischen den jüdischen und den christlichen Neugeborenen nicht feststellen zu können. Solch eine Statistik könnte ihm vielleicht von Nutzen sein in den Zeiten, die sich ankündigen.

Der mysteriöse Freund klemmt die Nabelschnur mit zwei Klammern ab, die er im Abstand einer Fingerlänge anbringt. Mit einer leicht theatralischen Geste schneidet Jacques sie durch und fragt das Baby:

Nun, junger Mann, was meinst du zu dieser Welt?

Er bindet die Nabelschnur mit einem schmalen Streifen Verbandsmull ab und wischt das ausgetretene Sekret weg, das die Haut wie Seifenschaum überzog. Er ist mit seinem Aussehen zufrieden, hat die Farbe eigenhändig im Wald gesammelter Erdbeeren.

Verzweifelt sucht ihn die Mutter mit ihren Blicken und fängt ihn endlich fotografisch ein, erdbeerfarben, wie er eben ist, dabei wundert sie sich über das alte Gesicht, wie gut er Tante Mărioara gleicht, als sie 55 Jahre alt wurde, doch halt, nein, Onkel Mihai mit 62.

Vielleicht aber hat sie sich doch getäuscht, denn als das Baby gesäubert zurückkehrt, sieht auch sein Gesicht aus wie zurückgekehrt aus den Zeitläuften. Es ist wieder ein Neugeborenes, zerknittert zwar in der Verzweiflung, in ein Leben zu treten, für das es so gar keine Leidenschaft empfindet. Man könnte meinen, es sehe die Nadel in der Hand des Arztes, wie sie unabänderlich den Uterus der Mutter zunäht, was ihm vor Augen führt, dass es keinen Weg zurück mehr geben kann. Dies scheint der Grund dafür zu sein, dass er sich auf ein wahrhaft hysterisches Weinen verlegt und dabei schier verzweifelt die unglückselige Schneiderei anstarrt. Das Parietalhäutchen ist fein vernäht, die Bauchmuskeln sind wieder schön an ihren Platz gerückt, und auch die Sehnenhaut der Muskeln, die Nadelstiche überstanden, schließt sich wieder … Schließlich wird auch die Haut mit einer Ziernaht versehen, die einen kleinen Meridian zwischen Bauchnabel und Geschlecht beschreibt.

Gerne würde ich die Narbe mit einer leichten Biegung versehen, amüsiert sich die glückliche Mutter, damit sie die Form eines Schirmchens annimmt, wie es das in der Konditorei Tuffli servierte Pistazieneis überwölbt.

Das wäre eine Idee, antwortet Jacques leichthin und wäscht sich die Hände.

Noch kann er nicht wissen, dass die Kaiserschnittnarben in einigen Jahrzehnten genau so aussehen werden: Sie werden die Form jenes Schirmchens haben, das in dem Pistazieneis steckt, welches in der Konditorei Tuffli serviert wird.

Man merkt, dass ihr Juden gute Schneidermeister seid, lobt ihn der mysteriöse Freund. Ich bin ganz bezaubert von der Art und Weise, wie du misst, abschneidest und nähst.

Wir verstünden uns nicht so gut auf das Zusammennähen der Kleider, die den Körper bedecken, wenn wir uns davor nicht auf das Nähen in ihm drin verstanden hätten. Schließlich sind wir nackt geboren worden, die Kleider kamen später.

Die beiden verabschieden sich von der Mutter und lassen die Hebammen nun aus ihrem Kämmerchen, in dem sie ausharren mussten, damit sie den jüdischen Arzt nicht zu Gesicht bekommen, die Bühne betreten.

Während er sich vom Hausherrn verabschiedet, steckt der Doktor ihm einen prall gefüllten Umschlag zu. Der Mann nimmt ihn entgegen, als wäre Typhus darin, und würdigt den Mann, der eben seine Frau operiert hat, keines Blicks. Schluss, von nun an gibt es ihn für ihn nicht mehr.

Wie viel ist da drin?

Eine halbe Million, antwortet der mysteriöse Freund.

Sag ihm, er soll sich keine Sorgen machen.

Auf dem Heimweg fällt kein Wort. Erst vor dem Haus auf der Strada Ştefan cel Mare, da sie auf den Polizisten schauen, der sie respektvoll grüßt, fragt ihn der mysteriöse Freund:

Woran denkst du unentwegt? Oder aber handelt es sich um die Traurigkeit, nachdem du wieder einmal einen Menschen auf die Welt gebracht hast?

Ich habe an die Tage gedacht, die nun angebrochen sind. In meinem Leben steht alles Kopf.

Es sind schreckliche Zeiten. In ein paar Tagen werden wir in den Krieg eintreten, das ist sicher. Trotzdem ist das nicht das Ende der Welt.

Es reicht schon, dass es das Ende meiner Welt ist. Ich gehe ins Haus der Patientin, um sie zu operieren, aber der Hausherr würdigt mich nicht einmal eines Blickes. Und danach reiche ich ihm den Umschlag mit dem Geld, nicht er mir. Und er bedankt sich weder für die Operation noch für den Umschlag.

Es ist ein Paradox, du hast recht. Vergiss nicht, dass du nicht irgendwen operiert hast, sondern die Frau von Chirilovici, dem Polizeipräsidenten. Dein Leben hängt von ihm ab. Dein Leben und das deiner Frau und deiner Kinder.

Und hing das Leben seiner Frau und seines Kindes nicht von mir ab?

Der mysteriöse Freund schweigt. Was könnte er jetzt noch sagen? Der Doktor hat recht. Die Befehle kommen von zu weit oben, als dass der Schutz noch ausreichen könnte. Alle sind sie angesichts der sogenannt jüdisch-bolschewistischen Gefahr verblödet. Sein Auto ist beschlagnahmt worden, das Radio eingezogen. Allein das Grammofon in seiner Praxis ist ihm erhalten geblieben, obwohl ein Polizist hoch und heilig behauptet hatte, man könne damit von der BBC und Radio Moskau aufgezeichnete Sendungen abspielen.

Aus sehr viel gefährlicherem Material war die Kugel zusammengebastelt, die soeben an seinem Ohr vorbeigeflogen war. Nur mit äußerster Mühe war es gelungen, ihn von der Liste zu streichen, die Emil Ghiurtz, der ehemalige Journalist von der *Opinia* der Brüder Damsker, angefertigt hatte.

Ghiurtz – ein Mistkerl, der sich gebärdet, als wäre er ein Komet, der sich darauf einstellt, auf die Erde zu stürzen – hatte die »Liste der bekannten jüdischen Kommunisten« erstellt. Diese hatten in der Stadt angeblich eine Selbstverteidigungsgarde gebildet, weshalb vorgeschlagen wurde, sie zu verhaften und in Lagern zu internieren. Die Aufzählung der Namen nahm stellenweise absurde Züge an, denn sie enthielt auch Personen, von denen alle wussten, dass sie zur zionistischen Bewegung zählten. An der Spitze Iacob Hirscherson, ein Großindustrieller, der als Delegierter am ersten Zionistenkongress in Basel teilgenommen hatte. An seiner Seite Carol Barzilay, der die zionistische Zeitung *Tribuna evreiască* herausgab.

Ghiurtz hatte sich nicht mit Einzelheiten aufgehalten. Er hatte alle reichen Juden in seine Liste eingetragen, damit man ihnen den Hodensack einklemmen und sie um ihren Zaster bringen konnte. Möchtest du von der Liste gestrichen werden? Dann her mit dem Geld, Nacktarsch! In seinem Bereicherungselan hatte er auch Jacques ins Auge gefasst. Den bekanntesten »Fotzenarzt«, Väterchen der Kaiserschnitte, durfte man nicht verfehlen. Zum Glück aber arbeitete Ghiurtz verdeckt für die Siguranța Statului, sodass es dem mysteriösen Freund ein Leichtes war, ihn am Kragen zu packen und aufzufordern, er möge den Namen Oxenberg gleich wieder vergessen.

Jacques betrachtet sein Haus, das aufgrund der im Schlafzimmer brennenden Nachttischlampe ein klein wenig aus der tiefen Finsternis heraustritt. Roza erwartet ihn. Der mysteriöse Freund schaut ihm hinterher, als er sich mit seinen kleinen Zäpfchenschritten entfernt und durch das Haustor schlüpft, das ihm der Wachpolizist aufhält, ohne zu wissen, dass es das letzte Mal ist, dass …

Im Schlafzimmer gießt ihm Roza aus der letzten, noch aus den guten Zeiten herübergeretteten Flasche Château Mouton Rothschild von 1934 ein Glas ein. Jacques betrachtet das Etikett mit dem blasierten Schnurrbärtigen und vergibt sich nicht das Vergnügen, mit dem Rothschild anzustoßen und ihn gemächlich zu trinken. Ja, wenn wir sogar in Flaschen abgefüllte Juden haben, heißt dies, dass wir überall sind. Auf dem Nachtkästchen liegt ein prallgefüllter Ordner.

Was hast du dort?

Liebster, man hört, es werde die Juden böse erwischen. Wir aber werden uns retten. Wir stützen uns auf tragfähige Argumente. Schau, hier in diesem Ordner habe ich alles versammelt, was ich für jene Anthologie ins Deutsche übersetzt habe, die dann nicht mehr erschienen ist. Du erinnerst dich doch, Drimmers Idee. Dass wir Caragiale, Slavici, Sadoveanu, Delavrancea, Ionel Teodoreanu … ins Deutsche übersetzen.

Ja, mir ist so, als erinnerte ich mich. Carol Drimmer erwartete das Geld dafür von der Prinzessin Bibescu. Ein gestandener Mann und weiß nicht, dass Prinzessinnen kein Geld vergeben, sondern annehmen.

Bravo, das ist das Gedächtnis eines Gynäkologen. Jetzt verstehst du?

Ich hatte eine schwere Operation, und schon ganz bald bricht der Morgen an. Ich bin zu müde, um zu verstehen, was die Literatur mit dem Krieg verbinden könnte.

Da gibt es eine Verbindung, es hat sie immer gegeben. Die wichtigsten rumänischen Prosaschriftsteller ins Deutsche übersetzt, und zwar für die kulturelle Allianz zwischen beiden Ländern … vergleichbar mit der Bruderschaft zwischen der siegreichen deutschen Armee und der rumänischen …

Mensch, Roza, hat dir schon mal jemand gesagt, dass du gescheit bist?

Niemand, außer der ganzen Welt. Nicht nur, dass sie uns nichts antun werden, ich bin mir mehr als sicher, dass man uns beiden Auszeichnungen verleihen wird.

Ich gebe dir auch meine Auszeichnung.

Ich habe mit der zweiten Auszeichnung nicht dich gemeint, sondern Carol Drimmer. Die rettende Anthologie war seine Idee. Anstelle der Medaille kannst du mir aber dein Weinglas geben.

Jacques beruhigt sich. Er hat die Ehefrau des Polizeiquästors operiert und ihn selbst bestochen, seine Frau hat für die kulturelle Allianz zwischen Rumänien und Deutschland schwer gearbeitet ... Es gibt keinen Grund, sich zu fürchten. Sie befinden sich in einer Kasematte, deren Wände mit Plazentastückchen, Bankpapieren und gedruckten deutschen Buchseiten befestigt sind.

Roza hat den Punkt überschritten, an dem die Frauen nackt besser aussehen als angekleidet. In ihren Kleidern ist sie nach wie vor eine schier großartige Dame. Sie auszuziehen ist aber seit einiger Zeit ein riskanteres Unternehmen. Trotz alledem reißt er ihr den Nachtumhang vom Leib und dringt enthusiastisch in sie ein, will das Ende ihrer Weiblichkeit berühren, woher wieder die Hoffnung leuchtet, wie der Leuchtturm zur Ferienzeit in Warnemünde.

Glücklich verbucht er ihre Konvulsionen, ohne zu wissen, dass es das letzte Mal ist, dass ...

Im Souterrain reitet Tincuța sinnend auf großen Träumen einher. Sie ist spät eingeschlafen, denn sie hat die Höschen, Tittenträger und feinen Strümpfe der Dame anprobiert, die sie gewaschen und auf dem Draht zum Trocknen aufgehängt hatte. Die Strümpfe schneiden ihr zwar ganz schön in den Schenkel, die Tittenschalen sitzen ihr keck wie eine Judenmütze grad mal auf den Brustwarzen, und die Höschen rupfen ihr das Schamhaar raus. Ansonsten stehen sie ihr wie geschmiert, dass das Dorf vor Neid verreckt.

Nu wart nur noch ein wenig ab, denn bald ist sie da, meine Zeit, wo ich auch ein bisschen eine Dame bin!

8

Ich weiß nicht, ob es angebracht ist, mich schuldig zu fühlen. Aber Joe ist mir näher als Ben. Vor jedem Treffen mit ihm kriege ich Herzklopfen. Ich bin verliebt in ihn. Mich entzückt »die Theorie der mit inbegriffenen Geschichte«, die er überall verbreitet. Und er lässt kein Segment der Wirklichkeit aus.

Joe mag überhaupt keinen Knoblauch. Ein Stinker, eine Beleidigung für Damen und Fräulein. Aber er erkennt das Genie dessen an, der die Geschichte von den rätselhaften Wirkungen dieser Pflanze erfunden hat. Auf die Gesundheit, auf die Potenz, auf ... Ohne Geschichte wäre der Knoblauch ein unverkäufliches Unkraut. Der Erfinder der Geschichte war ein Jude, mit Sicherheit.

Wenn du heute ein Geschäft eröffnest, musst du ein paar Geschichten mit Antioxidantien auswendig können. Geschichten mit Antioxidantien befördern den Verkauf. Von Rotwein, Rooibos-Tee, Gewürzen, was auch immer. Wenn der Kunde über deine Schwelle tritt, musst du ihm zuflüstern: »Wir haben etwas Besonderes, mit Antioxidantien, speziell für Sie.« So wirst du ihm jeden Schrott andrehen können. Hütet sich der Kunde vor Pfeffer, weil ihn haufenweise Hämorrhoiden quälen? Häng dem Pfeffer die Geschichte von den Antioxidantien an, mach ihn um fünfzig Prozent teurer und stell ihn wieder ins Regal. Der Mann mit den Hämorrhoiden wird der erste begeisterte Käufer sein.

Joe ist eine *Vintage*-Person mit antioxidanten Eigenschaften. Ein Ion Creangă der Amerikaner. Einen Hauch ziselierter, immerhin. Denn jener war, wie es den Anschein hat, doch eher mit dem Breitbeil zugehauen.

Wenn ich ihn nach einem Treffen verlasse, fühle ich mich, als käme ich aus einer Verjüngungskur. Wo der feste Tarif eine Flasche Martell-Cognac beträgt. Wenn er sich mit Dora zu irgendeiner ihrer Spritztouren davongemacht hat, zähle ich die Tage, bis er wiederkehrt.

Eines Abends erzählte mir Joe von Moshe Dorfman, einem aus Bălți emigrierten Juden. Es war gleich nach dem Krieg. Schreckliche Zeiten. Moshe arbeitete als eine Art Handlungsreisender für eine Schokoladenfabrik. Er war oft weg von zu Hause.

Er hatte eine Frau, Charlotte, betörend wie das gleichnamige Gebäck. Arbeiterin in einem Konfektionsatelier. Schön und doppelt fleißig. Ich meine, fleißig auch in jenem Sinn. Sie gab sich nicht allein Moshes Reizen hin. Reize, die so gut wie nicht vorhanden waren. Um die Wahrheit zu sagen, er war hässlich wie der Teufel selbst. Aber derart eifersüchtig, dass man mit seiner Eifersucht den Kachelofen hätte anzünden können. Damit du das Phänomen verstehst: Der Krieg war vorbei, die Leute liebten sich, dass die Fetzen flogen. Er hatte nachzuholen. Man konnte keinen Mann antreffen, dessen Ellbogen nicht wund gewesen wären. Und keine Frau, die es dort nicht gejuckt hätte.

Moshes Detektivarbeit hat Früchte getragen. Eines Nachts kam er unerwartet nach Hause geschlichen. Seine Frau befand sich in Zärtlichkeiten mit einem Mann. Moshe zog eine Pistole heraus, die er bei mir gekauft hatte. Der Feind ist zum Fenster hinausgesprungen. Sein Glück war, dass sie im ersten Stock wohnten. Der Schuft hat sich bloß noch seine Unterhose und das Hemd schnappen können. Der Rest blieb liegen.

Inklusive einer goldenen Schweizer Armbanduhr, einer Girard-Perregaux. Ein Prachtstück.

Er hat sie mir gebracht, und ich habe ihm dafür 150 Dollar gegeben. Um seine Frau zu besänftigen, kaufte er ihr goldene Ohrgehänge mit je einem kleinen Diamanten. Ebenfalls bei mir. Mit dem verbliebenen Geld führte er sie aus zu einem romantischen Abendessen. Und wieder zündete die Liebesfackel zartfühlende Kerzen an auf ihren Tisch.

Das Elend aber ist, dass man aus Ohrenschmalz keine romantischen Kerzen kneten kann. Es dauerte kaum einen Monat, und Charlotte servierte ihm den nächsten Schlamassel. Moshe erwischte sie wieder mit einem Mann. Der, ebenso wie sein Vorgänger, es gerade noch schaffte, aus dem Fenster zu springen. Dabei hinterließ er eine goldene Waterman-Füllfeder und eine Krawatte nebst Krawattennadel. Aber was für eine Krawatte, und mit welch einem Rubin bestückt! Und die Füllfeder! Kunstwerke. Ich habe ihm für beide 175 Dollar gegeben. Diesmal hat er bloß drei Dollar für sie ausgegeben. Den Rest hat er beiseitegelegt.

Der Dritte, den er in flagranti bei der Charlottenmissetat erwischte, hat einen großartigen Übergangsmantel zurückgelassen. Kamelhaar, aber welcher Güte! Und ein Prachtstück von einem Hut, so einen, wie sie Humphrey Bogart in seinen Filmen trug. Und eine Brille mit einem Rahmen aus Schildkrötenhorn sowie ein Zigarettenetui. Dies sollte ich mit der Behauptung verkaufen, es habe einmal dem amerikanischen Präsidenten Wilson gehört. Ich habe ihm für alles zusammen gutes Geld bezahlt. Diesmal hat er seiner Frau überhaupt nichts mehr davon gegeben. Er hatte es satt, Geld zum Fenster hinauszuwerfen.

Ich hörte Joe zu, aber ich hatte Mitleid mit Moshe. Der Unglücksrabe litt wegen seiner Frau. Aber sein Leiden brachte ihm gutes Geld ein. Nur ganz wenigen großen Künstlern war es vergönnt, ihr Unglück so gut zu vermarkten. Ich war neugierig, das

Ende der Geschichte von der Rentabilität der Untreue zu erfahren.

Wie sollte die Geschichte schon zu Ende gehen? Moshe war das Gegenteil dessen, der er hätte sein müssen. Zuerst Mann und dann Jude. Er hat sich scheiden lassen, der Dummkopf. Drei Monate darauf habe ich ihn böse niedergeschlagen angetroffen und ihn auf ein Bier eingeladen.

Moshe, du hast keine Ware mehr zu mir gebracht, sagte ich.

Ich habe nichts mehr gebracht, weil ich keine Lieferanten mehr habe.

Sag bloß ... Wieso denn nicht?

Eben drum ... Die Ware fiel durch meine Frau an. Ich aber bin geschieden.

Dann erzählte er mir die amouröse Mathematik, die seine Versorgung bewirkt hatte. Beim zweiten Glas Bier wurden seine Augen feucht.

Weine nicht, es kommt schon mal vor, dass uns die Frauen verlassen.

Nicht sie hat mich verlassen. Ich habe sie verlassen. Ich war zu eifersüchtig.

In diesem Fall spreche ich tatsächlich mit dem ersten und größten Idioten der USA. Warum bist du denn nicht zum Rabbi gegangen, damit er dir einen Weg weist?

Der Rabbi war es ja, der mir geraten hat, mich scheiden zu lassen.

Dann hättest du Rockefeller um Rat fragen müssen.

Kannst wissen, das ist mir tatsächlich durch den Kopf gegangen. Aber ich habe es nicht geschafft.

Komm, jammere nicht mehr.

Ich weine nicht der Frau hinterher. Ich weine um sie als *business*.

In dem Fall ist dein Weinen legitim, perfekt amerikanisch.

Wo findet man schon eine wie sie?

Ich schaute ihn an und gab ihm recht. Verstehst du, Suzy? Jene lasterhafte Frau war zu einem *business* geworden. Eine bedeutende Einnahmequelle. Die Firma »Zur untreuen Ehefrau«. Einmal im Monat sie mit einem Mann erwischen. Der dann so profitabel davonrennt. Und Wertgegenstände zurücklässt, die man bei mir dann in Geld umsetzt. Wer könnte sich Besseres vom Schicksal erwarten?

Moshe hätte Verständnis aufbringen sollen für die Schwäche seiner besseren Hälfte. Er hätte nur pro forma eifersüchtig sein dürfen. Es heißt nicht umsonst, Eifersucht wirke destruktiv. Er hätte, im Gegenteil, ihnen optimale Bedingungen schaffen müssen. Damit sie beispielsweise besser aus dem Fenster springen konnten, ohne Unfallrisiko, und gesund wiederkommen. Damit sie auch andere mitbringen. Kundschaft muss gepflegt werden, nicht vertrieben. So wäre es beispielsweise für sie ratsam gewesen, ins Erdgeschoss umzuziehen. Oder ein Haus mit Garten zu mieten. Damit die Liebhaber ihre Nacktheit hinter einem Gebüsch verbergen können. Oder einem mächtigen Baumstamm.

Moshe hat all dies viel zu spät begriffen. Gib, Herr, dem Juden den Verstand von nach der Pleite! Ein Jahr darauf erkrankte er am Herzen. Und bald darauf war er tot, der Geißbock. Du kannst mir glauben, ich bin zum Rabbi hin und hab ihm meine Meinung gegeigt. Er hat mir mit gesenktem Kopf zugehört.

Die Flasche Martell ist leer. Als würden Joes Geschichten direkt aus dieser Flasche eingeschenkt werden. Wenn alle Menschen so wären wie er, wären die Gerichte leer.

Geschichten über Treulosigkeit sind überall putzig. Aber in den USA haben sie ihre Eigenheiten. Ich schalte den Fernseher ein. Große Aufregung in den Nachrichten: Eliot Spitzer, der Gouverneur von New York. Ehemals Generalstaatsanwalt. Held des Kampfes für Gerechtigkeit. Der den Einfluss der Mafiafamilie

Gambino auf die Textilindustrie von Manhattan zerschlagen hat. Jude, dessen Großeltern väterlicherseits aus der Ukraine gekommen waren. Einer von uns.

Er wird als guter Kunde eines Bordells entlarvt. In den letzten Monaten hat er 80.000 Dollar für Edelnutten ausgegeben. Ein Treffen mit der kleinen Kristina kostete o-ho-ho. Zwischen 4500 und 5000 Dollar. Dem Herrn Gouverneur räumte sie allerdings ein Skonto ein. Sie hatte den Tarif auf 4200 gesenkt. Kristina hatte Seele. Und ganz gewiss eine mit Diamanten tapezierte Möse. Bei dem Tarif.

Spitzer erscheint vor der Kamera. Er ist zerstört. Man könnte meinen, er sei eben erst dem Wirbelsturm Kristina entkommen. Er bittet das Volk um Verzeihung. Er bedauert, was er getan hat. Er wird zu dem Schluss gelangt sein, dass 4500 zu viel sind. Welcher Jude gibt schon 4200 für ein Flittchen aus? Und da ist die Ermäßigung schon abgezogen. An seiner Seite eine verlegene Dame. Seine Ehefrau. Hat ihm drei Kinder produziert. Fühlte sich nun wie ein altes Auto, das man im Rahmen eines Verschrottungsprogramms abliefert. Korrekt wäre, auch Kristina hier in diesem Aufruhr anwesend zu haben. Damit wir alle sehen können, wofür er all dies bitter verdiente Geld ausgegeben hat. Danach wird Spitzer zum Rücktritt gedrängt werden. Abgang durch die Hintertür.

Ich habe Mitleid mit ihm. Wenn man alle Männer, die zu solchen Mädchen gehen, gleichzeitig ins Fernsehen brächte, wäre Amerika gelähmt. Da würden Fabriken geschlossen, Betriebe, Häfen, der Senat, die Regierung, Apotheken, Stadions, Restaurants, Synagogen ...

Ben ist in Rumänien, bei einem Empfang, den der Botschafter der Vereinigten Staaten von Amerika ausrichtet. Sie waren auf dem gleichen College, angeblich. Er ist komplett von den hiesigen Nachrichten abgeschnitten. Ich rufe ihn an und erzähle ihm von Spitzer. Unserem Juden. Und von den 4200 Dollar.

Dem Tarif für die Therapie durch Kristina, inklusive Ermäßigung. Und ich füge noch den Rat an:

Watch your pants, Benny-Bub!

Eine Art von »pass auf, wann und wo du deine Hosen ausziehst, Bruder Leichtfuß«. Ausgesprochen wie unter zwei guten Lebens- und Geschäftspartnern. Eher Geschäfts- als Lebenspartner. Er beruhigt mich. Wie nur ein liebender Partner seine Partnerin beruhigen kann:

You know me darling! I would never pay more than 250 bucks! Ich kenne dich, Herzchen, dein Lebtag nicht mehr als 250 Dollar!

Ich nehme seine Worte als Ritual zur Erneuerung unserer Versprechen. Wie man es oft in den amerikanischen Filmen sehen kann. Und selten bis überhaupt nie im Leben erlebt.

In meiner Studentenzeit habe ich in einem wissenschaftlichen Aufsatz eine Überlegung des Psychiaters Petre Brânzei gelesen. Die Psychiater sind die Einzigen, die es verdienten, mit einer Vollmacht zur Mitteilung ihrer Überlegungen ausgestattet zu werden. Wiewohl, nicht alle. Professor Brânzei aber sehr wohl. Er war eine unbestrittene Autorität.

Er sagte, fünf Jahre nach der Eheschließung noch Sex zu haben mit der eigenen Frau könne als Inzest gewertet werden. Denn mittlerweile ist die Ehefrau nicht mehr Ehefrau, sondern Tochter, Mutter oder Cousine. Manchmal angeheiratete Schwägerin. Oder sogar Nichte, wenn der Altersunterschied dies erlaubt.

Ben und ich begehen vielfachen Inzest. Denn ich bin ihm eine ganze Schar von Verwandten geworden. Tochter ebenso wie Mutter und Schwester, manchmal auch angeheiratete Schwägerin. Alles auf einmal. Manchmal bin ich ihm eine Tante. Er ist oftmals mein Onkel.

Man redet über das kritische Alter. Ich glaube ja, alle Alter sind kritisch. Jedes Alter enthält etwas, das dir nicht behagen kann. In der Kindheit sprießen dir Pickel, und der Menstruationszyklus setzt ein. In der Jugend schwängert dich ein Tollpatsch, als wärest du die allerletzte Ober-Tollpatschin. Nach der Heirat hast du nur noch zur Sonnenwende und zur Tagundnachtgleiche Sex.

Eine Frau hat ihre eigenen Zeichen dafür, dass der Boden anfängt, glitschig zu werden. Ich habe meine eigenen. Geringe und gewichtige Zeichen. Wenn man anfängt, öfter von deiner alten Haut als von deiner alten Mutter zu sprechen. Wenn du beim Anblick eines im Gras liegenden Präservativs seufzt. Wenn du weißt, dass dir keine stattliche Männlichkeit mehr hinter der Ecke auflauern wird. Niemals mehr. Solch einen Mangel an menschlichen Kontakten gibt es in Amerika.

Ein besonders gewichtiges Zeichen ist, dass Ben mir immer öfter seine sexuellen Abenteuer erzählt. Von vor der Zeit, als er die Laufschuhe an den Nagel gehängt hat. Ich habe ihn im Verdacht, dass er sie hin und wieder abnimmt. Aber es schmerzt mich nicht. Im Alter voranschreitend, möchte ich eine *Vintage*-Frau werden. Keine Greisin.

Joe ist ein *Vintage*-Mann. Kein Tattergreis. Während Dora ein altes Weiblein ist. Keinesfalls eine *Vintage*-Dame. Dazu ist sie nicht geboren.

Altern, ohne zu versauern. Dies könnte mein Slogan sein.

An einem Juniabend des Jahres 1980 war Ben allein in der Lagerhalle in Georgetown, als eine Kundin eintrat. Eine schöne Jüdin. Auch sie hatte ihr eigenes Geschäft. Ebenfalls *vintage*. Sie wollte ein paar Sachen kaufen. Um sie weiterzuverkaufen. So beginnt in unserem Bereich ein *business*. Sie hatte kurze Hosen an und bückte sich oft. Vor allem, damit man hie und da den Rand ihres Höschens sehen konnte. Ben geleitete sie auf den Speicher. Dort bewahrte er die Ware auf, die noch nicht das Licht eines Ladenregals gesehen hatte. Sie waren kaum oben angekommen, da fiel der Blick des Mädchens auf eine Jacke. Und was für eine Jacke. Eine Fliegerjacke aus dem Krieg. Seltenes Leder, Papageienfötzchen. Mit Tressen, Orden und allem Drum und Dran. Die Lady hatte schon eine Vorbestellung darauf. Der Gitarrist einer Rockband lief auf der Suche nach solch einer Jacke mit hängender Zunge herum. Sie fragte, was die kosten solle. Ben winkte ab:

Forget about that, it's too expensive.

Was kostet sie, insistierte sie.

150 bucks.

Ja, ist tatsächlich zu teuer, gab sie zu.

Und ihr war, als könnte sie den frustrierten Rocksänger sehen. Wie er gelangweilt die Musik aufgab. Und unbeschriebene Blätter der Musikgeschichte zurückließ. Die Schöne wollte ein reines Gewissen haben. Sie dachte ein wenig nach. Suchte nach einer Lösung dafür, dass die Musikgeschichte an dieser Stelle nicht irgendwann bloß weiße Blätter aufzuweisen habe. Weshalb sie Ben vorschlug:

Komm, wir machen's.

When?

Jetzt!

Die junge Lady hat alles gegeben, was an Gutem in ihr steckte. Verbürgt durch die Frische ihrer intimen Körpersäfte. Aber Ben hat sie schließlich doch taxiert. Auf fünfzig Dollar. Während sie den Staub abschüttelte, kam die Kundin mit einer neuen Idee. Die aus der alten entsprungen war:

Könnten wir nicht fortfahren, bis der Preis bezahlt ist?

Schau an, Mărioara, worauf sie steht! Nein, das ging nicht. Ein guter Kaufmann gewährt Ermäßigungen, aber er gibt niemals etwas für lau. Geschäft ist Geschäft. Erst nackt sieht man, wer ein Kaufmann und wer Laie ist.

Ich lache mit Ben. Seite an Seite. Wie zwei Partner. Auf der Wegstrecke, die Richtung *vintage* führt, bin ich bestens orientiert. Dann seufze ich tief. Dass sich der Staub um fünf Zentimeter anhebt. Und erinnere mich, dass wir in unserer Ehe schon oft miteinander gelacht haben. Aber was das Streiten angeht, so haben wir noch nie miteinander gestritten.

Meine Eltern haben täglich gestritten. Dann haben sie sich wieder versöhnt. Auf jene von alters her vertraute Weise.

9

Wenn du weißt, dass du dich in einer Kasematte befindest, kann dir nichts die Heiterkeit eines Sommertages vermiesen, nicht einmal die sowjetischen Bomben, die über der Stadt niedergehen, einige sogar in der unmittelbaren Nachbarschaft deines Hauses. Trotzdem steigt die Familie Oxenberg unter einigem Herumgemaule in den Keller des Hauses, und dies vor allem, um Frau Professor Șoicaț zufriedenzustellen, die beim Blick aus dem Fenster auch ein paar Flugblätter auf den Boden herabrieseln sieht. Die alte Dame entschuldigt sich: Sie zittert vor Sorge um die Enkelkinder, keinesfalls um die eigene Person. Sie mag keine Flugblätter, die bringen nichts Gutes.

Im Schutz eines Fasses mit sauer Eingelegtem, das sie eigenhändig angesetzt hat, macht Tincuța der heiligen Paraschiva, der Schutzpatronin der Moldau, heiße Gelübde. In der Ecke gegenüber, wie bei einem religiösen Boxkampf, stärkt die Klavierlehrerin ihre Moral mit einer Handvoll Psalmen. Hin und wieder wirft die Dienstmagd ihr feindselige Blicke zu, sie befürchtet, ihre Gebete könnten der heiligen Paraschiva irgendwie schadhaft in den Ohren klingen. Wenn sie überhaupt zu ihr durchdringen, denn die Wegstrecke von der Erde bis in den Himmel ist lang und voller Schlaglöcher. Was, wenn die Heilige ihre Stimme nicht erkennt und nicht versteht, dass Ecaterina, die Dienerin des Herrn, sie anfleht, sie vor dem ungläubigen Geist der Bomben zu bewahren? Vielleicht glaubt sie, sie will sie veralbern, kann man es wissen? Sie schaut die Alte hasserfüllt an. Willst du denn nicht endlich schweigen mit deinem chinesischen Gebrabbel, verdammte Judenschachtel! Ah, ich könnte dir geradewegs den Hals umdrehen, wie den Tauben, bevor ich sie in Sahne zubereite! Lass mal, du wirst es schon noch sehen!

Es ist still, Frieden. Das letzte Wiehern der zwei Pferde, die an der Râpa Galbenă neben dem historischen Sitz der Legionäre umgebracht wurden, drang nicht durch bis zu ihnen. Lev blickt nicht hoch von den Registerbüchern seiner Bank und setzt schier unermüdlich neue Berechnungen neben die alten. Wie stets, wenn er konzentriert ist, zieren Schweißtröpfchen seine Nasenspitze. Ja, wenn man nun zur Kenntnis nimmt, dass Rumänien in den Krieg eingetreten ist, empfiehlt sich mehr denn je eine Partnerschaft mit einer Schweizer Bank, um die eigenen Mittel in Sicherheit zu bringen. Er möchte seine Kundschaft um jeden Preis behalten, aber dafür muss er ihr Sicherheiten bieten.

Die Eheleute Oxenberg sitzen nebeneinander, je ein Buch in den Händen. Er informiert sich über die neueste Anästhesietechnik für Kaiserschnitt-Operationen, die sein Freund und ehemaliger Kollege Eugen Aburel entwickelt hat. Die Periduralanästhesie, die auf die gleiche Weise verabreicht wird wie ihre Schwester, die Spinalanästhesie, nämlich unterhalb des Kreuzbeins, unterbindet ebenfalls jeden Schmerz, normal, wie jede andere Anästhesie auch. Aber sie hat den Vorteil, die Funktion der Muskeln nicht einzuschränken. Sogleich nach der Operation kann die Patientin auf eigenen Beinen zur Toilette gehen, kann selbständig sich das Baby anschauen gehen und muss nicht warten, dass man es ihr ans Bett bringt. All dies ist bei der Spinalanästhesie nicht möglich, die zu einer kompletten Lähmung hüftabwärts führt: motorisch ebenso wie sensuell.

Jacques ist entschlossen, sogleich die neue Anästhesiemethode anzuwenden, wenn er die Arbeit in seiner Praxis wiederaufnehmen kann. Spätestens in einem Monat, wenn die Armee, die nun unter Lärm und Getöse durch die Stadt zieht, sich irgendwo weit weg in der sowjetischen Steppe befindet.

Roza delektiert sich, indem sie – zum wievielten Mal? – Gogols Novelle »Die Nase« liest. Sie unterdrückt ihr Lachen, um nicht die Gebete zu stören, die aus den Ecken der beiden Glaubensboxerinnen zu vernehmen sind, die sich recht eigenartig belauern. Hin und wieder schaut sie auf Levs verschattete Nase – wahrer Identitätsnachweis für sein ungewöhnlich ernsthaft wirkendes, jugendlich zartes Gesicht – und meint, dass nur ein derart beeindruckendes Organ Gogols Genie dazu inspirieren konnte, diese Novelle zu schreiben.

Die Einzige, die nichts von alledem wahrnimmt, was ringsum geschieht – weder das Donnern und Krachen noch die Gebete –, ist Golda. Mit dem Kater Marc, den sie von der Straße aufgelesen hat, und der nun in ihren Armen vor sich hin döst, sitzt sie still da, vertieft ins Schreiben einer neuen Geschichte. Sie arbeitet am Dialog zwischen einer bösen Bombe und einem herzensguten Bömbchen, das die Menschen liebt und nicht aus dem Flugzeug springen will, um die Stadt zu treffen und eine Explosion zu verursachen.

Du bist dumm wie Haferstroh, drischt die Bombe auf das Bömbchen ein, und ihr dunkelblaues, längliches Antlitz ist von boshaften Falten überzogen. Du musst heldenhaft zu fühlen lernen. Du solltest wissen, meine werte Nichte, dass es keine größere Freude gibt, als Schrecken zu verbreiten und dabei Schutt und Asche zu hinterlassen. Macht, allein sie zählt.

Das Bömbchen mit dem zartfühlenden Herzen kann seine Erregung nur schwer verbergen. Es zittert und schwitzt, was seine Gefährtin schier aus der Fassung bringt, die es nun sogar schüttelt.

Nun sag mir mal, du verdruckstes Karauschenkind, warum bist du Bombe geworden? Warum hast du dir keinen anderen Beruf gewählt, wenn du fast vergehst vor lauter Menschenliebe? Du hättest Luftballon oder Jahrmarktströte werden können, du Schlafmütze!

Ich habe nicht Bombe werden wollen, meine Eltern haben mich in die Explosionsschule geschickt, sie sagten, danach verdiene man sehr gut. Ich wollte Pflug werden, denn ich liebe die frische Landluft, auch wenn das Gehalt eines Pflugs deutlich geringer ausfällt.

Da kann man mal sehen, dass du eh bloß eine Bäuerin in Opanken bist.

Golda ist sich über den Schluss noch nicht sicher. Vielleicht wird das mitfühlende Bömbchen doch über der Stadt abgeworfen werden, aber im Moment des Aufpralls nicht zerstörerisch explodieren, sondern mit einem süßen Pock!, etwa so wie ein Luftballon, den man mit der Nadelspitze anpiekst. Das könnte ein verlockendes Ende sein, aber bis dahin braucht es noch etwas Gedankenschweiß.

Wenn jemand die Gruppe fotografierte und das Foto an eine Wand hängte, würde der Betrachter meinen, die Routine eines gemächlichen Wochenend-Vormittags in einer jüdischen Intellektuellenfamilie sei darauf festgehalten. Man würde vermuten, dass in einer von der Kamera nicht einsehbaren Ecke ein tragbares Grammofon wie üblich die Fäden seiner katzenpfotensanften Wiener Walzer spönne.

Derjenige, der seine Familie schüttelt, damit sie aus der allgemeinen Betäubung erwache, ist Lev. Ihn packt der Wahnsinn. Unmittelbar nachdem die ersten Bomben gefallen sind, sieht er sich mit Forderungen nach Rückzahlung der Bankeinlagen konfrontiert. Die Schulkameraden wollen ihr Geld zurück. Zusammen mit ihren Eltern sind sie am Packen, sie verstecken den

Schmuck, stopfen Geldbündel unter das Kleiderfutter. Oder in die Schuhabsätze, die einen sehr guten Aufbewahrungsort abgeben, vor allem, wenn man über einen erfahrenen Schuster verfügt, der alles wieder so festklebt, als wäre niemals etwas geöffnet gewesen. Sie bereiten sich darauf vor abzureisen.

Was heißt, sie reisen ab? Wohin denn? Lev, hast du dir Beton in die Ohren gegossen? Bist du auch erblindet, da du die Plakate an den Häuserwänden offenbar nicht siehst, auf denen die Juden bezichtigt werden, mit dem russischen Feind zu paktieren? Wir bereiten uns auf das Schlimmste vor. Auf eine »Kristallnacht« wie vor ein paar Jahren die in Deutschland.

Er ist durcheinander und seufzt immerzu. Wie soll er all dieses Geld zurückzahlen, wo er die Mittel doch in Fonds, Anleihen und Aktien angelegt hat? Er besucht die Kunden, die er finanziert hat – einer von denen ist ein tumber Riese aus der neunten Klasse –, aber die meisten lachen ihn aus. Er möge bitte so gut sein und ihnen dies sechzig Tage vor dem entsprechenden Termin schriftlich ankündigen, wie es der Vertrag vorsieht. Kennt er etwa die Verträge nicht, die er aufsetzt und eigenhändig unterschreibt?

Von allen Seiten bedrängt, die Nasenspitze voller Schweißtropfen, beschließt Lev, sich das Geld von Väterchen zu leihen. Er bittet ihn um eine Viertelmillion. Es fehlte nicht viel, und Jacques wäre wie niedergestreckt umgekippt, als er die Summe vernahm, aber bei der Gelegenheit erfuhr er etwas darüber, wie sehr es in der Stadt kochte und brodelte. Was redest du dort immerzu, mein Junge? Die Juden sind am Packen? Und wohin, bitteschön, wollen sie denn gehen?

Er ist mit dem Rhythmus des Lebens nicht mehr auf dem Laufenden, seitdem er keinen direkten Kontakt mehr zu seinen Schwangeren hat, seitdem er kein Radio mehr besitzt und in der Stadt nur noch zwei Zeitungen erscheinen – *Prutul* und *Moldova* –, die von einer antisemitischen Druckerei herausgebracht werden und unleserlich sind, fernab jeder Idee von Journalismus.

Man würde meinen, es hätten sich auch unzählige Christen aus der Stadt davongemacht, nachdem sie jeweils ein Kreuz auf ihr Haus gemalt hatten. Vielleicht hat das ja mit einem Aberglauben zu tun, dem naiven Vertrauen darauf, das Kreuzeszeichen könne das Haus vor Bomben beschützen. Die Christen, das ist wohlbekannt, bekreuzigen sich vor einer Operation, bevor sie sich auf den Weg begeben, bevor sie sich mit einem Mädchen treffen ... vor allem und jedem.

Und du sagst, man habe Juden aus der Straßenbahn geworfen? Vielleicht handelt es sich nur um schlichte Unfälle aufgrund von Überfüllung und übertriebener Nervosität. Sei's drum, bei der mittleren Geschwindigkeit der Straßenbahnen, die etwa zwölf Stundenkilometer beträgt, sollte man glimpflich davonkommen.

Und doch, es will einem unwahrscheinlich erscheinen, dass die gesamte jüdische Bevölkerung bezichtigt wird, nächtens den Flugzeugen Lichtzeichen zu geben oder sowjetische Fallschirmspringer zu Hause unter dem Bett zu verstecken. Es mag tatsächlich ein paar Schuldige geben, aber man kann doch nicht alle für deren Taten bezahlen lassen. Und soweit mir bekannt, sind die subversiver Aktionen Verdächtigten schon in zwei Schüben binnen Monatsfrist ausgehoben und ins Lager bei Târgu Jiu gebracht worden. Tritt nun die gesamte jüdische Bevölkerung in die dritte Phase der Verdächtigungen ein?

Das riecht dem Arzt faul. Er versucht den mysteriösen Freund ans Telefon zu kriegen. Aus Vorsicht bittet er den Polizisten am Tor, ihn bis zu jenem konspirativen Haus in der Strada Vasile Conta zu begleiten. Vergeblich. Der Rätselhafte ist nirgends zu finden. Er schickt Tincuța mit einem Brief, in dem er darum bittet, über das Geschehen in der Stadt aufgeklärt zu werden, zu seinem Hauptsitz in der Strada Păcurari.

Schier besessen wartet er auf die Antwort, wobei er nicht wissen kann, dass der Umschlag seinem Dienstmädchen aus der Tasche gefallen ist, als es eine Drecksjüdin aus der Straßenbahn schubste.

Hast du ihm den Brief ausgehändigt, Tinca?

Ich habe ihn am Tor gelassen, Herr Doktor, man hat mir nicht erlaubt, hineinzugehen.

Hab ich dir denn nicht gesagt, du sollst ihn persönlich aushändigen, du Trampel?

Weißt was, Herr Doktor, kannst dich aus dem Staub machen zu deinen Kranken! Und pass auf, wie du mit mir redest, denn sonst lädst du dir was auf den Buckel, das du nicht wirst tragen können! Leg dich bloß nicht mit mir an!

Jacques merkt, wie ihm der Maisbrei aus den Knien hochsteigt in die Stimme. Wenn eine analphabetische Dienstmagd es wagt, so mit ihm zu sprechen, heißt dies, die Welt schaut mit dem Körperteil hoch zur Sonne, in den man die präoperative Klistierspritze steckt.

Roza betrachtet hilflos, wie ihr ein Panikküken aus den Eierschalen schlüpft. Ob es nicht vielleicht sicherer wäre, sich die Kinder zu schnappen und sie zu Jacques' Eltern nach Târgu Frumos zu bringen? Sie sucht Rat bei Carol Drimmer, der kann schließlich aufgrund seines Ehrenamtes in der Führung der Jüdischen Gemeinde das Gras wachsen hören, wie die Christen sagen.

Drimmer beruhigt sie. Bleib ruhig zu Hause und mach dir keine Sorgen, vor allem mit deiner Wache vor dem Tor. Und verlass mir bloß nicht die Stadt, denn da sind Schläger unterwegs, die werfen die Juden aus dem Zug. Was du jetzt hörst, ist falsches Rumoren, mein Kind, wie in jedem Krieg. Es stimmt schon, man hat kräftige junge Männer angefordert, damit die im jüdischen Friedhof Gräber ausheben, aber dafür gibt es eine logische Erklärung. Es sind weitere Bombardierungen angekündigt worden, und die werden gewiss auch weitere Opfer nach sich ziehen. Und wenn die Hälfte der Stadtbevölkerung jüdisch ist, kann man abschätzen, dass auch die Hälfte der Opfer Juden sein werden. Ist es denn nicht normal, rechtzeitig Bestattungsvorbereitungen zu treffen und damit die Ausbreitung von Seuchen zu verhindern? Ich gebe es ja zu, diese Vorbereitungen haben auch ihre finstere Seite, aber wir beide haben so viele Seiten über den Krieg gelesen, die sehr viel finsterer waren als das, was jetzt geschieht. Warte ein bisschen, dass sich die Armee aus der Stadt verzieht, und du wirst sehen, wie alles wieder seinen gewohnten Platz einnimmt.

Uns wird nichts geschehen, die Gemeinde besticht die verantwortlichen Figuren der Stadt regelmäßig. Was soll's, in diesen Zeiten erkauft man den Schutz mit viel Geld, das sage ich dir ganz privat, und es bleibt, bitteschön, unter uns, denn es ist geheim. Schau, hier habe ich ein Papier für dich. Ich habe es dir doch schon vor einer Woche versprochen.

Drimmer reicht ihr ein offizielles Schreiben mit dem Briefkopf des italienischen Konsulats von Iași. Mit vorliegendem Schreiben bestätigen wir, dass die hier genannte Roza Oxenberg in ihrer Eigenschaft als Übersetzerin immerzu die deutsche Kultur befördert hat. Sogleich, wenn wir die dafür benötigten Mittel beschaffen können – zum gegenwärtigen Zeitpunkt sehen wir uns aufgrund der Kriegsanstrengungen zu äußerster Sparsamkeit veranlasst –, wird die von ihr in Zusammenarbeit mit dem weiter oben genannten Herrn Carol Drimmer ins Deutsche übersetzte *Anthologie der rumänischen Erzählungen* in Druck gehen. Dieses Schreiben wurde ausgefertigt, damit es den darin genannten Personen bei Bedarf nützlich sei. Es ist von Augusto Santorio unterschrieben, dem italienischen Konsul in Iași. Und der Stempel des Konsulats verleiht dem Schriftstück die Würde eines Diplomatenpasses.

Roza und Jacques beruhigen sich. Es ist ganz und gar unmöglich, die ganze jüdische Mischpoke der Stadt in einen einzigen Topf zu werfen. Schließlich hat Jacques die Frau des Polizeiquästors doch nicht für nichts und wieder nichts operiert und – ein weiteres Symptom dieser verkehrten Welt – nicht nur kein Honorar dafür bekommen, sondern selber noch an jenen eine Schutzgebühr bezahlt. Ganz bestimmt hat sich das gelohnt. Ihre Familie ist in Sicherheit; das kann man spüren, man sieht es. Schau, anders als bei so vielen anderen jüdischen Familien ist in ihrem Haus kein Offizier einquartiert worden, wiewohl hier so viel Platz ist, dass man mit dem Citroën herumfahren könnte.

Roza trinkt ihren gewohnten Zehnuhrdreißig-Tee und träumt davon, mit dem Citroën spazieren zu fahren. Ihre Miene verfinstert sich. Wo mag ihr teures Autochen grade herumfahren? Was für ein Rekrut lenkt es soeben wie einen Ochsenkarren durch die übelsten Schlaglöcher? Welcher unrasierte Oberst erleichtert sich auf der Rückbank in die unermesslichen Tiefen der Eintagesgeliebten?

Sie kann dem unglücklichen Schicksal des Autos nicht länger nachsinnen, denn eine höllische Explosion erschüttert die Grundmauern des Hauses und erfüllt es mit dem Stöhnen und Jammern von Möbeln und Glas. Das alte, in einem schweren Rahmen gefasste Porträt des Doktor Șoicaț gerät ins Wanken und kommt ganz allmählich erst zum Stillstand. Ein traurigeres Schicksal ist dem Foto der Familie Oxenberg beschieden, das die Kamera eines Sonntags im Grünen eingefangen hatte. Alle fünf fliegen sie lächelnd vom Nagel, ihre Gesichter nehmen einen verschmitzten Ausdruck an, dann aber machen sie Bekanntschaft mit dem Fußboden, der sie platthaut und mit einem feinen Glassplitter-Spinnennetz überzieht.

Da hat keiner mehr Zeit für die Spekulation, dass Scherben doch Glück bedeuten, denn im vorliegenden Fall ist das Gegenteil ganz offensichtlich. Die Explosion hat viel zu nahe stattgefunden, vielleicht auf der Strada Lăpuşneanu. Ungestüm treibt die Angst die Familie die Kellertreppe hinab.

In den Keller! Schnell in den Keller!

Lev rennt los. Golda packt den Kater im Nacken und vergisst auch das Heft nicht, in dem die vor zwei Tagen begonnene Geschichte über die böse Bombe und das seelengute Bömbchen auf ihre Vollendung wartet. Von draußen dringt ein hysterischer Dialog zwischen bösen Bomben und Flakbatterien herein. Es sind viele, mehr als hundert. Darunter kein einziges seelengutes Bömbchen, das etwa nicht aus den sowjetischen Fliegern springen und die lebenswichtigen Organe der Stadt zerstören möchte: die Telefonzentrale, die Krankenhäuser, die Kommandantur der 14. Infanteriedivision ...

Erst im Keller merkt Roza, dass Tincuţa nicht mit dabei ist und auch nicht nachkommt. Ob ihr etwas passiert ist? Nein, ihr ist nichts passiert. Das Dienstmädchen hat das Haus verlassen, sie ist abgehauen, sie allein weiß, wohin.

Unter den zwölf Vorstandsmitgliedern der Jüdischen Gemeinde, die nach dem zweiten und im Vergleich zum ersten sehr viel schlimmeren Bombardement der sowjetischen Luftwaffe zum Sitz der Quästur einbestellt worden sind, befindet sich auch Carol Drimmer. Oberst Chirilovici lässt sie alle stehen und feuert ein wahres Gewitter an Beschuldigungen auf sie ab, dabei schaut er keinen von ihnen wirklich an. Der Ventilator an der Raumdecke ist eine Mühle, die die Spannung zermahlt.

Das Drehbuch des Offiziers ist auf dem Niveau des Schulaufsatzes eines Grundschülers. Die Piloten, die die Stadt am Vormittag bombardiert haben, sind aus Iaşi stammende Juden, die zum Feind übergelaufen sind. Wir haben sogar zwei von ihnen gefangen: einen Bäcker und eine Studentin. Und ihr habt ihnen heute Nacht mit euren Taschenlampen Lichtzeichen gegeben, damit sie ganz genau wissen, wo sie ihre Bomben abwerfen müssen.

Wer »ihr«?

Ihr, die Juden aus der Stadt.

Wir, die ungefähr 50.000 Juden der Stadt?

Nein, einige von euch.

Herr Quästor, ich schlage vor, Sie verhaften zielgenau diese. Fragen Sie doch den Bäcker: Wer hat dir Zeichen gegeben, Bäckersmann?

Wir haben ihn schon erschossen.

Ganz schlecht. Sie haben ja noch die Studentin.

Sie ist verwundet und befindet sich im Delirium, die Teufelsschnalle.

Wie bitte, ihre Schnalle befindet sich im Delirium?

Drimmer kränkt ein solch eklatantes Fehlen jedweder Logik:

Aber wenn die Piloten aus Iași stammen, wozu brauchen die dann noch Lichtsignale? In solch einer Situation benötigen die Herren Feinde keine Unterstützung mehr, denn sie kennen die Örtlichkeiten bestens und können ihre Bomben genau platzieren.

Haben Sie »die Herren Feinde« gesagt? Ha? Die Her-ren Fein-de?

Josef Jacob, der Vorsteher der Gemeinde, hat ein anderes Argument:

Wer kann denn so verblödet sein, dem Flugzeug Zeichen zu geben; was, wenn man ihm dann die Bombe punktgenau auf den Kopf wirft?

Avram Hahamu, der Vizepräsident, kommt mit der Macht der Statistik:

Ich meine, da muss Realitätssinn her. Bei den Bombardierungen waren 38 von 111 Toten unsere Leute, dazu kommen dann noch 150 Verletzte. Auch sind mehr als hundert jüdische Häuser zerstört worden …

Der Quästor hört nicht länger zu, er will sich nicht noch mehr empören. Seine Aufmerksamkeit, von der Formulierung »die Herren Feinde« geschärft, lässt ihn darauf zurückkommen:

Die Feinde sind keine Herren, sie sind Genossen, denn so nennen sich die Bolschewiken: »Towarischtsch«. Untereinander sind sie Towarischtsch, und Towarischtsch sind sie mit euch.

Aha, das soll also heißen, dass ein paar Nacktschwänze sich lustig machen wollen über mich! Wollt ihr, dass wir sie messen? Wir werden ja gleich sehen, wer einen Mächtigeren hat. Schließlich hat auch Fürst Ştefan seinen mit den Russen gemessen und noch auf dem Totenbett geäußert: »Besser als der Russen Freund, ist's Diener sein beim Türken.«

Ihr wisst gut genug, was ich sagen will. Es hat sich ausgespielt. Bis morgen werdet ihr der Polizei alle Taschenlampen, Laternen, Ferngläser und Fotoapparate abliefern. Auf bessere Sicht!

Beim Gehen elektrisiert ein weiterer Gedanke Carol Drimmer. Was, wenn die Fotoapparate beschlagnahmt werden, um zu verhindern, dass die bevorstehenden Grausamkeiten gezeigt und nachgewiesen werden können? Er fasst sich ans Herz. Er hat ein Zwillingspapier zu jenem von Roza in der Tasche. Darauf steht schwarz auf weiß, dass er in seiner Eigenschaft als Übersetzer hingebungsvoll der deutschen Kultur dient.

Seine Erlaubnis zu überleben, gezeichnet von Seiner Exzellenz, dem Konsul Italiens in Iaşi. Der diplomatische Repräsentant einer verbündeten Macht, und kein dahergelaufener Knilch. Das Papier in seiner Tasche macht ihn unangreifbar. Jedweder Offizier wird vor ihm strammstehen, wenn er es vorzeigt.

Er ist stolz auf sich. Er hat gelernt, dass jede Intervention, um von Erfolg gekrönt zu sein, einen hierarchischen Verlauf nehmen muss, vom Höherrangigen zum Niederen.

Den gleichen Funktionsmodus der Dinge hat auch der Vorsteher der Jüdischen Gemeinde, Josef Jacob gelernt. Durch den Tonfall des Obersten Chirilovici während der Besprechung beunruhigt, schickte er seine Sekretärin wie eine Friedenstaube mit einem Umschlag im Schnabel zu ihm. Eine zusätzliche kleine Aufmerksamkeit: zwei Millionen Lei. Der Questor zählt die Scheine und lässt dem geehrten Herrn Vorsteher übermitteln, dass »alles in bester Ordnung« sei.

Nunmehr allein in seinem Büro, zündet sich der Oberst eine Zigarette aus dem Regale-Päckchen an und zieht daran, als wäre es die reinste Gebirgsluft aus Sinaia. Waffenbrüder, der Tabak ist der wahre König, vor dem wir niederknien! Ihn hat Gott auf die Welt gesandt. Die Geschichtszeiten, die wir erleben, sind Tabakszeiten.

Vorwääääärts!

10

Im November kann man Dora und Joe nicht in Washington, D.C. antreffen. Sie haben ihr eigenes Ritual. *Ausbüxen humanum est*. In Europa, Jahr für Jahr. Das genaue Ziel? Das verraten sie nie. Sie entscheiden aus dem Bauch. Warum ausgerechnet im November?

Ich habe einen Verdacht. Das ist der Monat, in dem ich Geburtstag habe. Indem sie sich aus dem Staub macht, entgeht Dora den warmherzigen Umarmungen, die mir zustehen. Und den Ausgaben für das Geschenk.

Anfang Dezember kehren sie strahlend zurück. Joe hat immer ein paar süße Worte für mich parat. Und ein sehr feines Geschenk. Dora nie. Joe küsst mich und sagt: »Nun halt auch mal inne mit dem Erblühen, denn damit demütigst du uns.« Dora nicht. Joe steht auf und singt in einem solchen Falsett *Happy birthday*, dass sich mir weicher Samt über die Seele legt. Er animiert und dirigiert alle. Alle außer Dora. Wenn das sauer Eingelegte noch etwas Geduld gehabt hätte, Dora hätte es erfunden.

Dieses Jahr fesselt der November mich ans Haus. Mutter ist abgereist. Sie braucht Lärm, Krach, braucht Rumänien. Will zurück zum Streit mit Vater. Und die Versöhnungen mit ihm. In den USA, ich habe es schon mal gesagt, streitet sich niemand. Dafür sind sie zu bequem. Ben ist mit seiner Sehnsucht auf dem Dorf. Ebenfalls in Rumänien. Aus heiterem Himmel interessiert er sich nun für Schiefergase. Entweder er ist im Alter verblödet, oder aber er arbeitet für die CIA. Mag sein, dass es von beidem ein bisschen was ist.

»Alte Klamotten und Schiefergase.« Klingt wie ein Minimal-Art-Kunstwerk. Er serviert mir eine Geschichte. Die rumänischen Schiefergase werden von Chevron gefördert. Von denen wir auch Aktien gekauft haben. Sollten wir nicht wissen, worin wir unser Geld investieren?

Ich sehe die Dinge anders. Chevron müsste von uns Aktien kaufen. Nicht wir von ihnen. Unsere sind viel sicherer. Können nicht zugrunde gehen.

Wir sind zu viert in unserem Haus im Wald. Ich, die Kinder und das neue Dienstmädchen. Melinda, 52 Jahre alt. Ihre Vorgängerinnen haben uns mit dickem Bauch verlassen. Bei Melinda ist dies Risiko gering. Wiewohl Ben sagt, er würde die Hand nicht ins Feuer legen. Ich nehme dies als ein Kompliment für mich. Ich bin altersmäßig nicht weit weg von Melinda. Tröste mich mit Madonna, Kim Basinger und Sharon Stone. Ältere Hühner als ich, aber noch richtig gut für sexuelle Brühen.

Ich lade Ana zu mir ein. Eine ehemalige Zimmerkollegin im Studentenwohnheim Puschkin. Sie wünschte, Oana genannt zu werden, weil es irgendwie *sofisticatet* klang. Sie ist aus Rumänien nach Kanada emigriert. Vor sieben Jahren. Ist nun beim dritten Mann. Und hat ihr drittes Kind. Ihre älteste Tochter ist die Güte selbst. Ramona. Zählte ich ihre Frühlinge, so käme ich auf etwa siebzehn. Ana freut sich über die Einladung. Vor allem, dass ich ihr das Flugticket bezahle. Sie ist arbeitslos. Die Krise hört und hört nicht auf. Davor hat sie bei einer Bank gearbeitet.

Ich erinnere mich an sie bei uns im Zimmer. Sie hatte eine Kanone unter der Zunge und konnte am allerbesten mit dem Po wackeln. O-ho-ho. Großzügig war sie. Sie stellte auch mir mal den einen oder anderen vor. Wenn sie genug von ihnen hatte. Ich aber war jene rare Sorte. Hob den Schwanz nur sehr gemächlich. Jetzt überhaupt nicht mehr. Nicht einmal mit dem Kran.

Wir scherzen und halten uns vor dem Kamin an den Händen. Wie im Heimzimmer, wo ein alter Rechaud den Kamin abgab. Ich schaue sie an, und mir ist danach, schnell zum Spiegel zu rennen. Ob ich wohl auch so aussehe? Sie lobt ihre große Tochter. Sie hat sie gefragt, mit wie vielen Jungs sie bisher im Bett war.

Nur so zwanzig, Mutter! Ich bin ein braves Mädchen.

Und sie fügt hinzu, dass alle ihre Kameradinnen diese Frage so beantworten. Es ist die Schwelle der schamhaften Mädchen von heute. In ihrem Alter die Schwelle der Wohlerzogenheit. Und die Zugangslosung für die Gruppe.

Wir, die braven Mädchen von vor zwei, drei Jahrzehnten, antworteten darauf, wir hätten mit zweien geschlafen. Die armen Jungs. Es war sehr viel schwieriger für sie, der Dritte zu werden, als heute der 21.

Weißt du, wie ich gemerkt habe, dass ich älter geworden bin? Ich war mit meiner Tochter in einer Bar. Da sind ein paar Mädchen mit so einem Werbeauftrag aufgetaucht. So Schnepfen im Mini. Sie verteilten an jedem Tisch Präservative. Sind auch bei uns stehen geblieben. Ramona haben sie zwei gegeben: eines mit Mango- und eines mit Bananengeschmack. Mir schoss der Speichel in den Mund. Schließlich soll man jeden Tag Obst essen. Für die Mädchen mit den Präservativen war ich unsichtbar. Haben mich nicht einmal angeschaut. Mir kamen die Tränen.

Ach, Präservativ, Kapuzenmantel mit ephemerer Lebensdauer, ich hatte nicht gedacht, dass du so blutrünstig sein kannst! Ich seufze, wenn ich eine leere Schachtel in einem Gebüsch sehe. Ana leidet, wenn sie bei einer Werbeaktion übergangen wird.

Nächtens haben wir nicht von Präservativen mit Mango-, Kiwi- oder Erdbeergeschmack geträumt. Sondern von anderen, für unsereinen spezifischen. Mit dem Geschmack von Bohnen mit geräuchertem Eisbein, geschmortem Huhn mit Maisbrei und Knoblauchsauce, Ciorbă aus Rădăuţi mit scharfem Paprika.

Und wieder überfällt mich das Heimweh. Auch die Sehnsucht nach mir selbst überfällt mich, nach der von ehedem. Ich fasse Ana-Oana an der Hand. Sie hat ein paar frische Tränen in den Augen. Frauentränen, wenn alles, was einmal schön war, endgültig dahin ist.

Während ich sie auf dem Flughafen umarme, stecke ich ihr fünfhundert Dollar in die Tasche. Wie unter Zimmergefährtinnen.

Dora und Joe kehren einen Tag nach Ben aus Europa zurück. Joe hat ein Geschenk für mich in den Armen. Ein tragbares Grammofon von der Größe eines Diplomatenkoffers, Marke Telefunken. Fabrikationsjahr 1940. In einer mit Schellack eingelassenen Bakelitkiste. *Vintage*-Ware. Es ist so schön, dass mir danach ist, Takafumi anzurufen.

Das ist das große Risiko, wenn man im Verkauf arbeitet. Selbst in einem persönlichen Geschenk sieht man nichts als eine Ware. Und neben dem Grammofon eine Plattensammlung. Große Musik, Schwesterchen. Opern. Dirigenten und Sänger, die den Planeten auf die Beine bringen.

Und ich habe noch eine Überraschung zu gewärtigen. Man singt nicht mehr *Happy birthday* für mich. Sondern *Hoch soll sie leben*. Und *Wer geboren im November*. Auch *Beim nächsten Mal machen wir sie richtig breit*. Wie breit wohl? Sehr breit.

Alles auf Rumänisch. Alle singen sie schön, ganz besonders Oscar und Ben. Aber es hört sich nicht gut an. Joe singt am falschesten, dafür laut und überzeugt. Er sieht sich in einem amerikanischen Schützenpanzer in ein belgisches Dorf einfahren. Alle singen mit, sogar die herbstliche Dienstmagd Melinda. Alle außer Dora, normal. Mein Land stinkt ihr zu sehr, als dass sie rumänisch für mich singen könnte. Joe schlägt mit den Getränken etwas über die Stränge. Dann haben seine Worte ein Pfeifecho. Sein Schnurrbart ist speichelgetränkt.

Joe, wo ist dein *Flipper*?

Keine Ahnung, Dora. Was meinst du, wo mag er sein?

Ich kann dir nur sagen, wo er nicht mehr ist, aber sein müsste.

Wirklich? Und wo ist er nicht mehr, und wo müsste er sein?

In deinem Mund.

Der Flipper? Ich lerne immer noch neue Wortbedeutungen. Ich wusste, dass Flippern ein Kindheitsspiel war. Ein elektronisches Billard in einer geschlossenen und gut beleuchteten Schachtel. Der Spieler zieht an zwei Handgriffen und stößt ein paar Kugeln an. Die Kugeln sammeln Punkte. Wer mehr davon hat, gewinnt.

Diesmal ist der *Flipper* etwas anderes. Das mobile Zahnelement in Joes Oberkiefer. Das heißt so, weil es leicht zu entnehmen ist. Man muss es nur anstoßen. Wie ich sehe, kann man es auch leicht verlieren. Ohne Anstoß.

Joe ist zu besoffen, als dass ihn sein dentales Missgeschick stören könnte. Er meint, er sei kein Pferd, dessen Charme von der Zahl und Qualität der Zähne abhängt. Die Kinder lachen über ihn. Er hat keinen irgendwie nennenswerten Zahnbestand mehr aufzuweisen. Sein natürlicher Mundschmuck ist irgendwo auf den europäischen Schlachtfeldern geblieben. Vielleicht im belgischen Bastogne. Der Sieg der Alliierten war mit Opfern verbunden. Knochen und Zähne, viele Zähne. Damit wir uns der Hamburger von McDonald's und an den Filmen mit Jim Carrey erfreuen. Und an jenen mit Adam Sandler, verzeihen Sie das Versäumnis.

Stundenlang suchen wir Joes Prothese. Nichts. Wir erweitern die Mannschaft, indem wir die Kinder hinzuziehen. Wir versprechen ihnen je zwanzig Dollar, wenn sie die Prothese finden. Es gibt noch mehr Erfolgsaussichten. Der *Flipper* ist tief in den Boden eingedrungen. Ich glaube ja, eines dieser kecken Eichhörnchen hat ihn geklaut, die sich hier ins Haus hereinschleichen.

Erst nach einer Woche sehe ich Joe wieder. Er lächelt mit dem Glanz eines neuen *Flippers*. Raubt einem den Blick. Ein Hollywood-Lächeln. Hat auch eine Geschichte parat. *Vintage.* Über den Verlust seiner natürlichen Zähne. Nicht umsonst handelt er mit Waren, an denen eine Geschichte klebt.

Seine natürlichen Zähne hatte er in Europa gelassen, wie zu erwarten war. Im Kampf, aber in einem marginalen Kampf. An der Grenze zwischen der bewaffneten und der erotischen Kampfzone. Sie verstehen schon.

Joe hatte einer Witwe, Dianne, Zärtlichkeiten angedeihen lassen. Auf einer Farm. Wer eine Witwe befriedigt, errichtet eine Synagoge. Er hatte sie mit einem Paar wunderbarer Strümpfe betört, die er sich mit Expresspost von zu Hause hatte schicken lassen. Strümpfe aus New York, Schwesterchen. Joe hatte gewünscht, sie mögen vor seinen Augen anprobiert werden. Damit er sehen könne, ob sie sich über den Schenkeln und

Hüften tatsächlich anschmiegten wie Erdnussbutter auf einer Brotscheibe. Wenn nicht, werde ich andere von zu Hause anfordern.

Kleine Lügen, *brother* Suzy. Schließlich war ich nicht so verrückt, andere Strümpfe von zu Hause anzufordern. Wer weiß, was Vater dabei gedacht hätte. Dass wir in Europa einen Krieg von Perversen führten.

Dein Vater hätte die Wahrheit nur um ein Geringes verfehlt.

Die junge Witwe beeilte sich nicht auf Witwenart. Sie tat sich schwer mit der Anprobe. Das Höschen war irgendwie im Wege.

Zieh es aus, *chérie*, das stört dich doch nur.

Chérie zog es aus. Gehorsam, wie es einem Amerikaner gegenüber angebracht war, zumal wenn er einem derart seltene Geschenke brachte. In Kriegs- ebenso wie in Friedenszeiten. Dann fielen die Deutschen über sie her.

Hände hoch!

Es waren drei. Der Erste, gewiss der Entschiedenste, zerschlug ihm, statt *Guten Abend* zu sagen, das Gebiss. Mit dem Gewehrkolben. Sein Kiefer zersprang wie Brennholz unter dem Beil. Und Joes Zähne fielen aus wie Würfel. Auf die das Kriegsschicksal geschrieben war – für diejenigen, die lesen konnten.

45 Tage war sein Kiefer in einer Drahtklammer fixiert. Die Nahrungsaufnahme war schwierig, durch die Lücke, die durch den Verlust der Zähne entstanden war. Was ihn in größte Wut versetzte. Worauf er heldenhaft bis zum Sieg weiterkämpfte. Er wurde vollgehängt mit Medaillen. Die längst an Takafumi weiterverkauft worden sind. Der sich auch für Joes im Kampf verlorene Zähne interessierte. Ich muss welche finden, die so aussehen.

Und dann? Was ist mit den Deutschen geschehen, die euch überfallen hatten?

Ich habe sie entwaffnet und umgebracht, gewiss. Einen nach dem anderen. Ich konnte sie doch schlecht auffordern, die Strümpfe anzuprobieren. Wiewohl, wenn ich wirklich pervers gewesen wäre ...

Und Dianne?

Sie hat mir dabei geholfen, ihnen den Garaus zu machen. Welch eine Frau, *brother* Suzy, welch eine Frau!

Hat sie dir direkt geholfen?

Eine Frau hilft dir eher selten ganz direkt.

Wie dann?

Du bist wohl etwas schwer von Begriff. Diesen Deutschen hatte das Fehlen von Frauen offenbar noch mehr zugesetzt als mir. Als sie Dianne nur noch in Strümpfen erblickten, war ich mit einem Mal uninteressant geworden. Ich landete im zweiten Glied. Und von dort her habe ich meinen Angriff gestartet. Und sie vernichtet. Denjenigen, der mir die Zähne ausgeschlagen hatte, habe ich mir für zuletzt aufgehoben. Ich habe ihn mit Diannes Strümpfen erwürgt.

Du hast der Frau die Strümpfe ruiniert.

Ich habe sie nicht ruiniert, die waren von höchster Qualität. Heute gibt es keine solchen Strümpfe mehr. Ich bin mir sicher, dass Dianne sie heute noch trägt. Die Jungs sind mit einem Lächeln auf den Lippen gestorben. Wie wahre Faschisten. Hitler wäre glücklich gewesen, hätte er ihren Gesichtsausdruck sehen können. Er hätte sie auch nach dem Tod noch ausgezeichnet.

Vielleicht hat er sie ja auch ausgezeichnet.

Vielleicht. Ich denke nun schon ein ganzes Leben an diesen Hitler. Nun kann man den Erklärungen seines Arztes entnehmen, dass er unter schrecklichen Darmwinden litt. Ich würde meinen, dass da eher die in seiner Umgebung darunter litten. Er feuerte ununterbrochen mit seinem Hintern, wie ein Maschinengewehr. Um wenigstens ein bisschen zur Ruhe zu kommen, wurde ihm ein Pulver verschrieben, das auf einem Mäusegift beruhte.

Ich versuche das Gespräch auf ein anderes Gleis zu lenken. Ich verabscheue physiologische Details von dieser Art, auch wenn Hollywood ganz versessen ist darauf. Als hätte man damit was weiß denn ich für eine bedeutende Revolution im Filmwesen ausgelöst. Joe bedauert, dass sein Freund I.A.L. Diamond gestorben ist. Nun hat er keinen mehr, dem er Filmplots verkaufen kann.

Suzy, *brother*, so wurde eine der schrecklichsten Seiten der Geschichte geschrieben: Von einem Denken genährt, das sich auf Darmwinde stützte. Es heißt, die Geschichte hätte anders geschrieben werden müssen, wenn Kleopatras Nase kürzer gewesen wäre. Sie wäre auch anders geschrieben worden, wenn Hitler humanere Winde erzeugt und von sich gegeben hätte. Ich glaube, das mit den Gaskammern ist ihm auf diese Weise eingefallen. Weißt du, Suzy, was ich in einer Pressekonferenz der gesamten Welt mitteilen möchte?

Nein, das weiß ich tatsächlich nicht, Joe. Wirklich, keine Ahnung, was du sagen könntest.

Zum Holocaust-Gedenktag würde ich sagen, schaut ihn euch an, gute Leute, den, der Millionen Juden und Nichtjuden niedergemetzelt hat: ein Anal-Bomber. Und weißt du ...

Bitte sei still, Joe, mir wird schlecht!

Gut. Aber ich glaube, dass es auch Saddam da nicht besser ging mit den Gasen. Und auch Stalin nicht. Auch Ceaușescu nicht, auf den ihr so stolz wart.

Wir so stolz! Zum ersten Mal möchte ich meinen Schwiegervater allein lassen. Das Gespräch mit ihm missfällt mir. Er ist nicht mehr die *Vintage*-Person, die ich kenne. Sondern ein bitter gewordener Greis. Eine Dora mit Eiern in seinen angegilbten weißen Unterhosen. Der seinen *Flipper* irgendwo verliert, wo er ihn niemals wiederfinden kann. Der glaubt, die blutige Weltgeschichte sei mit einer Tinte aus den Eingeweiden geschrieben worden. Wer weiß, vielleicht hat er darin ja sogar ein kleines bisschen recht …

Bevor ich gehe, entschärfe ich diesen Gegenstand.

Sag mal, Joe, und was wurde aus Dianne? Weißt du noch etwas von ihr?

Wir haben eine Zeitlang korrespondiert. Ich habe ihr versprochen, dass ich nach dem Krieg vorbeikomme und sie heirate.

Ich nehme an, du hast sie nicht geheiratet. Hast die Frau angelogen. So etwas tut man nicht.

Wenn ich sie angelogen hätte, hätte ich etwas getan, was häufig geschieht. Alle Menschen lügen. Aber ich habe sie nicht angelogen, denn ich habe nicht gesagt, nach welchem Krieg ich mit dem Ehering vorbeikomme. Siehst du denn nicht, dass es keinen Tag Frieden auf der Welt gibt? Wenn Dora vor mir zum Herrn berufen wird, werde ich mein Versprechen einlösen.

Red nicht so. Das ginge auch nur, wenn Dianne noch lebte.

Das sind schon Einzelheiten, Suzy. Die großen Lieben sind unsterblich.

Das glaube ich nicht. Ich habe ein Buch gelesen: *Die Liebe währt drei Jahre*. Der es geschrieben hat, ist ein Optimist. Sag mal, eine Sache noch: Jener Deutsche, hat der dir wirklich alle Zähne ausgeschlagen?

Selbstverständlich nicht. Den Rest hat die Parodontose besorgt. Ich bleibe bei der Meinung, dass Kriegshelden von der Parodontose verschont werden sollten. Auch das ist ein Beweis dafür, dass Gott ein recht verschlafenes Wesen ist.

Auf dem Nachhauseweg nehme ich mir Joe noch einmal gedanklich vor. Mich beunruhigt sein Atheismus, den er mit Dora teilt. Aber noch mehr Sorgen bereitet mir die Sauferei, der er sich hingibt. Das Saufen wurde durch den Cognac wieder ausgelöst, den ich ihm geschenkt habe. Auch ich habe meinen Teil Schuld. Aber wie hätte ich mir vorstellen können, dass er da hineingeraten würde? Und Dora, warum kümmert es die denn nicht?

Ich hoffe nur, Joe verrennt sich nicht ganz in diesem Zirkelschluss. Wie eine Beschneidung – so nennt er es gerne –, und als begänne alles bei und mit den Juden und endete auch mit ihnen. Wenn er bloß nicht auch so ein Alkoholiker wird. Zu dessen Wiederherstellung unsere Firma beiträgt. Indem sie kauft, was der normale Amerikaner den Vereinen wie dem Roten Kreuz, der Heilsarmee, Planet Aid und Goodwill spendet. Die diese Spenden annehmen und zu Geld machen. Das sie für Obdachlose, Kriegsveteranen und Drogenabhängige aufwenden. Und Alkoholiker, wie Joe einer zu werden droht. Wenn er es nicht schon ist.

Schlechte Vorzeichen. Immer öfter nennt er mich »*brother* Suzy«. Und erzählt mir von seinen Liebschaften. Offenbar reicht es nicht, dass ich mir die von Ben anhöre. Abgesehen davon erzählt Joe schöner als mein Mann.

Mein Mann? Ich bin Joes »Bruder« geworden, und Ben wird mir zunehmend zum Neffen. Was ist aus mir in all diesen Jahren geworden, aus mir als Frau? Wer bin ich im Verhältnis mit mir selbst? Besser gesagt mit uns selbst. Manchmal bin ich meine eigene Tante. Dann wieder erreiche ich mehr: Ich bin meine eigene Schwester. Aber am häufigsten bin ich mir nur eine schlichte Zimmergenossin. Wie Ana-Oana es in der Studentenzeit war.

»Was suchst du in meinem Leben«, fragt ein rumänisches *Vintage*-Lied.

Aber ich, was suche ich in meinem Leben?

DRITTER TEIL

Der Tag, an dem die gelben
Kautschukenten sterben

Hitler multipliziert mit Stalin und
zur Mao-Potenz erhoben

1

Alles, was Märchen war in Goldas Leben, wird am 29. Juni 1941 endgültig ausradiert.

Einen Tag davor war eine Welle des Bösen durch die Stadt gezogen und hatte alles Kristall in den Häusern und Geschäften zerspringen lassen. Die Schusswechsel mögen dies verursacht haben, es mag von den Kanonen und Panzern ausgelöst worden sein, die durch die Straßen der Stadt Richtung Front rollten, die Blitzschläge der Nachrichten mögen daran schuld gewesen sein oder die allgemeine zwischenmenschliche Spannung, die sich auf die feineren Gegenstände übertragen hatte. Oder aber es war eher ein Abdruck der »Reichskristallnacht«, wie sie sich in Deutschland im Jahre 1938 zugetragen hatte. Gewiss ist jedenfalls, dass die Stadt entschlossener denn je dazu gewillt scheint, sich mit sich selbst zu balgen. Der im Laufe von Jahrhunderten angesammelte Hass findet endlich die Gelegenheit, sich zu entladen.

Nun erst merkt man, wie inspiriert jene waren, die sich eine Erlaubnis zur Benutzung der Eisenbahn besorgt hatten und geflohen waren. Ein paar Tausend Menschen waren abgereist, ein paar weitere Tausend Menschen waren eingetroffen, denn es hatte den Befehl zur Evakuierung der Juden aus den Dörfern Bivolari, Țigănași, Sculeni, Miroslava, Șipote und Răducăneni gegeben. Nun blickte keiner mehr durch.

Der 29. Juni 1941. Der Tag, der Golda die gelben Kautschukentchen mit dem orangen Schnabel erwürgt, die sie vor einiger Zeit schon in der Ostsee freigesetzt hatte. Der Tag, der ihr die sensible kleine Tanne, über die sie eine reizende Geschichte geschrieben hatte, über der Wurzel abhaut. Der Tag, der sie endgültig davon überzeugt, dass es keine Bombe mit einer guten Seele gibt, denn es gibt keinen Menschen mit einer guten Seele.

Jener Tag. Jedes Mal, wenn sich in ihrem späteren Leben etwas Warmes und Gutes anschickt, ihr Herz zu berühren, werden die Bilder von damals mit den Panzern und ihren schweren Waffen sich wieder bei ihr einstellen, um die Frostparameter wieder in ihr Recht zu versetzen. Von nun an wird Golda nie mehr Goldilein sein können.

Der 29. Juni 1941. Wie Geo Bogza, Rozas Freund, 1945, nach dem Ende des Krieges schreiben wird, »ein Datum, das für andere Städte keinerlei Bedeutung hat. In Bukarest wurde an jenem Sonntag in den luxuriösen Sommerrestaurants viel gegessen und getrunken und auf die baldige Eroberung Moskaus angestoßen, von der die gut Informierten zu wissen meinten, sie stehe unmittelbar bevor.«

Der 29. Juni 1941. Ein Tag ohne jede Ausrede. Wenn es wenigstens nicht warm und sonnig wäre. Wenn wenigstens nicht auch noch Peter und Paul wäre, der christliche Feiertag. Wenigstens.

Erst einmal öffnet Roza die Fenster und versucht, die Walzer beim Namen zu nennen, die von den Lastkraftwagen her die ganze Gegend mit Musik beschallen. Ah, Strauss! Sobald all dies vorbei ist, muss sie wieder einmal einen Abstecher nach Wien machen, diesmal mit der ganzen Familie, auch Mutter darf mit. Sie werden bleiben, solange sie Lust haben, zwei Wochen, vielleicht auch einen Monat, sie werden im Park von Schönbrunn spazieren gehen, Golda wird eine Geschichte über die Traurigkeit der Tiere im dortigen Zoo schreiben können, dem ältesten Zoo der Welt …

Und doch, was ist das für eine Zivilisation, die deutsche! Man kann sicher sein, dass seitens derart kultivierter Soldaten, die einem die Seele mit solch himmlischen musikalischen Akkorden entzücken, nichts Böses geschehen kann! Sie hat Lust zu tanzen, vollführt am Fenster eine Pirouette, reckt den Kopf hinaus, um möglichst viel von dieser Luft einatmen zu können, die prallvoll vom Flirren dieses Sommers ist.

Als sie verwundert feststellt, dass der Polizist vor dem Haus nicht mehr da ist. Heute wäre es die Schicht des sympathischen mit dem schmalen Schnurrbart, von dem man meinen könnte, er sei mit einem Tuschestrich gezogen. Was mag bloß mit ihm sein, es ist das erste Mal, dass er von seinem Posten verschwunden ist, ob ihm schlecht geworden ist? Sie hat ihm manchmal Tee und Kaffee gebracht, ihm Zigaretten gegeben, und wenn sie ihr Mittagsmal einnahmen, so ärmlich es in diesen Zeiten auch sein mochte, hatte sie ihn niemals vergessen.

Der Polizist hatte ihre Besorgnis wohl gespürt und kehrte eine Stunde später mit einer stattlichen Patrouille im Schlepptau zurück. In dem Durcheinander kann man die Uniformen nicht mehr unterscheiden, man weiß nicht mehr, wer Offizier und wer nur gemeiner Soldat ist, wer Rumäne und wer Deutscher ist, wer Polizist ist und wer Gendarm oder öffentlicher Gardist – soll sie doch alle der Gehörnte in seinem Frisiersalon föhnen und kämmen.

Doktor Oxenberg wird gebeten, ihnen zu folgen, er protestiert, er kenne den Herrn Oberst Chirilovici persönlich, aber das zieht nicht. Der Herr Oberst selbst hat den Befehl unterschrieben, Sie für ein kleines Gespräch zur Quästur zu bringen.

Roza überlegt, wer der Chef dieser Patrouille sein mag, ihr scheint, es ist der deutsche Soldat – wie stattlich der in seiner eleganten Uniform aussieht –, sie zieht ihn beiseite und zeigt ihm das rettende Schriftstück, auf dem deutlich zu lesen ist, dass sie leidenschaftlich und hingebungsvoll der deutschen Kultur dient, dass sie an der *Anthologie der rumänischen Erzählkunst* mitgearbeitet hat, die, in Ihre Sprache übersetzt, nach dem

Ende des Krieges ganz gewiss erscheinen wird, und weist ihn auf den überzeugenden Stempel des italienischen Konsulats von Iași hin.

Der Offizier lacht asthmatisch und zerreißt ihr Dokument in kleinste Fetzchen, worauf er ihr einen deutschen Stempel auf den Hals setzt.

Dies ist unsere wahre Kultur, Madame, wenn du dich ein klein wenig geduldest, zeige ich dir bald mehr davon!

Die Großmutter verlangt mehr Respekt, der Deutsche versteht kein Rumänisch, aber ein Polizist bemüht sich darum, sich zu seinem Wortführer aufzuschwingen. In seinem bessarabischen Dorftümpeldialekt teilt er der alten Frau mit, sie solle nun unverzögerlich und gleich Respiekten annehmen, was heißen soll, dass sie eine alte teufelsgeile Schachtel ist. Die Frau Klavierlehrerin Elisa Șoicaț – mit Respekt und schierer Bewunderung gar von Generationen von Schülern bedacht, ihr sind bei Konzerten vor Ministern, Senatoren und anderen Nobilitäten stehende Ovationen dargebracht worden – empfängt versteinert die ersten Ohrfeigen ihres Lebens, und diese stürzen sie aufs Kanapee und lassen ihr vom Leben angesäuertes Blut fließen.

Golda schreit und wirft sich an Großmutters Seite nieder, Jacques zittert, Roza legt ihm einen Trenchcoat um die Schultern, denn man kann nicht wissen, wohin sie dich bringen und für wie lange, mein Liebster, wiewohl es nach einem Missverständnis aussieht, in einer Stunde wirst du wieder zu Hause sein, das verspreche ich dir.

Tincuța kommt triumphierend aus dem Untergrund, den Arm voller Schärpen, Krawatten, Kissenüberzügen und roten, ja geradezu bolschewistischroten Höschen.

Seht her, was ich bei diesen bolschewikistischen Herrschaften gefunden hab!

Darüber hinaus ein paar verräterische Bände Jessenin, Gogol

und Tschechow, zwei, drei in zweisprachigen Ausgaben, nebst einem *Rotkäppchen* alias *Bolschewistenmützchen*. Und ein paar Partituren von Tschaikowski und Rachmaninow.

Der Mann aus Bessarabien platzt heraus:

Jaja, *krasiwo-krasiwo, balschoe spasiwa*, jetzt erst begreif ich, das heißt also, dass wir uns die Ärmel hochkrempeln und, den Bolschewiken am Hals, das Zeitliche segnen, während ihr euch mit ihm anfreundet. Jaja, mit ihm anfreundet, zusammen Schaschlik mit Sauerkraut esst, Wodka trinkt und Signale an die Luftwaffe sendet mit euren paprikaroten Unterhosen, russische Gedichte und Melodien in den Händen.

Der Deutsche erinnert sich mit einem Mal, dass er Mitglied in einem Stuttgarter Fotozirkel ist, er spürt die Intensität dieses Augenblicks und will sie nicht ungenutzt verstreichen lassen, also verlangt er ein Gruppenfoto mit der gesamten Familie. Golda wird ein rotes Höschen in die Hand gedrückt, Roza bekommt zwei Schärpen, die sie noch in den guten Zeiten in Paris erworben hatte, Jacques ein Taschentuch mit Monogramm und die Alte einen Band Jessenin und einen Tschechow.

Damit das Foto gelingt, werden Goldas Ohrringe, sie stellen den sechszackigen Judenstern dar, gewaltsam aus ihren Ohrläppchen gerissen. Tincuța ist ganz versessen darauf, denn das Sternchen stellt ihr eine Schneeflocke vor, die zu Weihnachten, unschuldig wie das Jesuskind, herabgeschwebt kommt.

Tincuța ist es auch, die sagt, halt, so geht das nicht, aus dem Foto kann nichts werden, denn der kleine Jud fehlt noch, der hat eine Bank, die Lev-Bank, und mit der saugt er das Blut des Volkes auf, der muss an Ort und Stelle abgeknallt werden.

Die Großmutter schreit, lasst das Kind in Ruhe, was heißt hier abknallen, der ist erst dreizehn Jahre alt, aber ein Nachbar, Emil Vivovschi, Schauspieler am Nationaltheater – wo der wohl herkommt? –, meint, dreizehn Jahre seien bei einem Juden ein ausreichend fortgeschrittenes Alter, ganz gewiss ein übertriebenes Alter, und weist die verehrte Patrouille darauf hin, dass der hier anwesende Herr Arzt ist.

Aber aufgepasst, er ist einer von jenen Ärzten, verzeiht mir das sündige Wort, ein »Fotzendoktor«, so nennen ihn die Nachbarn hier in der Straße mit dem bekannten künstlerischen Talent der Rumänen. Lacht nicht, denn er hat sich nicht auf seine jüdische Klientel beschränkt, sondern habgierig auch in den christlichen Bezirk ausgegriffen. Zu ihm sind unsere naiveren Frauen gebären gegangen und haben – Gott steh mir bei – die Beine auf seinem Tisch gespreizt. Er hat seine Finger in sie reingesteckt, bis in den Hals hinauf, und hat sie entehrt. Oje, wenn ich bloß daran denke, platzt mir schon der Kragen, ich bin mir sicher, der hat ihnen nicht nur die Finger reingesteckt, sondern auch den Strollermann, wenn wir offen und wie unter Männern darüber reden wollen. Der hätte schon lange erschossen gehört, was bestimmt auch geschehen wäre, wenn die Polizei und die Armee nicht verjudet gewesen wären.

Ein Militär aus der Patrouille interveniert beleidigt, mäßige deine Worte, Bürger, wir können deine Kränkungen verstehen, aber bis zu einem Punkt. Ohne Übertreibungen, wir beachten unsere Befehle, die einer höheren Logik folgen, die kannst du nicht kennen.

Der Schauspieler weicht zurück, Pardon, die anwesenden Personen ordnen sich der Ausnahmeregel unter, wissen Sie, ich habe selber einen Major gespielt in einem Stück, weiß auch nicht mehr, von wem das geschrieben war, aber ich habe richtig Szenenapplaus dafür gekriegt.

Jacques folgt dieser schlechten Theaterszene und erinnert sich, dass er auch dessen Frau operiert hat, sie hat mit einem Kaiserschnitt geboren, auch hat er ihr einen Nachlass bei seinem Honorar gewährt, wie unter Nachbarn, jetzt konnte man sehen, wozu dieser Nachlass gut war, sieh an, wohin Dummheit und Herrschsucht führen.

Von hinter der Tür erscheint nun auch die krumme Nase von Ilie, Tincuțas Süßer, der Levs Rippen mit dem Pistolenlauf abzählt, den hab ich im Keller in einer Kiste gefunden, er hatte diese Tasche voller Geld und Papierzetteln in den Armen.

Der Deutsche öffnet die Tasche und holt einen Packen perfekt gebündelter Banknoten heraus, jaja, da haben wir ja, womit wir heute Abend Schnaps und Bier trinken können, das wird zugunsten des Sieges über den Bolschewismus beschlagnahmt.

Der Junge zittert und bebt, lassen Sie mir das Geld, ich habe Unterlagen darüber, nur dass Ilie ihn mit der Rechten des Gendarmen bekanntmacht, die ihm Lippen und Wangen mit Borschtsch verschmieren, in deiner Mutter Allerheiligstem, Judenbengel, mickriger.

Lev ist der ängstlichste Heranwachsende der Welt, aber nur bis es ums Geld geht. Ohne weitere Überlegung umklammern seine Hände Ilies rechtes Bein, in das er hineinbeißt, als wenn es ein koscheres Stück Lebensmittel wäre.

Da mischt sich der bessarabische Polizist ein, der eine höchst löbliche Geistesgegenwart an den Tag legt, indem er das Porträt des Großvaters von der Wand reißt und dem Jungen wie einen Kragen um den Hals legt. Was für ein schönes Bild, könnte ein Kunstliebhaber sagen, schließlich kann man den Kopf des Enkels aus dem zerfetzten Hals des Großvaters herausragen sehen! Wie inspiriert der Künstler doch war, als er diese Metapher für die stetige Erneuerung der Generationen geschaffen hat! Vitalie Ciobanu ist der Künstler, ein Polizist, der sich vor einem Jahr aus dem russifizierten Bessarabien nach Rumänien zurückgezogen hat und nun bereit ist, jede Situation zu seinen Gunsten ausschlagen zu lassen.

Hast's verschissen, Fohlen, bist an den Gehörnten geraten! Lev ist ein mieser Russenname, wenn mich nicht alles täuscht!

Der Augenblick allgemeinen Aufklarens; die Dinge bekommen scharfe Konturen. Bevor Vater und Sohn begleitet vom Weinen der Großmutter und ihrer Enkelin aus dem Haus geschafft werden, zieht Roza Lev zur Seite und ermutigt ihn:

Hab keine Angst, Lev, es dauert nur ein paar Sekunden!

Im Juni 2001, wenn in Iași das Symposion »Sechzig Jahre seit dem Pogrom vom 29. Juni 1941« stattfinden wird, werden die Zeugnisse der Überlebenden erweisen, dass diese Ertüchtigungsformel schier simultan von allen Müttern jener jungen Männer ausgesprochen worden war, die zur Quästur gebracht wurden:

Hab keine Angst, Lev-Hugo-Haim-Itzig-Avram-Iancu-David, *es dauert nur ein paar Sekunden*!

Hugo Rossman – berühmter Professor am politechnischen Institut Iași – werden diese »in entschiedenem Tonfall und ohne dabei eine Träne zu vergießen« ausgesprochenen Worte seiner Mutter sein ganzes Leben lang verfolgen.

Rozas Haltung und Rozas Stimme. Die Haltung und die Stimmen aller jüdischen Mütter der Stadt.

Schließlich gehen Jacques und Lev davon, in ihre spätherbstlichen Mäntel gekleidet und immer wieder grob angerempelt. Der deutsche Militär geht als Letzter und zwinkert Roza zu, warte ein bisschen, *Liebes*, ich hab dir etwas Wichtiges zu sagen, in spätestens einer Stunde bin ich wieder zurück mit Neuigkeiten.

Roza bleibt, verbindet ihre Mutter, verbindet die Tochter, ordnet ihre Gedanken. Was ist das alles? Was geschieht eigentlich am Tag der christlichen Heiligen Peter und Paul in der Stadt? Das würde sie Carol Drimmer gerne fragen, aber das Telefon hat keinen Atem mehr. Aus dem Haus zu gehen wäre reiner Selbstmord.

Durch das Fenster kann sie sehen, wie die Juden gruppenweise mit den Gewehrkolben zur Piața Unirii geschubst werden. Damit sie die Arme hochrecken, werden sie mit den Sporenspitzen der Bajonette an den Rippen gekitzelt. Manch einer hat ein rotes Fähnchen in der Hand, damit, so scheint es, haben sie mit den behaarten Bolschewiken paktiert. Eine Frau geht von Gruppe zu Gruppe, sucht ihren Mann oder Sohn. Sie verursacht einen seltsamen Krach, hat nicht gemerkt, dass ein paar Teufelskinder, von ihren Eltern aufgehetzt, ihr ein Blechstück an den Rocksaum gehängt haben.

Die Christen auf den Bürgersteigen haben ihren Spaß. Judenwitze halten sie bestens bei Laune. Sie buhen, wenn einer strauchelt. Sie zielen mit ihren Scherzen auf ihn und mit Münzen; hier, damit ihr genug kriegt vom Geld. Wer einen Rabbinerbart trifft, kriegt zehn Punkte, für eine lange Schläfenlocke gibt es bloß fünf. Aber bei der Endabrechnung zählen auch die.

Es ist Sonntag, es ist Feiertag, wie an einem heiligen Wahltag für die Abgeordnetenkammer. Die Walzerklänge bezeugen, dass, wer gestern gestorben ist, sich um einiges gebracht hat. Es ist gut, sehr gut ist's für die, die Jesus gewählt haben. Wenn es schon zum Kreuzzug kommt, dann soll es auch ein echter Kreuzzug sein.

Rozas einzige Chance ist der deutsche Militärangehörige; ohnehin schien er der Hellste in dieser Rotte gewesen zu sein. Ob er, wie versprochen, zurückkehren wird? Kann man sich heute noch auf die deutsche Zuverlässigkeit verlassen?

Der Deutsche kommt zurück, er ist ein echter Deutscher. Bei seinem letzten Versuch einer amourösen Eroberung hatte das Mädchen nach dreimonatiger Belagerung ihm mit der Taktlosigkeit, die nur junge Frauen haben können, vor den Latz geknallt:

Leider halte ich eine physische Annäherung zwischen uns beiden nicht für möglich.

Sie war eine blonde Hopfenstange, die in einem Bierlokal bediente. Er konnte sich auch jetzt noch nicht erklären, warum er sie nicht erschossen hat. Ihre Worte sollten dem Biologiestudenten Hans-Rüdiger jedes Mitgefühl für das andere Geschlecht austreiben. Der Krieg ist eine wunderbare Sache. Dank des Krieges wird er genug Frauen kriegen. Ohne Zahl, ohne Mitleid.

Er kommt inmitten der Patrouille zurück. Weiß, was er zu tun hat. Er schließt die Großmutter und die Enkelin in eine Kammer. Geht als Erster mit Roza ins Schlafzimmer. Die Jüdin wehrt sich nicht. Sanftmütig entkleidet sie ihn, bewundert die perfekten Proportionen des antiken Helden, wie geschaffen, den Künstlern Modell zu stehen für unsterbliche Skulpturen und Bilder, küsst ihn an den unvorstellbarsten, den entlegensten Stellen und treibt ihn bis hin zum Kehlsteinhaus, damit er Hitlers Adler begrüße, Blondi, Hitlers Hund, Eva Braun, Hitlers Frau, und auch Hitler selbst.

Umsonst hofft sie, der Deutsche werde der Einzige sein. Nach ihm kommt Ilie herein. Roza ist verlegen, beschämt, entsetzt. Ilie beherrscht das Handwerk der körperlichen Liebe von Tincuța. Er stößt die Jüdin aufs Bett, dreht sie auf den Bauch und haut ihr kräftig mit der flachen Hand auf den Arsch. Aber das Fleisch gerät damit nicht in Tanzbewegungen, wie er es sich in den schlaflos langen Nächten vorgestellt hatte. Er will sich ihm nicht erheben, hat offenbar zu viel getrunken. Steckt er ihr eben die Finger rein, aber er weiß, dass die Feuchtigkeit nicht ihm gilt, die ist noch vom Deutschen hier übrig geblieben. Roza schweigt und wartet, während Ilies Verstand ihm einen obergeilen Einfall ausbrütet. Er setzt ihr das Hütchen auf den Kopf, steckt ihr eine Zigarette so in den Mund, wie er sie auf der Doina-Packung gesehen hatte, und konstatiert mit Genugtuung, dass sich die Situation zu seinen Gunsten wendet. Hinter der Tür sind Ermutigungsrufe zu hören:

»Noch ein Stück, Stück, Stück,
Noch ein Stück, Stück, Stück,
Und schon ist die Fotze wundgefickt!
Ach, viel süßer ist die Muschi
Als der Papa und die Mutti!«

Der Bessarabier, der Polizist mit dem Schnurrbärtchen, der rumänische Heeresoffizier und die beiden Soldaten aus der Patrouille erraten am Gestöhne, dass das Schwein seine Eichel gefunden hat. Sie drängen herein, schreien und erneuern ihre Kräfte aus einer Flasche Rum. Sie zwingen auch sie zu trinken. Wieder taucht wie aus dem Erdboden hervorgeschossen der Künstler dieser Szene auf, Emil Vivovschi, und will nun selber auch an dem kulturellen Moment teilhaben, der diese einzigartige Bedeutung für ein glückliches Geschick des Landes besitzt.

Runter mit den Hosen und alle ran ans Loch!

In einem Gefühl geeint, benetzen sie den Acker mit ihrem Samen – für die Zukunft Großrumäniens. Sie zwingen Roza, Zigarette an Zigarette anzuzünden und stilvoll zu paffen, eben wie auf den Doina-Packungen, denn »die moderne Frau raucht«.

Der Deutsche betrachtet dies entzückt und fragt sich, ob das Licht für ein Foto ausreicht. Dann macht er den Vorschlag, dass er und sein rumänischer Offizierskamerad gleichzeitig in die dreckige Judendame eindringen, und zwar in die verschwisterten Körperöffnungen, ebenso wie die verbrüderten rumänisch-deutschen Truppen Schulter an Schulter in das feindliche Russland eindringen. Der rumänische Offizier nimmt den Vorschlag erfreut an:

Soldaten, ich befehle euch: Überquert den Pruth!

Rozas Lunge schmerzt, das Becken will ihr auseinanderbrechen, die Körperhöhlen brennen, ihre Beine versagen ihr den

Dienst, alles schmerzt, alles. Sie schluckt den Rum, damit es ihr vergeht. Gibt sich hin. Denen, dem Willen des Schicksals. Qualm ist und gute Laune, gesungen wird und gezecht. Ilie quiekt:

Manneh, bei uns in Belcești heißt's, wer eine Wittib fickt, muss eine Kirche baun'.

Gemach, Mann, die Madam da, die ist doch keine Witwe!

Die wird es unverzüglich sein!

Sie lachen, dass das Bett zusammenkracht. Und es bricht tatsächlich.

Auch sind sie viel zu beschäftigt, als dass sie Golda sehen könnten, wie versteinert steht sie im Türrahmen. Sie war in dem Kämmerchen durch das Fenster geschlüpft, um für Großmutter die Medikamente zu holen. Der alten Frau war übel geworden, und dann war sie in Ohnmacht gefallen. Das Mädchen hatte den Lärm gehört und geglaubt, Vater und Lev seien nach Hause zurückgekehrt.

2

Wir machen einen Abstecher nach Paris, mit Ben und den Kindern. Es ist Oscars Geburtstag. Er soll den Ort sehen, an dem er gezeugt wurde. Er möchte ins Disneyland. Ich nehme auch das Mädchen mit. Ich schaue sie an, und das Herz wird mir schwach. Sie ist zerbrechlich wie ein Mäuschen aus Kandiszucker. Auf den Kopf habe ich ihr einen Springbrunnen aus Haaren montiert.

Wir sitzen alle zusammen auf einer beheizten Terrasse am Fuße von Montmartre. Der März ist ein *Second-hand*-Februar. Die Kinder spielen *Pâtissier*-Duell. Sie haben Salzstangen in den Händen und kreuzen sie. *Touché*, ruft Oscar, wenn er seiner Schwester einen Stich versetzt. Die Salzstangen halten das nicht durch, es braucht neue. Wer gewinnt, darf sie verzehren. Oscar gewinnt.

Ich lache mit ihnen. Ben liest im *Paris Match*. Manchmal vergisst er, dass er einer der extrem wenigen Juden ist, der nicht eine einzige Fremdsprache kann. Aber vielleicht begreift er ja nichts als die Fotos. Ich schaue auf das Kartoffeltrumm mitten in seinem Gesicht, als betrachtete ich eine Kartoffel bei McDonald's. Ohne jede Romantik. Nicht einmal die Vergangenheit ist, was sie mal war. Ich bin angesäuert. Zu Oscars Geburtstag hat er ihm ein samtenes Armani-Sakko gekauft. Neu, für 2300 Euro. Da ich nicht gestorben bin, als ich den Preis hörte, werde ich ein langes Leben haben.

Nach zwei Tagen schließen sich uns Takafumi und Madame Ligia Palade an. Sie sind glücklich. Normal. Dafür hat man Paris errichtet. Sie umarmen uns. Es fehlt nicht mehr viel, und wir müssen einen Notdienst anrufen und uns aus ihrer Umklammerung befreien lassen.

Nachmittag, Oscar und Rachel schicke ich in der Obhut einer Demoiselle, die eine multinationale Kinderherde zu hüten hat, ins Disneyland. Sie selbst ist das Ergebnis einer nur schwer zu entschlüsselnden Kreuzung: vermutlich ein thailändischer Mann mit einer Gnu-Antilope.

Ben und Takafumi gehen sich Karten für das Moulin Rouge kaufen. Sie haben nicht im Sinn, Paris zu verlassen, ohne sich am Zauber etlicher Euro-Titten betört zu haben.

Frau Palade passt den richtigen Moment ab, um mir einen unvergesslichen Spaziergang vorzuschlagen. In ein Freilichtmuseum. Wie wäre ich sonst in den Père-Lachaise-Friedhof gelangt?

Sie hält mich am Arm und erzählt mir vom großen Schriftsteller Mihail Sadoveanu. Der aufbrausenden Leuten lange Spaziergänge durch den Friedhof empfahl. Du siehst, wie die Toten daliegen, aufgereiht wie Bücher in den Regalen, und wirst toleranter. Was auf uns nicht zutrifft. Wir sind schon zu tolerant. Wir lachen.

Wir schauen uns die Bücher in den Regalen mal an. Dort der fette Balzac, drüben der schmale Oscar Wilde. Schau, auch La Fontaine mit seiner lächerlichen Perücke. Auch werde ich Antoine Parmentier nicht verfehlen können, den Apotheker, dem die Kartoffel ihren europäischen Siegeszug verdankt. Er hatte am Königshof massiv Lobbyismus betrieben, und Ludwig XVI. hat die Nase gerümpft. Aber er hat sich das Knopfloch mit Kartoffelblüten zugesteckt. Eine Übertreibung, wie sie typisch ist für Könige und Vorschulkinder. Meine Rachel hätte das Gleiche getan. Oscar nicht, der ist viel kühler. Er kann sich nicht vorstellen, dass die Mädchen über ihn lachen könnten.

Auch Jim Morrison sollte nicht vergessen werden, der Sänger der Doors.

Singst du nun mit engelsgleicher Stimme, Jim?

Jim antwortet mir mit der Stimme eines nachgeholten Entzugs:

Auch die Nachwelt ist nicht mehr, was sie mal war, Suzy. Vielleicht wäre es angebrachter, Nachbar Chopin nach den Engeln zu fragen. Weißt du, die Nachwelt bringt einen mit ihrer Langeweile um. Wenigstens habe ich neue Freunde gewonnen. Wir treffen uns hier eben wie unter Jungs. Eine Bratkartoffel, eine Pulle Whisky, ein afrikanisches Nasenloch voll Kokain. Wir beseelen den Friedhof hie und da mit einem Lagerfeuer. Damit Parmentier ein paar Kartoffeln braten kann. Und Wilde seine Paradoxa loswird. Und La Fontaine sich mit einer Fabel hervortun kann. Zusammen mit Chopin und Enescu sortieren wir alle in musikalische Nester ein. Auch streiten wir hin und wieder, schließlich prägten uns unterschiedliche Mentalitäten. Aber in neun von zehn Fällen gelingt uns ein ganz anständiger Gesang. Balzac, am Rande stehend, fließt der Speichel. Er ist altmodisch. Und gebläht.

Madame Palade schreitet auf ihre ureigene *Vintage*-Weise. Im Gehen wirft sie mir eine Strophe aus Jessenin hin. Zuerst auf Russisch, dann Rumänisch. Dafür liebe ich sie: Sie bringt mich dazu …

»Fall nicht, Stern, mein Stern, bleib oben,
schick das kalte, schick das Licht.
Nahe sieh, die Kirchhofspforte –
Tote Herzen schlagen nicht.«

Haben Sie es übersetzt?

Nein, nicht ich. Unser Iaşier Mitbürger George Lesnea. Er ist der erste Übersetzer Jessenins. Er ist der Meister. Auf ihn folgt nichts als weite Ödnis.

Sie erzählt mir vom schönsten Nachwort zu einem Jessenin-Band. Es ist 1937 von Ionel Teodoreanu geschrieben worden. Sie weiß, dass Ionel Teodoreanu mein Großmeister ist. Er wohnte in der Pension Wagner in Cheile Bicazului. Auch Mihail Sebastian war dort, der »gute und fröhliche Kammerad«. Der an seinem Stück *Das Ferien-Spiel* arbeitete. In dem die Pension Wagner als Pension Weber auftauchen sollte. Der Ort der Handlung.

Eines Abends, so Teodoreanu in seinem Nachwort, tauchte aus dem Dunkel heraus George Lesnea auf. »Mit allem Dreck der Karpaten an den Stiefeln.« Und hat ihnen »dann und mit einem Mal« Jessenin-Gedichte vorgetragen. Begonnen hat er mit dem »Gesang der Hündin«. Die anderen hockten um das Lagerfeuer und hörten ihm zu. »Samt und Flötentöne hatte er in der Stimme, Peitschensirren und Knirschen und manchmal auch den Kranichruf.« Dann hat er »Der Fuchs« rezitiert, und alle wussten sie, dass »Lesnea aus Russland ein Mioriţa-Küken« mitgebracht hatte. Wofür wir auch heute noch Zollgebühren entrichten. Auch haben sie gespürt, »dass in allem, was zu schön ist, eine herzzerreißende Trauer steckt«.

Lesnea hat die Gedichte ins Feuer geworfen und ist in die

Nacht verschwunden, »die Seele saß ihm wie ein Falke auf der Schulter«. »So ist seinerzeit Villon aus Paris verschwunden.« So ist Teodoreanu vor dem Krieg aus Iași verschwunden. So ist Ligia Palade ebenfalls aus Iași weggegangen, hin zu Takafumi. Morrison hätte seine Freude daran gehabt, wenn er Lesnea kennengelernt hätte. Und Ionel Teodoreanu. Und Frau Professor. Mich kannte er gut. Und Jessenin ebenso.

Ich fühle mich wie früher. Verzaubert. Und erinnere mich an einen Spruch von Joe. Dass nur der ein echter Mann ist, der es versteht, alles in einer Frau aufzuweichen.

Morrison, Jessenin, Lesnea, Teodoreanu. Echte Männer. Mit einer Hervorhebung des Letzteren, wie ich an anderer Stelle schon festgehalten habe.

Das Bistro Père Lachaise, wo es einen betörenden Cocktail gibt. Jedes Jahrhundert hat so seine eigenen Tropfen. Es kommt auf die Mischung an. Aber am nächsten Tag hast du keine Kopfschmerzen, nur die Seele tut weh. *Pour les connaisseurs*.

Wir gelangen in die Tussen-Abteilung. Den Post-mortem-Tussen eignet die Illusion der Ewigkeit. Ruhestätten, gekauft von den reichen Männern der Welt. Wem wäre es denn nicht recht, für alle Ewigkeit an der Seite der Stars zu ruhen?

Wie gut, dass ich nicht laut gedacht habe. Frau Professor unterrichtet mich:

Weißt du, Duschenka, mein Seelchen, mir wird nicht vergönnt sein, in der Nachbarschaft von Ion Creangă zu liegen.

Wie bitte???

Ich sehe mich genötigt, meine Ruhestätte auf dem Ewigkeits-Friedhof bei uns in Iași zu verkaufen. Wo sich das Grab von Creangă befindet.

Ich würde Ihnen ja helfen, den Grabplatz zu verkaufen, aber meine Spezialität sind *Second-hand*-Kleider. Warum wollen Sie ihn verkaufen, sind Sie zu der Schlussfolgerung gelangt, unsterblich zu sein?

Unsterblich ... Sieh dich doch um. Die Gräber sind voll mit Unsterblichen.

Und dann?

Takafumi hat mir zu meinem letzten Geburtstag ein romantisches Geschenk gemacht. Er hat zwei Plätze im Père Lachaise gekauft.

Ich beneide Sie. Wollen Sie mir etwas versprechen?

Was du wünschst.

Tragen Sie Morrison hin und wieder etwas von Jessenin vor. Auf Russisch.

Das verspreche ich. Aber vielleicht kommst auch du dann um einiges später. Dann lassen wir ein paar tolle Abende steigen. Musik und Poesie. Vielleicht auch mit Tanz.

Ich tanze nicht gerne.

Ich decke dich. Weißt du, auf dem Père Lachaise gibt es auch ein jüdisches Revier. Auch die Familie Rothschild unterhält hier einen Ruhesitz. Eine Menge Barone und Baronessen, gute Gesellschaft. Vielleicht veranstalten wir auch mal einen Maskenball. Warum eigentlich nicht?

Es gibt auf der Welt ein paar weise Schmuggler, die behaupten, es gebe nichts Zufälliges unter der Sonne. Sie sind sich dessen sicher. Das hat ihnen Gott persönlich versichert. Der ihnen auch den Entwicklungsplan für den Planeten erklärt hat. Dort oben ist alles vorausbedacht. Jedes wichtige Ereignis ist Teil eines himmlischen Projekts.

Damit bin ich nicht einverstanden. Im Gegenteil, ich sehe allenthalben nur die Hand eines Flickschusters. Er nennt sich Chaos. Ein Schneider, der mit einer gefälschten Singer-Nähmaschine anscheinend neue Kleider anfertigt. Wozu er alte und gebrauchte Lumpen benutzt.

Ich halte die Verbindung zu dem Historiker Sever. Mich interessiert jedes neue Resultat seiner Arbeit. So gesehen, bin ich jüdischer als alle Bernsteins zusammen. Sever schickt mir per E-Mail Kopien der Dokumente, die er in den Archiven findet. Er schickt mir Bücher. Und die Erklärungen der Ehefrauen und Mütter jener, die beim Iaşier Pogrom niedergemetzelt worden sind. Immerzu schickt er mir etwas.

Dieser mürrische Mann holt unangenehme Wahrheiten ans Tageslicht. Die Historiografie zerschlägt in der nationalen Vitrine wertvolle Kristallgefäße. Der Patriotismus, entworfen, um ewig zu strahlen, wird zu Blech. Jahrzehntelang war die Verantwortung für das damalige Gemetzel verlogenerweise den Nationalsozialisten zugeschoben worden.

Aurel Kareţki und Maria Covaci sind zwei Historiker, die unter der Fahne der Rumänischen Kommunistischen Partei geschrieben haben. 1978 ist im Politischen Verlag ihr Buch *Die blutigen Tage von Iaşi* erschienen. Und sie begnügen sich nicht damit, auf Seite 45 ihres Buches eine fiktive Person zu erschaffen. Sie lassen sich gehen und erfinden gleich eine ganze Gruppe fiktiver Personen. »Eine SS-Abteilung, deren Kommandostelle sich in einem Gebäude auf der Strada Ştefan cel Mare befand«, und die sich mit der Vorbereitung des Pogroms beschäftigte. So behauptet es das glückliche Historikerpaar. Die vergehende Zeit befördert Fiktionsbildungen.

Lügen. Das *copyright* für das Pogrom liegt bei den rumänischen Behörden. Um seine Umsetzung haben sich Militärs, Polizisten und Gendarmen gekümmert. Die Legionäre, die lange auf solch eine Gelegenheit gelauert hatten. Und ein Teil der christlichen Stadtbevölkerung, aufgehetzt vom Gebell der Propaganda. Es hatten sich auch Deutsche an dem Gemetzel beteiligt, aber nur vereinzelt. Schließlich waren sie nicht so töricht, sich das Vergnügen zu versagen, ein paar Juden aufzuschlitzen. Und ein paar Jüdinnen zu vergewaltigen. Sie kannten sie auswendig, nun war es an der Zeit, sie sich auch von innen anzuschauen. Jüdische Ansichten, gewonnen im Licht der Vagina.

Wer kann heute denn noch genau angeben, was geschehen ist und wie!? Die Geschichte trägt Schminke auf wie die Weiberwelt. Man kann ihre Züge nicht mehr unterscheiden vor lauter Cremes und Farbstiften.

Alles geschieht zufällig.

Es war ein Zufall, dass ich im vergangenen Jahr zu einem Blitzbesuch nach Bukarest kam. Zufällig gelangte ich auf den Boulevard Ion Mihalache. Zufällig stand ich plötzlich vor dem Eingangstor zum jüdischen Friedhof. Es war ein Zufall, dass ich mir sagte, da gehe ich jetzt kurz hinein. Für Iosif Sava, meinen Landsmann aus Iași. Der mir die Noten der Liebe für die symphonische Musik beigebracht hat. Durch seine Radiosendung *Einladungen der Eutherpe*, die sonntags von dreizehn bis vierzehn Uhr ausgestrahlt wurde. Wenn Mutter uns Nutria in Weinsauce zubereitete. Und Vater im Unterhemd, durch dessen Löcher seine grauen Haare quollen, und in etwas angerissenen Unterhosen durchs Haus tigerte. Während mein Bruder sich redlich mühte, die Fernsehantennen zu stören, mit denen die Nachbarn russische Sender empfangen konnten.

Iosif Sava. In seiner Geburtsurkunde Iosif Segal. Namensvetter mit Marc Chagall. Auch der war als Segal geboren worden. Marc Chagall, Moishe Segal.

Die unverwechselbare Stimme des Iosif Sava trug mir das Herz auf ihren Baritonklängen davon. Ich setzte mich auf eine Steinbank. Nahe am Friedhofstor, bei der Kapelle. Die Beine, meine vitalen Waffen, taten so, als wollten sie mich verraten. Ich hatte kaum etwas durchgeatmet, da sah ich an der Rückenlehne der Bank ein Foto, ein Porträt im Halbprofil. Ein Kopf und Haare mit glatzenhaften Desertionen, dass man meinen konnte, der Abgebildete sei der Schauspieler Paul Giamatti. Darunter eine kleine Schrifttafel. »Zur Erinnerung an unseren lieben Rechtsanwalt George Altein – Gherșin Ben Aron – von den faschistischen Banden am 29. Juni 1941 im Todeszug Iași–Podu Iloaiei ermordet«.

Die Bank war kalt wie ein Stapel Leichen. Ich habe meinen Handschuh ausgezogen, damit ich die von einer beginnenden Glatzköpfigkeit erhöhte Stirn streicheln konnte. Wie mag deine Geschichte wohl sein, Mann? Wer hat dir die Fahrkarte für den Todeszug ausgestellt? Warum hast du keinen Platz am Fenster gekriegt. Weil du klein und schmächtig warst?

Ich wusste, dass diejenigen, die einen Platz an den Außenrändern der Waggons ergattern konnten, überlebt hatten. Die Kräftigen mit den geäderten Armen. Allein sie hatten das Recht auf Atemluft bekommen. Atmeten an den hermetisch von den Bahnangestellten in die Wände gehauenen horizontalen Luftlöchern. Die sich damit vergnügten, dass sie mit ihren Rad-Prüfhämmern jüdische Köpfe einschlugen. Niemals hat ein Bahnbediensteter gewusst, warum mit den Hämmern an die Räder geschlagen wurde.

Zufällig ist auch Freund Sever in Frankreich. Bei einer Tagung in Montpellier, auf der er einen Vortrag über die schon erwähnten Massengräber halten muss. Die in Pădurea Vulturi neben der Gemeinde Popricani etwa zehn Kilometer von Iași entfernt entdeckt wurden.

Er kommt extra nach Paris, um mich zu treffen. Wir sind Freunde. Er hat seine übliche Tasche dabei, ein Geschenk von mir. Weiß nicht, dass es *Second-hand*-Ware ist. Hat auch seine ernste Miene. Auch die legt er nicht ab. Wir setzen uns in ein Café bei der Sorbonne. Er holt ein paar Dokumente aus der Tasche. Für mich. Auf ein paar Seiten die Erklärung einer Pogrom-Witwe.

Zufällig ist sie die Witwe von George Altein. Dem mit der Bank auf dem jüdischen Friedhof in Bukarest. Die Frau hatte die Geschichte ihres Mannes aufgeschrieben. Ihr Haus stand in Iași an der Straßenecke Vasile Conta und Nicolae Gane. In einem Gebäudeteil befanden sich schon seit dem Juli 1940 die Büroräume und der Wohntrakt des italienischen Konsulats. Der Konsul, Augusto Santorio, war ein Aristokrat. Am 22. Juni 1941 hat der Krieg begonnen.

George Alteins Frau schreibt: »Mit dem Beginn der militärischen Operationen schlief der Konsul nachts nicht mehr im Konsulat, sondern auf dem Weinberg der Familie Filiodoni, der sich in Bucium befand.« Bucium ist ein Berg jenseits der Stadtgrenze. Ein paar Tage vor dem Pogrom »hat uns der Konsul eindringlich empfohlen, auch abzureisen, jedenfalls mein Mann, unsere Tochter und ich, und sei es auch nur vorübergehend, und uns nach Bucium zu begeben; und auf den Widerstand meines Mannes hin, der behauptete, seinen alltäglichen Aufgaben in Iași nachgehen zu müssen, bot der Konsul an, ihn jeden Morgen in die Stadt zu fahren und abends wieder mit hinaus zu nehmen, und dies im Fahrzeug des Konsulats. Wir haben dies abgelehnt, weil wir uns nicht dazu durchringen konnten, das Haus unbeaufsichtigt zu lassen.«

Dieser Verzicht kommt sie teuer zu stehen. »In der Nacht vom 28. auf den 29. sind wir alle beim einsetzenden Luftalarm in den Keller des Hauses vis-à-vis gegangen, zur Familie Packer. Dort ist dann der eine oder andere kurz hinausgegangen, nachsehen, was draußen geschieht, und so haben wir erfahren, dass die rumänischen Soldaten neben unserem Haus ein Maschinengewehr postiert hatten und schossen. Etwas später kam eine rumänische Militärpatrouille unter dem Kommando eines Offiziers in unseren Unterstand. Er fragte, wer der Eigentümer unseres Hauses sei; mein Mann hat sich dazu bekannt, worauf ihn der Offizier bat, mit hinauszukommen. Als er hinausging, konnte er sehen, dass in einem Nachbarhof schon ein paar Juden versammelt waren. Die Soldaten der Patrouille malträtierten meinen Mann mit der Begründung, vom Dachboden unseres Hauses sei geschossen worden. Selbstverständlich hat, was auch immer geschehen sein mochte, in unserer Abwesenheit stattgefunden, als wir uns längst im Kellerraum befanden.«

Ich seufze. Wie sachlich die Worte der Witwe klingen. Auf der Schreibmaschine getippt, und zwar am 7. Januar 1984. »Malträtiert«. Was mag sich unter diesem »malträtiert« verbergen? Mit dem Gewehrkolben eingeschlagene Zähne? Ein zertrümmerter Kiefer, sodass man sich monatelang nur mit Säften ernähren kann? Stiefeltritte, die zu Rippenbrüchen oder lediglich angebrochenen Rippen führen? Was dann nur ein halbes Jahr dauert, bis es verheilt ist. Und in der Zeit kann man weder richtig atmen noch lachen oder seufzen?

Die Frau hatte noch notiert, dass sie gegen Morgen alle zur Quästur getrieben wurden. Wo allein sie und ihre Tochter freikamen. »Weder auf dem Weg dorthin noch dort selbst habe ich deutsche Militäreinheiten agieren gesehen.«

Rechtsanwalt Altein blieb in Gewahrsam. Er überlebte das Massaker im Hof der Quästur, wo jeder Neuankömmling mit Knüppelschlägen auf den Kopf empfangen wurde. Er überlebte auch das Maschinengewehrfeuer. Sie haben einfach in die Menge geschossen, nachmittags um fünfzehn Uhr.

Am Morgen des 30. Juni wurde er mit den anderen Juden in einen der 27 Waggons des Zuges Iași–Podu Iloaiei verladen. Drei weitere Waggons wurden mit den Leichen derer beladen, die im Laufe der Nacht schon erledigt worden waren. Der Zug war um sechs Uhr früh abfahrbereit, aber er fuhr erst zehn Minuten nach elf los. Die Waggonböden waren mit einer Schicht Viehdung und einer Schicht ungelöschten Kalks bestrichen worden. Damit sie im Verbund mit der Sommerhitze ihre Wirkung entfachten.

Am gleichen Tag ist Santorio nach Iași zurückgekehrt und »hat entsetzt zur Kenntnis genommen, was uns geschehen war«.

Und sogleich ist der Konsul mit dem Auto dem Zug hinterhergefahren. Zusammen mit Valfredo de Bonzo, dem Kommandeur der italienischen Truppen. Und mit Curzio Malaparte, dem Kriegskorrespondenten der italienischen Presse.

Alles, was sie bei ihrer Rückkehr mitbrachten, war der Totenschein für die Witwe. Und Stoff für einige Kapitel in Malapartes Romans *Kaputt*. Wo der Konsul Sartori heißen wird.

Kapitel, die der Regisseur Radu Gabrea für seinen Film *Grubers Reise* nutzte, der 2009 in die Kinos kam. Und in dem der Rechtsanwalt Altein als Gruber, Facharzt für Allergologie, auftaucht.

Im Flieger zurück nach Washington, D.C. vergegenwärtige ich mir diese Geschichte noch einmal. Vor Mitleid mit der Frau bricht mir schier das Herz. Ihre Worte sind dermaßen trocken. Im Jahre 1949 wurde sie zur Kriegswitwe erklärt. Mit Rentenzahlungen beginnend mit dem 29. Juni 1941. Witwe Nr. 1082.

Um ihre Rente beziehen zu können, verlangte ihr der neue Blechpatriotismus einen letzten Preis ab. Resultat einer – wirtschaftlichen und historischen – vom Kommunismus durchgedrückten Hinzufügung. Sie musste lügen auf dem Marmortäfelchen, auf dem sie ihren Mann beweinte. Auf der Steinbank im jüdischen Friedhof von Bukarest, wo ich mich hingesetzt hatte, auszuruhen. »Von den faschistischen Banden ermordet«. Von faschistischen Banden, also von einem Unfall unserer Geschichte.

Ben will mich aushorchen:

Wer ist der, den du in Paris getroffen hast? Was hat er dir zu lesen gegeben, dass du derart gedankenverloren bist? Hast du etwa einen anderen, ich meine, einen *lover*?

Fuck you, mit deinem *lover*, du Dummkopf! Er ist eifersüchtig.

Genau in dem Augenblick, im Flieger nach Washington,

D.C., ist mir danach, ihn eigenhändig umzubringen. Der Gedanke, mit einem Döskopf verheiratet zu sein, schmerzt mich.

Mein Mann kommt mir vor wie ein Tumor, der mir auf dem Hirn sitzt.

Und einer auf dem Herzen.

3

Golda hatte noch keinen nackten Mann gesehen, lediglich bei den griechischen Statuen in den Kunstalben hatte sie so etwas schon gesehen. Wo es nicht eben übel aussah, aber auch nicht gerade schön, jenes Organ in seinem schläfrigen Zustand, der einem neugierigen Mädchen überhaupt nichts sagt. Sie wusste das Entscheidende über die Sexualität, jedenfalls auf poetische Weise, und sie hatte gesehen, wie herzhaft über den Witz gelacht wurde, die Liebe sei ein von den Juden erfundenes Wort, um das umsonst zu bekommen, was man im Bordell oder an der Straßenecke nur gegen Geld haben kann. Verträumt sah sie im Kino, wie die Lippen der Frauen in denen der Männer vergingen, aber wie sich die Dinge weiter zutrugen, wenn der Kuss an sein Ende gelangt war, gehörte in den Bereich der Vorstellungen.

Stets den Markt und dessen Signale im Blick, hatte Lev ihr ein paarmal angeboten, zu wechselnden Tarifen, seinen Pimmel zu entblößen, aber jenes kümmerliche Würmchen, das da recht scheu auf dem Eiersäckchen saß und fürchtete, es könnte eine Eierschale platzen lassen, war nicht in der Lage, sie aufzuklären. Einmal verlangte Lev tausend Lei von ihr – Geld, das sie von Herrn Drimmer anlässlich des Hanukkah-Festes geschenkt bekommen hatte –, um sein Würmchen aufzuwecken, und dann konnte Golda das magische Ding bestaunen, das die Frauen schon seit der Erschaffung der Welt in seinen Bann schlug. Ordentlich gestreichelt und aus den geheimen Kanzleien des Hirns stimuliert, schwang sich das Würmchen frech auf und reckte dem Publikum seine Tänzerbrust entgegen. Wie energiegeladene Kastagnetten taten sich nun auch die Kugeln im Sack hervor, allzeit bereit, aus den Kulissen heraus den Bühnenauftritt des Maestros zu unterstützen.

Die Distanz zwischen Levs engelsgleichem Schwänzchen und den großkopfigen, eingefetteten und auf Haufen gekrempelter Wolle ruhenden Spießen, jener, die ihre Mutter würgten und erdrückten, erwies sich für Golda als unüberwindlich. Der mit schmutzigen Haaren geschmückte schmale Streifen, der die schier viereckigen Hinterbacken des bessarabischen Polizisten voneinander absetzte, Ilies krumme und knotige Beine, der Furunkel am Oberschenkel des deutschen Offiziers, der jederzeit aufzuplatzen drohte, die verrückt in Herrn Vivovschis Hodensack schaukelnden Eier, die kurz davor schienen, sich zu lösen und in einem ekligen Omelett auf dem Fußboden zu landen, Mutters weißes Fleisch, immerzu von einem dieser geräucherten Muskel aufgespießt, die ständig wechselten, der Schweißgeruch vermengt mit atemberaubendem Tabakqualm und ordinärem Schnapsgestank, all dies zersetzte ihr die Seele und mündete in einen Hass, der sich gegen die ganze Welt richtete.

Nein, nicht auf so etwas hin führten die Küsse, die sie hingegeben auf der Leinwand des Trianon betrachtet hatte; dies konnte nicht die traumhafte Verschmelzung von Mann und Frau sein, die sie ihr ganzes Leben lang in ihren Hollywooder Geschichten hatte besingen wollen. So etwas verdient es bestenfalls, in der Kneipe an der Ecke besungen zu werden.

Golda vergisst Großmutters Medikament völlig. Wie eine Kegelbahnkugel von einer rächenden Hand davongeschleudert, stürzt sie durch das Treppenhaus und lässt sich von der Straße verschlucken. Sie weiß, was sie zu tun hat. Sie weiß es nur zu gut. Sie wird den Vater suchen und ihren Bruder, wird ihnen erzählen, was zu Hause geschieht, und die beiden werden ihre Angelegenheiten ruhen lassen und sogleich nach Hause eilen, um Mutti vor deren Spießen zu erretten. Mit seinem kaufmännischen Talent wird Lev den bessarabischen Polizisten überzeugen, ihm seine Pistole zu verkaufen, schließlich wird das Angebot so sein, dass es nicht abgelehnt werden kann, dann wird er sie alle erschießen.

Pock, pock, pock!

Danach wird er ihnen die Drecksschwänze abschneiden und sie den Hunden vorwerfen, aber erst, nachdem Papi – der unübertroffene Chirurg – dem Deutschen bei lebendigem Leib den Furunkel wegoperiert haben wird, denn es gehört sich nicht, von Ausschlägen entstellt vor Gott zu erscheinen.

Der Strom der Straße verschluckt sie wie einen Krümel. Die Straße schäumt, die Straße knattert, die Straße kocht, die Straße steigt an, dass man darin beinahe ertrinkt. Jüdische Bäche fließen von den Seitenarterien her zornig ineinander und münden tosend in die Hauptflüsse, die zum großen See hin streben, zur Sammelstelle beim Sitz der Polizeiquästur in der Strada Vasile Alecsandri.

Da ist kein Platz mehr für Mitleid. Die Hände und Arme der Gefangenen, sie müssen in die Höhe gereckt bleiben, betteln um die Aufmerksamkeit einer Gottheit, die weder gut sehen noch hören kann. Es ist vergeblich. Dort oben richtet sich alle Aufmerksamkeit auf den christlichen Namenstag der gefeierten Peter und Paul, die ihrerseits fröhlich die Kerzen auf ihren Geburtstagstorten auspusten. Die Bajonette der Soldaten geben die Richtung und den Rhythmus vor, die Knüppel der Zivilisten vereiteln vom Bürgersteig her jeden Versuch, der Formation zu entkommen, und stellen noch einmal unter Beweis, dass Schlagball mit Judenköpfen rumänischer Nationalsport bleibt.

Die Unglücklichen erhalten ihre Portion, ohne zu protestieren. Der Lautstärkeknopf des Stöhnens ist leise gestellt, die ins Ungleichgewicht Geratenen stützen sich gegenseitig, der Atem wird beim Gehen wiederhergestellt, gleich wenn man sich wieder aufrecht halten kann. Die Leute tasten eher nach dem im Kleiderfutter versteckten Geld als nach ihren Wunden. Sie finden kaum Zeit, ihre verendeten Zähne auszuspucken, die ihnen den Mund mit Blut tränken. Alle zehn Meter hält das Knacken eines Knochenzweigs die christliche Heiterkeit am Straßenrand lebendig; jede halbe Minute wird ein Dreizack aus Bart und zwei Schläfenlocken unter Hurrarufen zerfetzt oder mit dem Streichholz angezündet. Die hastigen Kugeln verleihen dem Festtag neuen Schwung, es ist beinahe wie beim Pferderennen. Es lohnt sich hinzuschauen: Das Spektakel ist lohnender als das Feuerwerk am Tag Seiner Majestät des Königs.

Um das konstante Vorankommen der Fronherren nicht zu behindern, werden die toten Fronherren beiseite geschubst und am Ufer liegen gelassen, wie mit Diebesgut beladene gestrandete Kähne. Dort erwarten sie Schwärme städtischer Termiten; in wenigen Augenblicken sind ihre Kleider und ihr Schuhwerk verschwunden, aufgezehrt vom Heißhunger auf Erneuerung. Die Leichen werden von geschickten Händen entkleidet, bleiben nackt und hilflos zurück, als warteten sie darauf, wie die Kleiderpuppen in den Modegeschäften auf der Strada Lăpușneanu in den Fundus verbracht zu werden.

Am nächsten Tag werden die Hausfrauen wechselweise sich an die Türen klopfen, um sich über die Methoden auszutauschen, Blutflecken aus den Kleidern zu entfernen, Flecken von Schießpulver, Flecken von ... ja, man geniert sich, aber es muss gesagt werden: Flecken von Verdauungsschmutz. Sie werden sich nicht damit begnügen, sich über Reinigungsmethoden auszutauschen, sie werden untereinander auch Kleidungsstücke tauschen, wenn die Größen nicht so passen, wie es sich gehörte.

Frau Nachbarin, hättest du Interesse an einem mauven Jäckchen für eine etwas kräftigere Frau, etwa wie du selbst? Ich habe es vorne an der Brust geflickt, sodass man das Einschussloch nicht mehr sehen kann. Du meinst, du könntest dafür ein paar Hosen zum Tausch anbieten? Mal sehen, ob sie meinem Mitică passen.

Golda beobachtet unter Schmerzen, wie die Toten mit den Kleidern auch ihre Würde verlieren. Die Taille betonende Damenjacken, Herrensakkos mit zwei Knopfreihen, Seidenkrawatten und Baumwollhemden, wie Akkordeons plissierte Röcke und Stoffhosen, karierte Mützen und Hüte mit Bändern, polierte Schuhe und langlebige Stiefel, dicke Socken und Nylonstrümpfe verschwinden mit Lichtgeschwindigkeit von den Körpern, die zu keinem Protest mehr fähig sind, in geräumige Säcke, die von den Hausfrauen und -männern extra herbeigeschafft werden. Die Münder der Toten bleiben offen zurück, es scheint, als wollten sie eher nach ihrer Kleidung rufen und nach den Goldzähnen, die man ihnen mit der Haushaltszange aus dem Kiefer gebrochen hat, als nach ihrem verlorenen Leben.

Ein Sterbender, der unerwartet die Augen aufschlägt, als man ihm die Unterhosen auszieht, klammert mit allerletztem Aufflackern von Scham die Finger um die Falten des Gewebes. Ein heftiger Schlag mit dem Schusterhammer treibt letztes Blut aus ihm hervor und lässt die Dinge ihren normalen Verlauf nehmen. Goldas Blick trifft in mitfühlendem Entsetzen vom entblößten Gemächt des Mannes auf eine daneben liegende Frau. Ihr Mund steht offen wie der einer Opernsängerin. Welche Worte lagen wohl bei ihrem letzten Atemzug auf diesen schön mit Lippenstift geröteten Lippen? Etwa der Name einer geliebten Person? Der des Gatten, des Geliebten, des Kindes? Oder haben sie den Soldaten um Erbarmen gebeten, der sie – im unheilbaren Delirium, das der Stadt den Verstand geraubt hat – bezichtigt, sich die Lippen nur geschminkt zu haben, um damit den sowjetischen Fliegern Signale zukommen zu lassen? Ohne ihre Energie auf derartige Zwangslagen zu verschwenden, zieht ihr eine junge Hausfrau die feinen Strümpfe aus, wobei sie sehr wohl darauf achtet, keinen Faden zu verletzen, denn dies käme unter den gegebenen Umständen einer wahren Tragödie gleich. Die herabgezogenen Strümpfe enthüllen von blondem Flaum überzogene Schenkel, feste Knie und lange, von mandelförmigen rotlackierten Nägeln gekrönte Zehen. Wiederum Rot. Ob sie etwa auch damit Zeichen an die russischen Flieger gesandt hat, indem sie mit den Füßen in der Luft herumgewedelt hat, wie Mami dies hin und wieder tut, wenn sie im Bett liegt und liest?

Mami! Golda erinnert sich, dass sie sich nicht auf der Straße befindet, um an der Seite der Opfer zu klagen, sondern mit dem konkreten Ziel, den Vater und den Bruder zu finden, damit sie gemeinsam Mutter aus der Erniedrigung retten, der sie die Mitglieder der Patrouille unterziehen. Und dann das Medikament der Großmutter, wie konnte sie darauf nur vergessen? Dann denkt sie daran, mit dem gesamten Gefolge zur Quästur zu gehen und dort zu verlangen, mit dem deutschen Kommandanten sprechen zu können. Sie wird ihm – ihre Deutschkenntnisse nutzend – in deutlichen Worten erklären, dass Vater und Lev unverzüglich zu Hause gebraucht werden. Sie beschleunigt ihre Schritte, aber die Eile bringt es nur mit sich, dass sie in eine Blutlache tritt, auf der ein paar Schauminseln schwimmen. Ihr Fuß gleitet aus, als stünde sie auf einem Ski, will gar nicht mehr anhalten. Golda rutscht aus und fällt auf diesem glitschigen Abhang neben einem Mann hin, der nur noch die Socken anhat und durch die Löcher an den Fersen einen vorwurfsvollen Blick ins Sonnenlicht wirft. Sie kommt erst gar nicht dazu, zwischen dem Blut des Toten und ihrem eigenen Blut zu unterscheiden, denn sogleich wittern zwei Plünderinnen die Beute und stürzen sich auf sie, zerren an ihren Schuhen und ihrem Rock.

Lasst mich bitte in Ruhe, werte Damen! Ich lebe, ich bin nicht tot! »Damen«. Mami und Oma hatten sie gelehrt, sich allein mit »Dame« an eine weibliche Person zu wenden, was sogar für die Bauersfrauen auf dem Markt zu gelten hatte, die sie mit »Madame Bäuerin« ansprach. Die eine der Angreiferinnen packt sie an einem Flügel und zerrt sie näher zu sich heran, damit sie ihr handlicher sei, während die andere ihr eine Hand auf den Mund legt, schwer wie der Wackerstein, der den Deckel des Fasses mit dem sauer Eingelegten beschwert.

Sie wird sterben, sie weiß, dass sie sterben wird, aber noch mehr graust ihr bei dem Gedanken, dass sie entkleidet auf der Straße liegen wird, dabei hat sie nicht gerade saubere Unterhosen an, was den Ängsten geschuldet ist, die der heutige Tag gebracht hat. Werden die kämpferischen Damen ihr das Höschen lassen, werden sie beim Höschen einhalten? Die Hand der einen Frau hat einen sauren Geschmack und riecht übel nach Schweinefett. Mit der Kraft der Angst überwindet Golda ihren Ekel und beißt zu.

Ah, fick die Fresse deiner Mutter, Judenbalg! Wirst gleich sehen, wie dir Tante Mărioara das Blut aus dem Leib klopft! Pisserchen, unchristlich verdammichtes!

Die Hand der Frau zerschmettert ihr herabfallend beinahe die Wange. Golda verliert die Besinnung, ihre Knochen sind aus Watte. Wenn doch Vater hier wäre, tauchte er doch eben jetzt hier auf, sie zu retten, sie würden dann beide nach Hause eilen und Mutter beistehn:

Mein Vater! Mein Vater, Hilfe!

Ihr Lebtag wird sie sich fragen, wie es dazu gekommen sein mag, dass sie ausgerechnet in diesem Augenblick Deutsch gesprochen hat. Ob sie unwillkürlich für das Gespräch auf der Quästur mit dem deutschen Kommandanten geübt hat?

Mein Mädelchen!, antwortet ihr sogleich ein Rabbi, dem die Haare ins Gesicht hängen und ein paar Gelegenheitsfriseure die

Arme auf den Rücken drehen, was der Vorbereitung darauf dienen soll, ihm Bart und Schläfenlocken anzuzünden.

Lasst sie in Ruhe, beide! *Los verschwindet!*

Der strenge Befehl aus dem Mund eines deutschen Offiziers sorgt für frische Luft. Die Hausfrauen und der männliche Pöbel treten schweren Herzens einen Schritt zurück, sind aber angesichts der gewaltigen Mengen an schröpfbaren Juden, die schier unablässig auf der Hauptstraße erscheinen und rudelweise zum Sitz der Quästur getrieben werden, bald wieder beruhigt.

Sprichst du Deutsch, meine Kleine?

Jaja, ich habe ihr von klein auf Deutschunterricht erteilen lassen, antwortet der Bärtige.

Ich habe nicht dich gefragt. *Erzähl mir etwas Schönes über dein Zuhause.*

Das Taschentuch des Offiziers reinigt die blutige Stelle über ihrem Auge, wo die Hausfrau sie getroffen hat. Dann bringt er auch eine sanftmütige Ordnung in ihre Haare. Golda ist immer noch fassungslos. Sie darf nicht länger so pfannkuchenplatt sein, sie weiß, dass der Herr Offizier etwas Anrührendes von ihr erwartet, etwas von zu Hause, das ihm das Herz, das angesichts der Kriegsgräuel zu versteinern droht, ein kleines bisschen erweicht. Aber sie weiß auch, dass er nicht allzu lange darauf warten wird. Sie befragt ihr Gedächtnis, bittet es inständig, ihr beizustehen, all ihre Hoffnungen richten sich nun auf ihr Erinnerungsvermögen. Jetzt braucht sie einen überzeugenden deutschen Vers, den Zipfel eines Märchens ...

Sosehr sie sich auch bemüht, das einzig klare Bild, das ihr in den Sinn kommt und daselbst auch verharrt, ist das der Gummientchen mit den orangen Schnäbeln, die sie an der Ostsee in die Freiheit entlassen hat, in Warnemünde, bei einem glücklichen Ferienaufenthalt zusammen mit Lev, Mami und Papa. Sie sieht sie davonschwimmen, hört sie schnattern und sieht sie umgeben von flaumigen Küken.

Der Rabbi starrt auf die Pistole am Leibgurt des Deutschen, auf dessen in Beton gegossenes Gesicht und dann auf das Mädchen mit den verschreckten Augen, das keine Anzeichen davon erkennen lässt, fortan noch über die Gabe der Rede zu verfügen. Wenn auch in stummer und damit unhörbarer Rede beschwört er sie, etwas zu sagen, irgendetwas, das sie beide retten könnte, etwas Einfallsreiches, das den, der hier über ihre Leben verfügt, erweichen könnte. Ansonsten, dies ist ihm bewusst, erwartet ihn der Genickschuss. Schließlich erbarmt sich das Kind und macht den Mund auf:

Ich habe meine Gummientchen freigelassen
in die Wellen der Ostsee in Warnemünde,
sie wirkten so traurig in meiner Badewanne,
wo sie dümpelten, ohne zu quaken.
Also hielt ich es für angebracht, anzunehmen,
sie verdienten mehr als eine Zukunft aus synthetischem
Gummi.
Heute quaken sie glücklich,
wechseln mit dem Leuchtturm am Ufer smaragdene Blicke,
fliegen hoch mit den Möwen
und schwimmen mit ihren eingeborenen Geschwistern,
die ihnen nichts antun, weil sie anders sind,
gelb und mit orangen Schnäbeln,
nein, sie lieben sie gerade darum.
Es kann einen entzücken zu sehen, wie sie
brütend beisammensitzen und ihren scheuen Küken
beibringen, wie man Fische fängt
in der Ostsee, bei Warnemünde.

Wer hat diese Zeilen geschrieben?

Ich, antwortet Golda. Ich habe sie noch nicht aufgeschrieben, sie sind mir eben erst wieder eingefallen.

Du? Warst du jemals an der Ostsee?

Ja, Sommer für Sommer.

Bis wann?

Bis wir nicht mehr hingefahren sind. Bis die Probleme begonnen haben, antwortet der Alte mit den Schläfenlocken an ihrer Stelle. Aber wir werden wieder hinfahren, wenn all dies vorbei ist.

Nun herrscht ihn der deutsche Offizier nicht mehr an, er möge sich nicht wie die Fliege in den Arsch des Pferdes in ihr Gespräch einmischen. Ein paar Augenblicke lang gibt es nur sie drei auf einer friedlichen Insel inmitten eines Meeres, dessen Sturm soeben durch das Vorbeigleiten einer Schar gelber Entchen mit orangen Schnäbeln besänftigt wird.

Ich stamme aus Hamburg. Ich bin oft zum Schwimmen an die Ostsee gefahren. Ich glaube, ich habe deine Entchen gesehen, aber ich habe nicht gewusst, dass sie aus Gummi sind. Ich habe sie sogar fotografiert. Auch kenne ich den Leuchtturm von Warnemünde. Er treibt tatsächlich ein smaragdenes Augenspiel.

Das smaragdenste, Herr Offizier, das schmaragdenste! Dieses Augenspiel kann man locker in den Juweliergeschäften verkaufen.

Ich werde einem Soldaten anordnen, euch nach Hause zu geleiten. Aber davor, mein gelbes Entchen mit orangem Schäbelchen, möchte ich, dass du mir einen Dienst erweist. Schreibe mir diese Zeilen in ein Heft. Schau, hier! Ich werde es meiner Tochter Anne zum Geburtstag schicken.

Der Offizier schraubt den Deckel von einem Füller mit goldener Feder, den er vor einer Stunde bei einem Unteroffizier beschlagnahmt hat. Dieser hatte ihn von einem Juden in der dummen Hoffnung bekommen, sich damit vor der Kugel retten zu können. Golda füllt zwei Heftseiten mit ihrer großen Schrift, die sanft und großzügig ansetzt, um verwackelt und klein mit den letzten Zeilen zu enden:

»Ich habe meine Gummientchen freigelassen
in die Wellen der Ostsee in Warnemünde,
sie wirkten so traurig in meiner Badewanne,
wo sie dümpelten, ohne zu quaken.
Also hielt ich es für angebracht anzunehmen,
sie verdienten mehr als eine Zukunft aus synthetischem
Gummi.
Heute quaken sie glücklich,
wechseln mit dem Leuchtturm am Ufer smaragdene Blicke,
fliegen hoch mit den Möwen
und schwimmen mit ihren eingeborenen Geschwistern,
die ihnen nichts antun, weil sie anders sind,
gelb und mit orangen Schnäbeln,
nein, sie lieben sie gerade darum.
Es kann einen entzücken zu sehen, wie sie
brütend beisammensitzen und ihren scheuen Küken
beibringen, wie man Fische fängt
in der Ostsee, bei Warnemünde.«

Der Rabbi weiß, dass Gott persönlich ihm das Mädchen geschickt hat, um ihm das Leben zu retten. Sonst würde er das Schicksal des alten Rabbiners Chaim Rabinovici teilen, der mit seinen 84 Jahren beim Stockballmatch in der Quästur mit einem kräftigen Knüppelschlag ermordet wurde. Vielleicht hätte er das Gemetzel dort überlebt und würde nun in einem der zwei Konvois, die über Nacht zusammengestellt worden sind, zum Bahnhof getrieben.

Dort würde er dann in einen der mit Menschen vollgestopften Waggons gepfercht, die zu den Lagern im Süden des Landes aufbrechen sollen. Der erste wird um zwei Uhr losfahren, aber nach ein paar Kilometern anhalten und wieder zurückkehren, um dann Iași um Viertel nach vier Uhr ein zweites Mal zu verlassen. Der zweite Zug wird um elf Uhr zehn losfahren, nach fünf Stunden Wartezeit. Beide werden sie sehr gemächlich auf den Schienen dahinfahren und die ersten Leichenhaufen in Târgu Frumos und in Podu Iloaiei hinterlassen, Orten, die lediglich vierzig beziehungsweise zwanzig Kilometer von Iaşi entfernt sind.

»Totgekocht«, immer schon hatte er sich gefragt, wo dieses Wort herkommt. Aus den Totgekochten in den Waggons werden klebrige Flüssigkeiten in Rinnsalen austreten, wie eine Tinte zum Abfassen vergeblicher Gnadengesuche. Dort würde auch er sich befinden, an der Seite der jüngeren Kollegen, des Rabbis Grainik Schloime, er ist 28 Jahre alt, des 21-jährigen Pantelimon Ciobotaru Aron und des 42-jährigen Solomon Iancu. Oder an der Seite seines Freundes Meilih Bercovici, der sechzig Jahre alt ist und amtierender Rabbi an der Synagoge Noch Botoşanăr in der Strada Bucşinescu.

Das Glück bewahrt ihn vor solch einem Schicksal. Liebend gern drückt er das Flügelchen dieses Entleins mit orangem Schnabel. Golda, so heißt es. Gut, dass der deutsche Offizier nicht bezweifelt hat, dass es sich tatsächlich um seine Tochter handelt. Sie gehen schweigend, den deutschen Soldaten im Rücken. Wer sie so sieht, mag glauben, dass sie zu einem Verhör geleitet werden, das schlecht ausgehen wird, wie alle Verhöre an diesem Sonntag.

Sie lassen die heißen, mit Leichen gepflasterten Zonen hinter sich und sind nun irgendwo im Süden der Stadt, im Viertel Podu Roşu. Golda betritt dieses überwiegend von einer erbärmlich armen jüdischen Bevölkerung bewohnte Viertel zum ersten Mal. Der Rabbi hofft, dass seine Frau und seine Tochter, die er weinend zu Hause zurückgelassen hatte, sich haben retten können. Er kann nur dafür beten. Er wird sie morgen ausführlicher suchen, wenn sich die Situation ein bisschen beruhigt hat. Dann wird er sich auch nach Goldas Familie erkundigen. Jetzt aber gehen sie an einen sicheren Ort, nicht nach Hause, wo man sie ein weiteres Mal ausheben kann. Fest drückt er die Hand des Mädchens:

Sag dem Soldaten, wir sind zu Hause angekommen.

So, wir sind da. Danke schön!

Der Soldat salutiert und geht. Langsam steigen der Rabbi und Golda hinab in einen aufgelassenen Keller.

Warte hier, ich werde eine Runde drehen, vielleicht finde ich das eine oder andere zu essen.

Lass mich nicht allein, ich gehe mit dir!

Der Rabbi prüft sie mit einem väterlichen Blick. Der deutsche Offizier hatte recht. Sie ist bloß ein gelbes Entchen mit orangem Schnabel. Aus lebendigem Gummi.

Warte auf mich, ich bin in zehn Minuten wieder zurück. Zähle, während ich weg bin, deine Entchen. Pass auf, dass dir keine abhandenkommt in den Verheerungen, die unsere Stadt erfasst haben.

Die Menschen im Zug Iași–Podu Iloaiei zermartert das Warten. In einem Waggon befinden sich auch Jacques und Lev Oxenberg. Die zerschlagenen Brillengläser machen den Arzt abhängig vom Arm seines Sohnes.

All sein Bitten, doch wenigstens seinen Sohn freizulassen, stieß bei den zuständigen Personen im Innenhof der Quästur auf taube Ohren. Oberst Chirilovici, an den er durch Vermittlung eines Polizisten appellierte, ließ ihm ein kategorisches »ich habe keine Kenntnis von der Existenz dieses Juden« ausrichten. Auf die gleiche Weise behandelten ihn auch ein paar weitere bedeutende Uniformen, deren Frauen seine Patientinnen gewesen waren.

Der Arzt erfährt – viel zu spät und am eigenen Leib – die gynäkologische Form des Nationalismus in Verbindung mit der blinden Eifersucht des rumänischen Mannes. Ein Rumäne mit zwei Eiern, die wissen, was Ehre heißt, kann den Gedanken, dass auch jemand anderes ins Höschen seiner Frau geschaut hat, nicht lange ertragen. Wenn es diesen »Anderen« gibt, so muss man chirurgisch gegen ihn vorgehen, wie gegen einen Furunkel, der den Hintern einer Frau verunstaltet. Vor allem, wenn die betreffende Person ein »jüdischer Nacktschwanz« ist.

Bedenkt man es recht, so hat ein Judendoktor, der so viele rumänische Gebärende entehrt hat, jedes Recht verwirkt, auch nur eine Sekunde länger am Leben zu bleiben, und hieße er auch Itzig Äskulap, dem gebührt nichts als die Keule übern Schädel. Zumal er das alles ja nicht ohne eigenes Interesse getan hat, von einem Impuls geleitet, der vom sanftmütigen Jesus her gekommen wäre; nein, im Gegenteil, allein von den buchhalterisch-finanziellen Berechnungen bestimmt, die dieser Wichser von Juda in die Welt hinaus trötet. Und wenn man diese Überlegungen zu Ende denkt und zu dem Schluss kommt, dass der Fotzendoktor es nicht wert ist, am Leben zu bleiben, gibt es auch keine guten Gründe dafür, seinen Sohn am Leben zu lassen. Er ist minderjährig? Na und, ich bitt Sie, wo steht geschrieben, dass minderjährige Juden leben müssen?

4

In den Filmen aus den Studios von Hollywood gibt es ein Paket von Standardsätzen. Sie sind Pflicht, unabhängig davon, um welchen Film es sich handelt. Einer dieser Sätze lautet: *We need to talk*. Der wird vor allem im Zusammenleben eines Paares oder einer Familie ausgesprochen. Wenn etwas nicht mehr so funktioniert, wie es sollte, und ein artikulierter Auftritt als geboten erscheint, lautstark ein paar tönende Füße eine Schwelle betreten müssen, dann kann man ohne diesen Satz kaum mehr auf das Gesprächsthema zusteuern. Er ist ein Treibmittel für die Kommunikation.

Im Flugzeug von Paris zurück setzt Ben mir ständig zu:

Warum verabredest du dich mit fremden Männern zum Kaffee? Wer ist der, den du getroffen hast? Ich will ihn kennenlernen. Wenn er ein *womaniser* ist, merke ich das sofort. Wenn er mit dir ausgeht, will auch ich mit seiner Frau ausgehen. Darum wolltest du nach Paris reisen, damit du dich mit Männern treffen kannst? Ich will auch das Passwort zu deiner E-Mail-Adresse haben. Schluss mit den Geheimnissen zwischen uns. Alle meine Freunde kennen das Passwort zu den E-Mails ihrer Frauen. Schließlich bin ich nicht der letzte Trottel.

Je länger ich ihm nicht antworte, umso roter wird er. Die Kartoffel mitten in seinem Gesicht widert mich an. Am liebsten würde ich wie in den amerikanischen Filmen zu ihm sagen: *Ben, we need to talk*.

Aber ich schweige. Er jedoch nicht. Er fällt auf. Eine Stewardess fragt mich jenseits des Professionell-Üblichen:

Are you okay?

Auch darüber stolpert man in allen amerikanischen Filmen. Das habe ich schon einmal gesagt. Auf solch eine idiotische Frage antwortet man stets:

Yes, I'm fine!

Die Kinder aber ignorieren uns. Sie schauen sich auf Oscars Tablet einen Zeichentrickfilm an. Woher die Formel: *We need to talk* an unsere Ohren dringt. Und die Frage: *Are you okay?* Gefolgt von der klassischen Antwort: *Yes, I'm fine*.

Wir landen auf dem Flughafen. Bens Nörgelei lässt nicht nach. Auch nicht im Auto oder zu Hause. Es reicht meinem Mann nicht, mir eine Szene zu machen. Er will alles auf die Länge einer TV-Serie strecken. Und das in einem Land, in dem sich die menschlichen Kontakte äußerst dünnhäutig gestalten, wo der Streit in Reservaten lebt. Man merkt, dass Ben rumänische Wurzeln hat. Die plötzlich ins Spiel kommen.

Ich überlasse die Kinder Melindas Obhut. Sie gieren nach

Schlaf. Und ich lade Ben ein zu einem romantischen Abendessen. Er schaut mich an, als wäre ich eine Frau mit drei Brüsten.

Heute Abend? Können wir es nicht auf morgen verschieben?

Heute Abend. *We need to talk*.

Okay. Warte, ich hole mir ein Sakko.

Mach dich so fein, wie du kannst. Ich führe dich aus an einen ganz besonderen Ort.

Er putzt sich heraus wie ein Bräutigam. So, mein Kleiner. Ich lege nun auch die Ohrringe mit dem Davidstern an. Und die Stiefel mit den Metallkappen, die mir die Montur ebenso wie die Zehen killen. Und wieder sehe ich so mysteriös aus, als wäre ich eine große Verführerin.

Meine Hände glühen. Ich halte im Wald an, fünfzehn Meilen weit weg von zu Hause. Es ist finster wie in einem Kuhmagen. Ich schubse Ben hinaus. Er schaut mich an wie eine Frau mit vier Brüsten.

Hier ist das Restaurant?

Ich fasse ihn am Hals und drücke ihn an eine Maulbeerfeige:

Ich möchte das Gespräch aus dem Flugzeug fortsetzen.

Das ist nicht der richtige Ort, Suzy, auch nicht der richtige Augenblick.

Im Flugzeug passte dir der Ort? Was, wenn das Flugzeug abgestürzt wäre, und wir wären im Streit miteinander gestorben? Hast du daran mal gedacht?

Ha-ha-ha!

Ha-ha-ha? Döskopferter, ungarer Jud! Geht dir alles am Arsch vorbei, was? Was zum Teufel interessiert dich jenseits der Firmenklamotten und der Nutten, die du in Amsterdam und in den Massagesalons von Bukarest knetest?

Dazu fehlt dir jeder Beweis.

Ich habe dich niemals dabei erwischt, dass du Shema gesagt hättest. Zu Sabbat steigst du in dein Auto und haust ab zum Bowling. Zum Feiern. Besäufst dich und tanzt wie verrückt

Kasatschok, dabei hast du keine Ahnung davon, dass die Kosaken für ihre antisemitischen Ausschreitungen berühmt waren. Du glaubst, Yom Kippur ist eine Jeansmarke ...

Hey, grad so ist es nicht!

Shut up! Du hast keine Ahnung, woher du kommst, hast keine Ahnung, wer die Deinen sind und was sie durchgemacht haben, damit du einen Lexus fahren und dich in den Mund jeder Süßen entladen kannst, nach der dir der Sinn steht.

Mich interessiert, wohin ich gehe, nicht, woher ich komme. Die Vergangenheit ist etwas für die Historiker, wie dein Kerl da in Paris. Die Zukunft ist etwas für die Tarotkartenleger und Kaffeesatzleser. Die Vergangenheit ist vergangen, die Gegenwart ist gegenwärtig, die Zukunft kommt auf uns zu. Vermisch das nicht.

Nicht ich vermenge dies, haariges, aus Osteuropa eingewandertes Arschloch, sie vermischen sich selbst! Du mit deinen entblößten Titten an der Place Pigalle lieferst mir Eifersuchtsszenen im Flugzeug, und dies allein deshalb, weil ich mich um die Herkunft meiner Kinder kümmere? Nur weil ich, im Unterschied zu so einem Eisblock wie dir, versuche, etwas zu erfahren, die Dinge miteinander zu verbinden und zu verstehen?

Mutter hat mir niemals etwas über ihre Kindheit erzählt. Ich bin eines dieser seltenen Exemplare, die keine Großeltern mütterlicherseits haben.

Hast du deine Mutter wenigstens nach deinen Großeltern gefragt?

Ich habe ein paarmal das Gespräch darauf gebracht. Aber du weißt ja, wie sie ist.

Ja, gewiss, ich hatte das schon vergessen. Deine Mutter ist auch so eine, die nichts was angeht. Ihr seid glücklich, dass ihr mich gefunden habt, damit ich eure Klamotten auf allen fünf Kontinenten verkaufe. Ich verkaufe alte Kleidungsstücke, damit ihr euch neue Markenklamotten kaufen könnt. Ihr könnt bloß die Hand aufhalten und irgendwelcher Nutten wegen durch die Welt reisen. Ihr besucht Kaffeehäuser und Boutiquen mit Markenartikeln statt, wie es sich gehörte, Jüdische Museen. Man könnte fast meinen, ihr stammt von Außerirdischen ab. Familie Außerirdischewski. Benjamin Außerirdischewski und seine Mam, Dora Außerirdischewski.

Es reicht, Suzy! Rühr meine Mam nicht an! Hör auf!

Ich rühre sie doch nicht an! Das einzig Gute an deiner Mutter ist dein Vater Joe. Ich kann nicht verstehen, wie er sie erträgt. Ich glaube, er verflucht den Tag, an dem er sie kennengelernt hat, wo auch immer das gewesen sein mag.

Hab ich nicht gesagt, du sollst sie in Ruhe lassen? *Who do you think you are?*

Das regt mich noch mehr auf. *Who do you think you are?*, das ist eine weitere typische Frage in diesen Filmen, die aus den Kanalrosten von Hollywood quellen.

Who do *you* think *you* are? Bist sechzig Jahre alt und hängst immer noch am Rockzipfel deiner Mutter. Seit wir verheiratet sind, habe ich dich keine andere Frage stellen gehört als die nach der Höhe des Profits im Vormonat.

Und wie sah der Profit im letzten Monat aus?

Halt's Maul!

Komm, Suzy, lass uns nach Hause fahren, es ist kalt geworden! Schau dich doch an, du bist eine Frau in einem gewissen Alter, solltest dich nicht wie ein Kind benehmen!

Das setzt dem Topf den Deckel auf.

Ich bin eine Frau in einem gewissen Alter, weil ich an deiner Seite gealtert bin, du Judenfurz.

Ich bin bestürzt, wie schweinisch ich plötzlich daherrede. Schäme mich meiner Worte, entziehe ihnen den darin mitschwingenden Frust und verlagere ihn in den Tritt, mit dem ich auf seine Eier ziele. Ben und ich haben keine intimen Beziehungen mehr. Nur noch sexuelle Anwandlungen. Handarbeit zu zweit. Jetzt rede ich nicht mehr schweinisch, aber ich denke so. Und realistisch zugleich.

Auch die Abstinenz verdichtet sich zum Schlag. Ben geht in die Knie, er krümmt sich vor Schmerz. Ich hole die Pistole und eine Schaufel aus dem Kofferraum. Ich sehe den Schrecken in seinen Augen. Nun könnte er sich die Augen auskratzen, dass er sich dafür entschieden hat, in einem derart entlegenen Haus zu wohnen. Der ideale Ort dafür, dass sich seine Kinder mit der Natur vertraut machen können, aber auch für den perfekten Mord.

Grab, du osteuropäisches Arschloch, grab! Wenigstens einmal in deinem Leben sollst du spüren, was deine Ahnen gespürt haben! Sie haben sich selbst das Grab geschaufelt, dann mussten sie sich ausziehen. Schließlich mussten sie sich auf die Grubenkante setzen, wo sie die Kugel in den Nacken empfingen.

Du wirst doch nicht im Sinn haben, mich auszuziehen! Ich sterbe vor Kälte.

Wenn das so ist, kann ich mir die Kugel sparen. Halt's Maul und grab!

Es nieselt, und es wird immer kälter. Ich lege mir das Hermès-Tuch um den Hals. Von der Pistole in meiner Hand bewacht, rammt Ben die Schaufel in den Boden. Er hat anscheinend aufgegeben. Eine Eule hat offenbar nichts Besseres zu tun, als eine ihrer Schreckensbotschaften zu verkünden. Ben glaubt, er sei der anvisierte Empfänger. Er weint still in sich hinein. Regentropfen und Tränen fließen ineinander. Diese Szene könnte Steven Spielberg gut gefallen.

Grab schneller, in der Wolle gefärbter Jud! Ich habe nicht die ganze Nacht Zeit für dich. Ich bin müde, komme aus dem Flugzeug.

Verzeih mir, Suzy! Ich flehe dich an, verzeih mir!

Ich dir verzeihen? Niemals! Halt die Klappe und grab!

Ich vergebe ihm, trotzdem. Nach einer halben Stunde Schauspielerei, wie man es niemals in diesem von Juden gegründeten Hollywood wird sehen können. Ich kann meine Kinder ja nicht zu vaterlosen Halbwaisen machen. Und dann fürchte ich, der Schnösel holt sich noch eine Lungenentzündung. Ich lasse ihn einsteigen und wickle ihn in eine Decke. Bis nach Hause sagt keiner von uns mehr ein Wort. Hin und wieder seufzt er. Und schluchzt.

Dieser Abend bringt zwei Wunder hervor. Ein kleineres und ein größeres. Das erste: Bens Eifersuchtsanfall wiederholt sich nicht mehr. Er begreift, dass ich mich nicht werde scheiden lassen. Dass mein sexueller Bedarf freiwillig gelöscht wurde. Dass das gemeinsam angehäufte Vermögen nicht geteilt werden muss.

Das, glaube ich, nagt an ihm. Aber vielleicht liebt er mich ja noch, wie er seine alten Autos liebt, von denen er sich nicht vorstellen kann, sie jemals zu verkaufen. Wir haben vier davon in unserer Garage stehen. Oder aber er hat Angst, ich könnte ihn tatsächlich mal umbringen.

Das zweite Wunder ist anders dimensioniert. Ben verzichtet beinahe ganz auf seine Europatourneen. Er beschafft sich einen Bibliotheksausweis. Kommt mit einem Armvoll Bücher nach Hause. Sitzt stundenlang in seinem Zimmer und liest.

Ich frage ihn nicht, was er für Bücher liest.

Ich weiß es.

Eines Tages bin ich im United States Holocaust Memorial. Bei uns in Washington, D.C. Ich verkrieche mich hinter einer Vitrine. Ein paar Meter von mir entfernt, mein Ben. Er schaut sich ein paar Fotos an, und zwar auf einer Tafel, die dem Pogrom von Iași gewidmet ist. Man hatte sie zu Beginn der neunziger Jahre vom Rumänischen Informationsdienst, den Nachfolgern der Securitate, bekommen. Er steht geschlagene zehn Minuten vor einem Bild. Einer Aufnahme der Strada Vasile Conta. Eine erschossene Familie, die demonstrativ auf dem Bürgersteig liegen gelassen wurde, wie im Mittelalter. Zum Zweck der Einschüchterung. Als Hinweis an die Interessierten: »Seht her, was mit den frechen Juden geschieht.«

Mutter, Vater und deren kleine Tochter, sie liegt verkehrt zu ihren Eltern neben der Mutter. Als verlangte sie, wieder in den Bauch zurückzukehren, wo es warm ist und gut. Blut rinnt aus den blonden Löckchen. Der dünne Faden fließt, lässt sich nicht aufhalten. Macht einen ganz lieblichen Kringel zu Mutters Füßen. Rinnt weiter und stockt bei Vaters Füßen. Wirkt wie eine Unterstreichung mit einem roten Textmarker. Zur Erinnerung. Das Mädchen ähnelt unserer Rachel. Die gleichen blonden Löckchen. Und das gleiche Blut.

Ich sehe neue Lineaturen auf Bens Gesicht, sie sind genauestens adressierbar. Viele seiner alten Falten können in die Rubrik »Unerwartetes Verschwinden« gebucht werden.

Damals in Paris, auf der Terrasse des Cafés bei der Sorbonne, hat mir der Historiker Sever ein Croissant und einen Kaffee angeboten. Dazu noch eine Mappe mit ein paar kopierten Dokumenten. Zeugnisse, verfasst von den Überlebenden des Pogroms von Iași. Auf der Mappe stand mit blauem Filzstift geschrieben: »Ionel Teodoreanu«. Mein Mitbürger aus Iași. Mein Lieblingsschriftsteller. Mein erstes Idol.

Ich war elf Jahre alt, als ich mich *Nach Medeleni* versetzte. Zum ersten Mal entkam ich dem vergifteten Nebel meiner Geburtsstadt. Den Abgasen jenes finsteren Petrochemischen Kombinats. Der Nebel erbarmte sich erst nach den Mittagsstunden und zerstreute sich. Zum allerersten Mal entkam ich auch den Leuten, die in den farblich vergifteten Kleiderstoffen steckten. Ich entkam auch der fröstelig-kühlen Schule, die nach Chlor stank. Und dem überaus hässlichen Wohnblock. Entkam dem ganzen, von Provinzmief durchtränkten Flecken Erde. Entkam Onești, das 1965 in Gheorghe-Gheorghiu-Dej-Stadt umbenannt worden war. Ich frage mich: Warum hat dieser kommunistische Leader, der in Bârlad geboren wurde und ein paar Jahre in Dej im Gefängnis gesessen hat, der Stadt Onești den Namen weggenommen? Sein Pech war aber, dass 1990 diese Namensänderung wieder rückgängig gemacht wurde. Die Stadt nunmehr wieder Onești heißt. Onești, meine Geburtsstadt. Iași, die Stadt meiner Seele. Washington, D.C., die Stadt, die mich aufgenommen hat.

Mit dem Iașier Ionel Teodoreanu bin ich von zu Hause ausgebüxt. Er hat mir gezeigt, wie man das Gitter öffnet. Selbst hier und jetzt in Amerika renne ich noch hin und wieder *In Medeleni* vorbei. Und meistens ist es dort viel angenehmer als hier. *In Medeleni* finde ich die Ferienatmosphäre wieder. Und Kutschfahrten wie in Wien, wo ich es nicht schaffe hinzugelangen.

Severchen, der Historiker, hatte es darauf angelegt, mir eine Überraschung zu bereiten. Eine angenehme Überraschung, gewiss. Die Schriftsteller sind die Stimmen ihrer Zeit. Sie verstehen es, Stellung zu beziehen, wenn ihre Zeitgenossen sich in die Büsche schlagen. Man kann ihre Kraft in ihren literarischen Werken und in ihrem bürgerschaftlichen Wirken erkennen. Was natürlich vor allem in den eher schlimmen Zeiten sichtbar wird. Wie eben jenen in Iași vor dem Krieg. Die zum Pogrom geführt haben. Ionel Teodoreanu verstand es ganz bestimmt, sich auf die Höhe seines Namens zu begeben. Er war darüber hinaus auch ein glänzender Anwalt. In einer Kanzlei, satt von Juden.

Jetzt erst schlage ich die Mappe mit der Aufschrift »Ionel Teodoreanu« auf. Als Erstes finde ich hier das Zeugnis eines Anwalts namens Iancu David Leib. Ehemals Kollege meines Idols in der Anwaltskammer Iași. Niedergeschrieben im Jahr

1959, als der Mann nach Israel ausgewandert ist. Und Teodoreanu in die Unsterblichkeit hinübergewechselt war, die ihn mir geradezu vor die Füße geworfen hatte. Der Rechtsanwalt erzählte kühl von seinem Unglück. Als hätte ein Verkehrspolizist das Protokoll einer Regelverletzung verfasst. Er beginnt damit, dass er sich vorstellt. Geboren in Piatra Neamţ im Jahr 1910. Im Jahr 1931 das Studium der Rechte an der Universität Iaşi abgeschlossen. Meine Universität. In Iaşi geblieben, um seinen Beruf auszuüben. Wohnte in der Strada Costache Negri, Ecke Ştefan cel Mare. In unmittelbarer Nähe zum Kaufhaus Moldova, wo ich gearbeitet habe, als ich Ben begegnet bin. Ich fühle mich diesem Mann benachbart.

Leib kommt direkt auf Ionel Teodoreanu zu sprechen. Der in einer Versammlung im Februar 1938 gefordert hatte, die Juden aus der Anwaltskammer Iaşi auszuschließen. In alphabetischer Reihenfolge. Die Augen vom Sonnenlicht geblendet, aller Existenzmöglichkeiten beraubt.

Ein Rechtsanwalt, der seinen Beruf nicht mehr ausüben kann, hat immer noch seine Familie im Nacken. Er hat Ausgaben, Verpflichtungen. Denn auf dieser Welt ist nicht einmal Jesus Christus umsonst zu haben. Ich glaube auch nicht, dass er das jemals war. Für Jesus hat man einen gepfefferten Preis gezahlt, der sich aus den Inquisitionsprozessen, den Kreuzzügen und Pogromen errechnet. Die Handelszulage nannte sich Intoleranz. Die Legionäre küssten die Ikonen und griffen nach der Maschinenpistole. Mit diesen Münzen wurde die christliche Demut bezahlt. Und die Freiheit, in der Kirche eine Kerze entzünden zu dürfen. Aber versuche mal, sie anzuzünden, ohne zuvor einen Euro zu bezahlen, oder was auch immer das kosten mag. Versuch's mal.

Ionel Teodoreanu hatte keinerlei offizielle Funktion, aufgrund der er den Rauswurf seiner jüdischen Kollegen hätte fordern können. Vorsteher der Anwaltskammer war Petru Pogonat. Prodekan war Nelu Ionescu. Rechtsanwalt Teodoreanu jedoch befand, seine literarische Popularität reiche aus, auch selber zum Kampf rufen zu können. Im Rhythmus der Sätze von *In Medeleni* plätteten die Fräuleins der Zeit ihre Höschen.

Leo Bartfeld, ein weiterer jüdischer Anwalt, erinnert sich ebenfalls an jene Versammlung. »Rechtsanwalt Ionel Teodoreanu, der Romanschriftsteller, ergriff das Wort und sagte, er habe zwei aufwühlende Augenblicke erlebt: als die Leichname der Legionärsführer Moţa und Marin zurück in die Heimat überführt wurden und jetzt, da die Anwaltskammer gesäubert wird.«

Die Leichname zweier Legionärsführer repatriieren, als handelte es sich dabei um wertvolle nationale Kulturdenkmale!

Ich bin allein in meinem Zimmer. Mitternacht ist überschritten. Ich lese und kann es nicht glauben. Der Ausschluss der jüdischen Anwälte aus der Rechtsanwaltskammer wurde erst am 8. August 1940 wirksam. Der Tonfall dieses Beschlusses stammte aus Iaşi und war schon zweieinhalb Jahre alt. Iaşi hatte wie ein rumänisches Nürnberg gewirkt. Die Antisemiten aus Iaşi waren ihrer Zeit einen Schritt voraus. Und dem Gesetz. Wie echte Pioniere. An ihrer Spitze befanden sich Pogonat, Ionescu und mein Teodoreanu. Der den Stift weggelegt hatte, um seine kleine, aber gestählte Faust zu schwingen.

Im Jahr 1938 war der Ausschluss illegal. Die Juden haben versucht, ihn zu ignorieren. Ignoranz aber schmerzt. Von ihren christlichen Kollegen bezahlte Banden erwarteten sie am Eingang des Justizpalasts. Schläger, die Vorgänger des Corduneanu-Clans, die heutigen Emissäre der aus Iaşi stammenden weltweiten Kriminalität.

»Wollte ein jüdischer Anwalt hineingehen, so wurde er malträtiert, bis aufs Blut verprügelt und nicht eben selten auf der Bahre herausgetragen.«

Das gleiche technische Vokabular wie bei David Leib. Das

gleiche »maltrătiert«, dem ich schon bei der Witwe des George Altein begegnet bin. Es transportierte nichts, wollte auch nichts transportieren. Um dem Leid der Wiederholung zu entgehen.

Auch David Leib gelangte am Morgen des Pogroms an den Sitz der Quästur. Er kriegte gleich beim Eingang eine Eisenstange auf den Kopf. Als Willkommensgruß. »In ein paar Minuten war ich blutüberströmt, und viele meiner Zähne waren zerschlagen. Sie hätten mich wahrscheinlich totgeschlagen, aber weil eine ganze Schar Menschen, die da immerzu ankamen, nachdrängte, wurde ich weitergeschoben und entkam ihnen.«

Leib hat auch das Maschinengewehrfeuer überlebt, das um fünfzehn Uhr eingesetzt hatte. Es war ihm gelungen, über den Zaun der Quästur zum Kino Sidoli hinüberzuklettern. Dort hat er sich in einem Innenhof versteckt und sich nicht mehr wegbewegt, bis alles vorbei war. So hat er sich gerettet. Leib hatte auch notiert, dass er Teodoreanu sogleich nach Kriegsende angezeigt habe. Er hat ihn als »Kriegsverbrecher und Kollaborateur« bezeichnet.

»Ein Prozess aber fand nicht statt, die einen meinen, weil er mit dem einflussreichen Mihail Sadoveanu befreundet war, dem berühmten Schriftsteller und ehemaligen Vizepräsidenten des Präsidiums der Rumänischen Volksrepublik. Die Sache wurde hintertrieben, und Teodoreanu wurde niemals angeklagt.«

Im Unterschied zu Teodoreanu haben die Chefs der Anwaltskammer – Pogonat und Ionescu – einige Jahre Gefängnis kassiert. Obwohl Rumänien nicht einmal zehn Prozent seiner Kriegsverbrecher bestraft hat. Die wahrhaft am Pogrom Schuldigen sind nach dem 23. August 1944 Alliierte der Sowjetunion geworden. Andere waren ins Ausland geflohen.

Viele sind von Stalin ausgezeichnet worden. Wie etwa General Gheorghe Stăvrescu, der Kommandeur der 14. Infanteriedivision. Er hatte die ersten Befehle zur Konzentration und Ermordung der Juden gegeben. Anstatt dass man ihn verhaftet hätte, defilierte er am 23. August 1945 mit dem gereckten blanken Säbel vor dem Königspalast – ein fescher Kerl, kann man nicht anders sagen. Wiewohl er seiner Strafe letztlich doch nicht entging. Im Jahre 1948 lautete das Urteil lebenslänglich.

Lediglich die Hühnerdiebe sind auch verurteilt worden, meinte der öffentliche Ankläger Avram Bunaciu dazu. Und wenn das Volksgericht hin und wieder doch mal einen etwas Schlaueren verurteilte, begnadigte ihn König Mihai als jugendlicher Nonkonformist, der er war, sogleich wieder. Die Kooperative »Justiz vor den Augen der Welt«. Immerhin gut, dass Teodoreanu der Abstempelung als »Hühnerdieb« entging. Das hätte mich geschmerzt.

Nach der Befreiung ist Pogonat unter die Mönche gegangen. Er hat bis zu seinem Tod im Jahr 1957 im Kloster Neamţ gedient. Diejenigen, die ihn kannten, nannten ihn einen »frommen« Menschen. Über Nelu Ionescu sagte ein Mitgefangener, er sei so herzensgut gewesen, dass er »sogar seine Feinde geliebt hat«.

Manchmal dient das Gefängnis als Kosmetiksalon. Man betritt es mit einer verdorbenen Seele und verlässt es fromm und seine Feinde liebend.

Ich merke, wie analphabetisch ich in Sachen Menschenkenntnis bin. Bei Ionel Teodoreanu empfinde ich die »Vasile-Roaită-Enttäuschung«. Diesen würdigten die Schulbücher meiner Schuljahre als »Märtyrer«. Von den Schergen der Bourgeoisie in den Griviţa-Werken während der Erhebungen vom Februar 1933 erschossen. Weil er das Seil der Sirene zog, die die Arbeiter zum Streik aufrief. In der Schule habe ich für eine Arbeit darüber eine Zehn bekommen, die Bestnote. Was habe ich vor Mitleid mit ihm an Tränen vergossen! Nach 1990 ist Roaită als Agent der Geheimpolizei Siguranţa enttarnt worden.

Nicht die bürgerliche Gendarmerie hatte ihn erschossen, sondern die Streikenden. Weil er ein Verräter war.

Ich zerschlage mir selber das Kristall im Haus. Will keine weiteren Details über das Pogrom von Iași mehr erfahren. Ich kenne schon zu viele. Damit will ich nicht sagen, dass die Bernsteinsche Indifferenz vorzuziehen sei. Aber auch meine exzessive Neugierde führt zu nichts Gutem.

Ich gehe schlafen. Erst einmal öffne ich die Tür zu Rachels Zimmer. Sie schläft bogenförmig gekrümmt, die blonden Locken über das Kissen verstreut. Oscars Zimmer kann ich nicht betreten. Er hält sich für erwachsen, schließt das Zimmer über Nacht ab. Braucht seine Intimität. Und dann mache ich etwas, was ich schon seit Jahrhunderten nicht mehr getan habe. Ich schlüpfe in Bens Zimmer und unter dessen Bettdecke. Nehme ihn in die Arme.

You need a hug! So klingt eine weitere Plattitüde aus den Hollywoodfilmen.

Am nächsten Tag ruft mich der Historiker mit dem strengen Gesicht an. Severică. Ich gehe nicht ran. Ich ignoriere auch seine Mails und die Nachrichten auf der Mailbox. Er ist in Washington, D.C., hat eine Tagung hier.

Mit der Post schickt er mir eine wissenschaftliche Studie, die von den Ärzten Marcus Wasserman und Petre Brânzei angefertigt worden war. »Überlegungen zu den psychomotorischen Störungen beim langsamen Ersticken«, 1945 im Bulletin der Rumänischen Gesellschaft für Neurologie, Psychiatrie, Psychologie und Endokrinologie veröffentlicht. Marcus Wasserman hatte den Todeszug Iași–Podu Iloaiei überlebt. Zu wissenschaftlichen Zwecken hat er seine grauenhaften Erfahrungen im Zug noch einmal durchgemacht.

Sever möchte mich treffen. *To keep in touch,* wie unsere

dakischen Vorfahren sich ausdrückten. Schließlich sind wir doch Freunde, nicht?

Nein! Die Geschichte mag für alle da sein. Aber ihre Arithmetik gilt allein den Historikern. Ich will auch die Studie von Wasserman und Brânzei nicht lesen. Ich möchte nicht wissen, von welcher Art die psychotischen Gruppenreaktionen derer in den mit Tausenden Todgeweihten vollgepferchten Zügen waren. Will es einfach nicht wissen.

5

Jacques und Lev halten sich aus den ersten Streitigkeiten heraus, die nach etwa einer Stunde in Form von Beschimpfungen, Drohungen, ersten Handgreiflichkeiten, Schubsern, Ohrfeigen, Faustschlägen und Fußtritten beginnen. Klein und schmächtig, wie sie waren, hätten sie bei solchen Konfrontationen ohnehin keine Chance. 130 Menschen hat man in einen Waggon gepfercht, der für maximal dreißig bis vierzig Personen ausgelegt war. Jeder möchte einen Platz am Rand besetzen, wo noch etwas Luft von draußen durch die Lücken zwischen den Waggonbrettern dringt und die Menschen darin erfrischt. Dorthin aber schaffen es die Schwachen nicht. Es gibt auch hier die reservierten Plätze, in den Logen dieses jüdischen Theaters, in dem die x-te Vorstellung des Stücks vom Überleben gespielt wird, diesmal in neuer Regie und mit neuer Besetzung. Es sind ausschließlich den Starken vorbehaltene Plätze; allein den physisch starken Menschen, denn – welch eine Seltenheit in der jüdischen Existenz, ja in der Existenz allgemein! – das Geld hat keine Bedeutung mehr.

Ein Glück, dass man nicht allein dank seiner Muskelkraft überleben kann, sondern auch mittels Hirnaktivität, wenngleich der Sauerstoffmangel das Denken empfindlich beeinträchtigt. Doktor Oxenberg sortiert die theoretischen, während seiner gründlichen Studienzeiten erworbenen Kenntnisse und lenkt sie in Richtung Selbsterhaltung. Was muss man bei dieser Reise tun, die viele Stunden in extremer Hitze dauern kann? Oder besser gesagt, was sollte man unterlassen? Erst einmal sollte man seine Energie schonen. Passivität, möglichst viel Passivität. Gleichgültigkeit. Dem Beispiel des Zuges folgen, der schon Stunde um Stunde auf den Schienen verharrt, als hätte ihn ein feindliches Flugzeug direkt in die Weichteile der Lokomotorik getroffen. Man muss den Körper täuschen, damit er nicht schwitzt, nicht nach Wasser schreit. Auch nicht nach Luft. Beides fehlt und übermittelt seitens der Rumänen eine klare, den Juden unverstellt ins Gesicht gesagte Botschaft:

Ihr wart und seid Fremdlinge in unserem Land geblieben, lange genug habt ihr euch an unserer Luft und unserem Wasser gelabt, nun haben wir die Notbremse gezogen, stopp.

Schon sehen Männer von der Anwesenheit der Frauen ab und behalten nur noch die gebrauchten und arg von den Flecken des vergangenen Tages gezeichneten Unterhosen an. Und was für eines Tages! Anfangs widersetzt sich Lev noch – wie kann er jemals wieder einer der Damen unter die Augen treten, die hier seine schmutzige Unterhose zu sehen kriegen? –, aber sein Vater überzeugt ihn bald. Wenn die Damen wach bleiben und nicht in der erstickend dicken Luft einschlafen, die hier bald herrschen wird, sollte dies mit Sicherheit das Letzte sein, woran sie sich erinnern werden, wenn sie nach Hause kommen. Vater und Sohn schließen die Schlagläden ihrer Lider über den Augen und lassen sich von Träumen belügen.

Nebenan ignoriert Doktor Wasserman ihr Beispiel. Er ist jung, hat eben sein Diplom in Empfang genommen und will nun genau beobachten, welchen Zumutungen man ihn unterzieht. Er verfügt über die Aufmerksamkeit eines Reporters – man würde meinen, er ist Filip Brunea-Fox von der Zeitung

Dimineața –, der sich auch das geringste Detail noch einprägen will. Da gibt es genug, das man sich einprägen kann. Erst einmal horcht er auf das Gewusel rings um den Zug und übersetzt es sich, kann sich damit erklären, warum sich die Abfahrt so sehr verzögert: Zwischen den Schienen werden Dutzende Leichen eingesammelt und wie mit Seuchenbazillen vollgestopfte Säcke in ein paar Extrawaggons geworfen, die als mobiles Leichenhaus fungieren. Es sind die schon Erledigten, sie sind nach dem letzten Zug, der noch in der Nacht um vier Uhr fünfzehn losgefahren ist, in die Leichenstarre übergegangen. Von Polizisten erschossen, von Soldaten mit den Bajonetten aufgeschlitzt oder auf gut moldauische Art mit den Hämmern der Eisenbahner ins Jenseits befördert. Es sind die Toten, die im Waggon noch garen werden, die ersten gegarten Toten.

Jacques verscheucht die Sorgen um Golda ganz schnell. Sie ist bei ihrer Mutter geblieben, hat auch die Großmutter noch um sich ... starke Frauen, die sich durchzusetzen wissen, jede mit den Argumenten ihres Alters. Sie weiß sich in jeder Situation zu helfen, also wird seine Frau auch mit dem deutschen Offizier zu irgendeinem Friedensschluss gelangen. Vielleicht behält sie ihn zum Essen da, holt von irgendwo noch einen Schnaps hervor und eine versteckt gehaltene Flasche französischen Rotweins ... und wird ihn um den Finger wickeln, wie sie's mit so vielen anderen getan hat, zumal sie ja auch noch jene Bescheinigung seitens des italienischen Konsulats besitzt. Sie wird schon die richtige Methode finden, ihre Tochter und sich selbst zu beschützen. Ihn interessieren die Mittel nicht, schließlich ist er nicht so krank vor Eifersucht wie diejenigen, die ihm gestern den kalten Rücken gezeigt haben und so taten, als kennten sie ihn nicht, und dies nur, weil er ihren Frauen die Finger ins Nest der Torheiten gesteckt hatte, wo sich nun zufällig auch sein professioneller Arbeitsbereich befand.

Wenn der Deutsche sie wenigstens als geeignet für eine kleine

Romanze betrachten würde. Wiewohl im Krieg die Ansprüche sinken. Oder steigen sie etwa? Er ist sich da nicht so sicher. Immerhin gut, dass sie sich nicht so sklavisch an ihn gehalten hat, wie die Frauen hier im Waggon. Ihre eheliche Treue wird von einer zu großen Dosis Dummheit beschwert. Wenn bloß die Kinder nicht wimmern und schreien würden. Eine Frau säugt ihr Baby und wringt dabei ihre Brust aus, als wäre sie ein Gummiball, den man mit einem Nagel aufgestochen hat. Sie wollte im Hof der Quästur partout nicht von der Seite ihres Mannes weichen, wollte ihn nicht alleinlassen. Und jetzt ist er weg. Er wird einen anderen Waggon erwischt haben. Oder – Gott bewahre! – er liegt platt zwischen den Schienensträngen ... Eine andere Mutter bittet sie um zwei Schlucke Milch für ihr dreijähriges Kind, das sich aufs Brüllen verlegt, wenn Mami ihm nicht unverzüglich eine Limonade herbeischafft. Was gibst du mir dafür, fragt die Frau, die ihr Kind säugt. Einen Kautschukzwerg. Wollen wir doch mal sehen. Die Mutter drückt auf den Bauch des Zwergs, und der gibt einen schrillen Ton von sich, wie von der Tarantel gestochen. Dieses Pfeifen entzückt den Säugling, der ein gegurrtes Solo vernehmen lässt. Und das Geschäft kommt zustande. Das andere Kind saugt nun an der Brust und schmatzt beglückt: Ja, die Limonade ist schön kühl, Mami hat ein Küsschen verdient.

Ein Alter verwechselt den schrillen Ton des Kautschukspielzeugs mit dem Abfahrtspfeifen des Zuges. Er zieht ein Taschentuch hervor und drängelt zum Rand hin, um seinen Lieben draußen auf dem Bahnsteig vom Fenster her zuzuwinken. Sein Körper ist ein glühender Herd; ganz gewiss ist der auch imstande, die Notbremse zu ziehen, wenn er bloß den Zug noch eine kurze Weile zurückhalten kann. Es geht nicht an, den Bahnhof wie ein Barbar zu verlassen, ohne noch ein bisschen mit dem Taschentuch gewinkt zu haben. Denn schließlich fährt er nur einmal im Jahr ins Gebirge. Ein Hieb auf die Brust schickt ihn wieder in die Mitte des Waggons, wo er über anderen alten Leuten, anderen Erwachsenen, anderen Müttern und anderen Kindern zusammenbricht. Mit ineinander verkeilten Gliedmaßen sehen sie wie die von einem modernen Künstler geschaffene Skulptur einer Menschengruppe aus, die auf die Menschenalter anspielt, wie sie schier heimlich aus den jungen Körpern in die erwachsenen und dann in die alten Körper gleiten. So rast unser Leben dahin, und wir bemerken es erst, wenn es schon zu spät ist. Ein paar Kinder schlagen aufeinander ein und verlegen sich aufs Brüllen, was wiederum zu vermehrtem Luftverbrauch führt.

Ein kräftiger junger Mann, der sich mittels muskulärer Argumente am Waggonrand niedergelassen hat, redet drauflos. Zu viele Kinder, Bruder, eindeutig zu viele. Herrgott nochmal und bei all meinen Toten mütterlicherseits, schließlich fahren wir doch nicht in die Ferien ins Gebirge. Ja doch, antwortet ihm der schwer atmende Alte, genau da fahren wir hin, damit wir uns gütlich tun am kalten Quellwasser und den kühlen Schatten der Tannen genießen. Hol-la-ri-hooo! Der Alte müht sich ab, dem Haufen zu entkommen, den er doch selbst erst hat entstehen lassen. Er ist total erschöpft. Er zieht einen imaginären Hut und entschuldigt sich bei einer vornehmen Dame. Ob sie wohl so freundlich wäre, mit ihm unter jenem schattigen Sonnenschirm dort im Innenhof einen eiskalten Wiener Spritzer zu trinken? Gestatten Sie, dass ich Ihnen den Arm reiche. Der Ehemann der Dame haut ihm auf die Hand – hau ab, du Leichnam auf Urlaub, wenn du nicht von mir aus dem Zug geworfen werden willst! –, bloß ein Fräulein mit zerrissener Bluse zeigt sich interessiert; ich komme mit, warum eigentlich nicht, die Einladung eines charmanten Herrn ist heutzutage doch etwas Entzückendes, gestatten Sie, dass ich mich bei Ihnen einhake.

Ein Konfettiregen ergießt sich über sie: So beginnen die Lieben. Das Fräulein bittet um Nachsicht, denn es hat nur noch das Höschen an; kann man nichts tun, dazu zwingt einen der Sommer. Dem Mann ihrer Träume würde sie auch auf allen vieren folgen, bis ans Ende des Waggons, bis ans Ende der Welt, wenn er es von ihr verlangte. Nur das beschämende Achselhaar bekümmert sie, sie bedauert, es nicht bis auf die Haut wegrasiert zu haben, wie es ihr eine gute Freundin empfohlen hatte; wenn sie bloß eine Schere hätte, sie könnte es jetzt auf der Stelle tun. Hallo, gibt es hier vielleicht einen Friseur? Ein paar Hände antworten ihr, fliegen hoch. Friseure hat es hier, wo aber nehmen wir Scheren und Rasiermesser her?

Mühsam löst sich der menschliche Hügel auf und entwirrt sich, als wäre da ein Bedauern, dass die Schönheit der Komposition zerstört wird. Nachdem sie ihre Rezepte bezüglich der Angstchemie untereinander ausgetauscht haben, lösen sich die schweißnassen Körper voneinander. Einem Mädchen rinnt das Menstruationsblut an den Beinen hinab; sie ist verstört, wie könnte sie es zum Stillstand bringen? Sie reißt sich ein Stück von der Hemdbluse ab und stopft es sich zwischen die Beine. Ach, wenn hier doch bloß nicht so viele Männer wären.

Ein paar Kleine geben in aller Unbedarftheit den Ton an zum Kacken. Animiert vom schnurlosen Telefon ihrer winzig kleinen Harnblasen und Darmausgänge lassen all diese Rotznasen sich gehen. Ihre Gesichtchen verkrampfen sich kurz und kehren dann bald wieder zur gewohnten Glätte zurück; doch auch dies nur ein paar Augenblicke lang, denn ihr Weinen kehrt in stärkerem Tonfall wieder. Nun wollen sie gereinigt werden, wollen sie saubere Windeln, wollen sie hellgrüne Höschen mit mauven Häschen und rosa Elefanten drauf. Dafür aber braucht man Wasser. Wir werden es schon noch bis ans Wasser schaffen. Wie denn, Schwester, wie soll das denn gehen? Und was machen wir mit den schmutzigen Windeln? Wo werfen wir die hin? Der Gestank nimmt zu, kocht beinahe, die Gewöhnung an diese dicke Luft vollzieht sich nur schleppend.

Ah, das geht nicht, nein!

Doch, es geht, leider. Es war unvermeidlich. Auf die Ermutigung durch die Körperöffnungen der Kleinen antworten die ersten Ausscheidungsorgane von Erwachsenen. Ein Juwelier vergisst, dass er ein paar Goldringe im Anus versteckt hat, und prahlt lauthals, seht her, welche Wunderdinge ich da gelegt habe, das ist ja viel großartiger als bei dem Huhn da aus dem Märchen. Aus welchem Märchen, Mann, und welches Huhn? Das mit den goldenen Eiern. Aha, aus diesen Eiern kann man ein goldenes Omelett braten, nach dem man sich alle zehn Finger leckt! Aber aufgepasst, anstatt der Zwiebeln muss man echte Perlen mitbraten. Sonst hat es überhaupt keinen Geschmack.

Ach, wenn doch bloß die Lokomotive aus ihrem Tiefschlaf erwachte und ein kleines bisschen Zugluft entstünde! Schließlich erbarmt sich der Zug und fährt mit knackenden Gelenken los. Es kommt auch gar nicht mehr darauf an, in welche Richtung er nun fährt, Hauptsache, er fährt. Kräftig atmet Doktor Wasserman die von zwei Zwillingsleisten gefilterte Luft ein. Das Schwerste sollte geschafft sein. Beim ersten Halt wird er sich sattrinken am Wasser. Jacques Oxenberg sucht alle seine Sakkotaschen ab, den Überzieher hat er schon vor einiger Zeit verloren, dann faltet er das Sakko zusammen und setzt sich darauf. Er freut sich, als er in der Innentasche ein Fläschchen mit seinem alten Kölnischwasser findet, das *Mouchoir de Monsieur*, das er zur Entspannung seiner Patientinnen während der Kaiserschnitt-Operationen benutzte. Er zeigt es Lev, von dessen riesiger Nase der Schweiß mit größter Indifferenz auf Kinn und Brust tropft. Der Junge kümmert sich nur um die Schuhe, die er in Hüfthöhe an sich drückt: Im Absatz des einen hat er ein Bündel Geld versteckt. Beide atmen sie etwas Kölnischwasserduft ein und besänftigen so die Atmosphäre ein kleines bisschen. Andere Luft! Sie beträufeln ihre Taschentücher und halten sie sich nahe vor die Nasen. Der französische Odem des Kölnischwassers, der sich über die Dehydrierung und das allmähliche Ersticken der hier Eingesperrten legt, verstärkt das zähe Gewebe der kollektiven Halluzinationen. Und, ja doch, er würzt und verschönert sie, hie und da verleiht er ihnen auch einen letzten Anflug von menschlicher Würde.

Der Kaufmann Haim Schwartz entdeckt, während er aufgrund eines Glases Limonade, das er vom illustren Rechtsanwalt George Altein bekommen hat, mit der Zunge schnalzt, eine schöne Parallele zwischen ihm selbst und dem Honig, den er in seinem Laden auf der Strada Cuza Vodă verkauft.

Ich bin wie der Bienenhonig, werter Herr. Wenn man mich auf über vierzig Grad erwärmt, verliere ich meine Eigenschaften und gehe unmittelbar in die dritte Dimension über, denn eine vierte gibt es nicht.

Und er lacht genüsslich, er ist sich völlig bewusst, dass er die Dinge auf den Punkt gebracht hat. Dieses Lachen wandert von einem zum anderen, wie eine Flasche Erfrischungsgetränk, aus der jeder einen kräftigen Schluck nimmt. Als käme sie direkt vom Gletscherrand, die ist ja kälter noch als ein Bier. Nun herrscht eine derart angenehme Stimmung, dass von irgendwo der Vorschlag einer Sahneschlacht kommt, wie man sie in einem Film mit den Marx-Brothers im Trianon-Kino gesehen hatte. Es wäre schade, wenn wir sie nicht machten, schließlich sind wir Juden wie sie, und Sahne haben wir doch im Überfluss. Scheißer.

Eine korpulente Dame gibt an mit ihren dicken langen Unterhosen, die aus Schokoladenbonbons mit Haselnüssen gewebt sind. Leider kann sie den Einladungen auf Bälle nicht folgen, denn ihr Herz ist einem Ritter versprochen, der sich auf einem Kreuzzug befindet, ihm allein steht es zu, dieses Kleidungsstück Bonbon für Bonbon zu zernagen, wenn er zurückkehrt aus seinem heiligen Kampf. Sie hat nur die eine Sorge, dass nämlich in der Zwischenzeit nicht die Garantiefrist für die Bonbons abläuft – sehen Sie doch her, schon schmilzt die Schokoladenumhüllung! –, und der tapfere Ritter kriegt einen Durchfall, den er so ganz und gar nicht verkraften kann. Schließlich weiß man doch längst, dass solch ein Durchfall jeden Kreuzzug gefährden kann.

Doktor Wasserman empfiehlt ihr galant:

Werte Dame, ich rate Ihnen, die Schokoladenbonbons durch landwirtschaftliche Bonbons zu ersetzen, wie man im Volksmund die gebratenen Kürbis- und Sonnenblumenkerne nennt. Wenn Ihr Ritter wiederkommt, wird er diese landwirtschaftlichen Bonbons mit seinen Zähnen aufknacken und die Schalen wegspucken, wie es die Bahnbediensteten auf dem Perron taten, bevor sie uns in den Zug getrieben haben. Schauen Sie, so, man muss die Schale wie die Fontäne eines Springbrunnens von sich spucken, damit sie einen Bogen beschreibt in der Luft! Pfuu!

»Springbrunnen«, »Luft«! Schon die bloße Nennung solcher Wörter erfrischt die Atmosphäre im Waggon. Die Dame will sich diesen Einfall dankbar merken. Nicht schlecht, überhaupt nicht schlecht.

Schließlich verlangt das Mädchen von dem Alten an seiner Seite in einer tadellosen Stummelsprache, er möge ihr in der Parfümerie jenes Herrn, der da in den eleganten Unterhosen zusammen mit seinem Sohn am Tresen die Kundschaft betreut, ein Flacon Eau de Cologne kaufen. Sie möchte auch eine gute Seife für ein langes Bad mit samtigem Schaum haben. Wenn er brav ist, wird sie ihm erlauben, auch in die Wanne zu steigen und mit ihr Schabernack zu treiben. Das Mädchen ist nackter, als es seine Mutter geboren hat, die gestern früh auf der Strada I.C. Brătianu erschossen wurde und eben jetzt auf den Wagen der Stadtreinigung geladen wird.

Ähnliche Dinge geschehen in dem anderen Zug, der schon etwas früher, noch in tiefster Nacht im Großvatertempo Richtung Călărași losgefahren ist. Es war gerade zwei Uhr, als dieser Zug seine Knochen regte. Er hat ein paar Kilometer zurückgelegt und ist dann zurückgekehrt in den Bahnhof.

Um Viertel nach vier ist er wiederum abgefahren Richtung Călărași. Das ist ein Männerzug – ohne Kinder, ohne Frauen –, was die körperlichen Bedürfnisse ihrer Prüderie entkleidet. Wir sind Männer nach altem Schrot und Korn, und wir halten so lange durch, wie wir eben durchhalten. Schließlich setzen sich die Bedürfnisse durch. So ist unser Körper gebaut. Nicht gerade gut. Äußerlich eher einmal aus Versehen schön; aber innen drin, davon reden wir nicht. Vor allem wenn das Innere zum Vorschein kommt, kann's einen grausen.

Die Stunden vergehen: Aus der Himmelshöhe wirft die Sonne ein glühendes Fischernetz über die Waggons und würgt ihnen die Luft ab, raubt ihnen nach und nach den Sauerstoff. Damit sich eine wenn auch geringe Note von Zivilisation im Waggon einniste, reißt Carol Drimmer im Geiste Seite um Seite aus der von ihm mit solch enormem Enthusiasmus ins Deutsche übersetzten *Anthologie der rumänischen Erzählung*. Er faltet die Blätter fein säuberlich und verteilt sie an die Eingesperrten, damit sie ihnen als Premium-Klopapier dienlich seien. Gestern hatte ihn ein Polizist an der Quästur gezwungen, die vom italienischen Konsulat erhaltene Bescheinigung aufzuessen. Er hat sie interessiert zerkaut: Sie hatte den unverwechselbaren Geschmack der Niederlage.

Das Klopapier wird von einigen entschieden zurückgewiesen – ich kann überhaupt kein Papier sehen, mein Herr, du träumst, lass mich doch damit in Frieden! –, aber die meisten nehmen es entgegen, benutzen es und überschütten Drimmer mit einem wahren Regen an Komplimenten. Eine großartige und vor allem zivilisierte Initiative, Meister! Manch einer bittet sogar um zwei Blätter, damit er einen Vorrat hätte, zumal dafür kein Heller zu berappen ist … Wo, sagten Sie, ist das Örtchen? Schauen Sie, dort, diskret in dem koketten Gärtchen am Ende des Waggons platziert. Nehmen Sie sich hier das Papier mit. Drängeln Sie bloß nicht, bleiben Sie ordentlich eingereiht, es ist genug davon da! *Die Anthologie der rumänischen Erzählung* zählt zweitausend Seiten.

Oho, was gäben wir dafür, befänden wir uns »Inmitten dichtester Waldesruh / Sehn uns die lieblichen Vöglein zu«. Drimmer vernimmt den Ruf der Poesie und rezitiert zwei unsterbliche Verse aus dem Poem »El Zorab« von George Coșbuc, die er dem Thema Klopapier anpasst: »Magst, wenn du zwei Rollen willst, zweie davon haben / Wie bist du freundlich, Pascha heut, mit deinen milden Gaben!«

Der ehrenwerte Musikprofessor Brüll – verhaftet, wie er selber behauptet, weil er die ruhmreiche rumänische Armee mit Kugeln aus seiner Basstuba, Tschinellengranaten und Klarinettenfeuer beschossen hat – arrangiert nun prompt die Verse zum Thema des Liedes *Der Ochsenkarren* und dirigiert den an Ort und Stelle entstandenen Chor mit größtem Enthusiasmus.

Aber ich bitt Sie, wo gibt's denn sowas, Musik ohne Tanz? Ein paar Freiwillige legen sich die Arme auf die Schultern und beginnen in einem tänzerischen Delirium zu erzittern. Schon lange hat keiner mehr etwas an. Leider enttäuschen die Tänzer Terpsichores kritischen Blick: Sie verlieren ihr Gleichgewicht, fallen übereinander, gleichen einem Bündel Kerzen, das am Verlöschen ist. Die Luft kocht, die Dünste garen, gemächlich treten unmögliche Flüssigkeiten aus den Leibern, die aufgehen, als bestünden sie aus Hefeteig. Man stirbt im Traum, ohne Gebete und ohne letzte Wassertropfen: Wasser für den Tod. Die Leiber müssten schleunigst beerdigt werden, aber niemand mehr kann eine Schaufel in der Hand halten. Die Sinne werden von einem Wirbeln erfasst und weit weggetragen, weit …

Drimmer befindet sich in der allerbesten intellektuellen Form. Aus pädagogischen Gründen hält er es für angebracht, seinem Verstand, über den er sehr, sehr unzufrieden ist, eine Lehre zu erteilen. Er fängt ihn wie einen Volleyball und befördert ihn mit einem kräftigen Schlag an eine der Holzleisten des Waggons:

Dummkopf, törichter, du hast mich dazu verführt, der deutschen Kultur zu dienen! Schau an, was mir bei diesen Deutschen geschehen ist, zu denen du mich hingeschubst hast. Gefällt's dir? Ich bitte dich, jetzt nicht ironisch zu lächeln. Wenn mir danach ist, zerschmettere ich dich und werfe dich weit von mir. Glaubst du, es beeindruckt mich, dass du jetzt blutüberströmt bist? Bei dem vielen Blut, das ich an diesem einen Tag habe fließen sehen, berühren ein paar zusätzliche Tropfen keinesfalls mehr die Sehne meiner Empfindsamkeit. Trotzdem, damit du noch eine Chance hast, lade ich dich ein, die deutsche Kultur abzulegen und in diesem Moment zur britischen Kultur überzugehen. Eins, zwei, drei ... Start!

Der ausgezeichnete Übersetzer – ausgezeichnet, auch wenn er jetzt so ganz und gar nackt dasteht – kramt in den Regalen seines Gedächtnisses wie in der Gemeindebibliothek und hält bei *Gullivers Reisen* inne. Wollen wir doch mal sehen, was der Ire Jonathan Swift so schreibt, dessen letzte Worte, im Jahr 1745, kurz bevor er seine Seele ausgehaucht hat, waren: »Ich bin verrückt!« Einverstanden, Meister, du warst verrückt. Aber was für ein Verrückter! Verrückter als wir alle zusammen. Das war's, ich hab das entsprechende Fragment gefunden.

In einem Laboratorium der Akademie von Laputa wird ein Gelehrter von seiner Arbeit absorbiert. Er sieht zerlumpt aus und riecht schrecklich. Akkurat zitiert Drimmer die Passage, in der die Konzentration des Wissenschaftlers beschrieben wird: »Sein ganzes Kopfzerbrechen ist darauf ausgerichtet, eine Methode zu ersinnen, die es ihm erlaubt, menschlichen Kot wieder in Lebensmittel zurückzuverwandeln, indem er diesen in seine Elemente zerlegt, denen er anschließend die von der Galle erhaltene Farbe auswäscht, womit er ihnen auch den ekligen Geruch austriebe …«

Drimmer setzt sich neben den Gelehrten und arbeitet nun Schulter an Schulter mit diesem. Er konzentriert sich. Er hat sich noch niemals dermaßen konzentriert. Und, ja, ja, ja, es gelingt! Der Waggon füllt sich mit leichten Aromen nach Knoblauch und Pfeffer, nach Senfsaucen und Meerrettich, die das Tagesmenü ankündigen. Suppen und Hühnerschnitzel, Hechte mit Gemüsefüllung, Schaschlik vom Zicklein, Lammragout in weißer Knoblauchsauce mit Dill, Kalbsfüße mit Petersilie und mit Modena-Essig beträufelte Rinderzunge … Alle installieren sie ihre Düfte im Waggon. Geschniegelte Kellner tragen schwere Platten herbei und stellen sie mit höflichen Verbeugungen auf die Tische. Welchen Wein bevorzugen die Herrschaften? Die meisten entscheiden sich für den Wiener Spritzer. Nein, keinesfalls Chardonnay aus Murfatlar, eher noch einen Riesling von der Târnava …

Professor Brüll spornt seinen Chor wieder an und dirigiert ihn unermüdlich. Und wieder greift er Strophen aus dem *Ochsenkarren* auf, die er hingebungsvoll singt:

»Heute fliegen wir dahin auf Gleisen
Und durch vollgestopfte Wagen.
Leer und knurrig ist der Magen,
Manch ein Schädel schon gespalten.«

Er hat recht, der eine oder andere hat schon Schüttelfrost. Man müsste die Fenster schließen. Das Lied ist stolz. Seine Melodie wird in ein paar Jahren als Grundgerüst für die Staatshymne von Israel dienen.

Im Waggon herrschen gute Laune und Brüderlichkeit. Mittag ist vorbei, und der Zug irrt zäh von Târgu Frumos nach Paşcani, worauf er sich unschlüssig gen Roman richtet, um bald wieder kehrtzumachen. Es scheint so, als habe er sich erinnert, dass es in Paşcani doch schöner ist; aber nein, er fährt am Bahnhof vorbei und kehrt zurück nach Târgu Frumos. Es ist schon zwanzig Uhr. Die Schlange, die fünftausend Menschen verschlungen hat, fällt mit allen Waggons in eine lange und träge Ohnmacht. Ein einziger Waggon aus dem gesamten Rudel verbreitet eine etwas unstimmige Geruchsnote. Durch die Ritzen in den Wänden dringen betörende Speisedüfte hinaus und verbreiten sich dort, getragen von den Noten etlicher fröhlicher Lieder.

Die Soldaten ärgert dies, und sie erstatten ihren Oberen Bericht. Die Telefone klingeln, der Oberste Generalstab wird informiert. »Wieder haben die Juden etwas ausgebrütet.« Sie haben sich im Waggon Lammragout in weißer Knoblauchsauce mit Dill zubereitet.

Alles, bloß kein Lammragout mit Dill! Sie haben ein Orchester gebildet und singen fröhliche Lieder, schmähen die rumänische Armee, schmähen das rumänische Volk. Am anderen Ende der Leitung brüllt Marschall Antonescu:

Derjenige, der diesem Judenpack Dill und Lammfleisch verkauft hat, ist unverzüglich hinzurichten! Es muss mit aller Strenge durchgegriffen werden! Die Situation kann außer Kontrolle geraten. Der Dill soll in ein Laboratorium eingeschickt werden, damit man untersuchen kann, ob es sich nicht etwa um bolschewistischen Dill handelt!

Das ist der erste Waggon, dessen Türen in Târgu Frumos geöffnet werden. Von einer blau schimmernden Tribüne aus übereinanderliegenden Leichen herab lächelt Carol Drimmer mit ausgebreiteten Armen den Freunden Gendarmen zu und lädt sie ein zum Festmahl.

Kommt herbei, Brüder, keine Scheu! Schließlich sind wir doch alle Rumänen. Und dabei setzt er an, den Polizisten Ion Leucea, der das Kommando über den Zug hat, zu umarmen.

Mag der Bruder Offizier denn nicht ein Glas Târnava-Riesling mit ihm trinken?

Bruder Offizier, ich schenke dir gleich höchstpersönlich ein! Und wenn du einen Wiener Spritzer magst, musst du's mir umstandslos sagen, ich hole dir sogleich etwas Sodawasser.

Der Übersetzer wendet sich an den etwas verwirrt dreinblickenden Kommandanten. Er beugt den Oberkörper ein bisschen zurück, um dem Strahl den entsprechenden Bogen zu verleihen, und beginnt in größter Heiterkeit, auf dessen Uniform zu pinkeln. Zum Schluss schüttelt er sich taktvoll, damit auch kein Tropfen des goldglänzenden Târnava-Weins verlorengehe.

Zweitausend Schläge mit Gewehrkolben prasseln auf ihn nieder und bringen ihn an Ort und Stelle um, zweitausend Mal.

Zweitausend Hiebe, je einen für jede ins Deutsche übersetzte Seite der *Anthologie der rumänischen Erzählung*, die niemals mehr gedruckt werden wird.

Drimmer um ein paar Stunden vorausgeeilt, sind Jacques und Lev schon in der anderen Welt registriert worden. Zur professionellen Genugtuung des Arztes gehen seine Berechnungen auf. Schließlich ist er nicht wie die Gans durchs Wasser durch die Universität geglitten. In Podu Iloaiei runden er und sein Sohn die Zahl der Überlebenden im Waggon auf dreißig auf. Der tüchtige Gynäkologe ist so glücklich, dass er sich sogleich, als die Türen geöffnet werden, mit zwei erhobenen Fingern an den Polizisten Nicolae Iacob wendet und ihm eine kostenlose Vagina-Untersuchung seiner Frau anbietet.

Was hast du gesagt, Jude? Willst du wohl so gut sein und das wiederholen?

Ich biete Ihnen ganz unentgeltlich eine kleine Vaginaluntersuchung für Ihre vorzügliche gnädige Frau an. Auch werde ich, wenn es so weit ist, Ihnen eine Ermäßigung beim Kaiserschnitt gewähren.

Du machst dich an meine Frau ran?

Wenn es dir unrecht ist, mach ich dir eine Untersuchung!

Und mich machst du zum Weib? Verfickt sei dein ungewaschener Mutterfotzenchristus!

Und während der Doktor noch darüber nachdenkt, dass die Rumänen doch großes Glück damit haben, über Christus zu verfügen, ohne den sie große Probleme beim Fluchen bekämen, vermählt ihn ein Stockschlag mit dem himmlischen Vater. Lev sieht den zu Boden gegangenen Vater nicht, das Geschäft seines Lebens lenkt ihn ab. Nur noch in Unterhosen, einen Schuh und ein schäbig aussehendes Päckchen an die Brust drückend, nähert er sich einer Gruppe Soldaten und fragt sie, ob sie nicht interessiert wären, ein Ei aus 18-karätigem Gold zu kaufen. Es ist groß wie ein Hühnerei, Ehrenwort, ich habe es von einem Herrn Goldschmied, der unterwegs gestorben ist. Die Soldaten schauen ihn misstrauisch an, sagen dann aber doch, lass mal sehen, wer weiß, vielleicht stimmt's ja sogar.

Was willst du denn dafür haben?

Wasser, einen ganzen Eimer. Für mich und Vater.

Wenn es so ist, geben wir dir ein ganzes Fass. Dann kannst du auch noch ein Bad nehmen, wenn du deinen Durst gestillt hast. Denn du stinkst wie eine Latrine.

Was Lev ihnen anbietet, ist bloß ein elender Klumpen Dreck, in dem das Funkeln der paar goldenen Ringe kaum zu sehen ist. Ein Soldat erledigt Lev kurz mit einer Kugel ins Genick, dann dreht er sich um, damit er sich in Ruhe übergeben kann.

Ein anderer zerschneidet den Schuh mit dem Bajonett und holt ein merkwürdiges Bündel Geld hervor. Es sind Pfund Sterling, von denen der Soldat, ein Bursche vom Land, noch nie auch nur ein Bild gesehen hat. Er wirft das Bündel angewidert von sich:

Hol's der Teufel, ist bestimmt keinen Heller wert!

Und geht ein paar Meter weiter, sich die Hände waschen.

6

Ich merke, dass mein Sohn Oscar von heiterer Wesensart ist. Er nimmt sich das Beste vom Leben. Von einem Mitschüler hat er eine Broschüre gekauft, die es darauf anlegt, Lachen zu provozieren. Dafür hat er einen *Vintage*-Erpel aus Plastik geboten, groß wie mein Unterarm. Mit gelbem Leib, orangem Schnabel und ebenso orangen Füßen. Füße von schlechter Verwandtschaft. So ein Erpel halt! Zöge er Schuhe an, Größe elf etwa, würden sie ihn leicht drücken. Seine Augen sind ein paar Nummern zu groß. Sie sind blau. Auch hat er eine blaue Baskenmütze mit roten Streifen auf dem Kopf. Verwegen so auf eine Seite verrückt. Oscar hat den Erpel aus der Halle genommen. Er kommt häufig und versorgt sich mit Nichtigkeiten. Man würde meinen, er sei ein Konquistador, der sich den Tand beschafft, mit dem er die amerikanischen Ureinwohner übertölpeln kann.

Oscar liest mir aus der Broschüre vor und benetzt sie mit seinen Lachtränen. Dort steht irgendwo, weiß auch nicht, auf welcher Seite, etwas über die Auslandsschulden der Vereinigten Staaten. Die siebzehn Trillionen Dollar betragen sollen. Mich amüsiert daran nur, dass ich nicht weiß, wie viel eine Trillion ist. Keine Ahnung. Ich hatte mein Lebtag noch nichts mit Trillionen zu tun. Schön, dass es Oscars Broschüre gibt. Wie hätte ich sonst erfahren, dass die Trillion zwölf Nullen im Rücken hat?

Schulden von siebzehn gefolgt von zwölf Nullen – in Dollar. Und dies runtergebrochen auf 313 Millionen Amerikaner, wie es die letzte Volkszählung ergeben hat. Rechnen Sie selbst. Jeder einzelne Amerikaner hat etwa 55.000 Dollar Auslandsschulden. Auch mein kleiner Oscar, der lacht, dass ihm die Kinnladen wehtun.

Was ist mit dir, Mam, macht's keinen Spaß? Hast du den Witz nicht verstanden?

Ich hab ihn nicht verstanden. Und lache trotzdem, pro forma. Ich darf meinen Sohn nicht enttäuschen.

Eines ist gewiss, die Familie Bernstein kommt besser zurecht als die große Familie der Vereinigten Staaten. Wir haben keine Schulden. Wir haben ein gewisses Plus. Was man sehen kann. Man kann es an der Haltung jedes Einzelnen von uns erkennen.

Man kann es bei Bill sehen und bei Sam, meinen Schwägern, den kleineren Brüdern von Ben. Bill ist zwei Jahre jünger, Sam vier. Dora hatte in Zweierschritten gezählt, als sie ihre Reproduktion geplant hat. Bill und Sam, bezaubernd und geschieden.

Bill, der mittlere Bruder, hat ein Kunststudium absolviert. Hat etwa zwei Jahre auch in Wien studiert. Unterhält Beziehungen zu Bildhauern, Malern, Dirigenten. Rühmt sich seiner Freundschaft mit David Černý, einem berühmten Tschechen. Auch ich habe eine seiner bedeutenden Skulpturen gesehen. Im Garten des Kafka-Museums in Prag.

Zwei Statuen, die zwei nackte Gestalten vorstellen. Gebaut aus übereinandergestapelten Metallscheiben. Sie stehen sich gegenüber und pissen in ein kleines Becken, das die Karte Tschechiens symbolisiert. Die Pisser waren nicht steif, sie schwenkten ihre Arschbacken, die Metallscheiben erlaubten ihnen die horizontale Bewegung. So konnten sie den Eindruck erwecken, sie schüttelten ihre Glieder, um auch die letzten Tropfen noch freizusetzen. Der eine erleichterte sich über dem Kopf von Prag, der andere über Brno. Ein großer Mann, der Künstler! Minimal Art aus einer riesigen Harnblase.

Bill ist selber Künstler. Er weiß, was man einer Flöte ins Ohr flüstern muss, um sie aufzuwecken. Weiß auch, welches die sensibelste Taste eines Flügels ist. Auch malt er, wie ich schon gesagt habe. Er hat Rasse: Er liest, geht durch Museen, frequentiert das Theater, betört Heranwachsende. Nicht in dieser Reihenfolge. Und noch etwas: Seit einer Weile färbt er sich die Haare nicht mehr. Im Unterschied zu seinen beiden Brüdern. Ich habe mich daran erinnert, dass mir niemand mitleidswürdiger vorkommt als ein Mann, der sich die Haare färbt. Aber das sage einer Ben.

Bevor ich in der Firma aufgetaucht bin, arbeitete Bill in einem Musikladen in Boston. Um Kundschaft anzuziehen, spielte er jeweils ein paar Stunden pro Tag auf dem Steinway-Flügel im Schaufenster. Er suchte sich ein musikalisches Thema aus und behandelte es wie ein Zauberer. Die interessierten Kunden nahmen den Flügel versuchsweise mit nach Hause. Und die interessierten Kundinnen nahmen manchmal auch Bill versuchsweise mit. Den Flügel behielten sie, Bill gaben sie zurück. Manchmal quittierten sie dies mit einem Seufzer.

Als ich ins Spiel kam, gab Bill das Schaufenster des Kaufhauses zugunsten des Familienschaufensters auf. Und hat sich ans Geschäft gemacht. Ich habe es als Kompliment aufgefasst. Befand mich in der Phase, in der ich alles als Kompliment ansah. Heute hat Bill drei Autos. Darunter einen roten Aston Martin. Er gibt sich überhaupt keine Mühe mehr, Heranwachsende zu betören. Die Heranwachsenden überschlagen sich im Bemühen, ihn zu betören. Wenn er zwei, drei freie Tage hat, unternimmt er eine Stippvisite nach Europa. Ein Konzert, eine Theateraufführung, eine Ausstellung. Ein Massagetermin im alten Prag, im alten Wien oder im alten Bukarest.

Sam ist der Jüngste. Er hat an der Universität etwas abgeschlossen, was mit *business* zu tun hat. Was damit zu tun hat, aber nicht wirklich im strengen Sinne. Er ist sportlich, spielt Golf und nutzt das Joggen zur Selbstbestrafung. Zum Golfspielen wählt er sich englische Greens. Zum Joggen die vielgestaltigen Landschaften Frankreichs. Der Sand an der Côte d'Azur hat eine Körnigkeit, die seinen Ansprüchen gerade genügt. Er ist tierlieb, warmherzig und hat Humor. Etwa wie ein in unsere

Zeit verpflanzter Scholem Alejchem. *Charming*, um es nicht weiter in die Länge zu ziehen. Er scherzt häufig und spontan. So muss auch Joe in seiner zweiten Jugend gewesen sein.

Während ich in der Firma saß, führte Sam die Uniformen-Abteilung in die Pleite. Da wurde innerhalb der Familie beschlossen, dass ich die Supervision über ihn ausüben solle. Genauer, seinen Sinn für Komik einhege, der sich auch in seiner Buchhaltung niedergeschlagen hatte. Was ich gerne getan habe, denn Sam ist ein altes Pferd, das sich freut, wenn man ihm Zügel anlegt. So kam es dazu, dass es der Uniformen-Abteilung allmählich ganz gut ging. Und sie zwei Gebäude einnahm, die man mit dem Respekt eines Liliputaners betrachtete. Ich belasse Sam in dem Glauben, es sei sein Verdienst. Ist nicht auch dies eine Kunst?

Weil er sich gewöhnlich verspätet, hat ihn Dora gelegentlich einmal darauf aufmerksam gemacht, dass die Dienstzeit Dienstzeit sei. Für alle Welt, inklusive ihn selbst. Sam hat es ihr auf der Stelle zurückserviert. Er riet ihr, sich ihren Terminkalender dergestalt einzurichten, dass sie nicht etwa während der Dienstzeit stirbt. Denn er könne den Betrieb nicht verlassen, um sie zum Bestatter zu bringen. Dienstzeit sei schließlich Dienstzeit. Und zwar für alle Welt, inklusive ihn selbst. Wenn Dora während der Dienstzeit sterbe, so möge sie dies auf eigene Verantwortung tun. Dann wird sie reglos in ihrem Stuhl sitzen bleiben, die Beine gespreizt und die falschen Zähne zur Sichtbarkeit entblößt. Den Blick weit in die Ferne gerichtet, auf die Schneefelder des östlichen Europa. Die Kunden werden meinen, sie sei präpariert, und werden sich erkundigen, was sie koste. Bis zum Ende der Dienstzeit werde sie so dasitzen, die Beine gespreizt und unverkäuflich. Bis siebzehn Uhr. Wenn er sich endlich um sie wird kümmern können.

Wir haben alle gelacht, Dora vornweg. Der Bub ist schlau. Er weiß, dass du selber den Ton der Heiterkeit zu bestimmen hast, wenn sich jemand auf deine Kosten lustig machen will. In seinem Inneren aber stecken jede Menge Teufel. Als Joe sie in den Arm nehmen wollte, schlich er sich wie ein alter Hecht heran:

Pass auf, dass dir dein *Flipper* nicht herausfällt!

Eines Tages kam Sam mit einem Iltis in die Firma. Sein neues Begleittier, sehr treu, wie das Nachschlagewerk es verlautbart. Trotzig schön. Mir scheint, der erinnert an eine Nutria. Hat die gleiche beseelte Attitüde verschlagener Pelzigkeit. Käme er Vater unter die Augen, fiele diesem bestimmt etwas ein. Der sähe darin sofort einen möglichen Kragen oder eine Mütze.

Es ist das leistungsstärkste Iltis-Modell, das es auf dem Markt gibt, lobt Sam seinen Begleiter. Ein Mini Cooper mit Fell. Kommt auch aus England. Ich habe ihn mir bei einer Werbeaktion klargemacht, anders hätte ich ihn mir nicht leisten können. Kann euch gar nicht sagen, was der kostet.

Wir können uns ganz schnell davon überzeugen, dass er seine Vorzüge nicht übertreibt. Ausgerechnet dann aber schneit uns die Steuerprüfung ins Haus, und beinahe zeitgleich eine Kontrolle der Sicherheit am Arbeitsplatz. Denn eine solche Kontrolle kommt, wie jedes Unglück, niemals allein. Fünf strenge Herren mit Gesichtern, die den dringenden Bedarf an Frischblut verraten. Gekommen, uns den Regeln zu unterwerfen. Weder sind unsere Buchhaltungsunterlagen ganz und gar regelkonform, noch ist es der Arbeitsschutz. Als könnte man mit solchen Dingen jemals im Reinen sein.

Sie nehmen von uns nicht einmal einen Kaffee an. Haben Angst, wir vergiften sie. Stürzen sich auf die Aktenkontrolle und die Inspektion des Warenlagers. Zentimeterweise. Dieses Papier ist abgelaufen, der Feuerlöscher hängt da ziemlich schräg in seiner Verankerung. Das hier ist nicht in Ordnung, von diesem hier reden wir besser gar nicht mehr. Katastrophen, wohin man auch schaut. Wir haben nur noch den Urteilsspruch zu erwarten.

Der arme Iltis hat starke Instinkte. Er spürt die negative Energie der Kontrolleure vom ersten Augenblick an. Er begreift, dass er es mit ein paar wild entschlossenen Plünderern zu tun hat. Und dass der Steuerdschungel sehr viel grausamer ist als sein natürlicher Wald. Und er reagiert – im Unterschied zu uns, die wir schier gelähmt und wie kreuzlahme Pflanzenfresser dastehen. Er kann sich – sein Geheimnis, wie – von der Leine lösen und verschwindet. Wir suchen in der Halle nach ihm, die Zungen hängen uns handlang aus dem Mund. Sam ruft ihn beim Namen:

Jack, come on, boy!

Er hatte ihn Jack getauft, hatte sich von Präsident Kennedy inspirieren lassen. Den man vertraulich Jack genannt hatte. Ebenso wie der Präsident hat auch der Iltis Jack eine schier obsessiv zu nennende Neigung zu körperlichen Freuden. In allen Erscheinungen, die ein Fell tragen, erblickt er eine bestens zur Befriedigung seiner fleischlichen Lüste geeignete Iltisdame. Auch die Steuerprüfer und die Leute vom Arbeitsinspektorat beteiligen sich an der Suche. Sie fühlen sich mitschuldig an diesem Zwischenfall. Ich glaube, die haben Angst vor einem Strafbefehl seitens der Tierschützer. Schließlich ist es ein Vergehen, einen hilflosen Iltis derart zu verschrecken. Ohne ihre negative Energie hätte Jack sich nicht versteckt. Also rufen sie an unserer Seite so laut sie können:

Jack, come on, boy!

Ergebnislos. Unter Verneigungen und Tausenden *I'm-sorry*-Bekundungen treten die Inspektoren den Rückzug an. Ohne uns eine Strafe aufzubrummen, ohne jede Rüge. Sofort nachdem sie die Tür hinter sich geschlossen haben, taucht auch Jack wieder auf. Brav wie ein ferngesteuertes Spielzeug.

Sam füttert ihn eigenhändig, streichelt ihn, küsst ihn auf sein

Schnäuzchen und nennt ihn »unser Retter, Jack Bernstein«. Der Iltis hat soeben den Rang eines Familienmitglieds erworben. Er ist ein Schutzengel von Bernstein Vintage Ltd. Ohne seine Hilfe hätten wir ein echtes Problem bekommen.

Bald auch entdecken wir, was hinter dem Schweigen des Jack Bernstein steckte. Echt pervers! Er hatte wilden Sex mit einem Fuchspelz. Wir kriegen mitunter auch sowas, vor allem durch Schenkungen. Einmal gab es sogar eine ausgestopfte Nutria, die mir das Herz gebrochen und mich einen ganzen Tag hat weinen lassen. Von den Talismanen in Gestalt von Hasenpfoten will ich erst gar nicht reden.

Eine halbe Stunde nach der Prüfung legt Dora los. Wo ist Franz hin verschwunden? Wie bitte, wer ist Franz? Der Erpel mit der blauen Mütze. Wer hat ihren Franz geklaut? Sie hatte ihn beiseitegestellt, weil er einem besonderen Kunden zugedacht war. Sie will ihren Erpel wiederhaben, und sie will ihn jetzt! Vor Aufregung kriegt ihr großer Mund zahllose Falten. Ähnelt einem Tümpel mit rissigem Eis am Rand. Ich sage ihr, dass Oscar den Erpel einem Mitschüler gegeben hat. Für eine komische Broschüre.

Er soll dem Kameraden die Broschüre zurückgeben und mir den Erpel wiederbringen, und zwar sofort!

Damit bringe ich den Kaufmann Oscar in die schlechtestmögliche Situation. Die einmal verkaufte Ware zurückzufordern. Seine Glaubwürdigkeit als Geschäftsmann wird in den Augen seiner Kollegen zutiefst erschüttert werden. Ich vermute, er verliert sogar einen Teil vom Herzen jenes Mädchens, um das er wirbt. Er sagt mir, *a deal is a deal*. Und er weint, dass das Ralph-Lauren-Hemd reißt, das er anhat. Seine Schwester Rachel weint aus Solidarität gleich mit. Sie weiß zwar nicht, warum Oscar weint, aber sie hat begriffen, dass sie sich daran beteiligen muss. Schließlich heule auch ich.

Oscar gibt seinem Klassenkameraden die Broschüre zurück, und dieser retourniert den Erpel. Ich packe Franz am Hals und knalle ihn Dora auf den Schreibtisch. Ohne ein Wort.

Warum erzähle ich all das? Damit Sie begreifen, was meine Schwiegermutter für eine Art Gift ist. Wie sie jeden kujoniert, den es eben trifft, ohne auch nur einen Augenblick über das Alter ihres Opfers oder die Wunden nachzudenken, die sie ihm zufügt. Und wenn ich es mir recht überlege, so glaube ich, es sind grade die Wunden, die sie interessieren.

Sie schiebt einen Kunden vor, für den dieser Erpel bestimmt gewesen sein soll. Welcher Kunde, werteste Schreckschraube? Wie ich sehe, phantasierst du dir Kunden herbei. In den Ausbaujahren der Firma habe allein ich Interessenten für allen möglichen Unfug herbeigeschafft. Ich habe sie aus dem Nichts erschaffen, hab ihnen den Verstand auf Lockenwickler aufgerollt, hab ihnen den letzten Tand verkauft. Viel zu aufgeplustert, als dass man nicht daran geglaubt hätte. Ich hab die Naivlinge der Welt in den Bernstein von Bernstein Vintage Ltd. eingeschlossen. Bis ich aufgetaucht bin, hattet ihr keine Ahnung davon, dass euer Familienname einen Edelstein bezeichnet.

Ich habe den Kunden die Arbeiterjacke von Mao besorgt, die Maschinenpistole des Mafiatyps Sam Giancana, Clintons Saxofon. Den Samowar Gorbatschows und die Grubenlampe von Miron Cozma. Takafumi habe ich einen schäbigen japanischen Kassettenrekorder für ein Vermögen verkauft, nachdem ich ihn davon überzeugt hatte, dass er mal Nadia Comăneci gehört hatte. Davor hatte ich ihm mit meiner Geburtsurkunde bewiesen, dass ich aus Onești stamme, der Stadt der berühmten Gymnastin.

Dass Bernstein Vintage Ltd. bei den Liebhabern alten Krempels mit anrührender Geschichte zum wirtschaftlichen Erfolgsmodell geworden ist, hat man mir zu verdanken. Sie werden auch begnadet verkauft. In all der Zeit hielt Dora sich am Rand und schaute zu. Hat zwei Papierbogen hin und her bewegt, um ihren Scheck zu rechtfertigen, den sie am Ende der Woche ausgehändigt bekam. Wie alle anderen Familienmitglieder. Am wenigsten noch Jack, der Iltis. Übrigens bin ich mir nicht mehr so sicher, dass das arme Tier wegen der negativen Energie jener Kontrolleure und Inspektoren in Panik geraten ist und sich versteckt hat. Ich glaube, Doras negative Energie hat viel eher dahintergesteckt.

Ich möchte nicht falsch verstanden werden. Mir ist durchaus bewusst, dass ich ohne Dora niemals nach Amerika gelangt wäre, nicht einmal als Touristin. Aber meinen Sohn und meine Tochter darf sie nicht zum Weinen bringen. Und auch mich nicht. Denn sonst kriegt sie meinen Schädel ins Maul gerammt, dass ihr alle Implantate rausspringen, da mag sie die Mutter von Ben und die Frau von Joe sein, so lang sie will. Diese alte Schrulle soll wissen, was man von einer Großmutter erwartet? Das ist doch wohl ein Scherz. Ich weiß nicht, ob Dora auch einmal ein Kind war. Wenn sie es wundersamerweise gewesen ist, hatte sie ganz bestimmt keine Großmutter. Wenn sie aber eine hatte, dann hat sie sie wohl eigenhändig vergiftet.

Bis aufs i-Tüpfelchen finde ich Dora in den Studien von Jacob Levy Moreno erklärt. Ein jüdischer Psychoanalytiker, der Ende des 19. Jahrhunderts in Bukarest geboren wurde. Er ist rechtzeitig nach Wien und von dort weitergezogen nach New York. Moreno ist derjenige, der das »Psychodrama« begründet hat, Psychotherapie, die sich auf das Theater, auf die heilende Kraft stützt, die einem die dramatische Kunst verleiht. Es heißt, dieser Gelehrte habe sein wissenschaftliches Auge eine Zeitlang auf eine Theaterschauspielerin geworfen gehabt. Diese habe stets die reine Unschuld spielen müssen und sei immerzu mit einem samtweichen Lächeln aufgetreten. Aber im wirklichen Leben jenseits der Bühne ging es bei ihr drunter und drüber. Da war sie ein Schreckgespenst, unerträglich, besessen, ein keifendes Weibsstück, bösartig und vulgär, eine Dora. Hätte eine alte Viper sie gebissen, das arme Reptil wäre sogleich umgekippt, alle vier Räder zum Himmel gereckt, an Ort und Stelle einem Giftschock erlegen.

Wissen Sie, was der Bukarest-Wien-New Yorker Moreno getan hat? Er hat die Pole umgedreht. Er hat veranlasst, dass man der Schauspielerin die Rollen von Hysterikerinnen und männerverschlingenden Monsterweibern zuwies. Was zu einer radikalen Veränderung in ihrem privaten Leben führte. Wie durch ein Wunder verwandelte sich die unausstehliche, besessene Schreckschraube in eine treusorgende Ehefrau, liebende Mutter und perfekte Schwiegertochter. Und in eine zartfühlende Geliebte, sofern es darauf ankam. Und ich glaube, es kam darauf an, denn die Schauspielerinnen sind bestimmt nicht so doof wie ich, jenseits der Vierzig an der Stelle, wo doch immerhin einiges an männlichem Verkehr stattfinden sollte, ein Spinnennetz zu tragen.

Dora erscheint in den Augen der Kunden als eine echte Lady. Ich habe gemerkt, welch tiefen Eindruck sie auf Takafumi gemacht hat. Und nicht allein auf ihn. Wir können es bloß nicht riskieren, wie im Fall jener Schauspielerin die Dinge umzukehren. Sodass sie uns die Kundschaft vergrault und die Geschäftspartner, und wir in den Ruin schlittern, dafür aber eine sanftmütige und liebreizende Dora in der Familie haben. Wenn sie sich in ein Laienensemble begäbe, könnte man im Sinne von Morenos Theorie etwas zu drehen versuchen. Dann könnte sie ihren Rucksack voller Teufelszeug auf der Bühne auspacken. Denn der Gymnastiksaal, den sie regelmäßig aufsucht, reicht dafür nicht mehr aus.

Ich rede mit den Bernstein-Brüdern darüber, aber keiner von ihnen traut sich, ihr so etwas vorzuschlagen. Es Joe vorzuschlagen, wage ich nicht. Ich frage mich zum tausendsten Mal, was dieser Mann wohl an ihr gefunden haben mag.

Vielleicht hätte sich Dora auch etwas humanisiert, wenn sie nicht wie durch Butter durchs Leben hätte gleiten können. Wenn sie das elende Leben meiner Eltern hätte führen müssen, die sich geplagt haben, seit ich denken kann. Sie haben im Schlamm geschuftet, hungrig und bei Frost. Und zum Schluss nicht nennenswerte Renten. Die für Rheumaspritzen in die Knie und Spenden an die Kirche zur Abwehr des Teufels draufgehen. Jetzt haben sie Geld, aber sie wissen nicht so recht, wozu es gut ist. Ihr Traum versackt in der Vorstellung einer Gruft.

Sofort als meine Schwiegermutter ihr erstes Geld hatte, legte sie sich eine Haushaltshilfe zu. Die zu putzen und zu kochen hatte, damit ihre lackierten Fingernägel nicht strapaziert würden. Worauf sie sich ein Abo bei der Kosmetikerin und eins bei der Coiffeurin besorgte. Wo sie seit ihrem zwanzigsten Lebensjahr jeden Freitag ihren Hintern und ihr Schamhaar hinbewegt. Bis heute mehr als dreitausend Mal. Mit ihrem in dieser Zeit epilierten Bauchhaar könnte man sämtliche Bettdecken einer Obdachlosenunterkunft füllen. Verstehen Sie, welch eine Tragödie losbräche, wenn eine Haarsträhne aus ihrer Frisur einen Millimeter zu weit links platziert wäre? Die Sonne würde sich zu scheinen weigern.

Diese Frau ist Hitler mal Stalin. Alles zur Mao-Zedong-Potenz erhoben. Wenn die großen Diktatoren der Welt sie gekannt hätten, hätten sie füreinander nur noch ein müdes Lächeln übrig gehabt. Die hätten sich heimlich Polonium in die Teetassen geträufelt, um ihr Herz zu gewinnen. Nun ja, was man halt so Herz nennt. Wir können Dora nicht vorwerfen, dass auch sie dieses kompromittierende Organ trägt.

Da gibt es noch etwas, das einen frappiert, wenn man sie kennenlernt. Je scharfrichtermäßiger sie sich zu anderen verhält, umso gnädiger geht sie mit sich selbst um. Wenn die Rede auf sie selbst kommt, ist sie zartfühlend wie die Absolventin eines

Lehrgangs für Prinzessinnen – im Fernstudium. Sie ist äußerst talentiert darin, sich selbst zu bemitleiden. Zu Beginn meiner Amerikazeit dachte ich noch, ich könnte mich mit ihr anfreunden. Wie mit den Mädchen im Studentenwohnheim. Und bei Kaffee und Cognac ein bisschen mit ihr plaudern. Einmal kam sie mit vom Heulen verwüsteten Augen und Wangen zu mir. Joe war der Schuldige:

Damit du mal siehst, was er mir angetan hat. Wir hatten Karten für das Kennedy Center, wo das Ballett des Bolschoi-Theaters gastierte. Und er trödelte herum mit dem Anziehen und Parfümieren. Ich habe zu ihm gesagt, er soll sich nicht so herausputzen, es schaut ohnehin niemand mehr auf so einen alten Schubkarren. Und wenn er sich nicht beeilt, werde ich allein losgehen. Weißt du, was er mir daraufhin geantwortet hat?

Ich dachte an Dinge, die übel sein konnten, gar an die schlimmsten Dinge. »Idiotische Schnepfe«, »spreizbeiniges Trampeltier«, »verschrumpelte Fotze«, »stopf dich in die Fotze deiner Mutter«, »alte Teufelsvettel«, »fick dir alle Toten deiner Familie«, »du widernatürliches Arschloch«. Schlichte Worte, die langjährigen Lebenspartnern einfache Botschaften vermitteln. Langlebige Liebesworte, aus denen in meiner Heimat die Ehen gedrechselt werden. Und schließlich kommt auch Joe aus jenem Land, das wollen wir nicht vergessen.

Ich weiß wirklich nicht, ob ich dir das sagen darf, Suzy, es ist wirklich schrecklich. Bitte sag es nicht Ben, der würde furchtbar darunter leiden.

Herrgott nochmal, was konnte der sanftmütige Joe denn bloß gesagt haben, dass sie sich dermaßen aufführen musste?

Er hat zu mir gesagt: *I got married in the wrong village.* Ich hab im falschen Dorf geheiratet. Herrje!

Ich habe erleichtert aufgeatmet. Joes Erwiderung klang wie ein Klassikerzitat. Manchmal kommt es nicht auf die Braut an, sondern auf den Ort, aus dem sie kommt. Tausendmal harmloser als »verschrumpelte Fotze« oder »du widernatürliches Arschloch«.

Dora war nicht meiner Meinung. Sie blieb eine anderthalbfache Übersensible. Eine *Second-hand*-Prinzessin. Eine *Vintage*-Scheinheilige, deren Geschichte ich nicht kannte. Nach einer kurzen Pause, die sie zum Auftanken nutzte, legte sie eine weitere Klagerunde ein:

Überleg mal, so etwas sagt er nach einem gemeinsam verbrachten Leben zu mir! Im Ernst, es wäre besser gewesen, er hätte mich erschossen!

Ich war ihrer Meinung. Besser, er hätte sie erschossen, als sie leiden zu lassen. Es wäre für alle besser gewesen.

Wissen Sie, was mir zunehmend auf den Geist geht? Dass ich dieses Kapitel für meine Schwäger Bill und Sam vorgesehen hatte. Zwei überaus liebenswerte Typen, die ihr Junggesellendasein zu würdigen wissen. Und dabei gelandet bin, wieder einmal über meine Schwiegermutter zu reden. Und wissen Sie, was mich super enerviert? Dass heute Abend mein Hochzeitstag ist, weiß auch nicht, der wievielte. Ben hat mich in das gleiche italienische Restaurant eingeladen. Das Restaurant unserer Anfänge. Glauben Sie etwa, Dora wird da wegbleiben?

Darüber kann ich nur lachen. Eher bleibt sie ihrer eigenen Beerdigung fern.

Welch riesige Bullshiterei!

7

Auf den Straßen der Stadt hat das Großreinemachen begonnen. Die Pferdewagen der öffentlichen Verwaltung fahren mit Leichen beladen zum Friedhof und kommen leer zurück, die Bürgersteige werden von den beschämenden Blutspuren gereinigt.

Die Jüdische Gemeinde legt ein neues Registerbuch an und beginnt, einen nach dem anderen die Toten zu zählen. Die Vermissten werden eine Zeitlang für lebend gehalten und zu Hause zurückerwartet. Nur wenige kehren heim. Irgendwann wurde festgestellt, dass die Hoffnung zuletzt stirbt. Sie mag zwar als Letzte sterben, aber sie stirbt und räumt traurig den Platz, auf dem nun das Kaddisch für die aus dieser Welt Gegangenen anhebt.

Anfangs behandelt der Rabbi das Entchen so, wie er es eben am besten versteht. Er lässt sie nicht mit aller Ausführlichkeit wissen, wo und wie ihr Vater und ihr Bruder ihr Ende gefunden haben. Er lässt sie auch nichts über die Großmutter wissen, die mit auf die Brust gepresster Hand gestorben ist, als sie ihr Herz hatte weit wegwerfen wollen, damit die Demütigungen nicht mehr so schmerzten, die ihre Tochter zu erleiden hatte, als sie im Nebenzimmer von einer Zusammenrottung von Troglodyten vergewaltigt wurde.

In den ersten Tagen ließ er sie auch die Mutter nicht sehen. Er fand sie entkleidet und ins Leere starrend daliegen, die Beine fast auf 180 Grad gespreizt, wie ein Insekt, das in einen widerwärtigen Bernstein aus Blut, Urin, Sperma und Kot eingeschlossen ist. Man hat ihr eine Doina-Zigarette in den Mund gesteckt, sie ist über und über von harmloseren, aber auch ein paar tieferen Wunden gezeichnet und trägt die ironische Zierde des roten Bandes am Hals, das ihre bolschewistischen Sympathien symbolisieren soll. Neben ihr liegt zum gleichen, demaskierenden Zweck ein rotes Fähnchen.

Der deutsche Offizier hatte darauf Wert gelegt, sie derart geschmückt fotografieren zu können, damit ihm in den frostigen Kämpfen, die ihn in Russland erwarteten, eine warme Erinnerung erhalten bleibe. Er hatte ihr den Fähnchenstab da und dort hineingesteckt, hat ihr Rum zwischen die Titten gegossen und den Nachbarn Vivovschi angehalten, mit ihm *Bruderschaft* zu trinken, hat sie von Ilie reiten und auspeitschen lassen, und er hat den bessarabischen Polizisten gebeten, ihr das Joghurt aus seinen Eiern ins Gesicht zu spritzen und zu verschmieren, denn im Deutschen Reich sei man überzeugt, das ergebe einen guten Teint.

Der Rabbi kümmert sich um das Schicksal von Lev und Jacques, er macht die nötigen Gänge und erhält die Sterbeurkunden. Weil das Haus der Familie in der Strada Ștefan cel Mare ohnehin mit allen darin befindlichen Gütern beschlagnahmt ist, gewährt er Roza und Golda Schutz unter dem gleichen Flügel und steckt sie in ein Zimmer seiner überaus bescheidenen Wohnung im Podu-Roșu-Viertel.

Er fährt bis nach Podu Iloaiei, von wo aus er nach Târgu Frumos eilt und die verzweifelten Eltern des Gynäkologen, so gut er es eben vermag, zu trösten versucht. Er verspricht ihnen, sich fortan um ihre Enkelin ebenso wie um ihre Schwiegertochter kümmern zu wollen. Er verfügt über die Möglichkeit, sie zu ernähren, er war vorausschauend, hat sich Vorräte angelegt. Sie mögen sich keine Sorgen machen und sich um ihre anderen beiden Kinder kümmern, den Bruder und die Schwester von Doktor Oxenberg, er ruhe in Frieden. Auf Wiedersehen, wandeln Sie in meinem Segen!

Roza kann er nur noch mühsam mal ein Wort entlocken. Sie sitzt Tag für Tag auf einem Bänkchen im Hof und brabbelt was in ihrer Sprache. Ob es Sprüche sind, die ihren Seelenschmerz auflösen sollen? Nein, das klingt nicht nach solchen Sprüchen. Eines Tages tritt der Rabbi unbemerkt näher an sie heran und hört, was Roza im Flüsterton immerzu wiederholt. Er hört eine geschlagene Minute lang zu und ist entsetzt:

»Noch ein Stück, Stück, Stück,
noch ein Stück, Stück, Stück,
bis du ganz zu Ende bist gefickt.
Ja viel süßer ist die Muschi
als Papachen oder Mutti.
Drum jetzt, da die Hüllen fallen,
ran ans geile Loch mit allen!«

Das sieht nicht gut aus. Er beobachtet sie aufmerksam, bemisst ihr die Essensportionen recht genau und sieht, dass sie beinahe unberührt zu ihm zurückkehren. Wo mag diese totale Feindschaft gegen alles, was man ihr auf den Teller legt, herrühren? Ob sie etwa nicht mehr leben will? Hat sie vergessen, dass sie ein kleines Entchen, nämlich Golda, aufzuziehen hat?

Welch ein Absturz! Eine Frau, bis gestern noch von einer Schönheit, dass es einem den Atem verschlug. Wie kam es dazu, dass sie jetzt nur noch ein Haufen Knochen ist, die ihr in die Haut stechen und sie schier zum Platzen bringen? Da erinnert überhaupt nichts mehr an die Locken und die Samtigkeit von einst. Nichts evoziert mehr ihre aristokratischen, einer musikalischen Ordnung gehorchenden Züge. Wenn sie sich unbeobachtet glaubt, wäscht Roza immerzu mit ekelstarrem Gesicht Wäsche. Wieder und wieder.

Der Rabbi tut sich eher schwer zu begreifen, was hier vor sich geht. Er beobachtet sie wie ein Detektiv und stellt fest, dass sie vor allem den Unterhosen besonderen Reinigungseifer zukommen lässt. Ob das ein Überbleibsel ihrer damenhaften Pedanterie ist? Ob es eine nervliche Entladung ist? Wir wollen nicht vergessen, dass die Dame aus einem jener Häuser mit Veranda und aus dem Stadtviertel kommt, das mit dem Gottesgeschenk der Kanalisation gesegnet ist. In solch einem Haus hat sie gelebt. Die Anpassung an eine bescheidene Wohnung in einem Stadtviertel, das vor kaum zehn Jahren noch in einen Kampf auf Leben und Tod gegen eine vom Fehlen der Kanalisation verursachte Typhusepidemie verstrickt war, geschieht nicht so im Handumdrehen. Sie ist nun einmal eine feine Dame. Sie weiß nicht, was es heißt, dass Senkgruben ausgeschöpft werden müssen, hat nie die Behältnisse mit dem stinkenden Inhalt der Latrinen zu sehen bekommen. Aber was soll's, wir haben eben keine Toiletten wie in Paris, wo man das Wasser durch einen kurzen Zug an einem Griff herbeiruft, damit alles während eines Wimpernschlags weggespült wird und verschwindet.

Oder aber ... stopp, wenn aber ... Schreckliche Vermutungen wirbeln ihm durch die Seele, als er sieht, wie oft Roza an ihrer frisch gewaschenen Unterwäsche schnuppert. Sie reibt mit den Händen daran, reibt und reibt. Hält sie sich an die Nase und reibt wieder.

Der Rabbi versammelt all seinen Mut und legt ihn in seine Worte. Er grüßt sie frühmorgens mit der Formel »mein Segen sei mit dir«, legt einen hoch aufgetürmten weiten Kreis sie umgebender Worte an und packt – endlich! –, da er den Augenblick für gekommen erachtet, die Sache direkt an. Ob sie nicht ihre Scheu überwinden und einen Arzt aufsuchen wolle, um sich, wie für Damen üblich, untersuchen zu lassen? Nicht weil sie etwa krank wäre, sie ist selbstverständlich gesund, was sollte sie denn haben. Nur so, zur ... Wie lautet nur jenes Doktorenwort? »Prophylaxe«, haben Sie gesagt? Ach ja, zur Prophylaxe, so ein verflixtes Wort, das Verstecken spielt mit mir. Nun ja, man merkt eben, dass Sie die Tochter ebenso wie die Gattin eines Arztes sind.

Und weil Sie die Gattin eines Gynäkologen sind, wissen Sie besser als irgendwer sonst, dass der Körper einer Frau aus einem zarteren Teig geformt ist als der des Mannes. Er schwingt und vibriert anders und antwortet auch auf andere Weise auf das – hm! – Ungemach, das die üblen Zeitumstände mit sich bringen. Selbst meine Frau geht einmal im Jahr zur Kontrolle, vor allem, seitdem sie erfahren hat, dass sie keine Kinder mehr kriegen kann. Sie geht hin, warum sollte sie nicht hingehen, um sich versichern zu lassen, dass alles in bester Ordnung ist. Sie macht ihre Einkäufe auf dem Markt und geht anschließend kurz beim Doktor vorbei, schließlich liegt der auf dem Weg.

Wir werden zusammen zur Untersuchung gehen, ich habe schon mit einem Arzt gesprochen. Er erwartet uns. Denn, was soll's, Frau Doktor, es kommt auf die Gesundheit an, alles andere können wir uns schon irgendwie besorgen.

In jeder anderen Hinsicht möge sie unbesorgt sein. In den Unterlagen der Jüdischen Gemeinde ist die Zahl der Verelendeten besorgniserregend hoch. Er aber hat genug Geld beiseitegelegt und damit noch ein klein bisschen was in der Hinterhand. Goldilein wird nicht ins Waisenhaus müssen, sie wird nie mitkriegen, wie Kantinenessen schmeckt. Ihre Zukunft, das heißt, auch unsere wird nicht schwarz sein, keinesfalls. Solch eine Zukunft ist eine seltene Ware, das ist – he-he-he! – Importware. Die wünschte sich so mancher! Aber Sie müssen wissen, das ist einzig und allein unsere Zukunft. Mit der Zeit werden wir ja sehen, ob noch jemand anderes es verdient, eine Portion davon zu bekommen.

Roza lässt sich nur schwer überzeugen, aber es klappt. Sie wird in aller Freundlichkeit von einem früheren Kollegen Jacques' empfangen, während der Rabbi im Vorzimmer einen Tee trinkt.

An der Wand über dem Schreibtisch hängt ein gerahmtes Foto, groß wie ein Gemälde. Eine Gruppe Internisten in tadellos weißen Kitteln und Käppis sitzt auf den Treppenstufen des Spitals, in ihrer Mitte der Herr Professor. Ein breites Lächeln der Zuversicht in die kommenden Zeiten durchzieht die Gruppe von links nach rechts, durchbrochen allein vom würdevollen akademischen Ernst des Magisters. Roza drohen die Augen aus dem Kopf zu springen, da sie von einem Internisten zum anderen gleiten. Ein seltsames Detail zieht sie unwiderstehlich an. Mehr als die Hälfte der Ärzte haben etwas auf ihren Käppis stehen, das wie eine Kennzahl aussieht. Sie tritt näher heran, liest, was da steht, und kann es nicht glauben: »29. Juni 41«.

Schnell hat sie die Verbindung hergestellt und begriffen. Das sind die Toten des Pogroms. Ihr Mund wird trocken, ihre Gefühle lassen alle anderen Organe links liegen und schießen in ihren Augen zusammen. Normalerweise müsste auch er hier sein. Wo?

Wo bist du, mein kleiner Jacques?

Endlich hat sie ihn entdeckt. Verloren in der letzten Reihe, aufgewühlt, als wäre er eben nach einer langen und erschöpfenden Reise aus dem Zug gestiegen, lächelt ihr Jacques der Zukunft entgegen. Sein Lächeln ist etwas linkisch geraten, wie das eines Schulbuben, es ist das ungeschickteste Lächeln von allen. Er lächelt wie am Abend ihrer ersten Verabredung, als sie sich einen Film im Trianon oder im Phoenix hatten anschauen wollen, sich aber zu sehr gefürchtet hatten, von den Legionärsbanden erwischt und verprügelt zu werden.

Roza streckt ihre knochige Hand zum Käppi ihres Mannes hin und versucht, das Etikett davon abzumachen. Sie vermag es nicht, aber sie kann es auch nicht lassen. Versucht, ihm das Käppi nach hinten in den Nacken zu drehen, damit das Grienen jenes fatalen Datums über der Stirn verschwindet. Das hat ihm bestimmt das Schicksal dorthin geschrieben. Dies ist der Kopierstift, den allein das Schicksal benutzt, nachdem es ihn mit der eigenen Spucke voller Mikroben und Bazillen angefeuchtet hat. Allein darum heißt es, man könne dem, was einem auf der Stirn geschrieben steht, nicht entkommen.

Sie ist sich sicher, wenn das Datum des Pogroms vom Käppi

verschwindet, wird Jacques mit einem Mal und ohne längeres Nachsinnen wieder erwachen. Und er wird aus der Höhle des Fotos heraustreten, und sie werden zusammen, die Finger ineinander verflochten, nach Hause gehen. Wenn es ihr bloß gelänge, ihm das Käppi in den Nacken zu drehen. Sie probiert es einmal, noch einmal ... Ihre Hand zittert, die Finger gleiten auf dem glänzenden Papier ab. Sie kriegt es nicht zu fassen. Ah, du elendes blödes Käppi, dass dich doch der Gehörnte reite! Willst stur sein, was? Glaubst, dein Tantchen Roza kriegt dich nicht rum?

Der Doktor schaut ihr ein paar Sekunden lang mit einer Erregung zu, die er nicht gebrauchen kann. Er nimmt sie am Handgelenk und geleitet sie sanft in den Nebenraum. Er hat ein seltsames Gefühl, als er sie berührt. Die arme Frau! Sie ist dünner als das Lehrskelett, das man den Studienanfängern in der Anatomievorlesung präsentiert.

Roza hat gelernt, sich zu unterwerfen: Sie entkleidet sich schweigsam, steigt auf die Liege, spreizt die Beine. Sie will nicht wieder Prügel kassieren wie damals mit dem deutschen Offizier und den anderen. Sie schaut den Doktor ergeben an, der sich taktvoll die Musketier-Handschuhe überstreift.

Als sie beide ins Büro zurückkehren, ist das Foto mit den Internisten nicht mehr an der Wand. Es mag allein herabgestiegen sein, stellt sich die Witwe vor. Die jungen Internisten werden mit dem Professor ins Restaurant Corso gegangen sein, sich entspannen.

Der Arzt ist erschüttert vom Ergebnis seiner Untersuchung, aber seine professionelle Verstellungskunst lässt nichts durchdringen. Während Roza einen stärkenden Tee trinkt, den ihr die Assistentin serviert hat, die nunmehr ihre persönlichen Daten in die Untersuchungsakten einträgt, spricht der Gynäkologe leise mit dem Rabbi.

Es bedarf mehrerer chirurgischer Eingriffe, die Sache sieht alles andere als koscher aus. Fürs Erste empfiehlt sich eine kurze Abtreibung, denn Tatsache ist, dass Madame Oxenberg infolge der Vergewaltigung im dritten Monat schwanger ist. Aber was ist denn mit Ihnen los, ich hoffe, sie kriegen mir hier keinen Infarkt?! Ich bedauere sehr, aber ich bin kein spezialisierter Kardiologe. Ah, aber ich habe ein universelles Heilmittel: ein Gläschen Cognac. Sie sollen es gleich bekommen.

Dann gibt es leider noch etwas. Die schlimmste Sache kommt in unserer Disziplin zumeist erst am Ende. Die von Frau Oxenberg erlittene Vergewaltigung – was für ein erlesener Mensch ihr Gatte doch war, welch ein Fachmann und Kollege! – erweist sich als viel traumatisierender als gemeinhin eine schlichte Vergewaltigung. Ich weiß, die schlichte Vergewaltigung gibt es im strengen Sinne nicht, ich spreche allein aus medizinischer Sicht. Beziehe mich auch nicht auf die größere Zahl der Vergewaltiger, wie viele mögen es gewesen sein, ich glaube verstanden zu haben, es seien etwa fünf oder gar sechs bis sieben gewesen.

Ich habe nur im Blick, dass ihr allerhand Fremdkörper in die Vagina eingeführt worden waren. Und wozu ist dies geschehen? Damit die Vergewaltiger ihren Spaß hatten, wozu sonst? Ich glaube, es handelte sich um eine Pistole und den Stab eines Fähnchens. Dadurch kam es zu mehreren Dammrissen. Und die waren derart erheblich, dass nun auch deswegen eine Operation stattfinden muss. Dumm daran ist nur, dass diese Risse mit der Zeit zu Harninkontinenz führen, denn die Gebärmutter beginnt, sich herabzusenken, schauen Sie, so. Wenn man da nicht eingreift, wird sie immer öfter die Kontrolle darüber verlieren und sich anpinkeln. Deshalb ist eine Operation maximal drei Monate nach der Vergewaltigung angezeigt. Die gnädige Frau befindet sich noch im Rahmen, wenn ich es einmal so ausdrücken darf.

Soll ich Ihnen noch einen Tropfen Cognac einschenken? Ich werde auch was davon nehmen. Sie haben ihn schon hinuntergekippt? Cognac ist Pflicht bei Untersuchungen. Das beste Betäubungsmittel.

Und auch das ist noch nicht alles. Ich will Sie nun doch bitten, Platz zu nehmen. Es ist noch nicht alles, weil es bei der Vergewaltigung auch zu einer Penetration des Anus kam. Es versteht sich von selbst, dass ein solch gewaltsamer Akt sehr viel verletzender abläuft als eine vaginale Vergewaltigung. Die Körperöffnungen sind benachbart, und für ungeübte Flegel liegt die Versuchung nahe. Es ist zu sehr ernsthaften Schädigungen gekommen, nicht bloß zu einfachen Rissen in der Schleimhaut. Der Schließmuskel ist schwer verletzt, möglicherweise gerissen. Jedenfalls versieht er seinen Dienst nicht mehr. Was zur Inkontinenz hinsichtlich der Fäkalstoffe führt. Gegenwärtig geschieht dies zufällig mal, aber es wird immer häufiger vorkommen, wenn kein Eingriff stattfindet. Zur Wiederherstellung ist auch hier ein neuerlicher operativer Eingriff nötig. Eine weitere Betäubung, wieder eine andere Nadel, anderer Zwirn. Ob die Operation leicht ist? Nein, keine chirurgische Intervention ist dies.

Und wieder müssen wir aufpassen, um den Zeitraum von drei Monaten nach dem Geschehen nicht zu verpassen. Sehen Sie, so bekommt die besondere Sorgfalt der Kranken für ihre Unterwäsche, die Sie beunruhigt und zu mir geführt hat, ihren Sinn. Auf Rumänisch: Sie beschmutzt sich selbst, hat keine Kontrolle mehr über sich, das gehorcht nicht mehr ihrem Willen. Auch ihre Schamhaftigkeit ist vergewaltigt worden, die menschliche Würde ebenso. Deshalb isoliert sie sich, schweigt sie.

Was wollen Sie, sie war eine Dame der Oberschicht. Es ist nicht leicht, von da oben abzustürzen. Ich kenne Fälle von Verarmten, die sich schämen, in die öffentlichen Garküchen zu gehen, und zu Hause die Lebensmittelportionen entgegennehmen, die ihnen die Gemeinde schickt. Allerdings ist ihre Scham mit so etwas nicht zu vergleichen. Ich werde kurz die medizinisch gebotene Vorgehensweise wiederholen, damit uns das klarwird: Wir werden mit der Kürettage beginnen, dann werden wir übergehen zur Behebung der Dammrisse und alles mit der Operation abschließen, die den Darmausgang wiederherstellt. Es ist viel zu tun. Ehrlich gesagt, geheilt wird die Patientin niemals mehr werden. Denn ihre Seele kann niemand wiederherstellen. Mich schmerzt vor allem, dass ausgerechnet der Gattin eines eminenten Gynäkologen solch ein Unglück widerfährt. Das noch zu der Tragödie hinzukommt, den Mann, den Sohn und die Mutter verloren zu haben. Geburtshilfe-Gynäkologie ... Ich kann nicht glauben, dass auf den Familien derer, die sich darauf spezialisiert haben, ein Fluch liegt. Wenn ich dies glaubte, würde ich mich morgen umzuschulen beginnen.

Die Geschichte des Vaterlandes hat nun die Gewohnheit angenommen, die Toten und Verwundeten jedes einzelnen Kapitels in ihrem Wälzer zu zählen. Die im Kampf Gefallenen sind immer schon mit größter Sorgfalt in die Register eingetragen worden, worauf man ihnen post mortem einen militärischen Rang an die Brust geheftet und sie in die Grube geworfen hat. Immerzu füllen die nicht tödlich Verwundeten eine Zeitlang die Spitalbetten und Krankenakten, bevor sie damit beginnen, gleichmütig über die Straßen zu kriechen, an den Straßenecken zu betteln und damit die Unversehrten zu entsetzen, für die sie doch eigentlich ihre Arme und Beine in den Unterständen gelassen hatten.

Von den vergewaltigten Frauen schweigt die Geschichte. Die Selbstzensur hindert sie daran, diesen für alle Ewigkeit – aufgrund der ältesten militärischen Kampfordnung, bei der Soldaten, Unteroffiziere und Offiziere hautnah gegen den weiblichen

Feind ankämpfen – gezeichneten Wesen Bedeutung beizumessen. Sie kämpfen unter erbittertem Stöhnen, erringen ihre siegreichen Höhepunkte, indem sie ohne jede Scheu ihre Intimbewaffnung zum Einsatz bringen.

Die Botschaft trifft frontal: Man mag es bedauern, aber die vergewaltigten Frauen haben in den Geschichtsbüchern, worin vornehmlich dem Heldentum der Armee gedacht wird, nichts verloren. Befänden sie sich an der Seite so tapferer Woiwoden und Fürsten wie Decebal, Vlad, Ştefan und Mihai, so würden sie das Gruppenbild arg ramponieren. Außerdem müssen wir die junge Generation unterweisen. Welcher Eindruck entstünde bei den Schülern während der wohlbedachten Unterrichtseinheiten in Patriotismus?

In den Augen derer, die die Seiten der Geschichtsbücher redigieren und korrigieren, ist das Opfer dieser armseligen Frauen unbedeutend. Nun ja, wir wissen doch alle, dass auch die Soldaten sich auf ihre ungehobelte Art Erleichterung verschaffen. Manchmal packt sie ein Übertreibungsfuror, den wir für entschuldbar halten dürfen, wenn wir die während der heldenhaften Kämpfe für die Freiheit des Vaterlandes erduldeten Entbehrungen im Blick behalten. Wenn solche Dinge geschehen, ist es besser, man wendet ihnen den Rücken zu, zündet sich eine Zigarette an und zieht den Rauch tief in die Lungen, damit er einem die Seele betäubt. Etwas anderes kann man nicht tun. Auch hat man kein Recht dazu. Vor allem, weil es manchmal den Damen auch gefällt. Lachen Sie nicht, denn es verhält sich genauso. Es gefällt ihnen tatsächlich, Ehrenwort.

Auch für Roza gibt es keinen Platz auf dem Kerbholz der Geschichte. Zur Antwort wischt sie sich mit dem vom untersuchenden Arzt niedergeschriebenen Behandlungsplan irgendwo ab. Ignoriert ihn vollständig. Am Vorabend der Abtreibung, als der Rabbi strahlend nach Hause kommt, ein Paket mit Leckereien an die Brust drückend, sitzt die Witwe nicht mehr auf ihrer Bank im Hof oder wäscht verbittert ihre Höschen. Er ruft nach ihr, sucht sie, zeigt ihr Verschwinden den Polizisten an, die auf der Straße patrouillieren, füllt auf ihrer Dienststelle Formulare aus. Und verlegt sich aufs Warten. Wer weiß, vielleicht kommt sie ja doch wieder.

Neben der Kinematografie, der Schneiderei, der Rechtspflege, Medizin und dem Handel ist das Warten der Bereich, in dem die jüdische Bevölkerung ihre Fähigkeiten wunderbar unter Beweis stellen kann.

Wie üblich tröstet der Rabbi das Entchen. Es gibt keinen Grund zur Besorgnis, Mami ist für eine Weile zur Behandlung in einen Kurort gegangen. Die Ärmste hat eine leichte Erkrankung, dort kann man das behandeln. Hast du nicht gemerkt, wie verärgert sie hier herumgesessen hat? Aber sie wird wieder zurückkehren, und niemals wird sie gesünder und schöner sein als dann. Sie wird heimkehren, und wir werden allesamt mit dem Auto spazieren fahren. Denn der Krieg wird schon morgen, übermorgen zu Ende sein.

Von alledem, was der Rabbi ihr sagt, behält Golda allein das Wörtchen »niemals«.

Wenn sie abgereist ist, warum hat sie sich dann nicht von mir verabschiedet?

Damit du nicht weinst, meine liebe Kleine.

Ich weiß gar nicht mehr, wie Weinen geht.

Du musst es wieder lernen. Los, gehe hin in meinem Segen!

Im Herbst wird wieder an den Schulfaden angeknüpft, und Golda sitzt in Rifcas Bank. Die Tochter des Rabbis nimmt sie unter ihre Fittiche. Sieht man sie von der Schule heimwärts streben, so stellt sich einem das Bild zweier Stummel ein, die sich an der Hand halten: Rifca ist der dickere Havannastummel, Golda der schmale Stummel der Doina-Zigarette, die ihre Mutter zu rauchen pflegte. Es wird nun viel geseufzt in der Schule, die voll solcher Schüler und Lehrer ist, die nun vaterlos oder mutterlos sind, die ihre Ehepartner oder Geschwister verloren haben. Und in der ganzen Klasse seufzt Golda am häufigsten.

Die unmittelbare Berührung mit den bedeutsamen Blättern im Buch der Geschichte schenkt den Prinzen und Prinzessinnen ein besonderes Zeitmaß. Ein Jahr nach dem Pogrom rafft sich Martha Bibescu schließlich doch auf und schreibt an Carol Drimmer. Sie erkundigt sich nach seinem Schicksal. Leider kann ihr der übereifrige Briefschreiber nicht mehr antworten. An seiner Stelle tut es Fany Drimmer, seine Witwe, die immer noch hofft, eine Prinzessin könnte ihn wiedererwecken und zurückkehren lassen in ihr Haus auf der Strada Anastasie Panu, Nummer 13. Nicht wirklich untypisch für eine Kriegswitwe.

Madame,
die paar Zeilen, die Sie an meinen Mann gerichtet haben, sind in meine Hände gefallen. Sie fragen nach seiner Adresse: Leider, Prinzessin, ist sie auch mir nicht bekannt. Und ich wäre die glücklichste Frau der Welt, wenn sie mir jemand nennen könnte. Der Ärmste (welch eine schöne Seele!) ist am Tage traurigen Angedenkens (dem 29. Juni 1941) hier zu Hause abgeholt worden und bis nach Roman gelangt, wo sich jede Spur von ihm verliert.

Aller Wahrscheinlichkeit nach wird er sich in einem der unbekannten »Lager« befinden, die kein normaler Sterblicher betreten kann. Fände sich eine bedeutende Persönlichkeit mit fürsorglichem Herzen, so könnte diese vielleicht jene Orte ausfindig machen. Vielleicht liegt der arme Mensch dort wie »die hübsche Jungfrau im schlafenden Wald« und wartet darauf, von einer Prinzessin befreit zu werden.

Gnädige Frau, eine vom Unglück geschlagene Frau wagt alles, mithin bitte ich Sie, mir meine Dreistigkeit, Sie so direkt anzusprechen, nachzusehen, aber ich muss Ihnen mein blutendes Herz eröffnen.

Prinzessin, eine einstmals allzu glückliche Frau, die heute sehr,

sehr unglücklich ist, bittet Sie tränenden Auges um Ihre Hilfe, darum nämlich, ihren Lebensgefährten wiederzufinden. Vielleicht kann dies durch Vermittlung des Roten Kreuzes oder durch die Intervention einer herausragenden Persönlichkeit geschehen oder auf ganz anderem Wege, den Ihr großzügiges Herz einschlagen mag. Seien Sie seine gute Fee, sein Schutzengel, möge Gott der Ewige Sie geleiten!

Empfangen Sie, gnädige Frau, nebst tausend Entschuldigungen meine ehrerbietigsten Handküsse,

Fany C. Drimmer

8

Wir befinden uns allesamt in der Halle. Bereiten eine neue Lieferung mit *Second-hand*-Klamotten für Rumänien vor. Wir überwachen das Beladen des Containers. Zählen die Säcke, wiegen und haken ab. Bald ist Winter. Wir schicken dort dicke Winterkleidung hin.

Die Wegstrecke von Washington, D.C. nach Iași. Aus der Halle wandert die Ware für 24 Stunden in die Ausräucherungskammer. Rumänien verlangt, dass aus den USA importierte gebrauchte Waren einer Behandlung gegen Parasitenbefall unterzogen werden. Das hab ich schon mal gesagt. Nicht so bei Gütern aus Europa. Im Bereich *second-hand* erfreuen sich die Vereinigten Staaten von Amerika der »Meistbenachteiligtenklausel«.

Selbst wenn es sich um Eisenwaren handelt, wird Ausräucherung gefordert. Und nur weil die Gegenstände auf Holzpaletten liegen, und Holzpaletten sind von lebenden Organismen bevölkert. Die mitleidlos niedergemacht werden müssen. Was, wenn sich ein Killervirus im Holz versteckt?

Rumänien ist ein anspruchsvolles Land. Mit den Ansprüchen an sich selbst sieht es etwas anders aus. Jedenfalls kann es das Risiko nicht eingehen, dass einer seiner Bürger sich einen amerikanischen Hautpilz einfängt. Europäischer Hautpilz wird bevorzugt behandelt. Der wird wie frische Rosenknospen willkommen geheißen. Alles, was von Großmütterchen Europa kommt, wird begeistert begrüßt.

Nach Washington, D.C. hält der Transport im Hafen von Norfolk, Virginia. Um dann vom Bauch eines Schiffes verschluckt zu werden. Und von dort weg geht es auf dem Wasser schier ewig dahin. Zwanzig ganze Tage bis nach Cagliari in Italien. Wo auf ein kleineres Schiff mit dem Zielhafen Constanța umgeladen wird. Der gesamte Transport dauert dreißig Tage und kostet viertausend Dollar.

Von Constanța aus nehmen unsere *Second-hand*-Kleidungsstücke den Weg hinauf nach Iași. Tabadam-tabadam. Wo sich unser zentrales Warenlager befindet. Diese Strecke wird in einer Nacht zurückgelegt und kostet 1500 Dollar. Die Mietgebühr für den Lkw. Ganz schön gepfeffert. Mein Heimatland. Wenn das dich taxiert, fühlt es sich an, als würde man dich ohne Betäubung operieren. Du fällst vor Schmerz in Ohnmacht. Mein teures Heimatland!

Alle Bernsteins wuseln in der Halle herum. Am wenigsten noch Joe. Er mag das in letzter Zeit nicht mehr so gerne. Selbst Dora summt herum wie eine alte Biene mit *Second-hand*-Stachel. Sie stirbt beinahe vor Entzücken. In den letzten Monaten haben wir zehntausend Trainingsanzüge und Sportschuhe nach Rumänien verkauft. Adidasse, nennen die Rumänen sie, egal ob die konkret gemeinte Marke Nike, Puma, Fila oder zufällig sogar Adidas heißt.

Adidasse für den Wahlkampf. Im November wird es Wahlen zu den beiden Kammern des Parlaments geben. Taschen mit Geschenken bewegen sich von den Kandidaten zu den geliebten Wählern hin. Das Vorspiel zu den Wahlen, von denen ich gesprochen habe. Ein Trainingsanzug und ein paar Adidasse machen eine Stimme aus. Und die Jeans ersetzen die politische Überzeugung. Zu unserer Freude bevorzugen die Kandidaten *Second-hand*-Ware. Bestens geeignet für die Wähler, die deswegen keine Grimassen schneiden. Billig und gut.

Die Fortschritte Rumäniens stehen außer Zweifel. Sie bemessen sich auch in der Anhänglichkeit an die großen Marken. Wir sind die Nation mit den meisten Bauern, die zur Mahd und zum Hacken Lacoste- und Hilfiger-Shirts tragen. Die Hausfrauen des Landes bringen ohne Donna-Karan-Kopftücher keinen Maisbrei mehr zum Kochen. Die Marktleute tragen das Suppengemüse in Samsonite-Koffern und Louis-Vuitton-Taschen zu ihren Marktständen. Tomaten und Gurken scheinen aus Calvin-Klein-Produktionen herzurühren.

Ich habe Joe im Büro allein gelassen. Er ist tief versunken in seine Europa-Nostalgie-Phase. Sein Herz hängt immer noch an Großmütterchen Europa. In letzter Zeit kommt er nur noch pro forma zur Arbeit. Den ganzen Tag hört er französische Musik. In Erinnerung an seine Kriegs- und Liebesabenteuer. Er hängt an einem besonders sensiblen Lied. Das sich von den Kämpfen Mann gegen Mann zwischen Franzosen und Deutschen hat inspirieren lassen. Es heißt *Warum, mein Vater?*. Ein Franzose, Gérard Lenorman singt es.

Der Sänger ist eines jener 200.000 Kinder, die von französischen Frauen mit deutschen Wehrmachtsangehörigen gezeugt wurden. Denn der Zweite Weltkrieg ist auch an der sexuellen Front geführt worden. Eine Million europäischer Bastarde, von deutschen Männern gezeugt, sind der sprechende Beweis dafür. Außer Betracht lassen wir alle die, die aufgrund der Sowjetisierung der Gebärmuttern das Licht der Welt erblickt haben. Im zivilen Leben war Gérard Lenormans Vater Violonist. Sein Sohn hat ihn nie kennengelernt. Er hat lediglich den Namen erfahren, unter dem er aufgetreten ist: Erich. Schon allerhand, wenn es deinen Vater lediglich als Auftrittsnamen gibt ...

Lenorman hat diese Einzelheiten erst im Erwachsenenalter erfahren. So um sein 35. Lebensjahr. Grund genug, den Vater so scharf zu befragen, als traktierte er ihn mit Ohrfeigen. Warum, Vater? Warum zum Teufel hast du nicht ins Bettzeug abgespritzt, in den Heuschober oder dort in den Ozean? Sodass ich nicht geboren werde und im Waisenhaus aufwachse. Wo man leidet wie im Schützengraben.

Die Violonisten sind ein Völkchen egoistischer Luftikusse. Die Künstler stammen allgemein aus eher zweifelhaftem Material. Erich war Violonist. Ein arischer Luftikus. Damit umso egoistischer.

Lenormans Mutter ist vielleicht mit der Pistole an der Schläfe vergewaltigt worden. Oder aber man hat sie betäubt und in die Falle einer *amour clandestine* gelockt. Wie es im Laufe der Geschichte unzählige Male geschehen ist. Wollen Sie beispielsweise etwas über die Bildung des rumänischen Volkes erfahren? Schauen Sie dort die Dakerfrauen, versammeln sich wie die Fliegen – freiwillig, unfreiwillig – auf dem klebrigen Charme der Römer.

Wie auch immer, die Französin war sechzehn Jahre alt, als sie den zukünftigen Sänger geboren hat. Eine Rotznase. Die Verantwortung lag voll und ganz beim deutschen Soldaten. Der Violonist war der Alleinschuldige. Er hatte die Ohrfeigen des Sohnes verdient.

Warum, mein Vater? Warum, Vater, warst du mit deinem elenden Gefiedle ein Verführer Minderjähriger? Wäre dir die Hand abgefallen, wenn du, statt mit meiner Mutter zu schlafen, dir mit der eigenen Hand beholfen hättest? Wie wolltet ihr den Krieg gewinnen, wenn ihr immerzu nur ans Ficken dachtet? Warum hast du mir nicht noch etwas anderes vererbt außer dieser seelischen Bedrückung?

Ich habe dir auch das musikalische Talent vererbt. Damit du singen kannst nach Lust und Laune.

Wieder kratzt du auf deiner elenden Fiedel herum!

Das Lied wirkt auch auf mich aufwühlend. Aus anderen Gründen. Lenorman, wie man ihn als jungen Mann auf YouTube sehen kann, ähnelt total meinem ersten Freund. Die gleichen Locken, das gleiche feine und blasse Gesicht – als habe er seinen Vollbart gerade bis aufs Blut abrasiert. Die gleiche Stimmung von »nimm mich mit nach Hause, steck mich unter die Decke und behalte mich ein Jahrhundert lang dort. Und komm auch du zu mir, für ein Weilchen und mehr.«

Ich schaue ihn an, und mich packt all das, was Frauen in solchen Fällen packt. Nostalgie. Auch dies eine *Second-hand*-Ware. Aber eine *Second-hand*-Ware, die du selber trägst. Denn du kannst dir nicht die Nostalgien eines anderen überstreifen.

In Joes Haus erfahre ich, dass Nostalgie tödlich sein kann. Schließlich stirbt nicht Dora während der Arbeitszeit in der Firma. Und bleibt ein paar Stunden mit gespreizten Beinen und offen stehendem Mund, die Brille heruntergefallen, in ihrem Stuhl sitzen. Ein Schuh hat sich vom knochigen Fuß gelöst und enthüllt, was schamhaft verborgen hätte bleiben sollen.

Nicht Dora stirbt, wie Sam es vorausgesagt hatte. An ihrer Stelle stirbt Joe im Dienst. Dahingerafft von der Nostalgie. Seit einer Weile schon starb er wie auf *leasing*. Monat für Monat, Woche für Woche bezahlte er pflichtschuldigst seine Rate auf die Ewigkeit. Er trank weiterhin seinen Cognac, obwohl der Arzt es ihm verboten hatte. Wir finden ihn, als wir die Dinge in der Halle geregelt haben, im Büro. Opfer eines Schlaganfalls. Sitzt da, wie Dora dasitzen müsste, genau so, wie Sam es vorausgesagt hatte, und genau so, wie ich es mir erhofft hatte. Ich richte ihm den *Flipper* im Mund, kämme ihm den Schnauzbart auf die Lippen.

Dora wäre imstande, seinen *Flipper* zu schnappen und an

Takafumi zu verkaufen, mit der Behauptung, er habe dem Präsidenten Roosevelt gehört.

»Warum, mein Vater, traîne dans mon cœur,
Warum, mein Vater, mon enfance pleure,
Warum, mein Vater, traîne dans mon cœur,
Warum, mein Vater, mon enfance meeeeuuuure.«

Das Lied geht weiter, genau so, dass es dir das Herz in Wasserfarben verwandelt. Grade gut genug, deinen Pinsel einzutauchen und dich an die Staffelei zu begeben – in Erwartung eines depressiven Bildes. Vorausgesetzt, du hast irgendwo so etwas wie ein Herz. Dora meint, man könne Waffenbesitz tolerieren, nicht aber den Besitz von Herzen.

Schaltet endlich einmal diese Schweinerei aus! Habt ihr es denn nicht satt, euch immerzu anzuhören, wie ein Vollidiot um seinen Vater und seine Kindheit jammert? Habt ihr denn von diesem ganzen Kriegssirup nicht endlich genug? Die Filme und die Bücher mit den Kämpfen in den Ardennen und mit der Landung in der Normandie? Ist es euch denn nicht zuwider, überall nur noch Wehrmachtssoldaten mit aufgeknöpften Hosenschlitzen zu sehen, die ihr Ding als Lasso benutzen? Es sind auch andere Menschen schon ohne Vater aufgewachsen, und die machen kein solches Gewese darum! Klickt einfach weg, *just now*!

Mist, Madame, Hitler multipliziert mit Stalin und zur Mao-Zedong-Potenz erhoben! Leider haben wir für dieses Level nichts zur Hand, das Britney Spears gesungen hat. Also tun wir, was sich gehört: Wir wischen uns irgendwo ab mit ihren Anordnungen. Das Gift, das ihr die Lippen verschmiert, ist ein Affront gegen ihn. Held des Zweiten Weltkriegs. Wo er die Hälfte seines Gehörs und drei Viertel seines Herzens hat begraben müssen. Damit solche wie Dora auf Rosen gebettet würden. Aber was kann man von einer dummen Nuss schon erwarten?!

Aufgebracht tritt Dora gegen das Gerät. Auf ihrem Tritt steht *silence!* Das Lied gefällt ihr nicht.

Aber was gefällt ihr überhaupt außer ihrer eigenen Person?

Ich belasse die Bernsteins in der Sorglosigkeit ihrer engeren Familie. Möge Shiva die sieben Trauertage halten. Aber auch ich verweile nicht mit den Händen im Schoß. Ich organisiere auf meine Kosten eine Trauerfeier in der Synagoge. Dabei merke ich, dass ich himmelwärts abdrehe. Vor allem bei Maurice Ravels auf der Geige gespieltem *Kaddisch,* das gleich nach dem Kantor einsetzt, der den Psalm 23 gesungen hat.

Die Violonistin ist ein Mädelchen vom Konservatorium. Immigrantin aus Tschechien, blond und mit der Taille eines Verlobungsringes. Dazu einen Hintern, der dir mehr als Beachtung abverlangt, selbst in der Synagoge. Joe wäre bei ihr vor nichts zurückgeschreckt. Ich habe ihr siebzig Dollar gezahlt. Sie hatte 125 verlangt. Welch eine Unverschämtheit! Schließlich habe ich sie gebucht, damit sie Ravel spielt, nicht damit sie Sex macht.

Während der Andacht geht eine Lawine von Reden nieder. Joe wird in bekannter Manier von seinen Freunden gewürdigt. Alle freuen sich für ihn. Sie könnten bei jedem Wettbüro darauf wetten, dass Gott sich persönlich um ihn kümmern und Sorge tragen wird, dass es ihm an nichts fehlt. Er war ein zu großer Held. Man weiß, dass Gott Helden mag.

Joe war auch mein Held. Und ich wünsche ihm, dass er dort, im Jenseits, Dianne, seine Französin, wiederfindet. Nicht die achtzigjährige Dianne. Sondern die Dianne, die den Bezauberungsparametern jener Kriegstage entspricht, als er sie kennengelernt hat. Und dass er seine Freude mit ihr hat, dass sie ihre Intimität genießen können und Kerzen anzünden. Dass sie himmlischen Sex haben mit himmlischen Vorspielen und himmlischem Nachklang. Denn bald schon wird auch Dora in der Gegend auftauchen und ihr Fest beenden.

Während ich so dasitze, überlege ich immerzu, welchen Grabstein ich ihm bestellen soll. Ein Marmortischchen scheint mir passend. Mit einer Flasche Martell-Cognac drauf. Ich hatte auf dem jüdischen Friedhof in Bukarest so etwas gesehen. Ein Marmortischchen mit einer Schachtel Marlboro. Die Zigarettenpackung war auch aus Marmor, schlampig offen gelassen. Eine Marmorzigarette ragte daraus hervor. Daneben waren noch ein marmornes Feuerzeug und ein Aschenbecher mit Asche aus Marmor. Im Grab selbst ein Lungenkrebs aus Marmor.

Ich habe die Absicht, die Martell-Flasche mit marmornem Cognac zu füllen. Das hat mein Schwiegervater verdient. Und hinschreiben zu lassen: »Hier ruht in Ewigkeit Joseph Bernstein, Rabbi der *Vintage*-Waren. Wenden Sie sich an ihn, wenn Sie in den Himmel kommen, damit er Ihnen ein paar günstige Engelsflügel besorgt – *story included*. Wenn Sie in der Hölle landen, werden Sie nirgendwo bessere Hörner und Hufe finden als bei ihm. Amen!«

Isaac Bashevis Singer ist einer der Schriftsteller, auf die wir stolz sind. Wir, die Juden. Nicht allein, weil er 1978 den Nobelpreis bekommen hat. Wir wissen schließlich alle, wie die Nobelpreise und die Oscars verliehen werden. Sondern weil er seine Bücher nicht bloß mit Tinte geschrieben hat. Er ist aus Osteuropa in die USA ausgewandert. Ebenso wie ich, wie wir. Mir gefällt Bashevis Singer. Ich lese ihn immer wieder. Obwohl er oftmals unerträglich traurig ist.

In der Erzählung »Der Totengräber« erinnert er an einen *Vintage*-Brauch. Ein ganzes Jahr lang ist es verboten, das Grab eines nahen Verwandten aufzusuchen. Die Anhänglichkeit an den Dahingegangenen muss mit der Machete durchtrennt werden. Nicht umsonst beerdigen die Juden ihre Toten auf die Minute. Ratz-fatz! Ohne die verheulte Show der orthodoxen Christen, die sich mehrere Tage lang hinzieht. Mit einem Haufen bezahlter Popen.

Man darf das Leben nicht ignorieren. Es hat Vorrang. Das Leben muss wieder in Gebrauch genommen werden. Gewaschen, geflickt, in Fasson gebracht und frisch gebügelt. Wie ein altes Kleidungsstück, das du noch einmal verkaufen möchtest. Der Planet muss sich auf jeden Fall weiterdrehen. Wenn er es nicht mag, treiben wir ihn an. Was bei einem Planeten, der eher eckig ist als rund, gewiss kein Kinderspiel ist.

Vor allem die Witwen im etwas fortgeschrittenen Alter muss man vor dem Hang zur Friedhofsgeherei bewahren. Sonst laufen sie Gefahr, sich in die sogenannten *grave widows,* Grabwitwen, zu verwandeln. Mitleidig den Verschwundenen beklagend. Klagend aus Selbstmitleid. Folglich raffen auch sie ziemlich bald danach ihre Habseligkeiten zusammen und eilen dem Dahingegangenen hinterher. Anstatt zu begreifen, dass das Leben Vorrang genießt. Anstatt auch den letzten Tropfen Zeit noch auszuwringen, dessen sie habhaft werden können. Geehrte Witwen in aller Welt, sperrt eure Ohren auf! Geht ins Kino, ins Kaffeehaus, in den Club, ins Fitnesstudio! Geht shoppen, testet ein neues Kölnischwasser! Geht, wohin ihr wollt, aber bloß nicht auf den Friedhof! Versucht, unabhängig von eurem Alter, jemand Neuen aufzureißen! Findet einen *boyfriend* mit einem Schokoladenbauch und begebt euch in eine Romanze! Wenn die Libido sich nur noch müde dahinschleppt, abonniert ihr eben die Zeitschrift *Playgirl!* Die hilft. Verschafft euch einen Überblick über neue Stellungen! Sexshop-Besuche sind verpflichtend.

Doras Lebensprinzip enthält ein Credo des durchgeknallten Oscar Wilde. Der hat gesagt, er könne allem widerstehen außer Verführungen. Und doch, den Verführungen von Joes Grab widersteht Dora ganz wunderbar. Sie geht da nie hin.

Ich bin sehr neugierig, wie sie sich in ihrer neuen Rolle als

Witwe bewegen wird. Und auch was auf ihre ersten Schritte in dieser Rolle folgen wird. Wird sie sich einen *boyfriend* zulegen? Oder gar mehrere? Sollte mich nicht wundern.

Aber ich, wo nehme ich einen neuen Schwiegervater her? Einen *father-in-law-friend*? Soll ich eine Anzeige in die Zeitung setzen lassen?

VIERTER TEIL

November ohne Joe

November mit Joe

1

Der November kommt und bringt mit seinen kalten Winden auch meinen blöden Geburtstag. Den 45.! Du lieber Herr! Ich bin alt geworden, auch wenn ich es auf amerikanische Weise getan habe. Bei jedem neuen Geburtstag gedenke ich meiner Jugend mit größerer Verzweiflung. Großer Jammer könnte die Halle von Bernstein Vintage Ltd. mit meinen *Second-hand*-Träumen anfüllen bis zur Decke. Dafür finden sich kaum Käufer. Schier unmöglich. In den Plänen, die ich mir für meinen November ausgedacht habe, thront obenauf eine Tour durch Europa. Ich nehme mir vor, ausreichend lange in Wien zu bleiben. Ganz allein. In der Stadt der Museen, der Stadt, die selber ein Museum ist. Ich habe es viel zu lange immer wieder vor mir hergeschoben, sehne mich zu lange schon danach.

Wien! Bevor die Shoah durch Europa gefegt ist und die Juden vernichtet hat, gab es hier die drittgrößte jüdische Bevölkerung in ganz Europa: 180.000 Menschen. Davon sind 60.000 dem Holocaust erlegen.

Mit 45 Jahren habe auch ich das Recht auf mehrere Museen pro Tag. Und auf einen kleinen Strauß Stripper mit taubedeckten Blütenblättern. Denn ich weiß nicht mehr, wie männlicher Tau schmeckt. Ich brenne danach, mich allseits zu enthemmen. Mir den Bauch mit Schnitzeln vollzustopfen, mich am *Gespritzten* zu beschickern, zusammen mit der planetaren Snobisterei in die Oper zu gehen. In der Kutsche spazieren zu fahren, die von den Pferden mit dem obligatorischen Sack unter dem Schwanz zum Auffangen der Pferdeäpfel gezogen werden. Im Café Korb und im Café Museum bei einem Glas Martell-Cognac in Erinnerung an meinen guten Joe zu faulenzen. Bis es geschlossen wird, im Leopold Museum den Bildern von Gustav Klimt und Egon Schiele nahe sein. Wie eine Idiotin das Denkmal des sowjetischen Soldaten auf dem Schwarzenbergplatz anstarren, das so hoch ist wie der Wohnblock in Onești, in dem ich aufgewachsen bin. Und darüber nachgrübeln, was aus meinem Heimatland ohne die russische Nachbarschaft geworden wäre. Durch Grinzing streifen und in Beiseln Heurigen trinken, wie die Wiener den Jungwein des jeweiligen Jahres nennen.

Meine Venen im Jüdischen Museum mit Energie auftanken, wo eine Ausstellung über »Shooting Girls« angekündigt ist. Ja, die. Die jüdischen Mädchen, die Dora erwähnt hatte, als ich sie 2001 kennenlernte. Sie hatten aus der Fotografie ein Geschäft und eine Kunst gemacht. Die Ersten, die Frauen fotografiert hatten, die an Zigarettenspitzen zogen oder Katzen streichelten und dabei an Blödsinn dachten. Große Namen. Wie Trude Fleischmann und Madame d'Ora.

D'Ora. Welch seltsame Weise, den Vornamen Dora zu schreiben.

Noch eine weitere Ausstellung kündigt das Jüdische Museum an. Mit Bildern vom Rothschild-Spital, die im Jahre 1947 von Henry Ries aufgenommen worden sind. Zu Ehren seines 95. Geburtstags, wiewohl er schon 2004 gestorben ist. Ich habe nie verstanden, warum man den Geburtstag von Gestorbenen feiert. Wo sie doch nicht mehr in der Lage sind, die Kerzen auf ihrer Torte auszupusten.

Diese Ausstellung interessiert mich. Ich habe meine Lektionen gelernt, die statistischen Daten sind geklärt. Zahlen, die mitunter sehr viel mehr aussagen als tausend Fotografien. Von 1945 bis 1952 war das Rothschild-Spital eine jüdische Transit-Stelle. Insgesamt berbergte es 250.000 Juden, die sich aus Osteuropa davongemacht hatten. Aus Ländern, die ihnen die Tür gewiesen hatten, jahrhundertelang.

Das Gebäude war lediglich eine Zwischenstation auf ihrem

Weg in die USA. Oder nach Palästina/Israel. Ausgemergelt kamen sie hier an, man besorgte ihnen Papiere, und der eine oder andere schnappte im Vorbeigehen auch noch einen Beruf auf. Eine neue Identität in der Tasche, brachen sie auf in die Zukunft. Sie wussten nicht, von welcher Art die Zukunft war. Schlimmer als die zu Hause zurückgelassene Zukunft konnte sie gewiss nicht sein.

Henry Ries war selbst Jude, hatte für die *New York Times* die alltägliche Routine im Leben dieser Rechtlosen fotografiert, man hätte ihre Situation durchaus mit der in den Lagern der Nationalsozialisten verwechseln können. Alles war überfüllt, es gab auch nicht die geringsten sanitären Anlagen, was es gab, das waren sehr viel Hunger und kochend heißes Wasser, um dem Magen irgendwelche Geschichten vorzugaukeln. Erst vom 17. August 1947 an sah sich die österreichische Regierung in der Lage, den DP-Juden die Grundrationen an Nahrung zuzusichern. »DP«, *Displaced Persons*. Zusätzliche Rationen vom *Joint Distribution Committee*, das bis dahin alle Last allein getragen hatte.

Mein Blick fällt auf eine Tabelle. Die kalten Zahlen erwärmen sich am Feuer in meinem Herzen. Es sind die offiziellen Daten vom April 1947 bis zum Februar 1948. Allein in dieser Zeit sind 19.434 rumänische Juden durch Ungarn hindurch in den amerikanischen Sektor von Wien gelangt. Wo sich auf dem Währinger Gürtel das Rothschild-Spital befand. In traurigen Gruppen stiegen sie von den Ladeflächen der Lastkraftwagen. Die Mütze, den Hut oder nur ein Taschentuch auf dem Kopf. Das Bündel auf dem Rücken. Den kleineren Bruder an der Hand oder das Baby auf dem Arm. Gerne würde ich das Rothschild-Spital besuchen. Aber leider hat man es abgerissen.

Solange ich weg bin, kümmert sich Ben um unser Haus. Er hat nichts wirklich Wichtiges zu tun. Zu seinen Aufgaben zählt, die Kinder in die Schule und ins Kino zu fahren. Ihnen zuzuhören, sie zu unterhalten und sie zehn Meilen entfernt vom nächsten McDonald's zu halten. Auch muss er ein Auge auf das Geschäft haben. Das ohnehin von allein läuft und sich dreht. Tausendmal sicherer als die Erdkugel.

Kein Mucks, als ich sage, dass ich vorhabe, nach Europa abzuschwirren. Er traut sich nicht zu fragen, wohin und für wie lange. Auch nicht, wen ich zu treffen vorhabe. Ihm sitzt jene gruslige Nacht noch im Nacken. Als ich ihn, die Pistole auf ihn gerichtet, allein im Wald sein Grab schaufeln ließ und ein metallischer Regen niederging. Seitdem ist er häuslich. Da fehlen nur noch Kopftuch und Schürze.

Die Angst hat die Eifersucht überwunden. Seit damals, das habe ich schon mal gesagt, liest er viel. Er ist den Kindern ein gutes Beispiel.

Dora greift mich zwei Tage vor meiner Abreise überraschend an:

Ich habe gehört, du fährst an einen mysteriösen Ort, Suzy.

Ein paar Augenblicke lang denke ich, Ben hat sie beauftragt, mich auszuhorchen. Ich sage ihr die Wahrheit, wiewohl es nicht ihre Angelegenheit ist. Ich sage sie ihr aus dem Grund, weil es sie nichts angeht:

Ich fahre nach Wien. Aber das bleibt unter uns. Ich habe es schon viel zu lange hinausgeschoben. Ich glaube, auch ich habe das Recht auf ein paar Museen pro Tag.

Das mit der täglichen Ration an Strippern füge ich lediglich in Gedanken hinzu.

Auch ich fahre nach Wien. Und auch das bleibt unter uns.

Ich gerate ins Stottern.

Nach Wien? Im November? Was willst du denn dort tun?

Es gibt dort eine Ausstellung von Henry Ries, die ich sehen will.

Henry Ries? Ist das nicht ein Modedesigner?

Den kannst du nicht kennen. Er war Fotoreporter bei der *New York Times*. Ist 2004 gestorben.

Wirklich? Und was hat er fotografiert? Akte?

Die seriösen Fotoreporter beschäftigen sich nur mit unfreiwilligen Akten, meine liebe Suzy. Wenn wir die nackten Leichen so nennen dürfen, die armen und ihrer Kleider beraubten Toten der Kriegszeit. Die unfreiwillig Nackten sind das traurigste Spektakel der menschlichen Hässlichkeit.

Entschuldige, ich verstehe überhaupt nichts mehr!

Wundert mich nicht!

Ich spüre, wie ein ganzes Regal voller panzerbrechender Geschosse über mir niedergeht. Besteht etwa der einzige Lebenssinn dieser infernalen Vettel darin, mich so schnell wie möglich in die andere Welt zu befördern, damit ich Joe dort die Langeweile vertreibe?

Jede von uns wird auf eigene Rechnung reisen, normal. Schließlich bin ich nicht für dein Programm zuständig.

Das weiß ich zu schätzen, Dora.

Aber vielleicht werden wir einmal zusammen zu Mittag essen. Ich habe dir bereits, als ich dich kennengelernt habe, versprochen, mal mit dir ins Restaurant Lindenkeller zu gehen. Du wirst zwischen dem Schubert-Menü, dem Mozart-Menü und dem Strauss-Menü wählen können.

Wieso nicht? Wir essen und legen uns dabei einen Hauch von Musikkultur zu.

Die ist des Teufels! Tatsächlich, als ich sie kennengelernt habe, hat sie schon vom Lindenkeller gesprochen. Gedächtnis eines Miststücks.

Ich habe gehört, die Wiener sind ganz groß in den Nachspeisen.

Für die Nachspeisen empfehle ich die Aida-Konditoreien. Ein gutes Stück Torte ist vor einem Opernbesuch ganz wunderbar. Wozu ich dich ebenfalls einlade.

Hast recht, das Geschrei in der Oper ist in Gesellschaft etwas erträglicher.

Na siehst du, wie gut wir uns verstehen?! Ich schlage dir auch noch ein paar Spaziergänge vor. Ich kenne einige besondere Orte, die ich dir gerne zeigen würde.

So viel zum Thema, dass sie nicht für mein Programm zuständig ist. Das sie mir eigentlich schon zusammenstellt. Und wie!

Wie lange wirst du in Wien bleiben, Dora?

Das weiß ich jetzt noch nicht.

Sie macht sich definitiv lustig über mich. Wieso weiß sie denn nicht, wie lange sie bleiben wird? Mir ist danach, sie heute Abend zu einer Spazierfahrt einzuladen. Und im Wald anzuhalten, wie ich es mit ihrem Sohn getan habe. Die Schaufel habe ich noch im Kofferraum. Die Pistole auch.

Leider reicht mir die Zeit nicht. Es sind nur noch knapp 48 Stunden, bis mein Flieger abhebt.

2

In ihrer ersten Wiener Nacht bemüht sich Golda vergebens, die Augenlider geschlossen zu halten. Und dies nicht wegen des unbequemen Platzes, den man ihr im Schlafsaal zugewiesen hat; irgendwo ganz oben auf der Hühnerleiter, auf dem obersten der Etagenbetten neben einem dicken Mütterchen aus Dorohoi, das die mitgebrachte Weinflasche dazu benutzt, seine Angst zu besänftigen und ganze Mannschaften rettender Träume zu Hilfe zu rufen. Auch nicht wegen der warmen Suppe, die grummelnd gegen die Enge des Raumes protestiert, in den sie versenkt worden ist. Auch wegen des Schnarchens nicht, des Gestöhnes und des Flüsterns, nicht wegen der Freuden- oder Angstschreie, die immer wieder der zusammengepfercht schlafenden Menge entfahren. Auch nicht …

Dies aber, was mag das sein? Was hört man da für ein verhaltenes Geräusch?

Es ist ein zartes Fädchen, das aus einem der Betten kommt: Irgendjemand singt im Schlaf.

Niemand erhebt den Anspruch darauf, dass das Rothschild-Spital, das 1872 für eine maximale Kapazität von sechshundert Patienten errichtet worden ist, nunmehr ein Ort des Vergnügens sei. Weitläufige und hohe Krankenzimmer, einstmals vom Weiß jener Patienten beherrscht, die aufgrund einer Erkrankung ihres Leibes hier Linderung und Heilung erfahren sollten. Heute stöhnen diese Räume selbst unter der bunt durcheinandergeworfenen maßlosen Überfüllung durch Menschen mit andersartigen Schweißausbrüchen und Malaisen. Ach-ach-ach, du Seele des Menschen, du bist schon ein kompliziertes Werkzeug!

Schon bei seinen ersten Schritten über die Treppen des beeindruckenden Gebäudes hat das Mädchen ganz und gar nicht angenehm überrascht festgestellt, dass die Mehrheit hier rumänischer Herkunft war. Nein, nein, sie will nicht mehr unter Rumänen sein, unter keinen Umständen! Weder unter rumänischen Juden noch unter rumänischen Christen. Sie wäre zu allem bereit, wenn sie bloß keine zwei Worte mehr mit dem Vergangenen wechseln müsste. Denn aus Angst vor der Vergangenheit hat sie diese Flucht auf sich genommen, weit weg, auf so verschlungenen wie unbekannten Pfaden.

Sie ist erschöpft, der Lastkraftwagen hat sie mit seiner barbarischen Fahrt ganz und gar ausgemergelt. Sie fühlt sich beschmutzt – ein Kind hat ihr eine solche Kotze in den Schoß gepackt, dass auch ihr danach war, Enten zu füttern – und würde sich nun gerne mit einem Schwamm gründlich den ganzen Körper reinigen; sich nicht nur wie üblich waschen, wie es die hier Anstehenden eben mit diesem müden Wasser tun. Und dann schlafen, schlafen für die ganzen sechs finsteren Jahre, so lange schlafen wie das Holz der Eiche im Wald der Jahrhunderte. Und wenn sie wieder erwacht, möge sie eine andere geworden sein, in einer neuen Zeit, auf neuen Gefilden, mit einem neuen Schicksal und ohne jede Erinnerung.

Das ist bei weitem kein leichtes Unterfangen. Aus den grausamen Erlebnissen der letzten Jahre lösen sich einzelne Steinchen, rollen den Abhang hinab und versammeln sich unten im Tal, wo sie Hindernisse bilden, die sich quer durch den Schlaf schieben.

Halt, die Papiere zur Kontrolle! Aha, du bist das, sind wir uns nicht schon mal begegnet, na?! Und bitte keine freche Antwort! Du wagst es, dich mit uns zu messen, deinen Erinnerungen, Rotznase? Pass nur gut auf! Wir sind so viele und derart gut qualifiziert in unserem Beruf, dass wir im Handumdrehen eine versauerte alte Schachtel aus dir machen können, trotz deiner gerade mal siebzehn Jahre.

Glaub bloß nicht, wir geben nur an. Hast du so viel Mumm, es darauf ankommen zu lassen? Welche von uns soll nackt und strahlend schön vor dir aufmarschieren wie beim »Miss România«-Wettbewerb? Hast du da irgendeine Präferenz?

Vielleicht wünschst du dir die Erinnerung an deinen Vater und deinen Bruder, wie sie, vom Schwanz der Bajonette in die Rippen gestupst, zur Quästur geleitet, dann in finsterer Nacht zum Bahnhof von Iași getrieben und in die verdreckten Waggons gepfercht wurden, um schließlich eiligst mit einer Kugel und dem Knüppel umgebracht zu werden. Und zwar in dem malerischen Örtchen Podu Iloaiei, das deinen Besuch erwartet, du mögest dir anschauen, wie malerisch es tatsächlich ist. Soll es das sein? Hä?

Oder hättest du lieber die Erinnerung an deine Mutter, wie sie gefickt und wieder gefickt wird, bis zum Bersten, in all ihre Löcher, von einem patriotischen Kollektiv von Hengsten, das auch Repräsentanten der deutschen Armee umfasste, der glorreichen rumänischen Armee sowie der Gendarmerie, der Polizei und eines vornehmen Nachbarn, Schauspieler am Nationaltheater, der die Bühne der Vergewaltigung mit dem herausragenden künstlerischen Improvisationsvermögen seiner noblen Profession betreten hatte? Und damit die Schande komplett sei, war der Gendarm, der deiner Mutter den Hintern verbrannt hat, kein Unbekannter, sondern Ilie, der Liebhaber Tincuțas, eures Dienstmädchens. Hehe, ihr hattet ja keine Ahnung, dass er schon lange scharf war auf Madame Doktor Oxenberg, das Ding in seiner Unterhose steif wie ein Telegrafenmast!

Oder steht dir der Sinn nach den Bildern mit deiner Großmutter Elisa, an bösem Herzen in dem Zimmer verreckt, in das man sie geworfen und eingesperrt hatte, damit sie das Schauspiel mit ihrer Tochter im Zentrum des Geschehens nicht störte?

Oder möchtest du etwas, das leichter zu tragen ist, vielleicht wie dir Tincuța die Ohrringe gestohlen hat, da sie meinte, der Davidstern sei eine Schneeflocke aus ihrem Heimatdorf Belcești? Schließlich warst du doch bei ihrem und Ilies Prozess zugegen und erinnerst dich noch, was da für ein Trubel entstand. Sag mal, haben dich die Gefängnisjahre, die diese analphabetischen Hühnerdiebe kassierten, irgendwie erwärmen können? Siehst du, was für eine sinnlose Erfindung die Rache ist? Hä?

Wenn wir schon davon reden, weißt du noch was von deiner Mutter? Hat der Typhus sie in die Knie gezwungen? Eher doch die Syphilis, nach unserer nicht ganz unerheblichen Meinung. Es hätte ihr nicht geschadet, wenn sie die Abschlussarbeit des jüdischen Medizinstudenten Moise Solomon aus dem Jahr 1923 gelesen hätte, die den Titel trägt »Beiträge zur Syphilisbehandlung mit Wismutsalzen«. Sie hätte sich allein behandeln können, schließlich war sie die Frau eines Gynäkologen und keine ungebildete Bäuerin.

Du sagst nichts? Unsere Bildung hat dir die Sprache verschlagen? Du müsstest wissen, dass anspruchsvolle Erinnerungen gebildet sind. Hast du tatsächlich nicht erfahren, wie sie gestorben ist, oder bist du so dumm anzunehmen, sie sei noch am Leben? Besser, dass sie in die Ewigkeit eingegangen ist, denn sie vergaß sich auf eine zu übel riechende Weise; einer großen Dame, die einstmals in der Werbung für Doina-Zigaretten zu sehen war, nicht würdig. Hatte sie den Rauch denn nicht in eine Zukunft hineingepustet, die sie wie ein Huhn vom Markt gepackt und mitsamt den Federn in der Borschtschbrühe versenkt hat? »Die moderne Frau raucht«, stand unter ihrem Foto in den Zeitungen. Pfui, was für Paris-Attitüden sie sich zugelegt hatte!

Und du, warum rauchst du nicht? Hast du nicht daran gedacht, es könnte dir helfen? Nimm hier eine Lucky Strike ohne Filter, damit du dich an den Geruch von Amerika gewöhnst. Mit der Sprache bist du ja schon einigermaßen vertraut, kannst sie ganz gut. Bist beim Englischunterricht im Spital ganz gut dabei, wie wir gehört haben. Wenn du brav bist, wirst du weitere Zigaretten bekommen. Komm, nun schmoll nicht länger, es tut uns leid, wenn wir dich verärgert haben! So sind wir eben, die Erinnerungen, wenn wir unseren Dienst verrichten, können wir keine Rücksicht nehmen. Aber einige von uns sind ganz anständige Mädchen, ich hoffe, du wirst mal Gelegenheit haben, dich davon zu überzeugen.

Ermutigt durch die Lichtblitze, die andere auf der Flucht vor ihren Erinnerungen im Schlafraum aufscheinen lassen, zündet sich Golda eine Zigarette an. Ihr Stöhnen endet in einem langgezogenen Seufzer, wie ein Lichtbogen, der in das allgemeine

Summen des Spitals einmündet. Bis in den Schlaf hinein bleibt das Seufzen ansteckend. Es bekommt Antwort, Erwiderungen einer verheerenden Erschütterung der Seelen. Zu viele Widerwärtigkeiten stehen im Kontobuch dieser sechs Jahre, seit sie ihre tatsächliche Familie verloren hat.

Endlich schläft der ganze Saal. Die Gerüche verwandeln sich in Ausdünstungen, die Träume in Albträume.

Trotzdem, das Schicksal kümmert sich um sie. Etwas salopper formuliert hieße das, Gott hat noch etwas vor mit ihr. Welch ein Unsinn! Gott – welcher Gott? – hat keine Pläne, mit wem auch immer. Er ist ein Roulettespieler, ein Bohemien, ein Stehgeiger, der sich in den Kneipen produziert und mit Wein und Schnaps für seine konfusen Lieder bezahlt wird. Es gehört sich aber, ihm trotzdem Anerkennung zu zollen – wem? – für ihre zweite familiäre Höhle. Einverstanden, Rifca konnte bei ihr nicht Levs Platz einnehmen, aber Rabbi ist seinen Vaterpflichten nachgekommen. Ebenso wie Papa Jacques war auch er eher selten zu Hause. Und seine Frau hat Golda wie ihre eigene Tochter behandelt. Aber sie wie ihre Tochter zu behandeln ist nicht das Gleiche wie ihre Mutter sein. Golda fängt an, die Nuancen zu beachten.

Im Herbst nach dem Pogrom sind einige wenige nach Hause zurückgekehrt, sie allein wussten, auf welchen Wegen. Ein paar Schatten, die gezeichnet waren von der Schuld, überlebt zu haben, als wäre dies zum Schaden der Allgemeinheit geschehen. Die Behörden, die sie beim Kriegseintritt Rumäniens tot sehen wollten, baten sie wieder in die Stadt zurück, damit sie die lokale Wirtschaft wieder auf ihr altes Geleis lenkten. »Übel ist's mit den Juden, aber noch viel übler ohne sie!«

Und weiter geht's mit den unbeseelten Lebensjahren – drei – gezeichnet von den rastlosen Reibungen zwischen den einen und den anderen. Mit der den Juden erteilten Genehmigung, zwischen zehn und dreizehn Uhr auf den Märkten zu handeln, in Bäckereien, Lebensmittelgeschäften und Gaststätten – an den Sonntagen und an gesetzlichen Feiertagen zwischen zehn und zwölf Uhr – allerdings erst, nachdem die Christen ihre Versorgung beendet hatten und die Preise um einiges angestiegen waren. Mit den Kriegskontributionen, die in Socken, Unterhosen, Decken, Stiefeln und anderen merkwürdigen Valuten bewertet und von den Tauschbörsen der Zeit anerkannt wurden. Mit verpflichtenden Arbeitsstunden, mit dem Verbot, ab einer bestimmten Uhrzeit die Straßen zu betreten. Und noch vor allem anderen mit der finstersten Drohung für das geringfügigste Vergehen: der Deportation nach Transnistrien.

Manchmal nahm der Rabbi die Mädchen mit zu einer Spazierfahrt mit der Straßenbahn hinauf nach Copou und wieder zurück. Mit einem Kuchen-Halt in der Konditorei Tuffli am Ende der Strada Lăpușneanu. Bis Golda eines Tages sagte, fahrt ihr allein, ich mag nicht mehr. Die Straßenbahn war ihr nicht mehr wie früher »das Zug-Junge«. Sondern ein Mittel der Rache, bei deren Fahrt die Christen im Vorspiel auf das Pogrom Juden hinausgeworfen, ihnen die Rippen, Arme, Beine und den Hals gebrochen hatten – und das, was sich in ihnen befand, ohnehin. Blechernes Leben, Leben aus zweiter Hand, ein zerlumpter Fußlappen. Kaum hatte sich die Stadt unter den verabreichten Schlafmitteln etwas beruhigt, da begannen die Bombardierungen von neuem – mal waren es angloamerikanische, mal sowjetische Bomber, die Bäume fällten, Straßen aufrissen, Gebäude in Ruinen verwandelten und die Stadt mit Staub anfüllten. Eines Tages ging eine Bombe so nahe neben ihr nieder und erschreckte sie derart, dass dadurch die Harmonie ihres Innenohrs gestört wurde. Seitdem war Golda ein ununterbrochenes Sirren im Ohr verblieben: Mal stärker und mal schwächer, oftmals unerträglich. Sie hat sich bei niemandem darüber beklagt, hat es ertragen gelernt.

Dann, ein paar Tage, bevor die russischen Soldaten in die

Stadt kamen, hat der Rabbi die Mädchen beinahe kahlgeschoren, ihnen Straßenstaub ins Gesicht geschmiert, zwei Stücke festen Kuhmist in die Brust gesteckt, damit sie anständig stanken, und ihnen Knabenkleider angezogen. Dies alles vorbeugend, denn die Russen liefen mit dem am Hosenstall heraushängenden *drug* durch die Straßen und verschonten keine Frauenkleider tragende Person. Denn nicht umsonst hieß *drug* in ihrer Sprache Freund. Das ist der Seelenfreund des Russen, der *drug* aus der Unterhose.

Außerordentlich merkwürdig, dachte Golda! Während des Pogroms war es sehr vorteilhaft, ein Mädchen zu sein, um sein Leben retten zu können; und plötzlich ist es von Vorteil, ein Junge zu sein. Was hat es mit diesem Krieg auf sich? Eine endlose Hasenhatz, mal hierhin ausschlagend und mal dorthin. Auf zwei Morde kommen drei Vergewaltigungen. Die eine Hand am Abzugshebel der Pistole und die andere am Abzugshebel der Widerwärtigkeit. Wohin man auch schaut, nichts als Soldaten, die meinen, der feuchte und warme Ort in der Frau sei der einzig sichere Unterschlupf vor Kugeln und Bomben. Gewiss, ein Unterschlupf für ein paar Minuten, einverstanden, aber diese Minuten scheinen mit einer kosmischen Uhr gemessen zu werden.

Männer waren ihr zuwider. Wenn sie sich einen Mann nackt vorstellte, wurde es ihr schlecht vom Magen her. Ihr schien, es gebe nichts Ekelerregenderes auf der Welt als den entkleideten Mann. Und Rumänien, was war Rumänien? Spielte einmal auf der linken und einmal auf der rechten Seite mit. Mal kämpfte es an der Seite der Deutschen, und mal kehrte es alles um und war an der Seite der Russen. Basta, aus heiterem Himmel ist's vorbei mit der jüdisch-kommunistischen Gefahr und Weltverschwörung? Ratz-fatz, und der Kreuzzug gegen den Bolschewismus hatte unser Land in den Schweinetrog verfrachtet. Es war klar und jedermann ersichtlich, dass die Politik des Landes von Leuten bestimmt wurde, die sich darauf verstanden, aus Ochsenpisse wahrzusagen.

Das Erste, was Golda mit der politischen Veränderung aufgrund der Wahrsagerei aus Ochsenpisse auffiel, war, dass das Trianon-Kino umbenannt wurde in Maxim Gorki. Und das Scala-Kino neuerdings Puschkin hieß. Ihrer Mutter, eine große Bewunderin der russischen Literatur, hätten diese Veränderungen bestimmt große Freude bereitet. Sie hätte sich ihren Hut geschnappt und gewiss keine Filmpremiere versäumt.

Und wieder Armut, und wieder Zukunftslosigkeit.

Und plötzlich ein Einfall, ausgelöst durch die Meteorologie ihres Verstandes: der Gedanke, weit, weit wegzugehen, dorthin, wo die Erinnerungen ihre Adresse nicht mehr ermitteln können. Nein, nicht nach Palästina, dort wäre sie leicht auffindbar gewesen, unter so vielen Flüchtlingen aus Rumänien. Nein, woandershin, über Meere und Länder hinweg, in eine neue Welt. Nach Amerika, warum nicht, denn so oft schon hat sie darüber reden gehört. Hatte sie sich in ihrer Kindheit nicht gewünscht, in Hollywood Drehbücher zu schreiben? Nein, sie wird keine Drehbücher mehr schreiben, der Teil von ihr ist tot, aber sie wird einen einfachen Beruf erlernen, wie jeder x-beliebige Emigrant.

Doch, sie wird noch ein Drehbuch schreiben, ein einziges.

Das Drehbuch ihres Lebens.

Als er ihre Absicht erfahren hatte, erfüllte der Rabbi seine Pflicht und führte ihr die Risiken vor, denen sie sich aussetzte. Es ging nicht darum, sie etwa nicht zu unterstützen, im Gegenteil, er wird sie aus ganzem Herzen unterstützen, wird ihr das benötigte Geld für die Schleuser und alles sonst noch Nötige geben. Wenn sie in Wien angelangt ist, werden sich die Dinge vereinfachen: Von dort an wird das *Joint Distribution Committee* das Sagen haben, das, wie man hört, den Flüchtlingen Unterkunft gewährt, Papiere besorgt und den Grenzübertritt nach Italien regelt. Wenn sie nur bis dorthin gelangt, denn viele sahen sich an der ungarischen Grenze hopsgenommen und mit leeren Taschen nach Hause zurückgeschickt. Es werden Razzien gemacht, liebes Entchen, das Land hat schließlich begriffen, dass es die Juden braucht. Die gleiche Staatspolitik als Produkt jener Laboratorien, in denen man bei voller Verantwortlichkeit die Ochsenpisse für die Wahrsagerei vorbereitete.

Der Rabbi ließ sie nicht einfach so gehen. Er hat einen Schneidermeister beauftragt, Golda drei Monate lang in seinem Handwerk zu unterrichten. Und er schickte sie in alle angloamerikanischen Filme, die es in der Stadt gab. Vor allem ins Capitol-Kino, wo die »Stan und Ollie«-Serien liefen. Sie wird zwar aus diesen Filmen kein irgendwie nennenswertes Englisch lernen, aber bei den Tonfilmen vielleicht doch einiges von der Schrift und von der Redeweise aufschnappen. Und sich ein bisschen amüsieren, denn sie saß den ganzen langen Tag herum und seufzte.

Bevor sie abreiste, hat er sie noch einmal beinahe kahlgeschoren, damit sie unterwegs nicht zur Verlockung für böse Menschen werde. Es hat sie niemand zum Zug begleitet, damit die Tränen auf dem Bahnsteig nicht auffielen. Golda hat jedem einzeln versprochen, ihm oder ihr zu schreiben, die Verbindung irgendwie aufrechtzuerhalten. Sie wusste, dass sie es nicht tun würde. Als sie endgültig aus dem Tor trat, hat der Rabbi sie noch einmal an sich gedrückt:

Mein gelbes Entchen mit dem orangen Schnabel! Komm, tritt ein in meine Seele!

Jetzt erst kann man sehen, wie gut der Unterricht in Schneiderei, den Golda vor ihrer Abreise aus Iași erhalten hatte, für sie war. Ihm verdankt sie, dass sie während ihres Aufenthaltes im Rothschild-Spital der Schneiderei zugeteilt wurde. Zur Ausbesserung und zum Wenden getragener Kleidungsstücke – und sie sammelt Belobigungen dafür ein, dass sie es schafft, aus einem Haufen Mützen ein wärmendes Kleidungsstück zusammenzunähen. Aber auch dafür, dass sie andere in den Beruf ihres Volkes einführt. Die Erfindungsgabe, die sie in ihrer Kindheit beim Schreiben ausgezeichnet hatte, kommt nun auf ganz natürliche Weise in der an Überraschungen nicht eben armen Welt der Fetzen und Lumpen zum Ausdruck. Ihre Kleiderragouts haben einen Geschmack, den man nur schwer vergessen kann.

Es ist tiefer Herbst, und die Arbeit hilft ihr dabei, sich vom Elend des Spitals und außerhalb desselben zu lösen. Nach allem, was sie beim Blick durch das Fenster des Lasters, der sie zu den unterschiedlichen Versorgungsstationen mit alter Kleidung und wieder zurückfährt, sehen kann, hat Wien nach den Bombardierungen durch die Alliierten von 1943 bis 1945 kaum mehr Luft zum Atmen. Die Stadt ist ein steinernes Requiem, eine Ansammlung von Gebäuden, die auf den Knien um ein besseres Schicksal beten. Auf ganz und gar rätselhafte Weise kriechen aus ihrem Bauch Menschen hervor, skelettdürre Föten, die man mittels Kaiserschnitten ihren toten Müttern aus dem Bauch geholt hat. Frauen, Männer und Kinder raffen ihren Rest an Energie zusammen, um sich zu den Orten zu begeben, an denen die Ernährungslügen in Gestalt von Lebensmittelrationen verteilt werden, oder um trockene Zweige fürs Feuer einzusammeln. Auch die Straßenbahn ist ein Kriegsversehrter, der nur schwer wieder gehen lernt. Das Pferd des Wieners ist der Hund, wenn man nach den Fuhrwerken geht, denen heruntergekommene Köter vorgespannt sind. Hin und wieder strahlt das Firmenschild eines Kaffeehauses, eines Bierlokals oder eines Modegeschäfts tadellos an einer Ruinenfassade. Sie gleichen dem Panamahut, den ein erschossener, ausgeplünderter und komplett entkleideter Mann auf rätselhafte Weise noch auf dem Kopf behalten hat, oder dem wunderbar lackierten Fußnagel am Fuß einer beim Pogrom verstümmelten und splitterfasernackt auf der Straße liegen gebliebenen Frau.

Golda wendet den Kopf ab. Es ist schlimmer als in Iași. Ruinen und wieder Ruinen, unmittelbar neben dem Spital befindet sich ein von den Bomben zerstörtes Gebäude. Sie braucht so etwas nicht; sie wird ohnehin demnächst von hier weggehen. Sie tröstet sich damit, dass sie einen friedlichen und schier verzauberten Ort gefunden hat, wo sie spazieren gehen, sich auf eine Bank setzen und lesen kann. Den Währinger Park, ein paar Straßen den Hügel hinauf. Ach, wieder beginnen die Erinnerungen, sie zu bedrängen! Nein, ihr Dummköpfe, er ähnelt nicht dem Copou-Park in Iași, nicht wie das Schwarze unter dem Nagel! Er darf ihm nicht ähneln. Jener gehört einer Vergangenheit an, nach der sie keinen Bedarf hat.

Ihre Bank steht im Schatten der Eiche, die der Wiener Bürgermeister Jakob Reumann am 12. Oktober 1923, dem Tag der Eröffnung dieses Parks, eigenhändig gepflanzt hat. Das Datum ist feierlich in jenen Stein dort eingemeißelt worden. Ein junger Pole, der nach Palästina geht, hat ihr einen ins Deutsche übersetzten Gedichtband von Jessenin geschenkt. Wäre er ins Rumänische übersetzt gewesen, hätte sie ihn nicht genommen. Es war eine gute Idee ihrer Eltern, sie Deutsch lernen zu lassen. Sie sieht über die im Park Feiernden hinweg. Es sind die üblichen *Displaced Persons* in der Verstörung ihrer ersten Tage in Wien. Sie grölen, trinken aus großen Bouteillen aufeinander, streiten und versöhnen sich wieder. Und musizieren mit der Mundharmonika, mit Geigen und singen mit den Mündern von Liebhabern und Geliebten, von Dörfern und Wäldern und den Gräbern ihrer Lieben. Sie singen schön und darum auch enervierend. Einer von ihnen haucht *Suliko,* Stalins Lieblingslied. Suliko, ein Mädchenname. Wie seltsam er klingt! Das Sirren in Goldas Ohr wirkt wie ein Filter, sie braucht jene Lieder nicht. Sie hört nichts außer Jessenin:

»Ein für allemal sei nun verlassen –
ja, ich gehe, heimatliches Feld.«

Holla, Sergei, Sergei! Auch sie hatte die Bitternis des stetigen Lebens satt und ist aufgebrochen. Sie hat Iași verlassen, aber nicht, um hier zu versauern.

»Ich wandre auf Wolkenwegen
mit abwärtshangender Stirn,
ich höre den hellblauen Regen,
ich höre dich zwitschern, Gestirn.«

Golda lächelt. Sie weiß, dass Serjoscha diese Zeilen extra für sie geschrieben hat. All ihre Hoffnung verbindet sich damit. Wer aber wird ihr sonst noch beistehen? Wer?

Seit seiner Landung in Wien ist der Amerikaner der Märchenprinz. Er kommt an der Spitze einer Gratislieferung gebrauchter Kleidung und Schuhe und in Begleitung eines Fotografen der *New York Times* ins Rothschild-Spital. Schöne, ausgesuchte Sachen. Auch bringt er noch eine Kiste voll verzauberter Geschichten mit. Ein Grammofon.

Er ist groß, und der Rumor verstummt, wenn er beseelt zu reden beginnt, wobei sein Gesicht ganz schnell von einem Ausdruck zum anderen wechselt, was von den feinen Schnurrbartspitzen begleitet und verstärkt wird. Wenn er keine Lucky Strike raucht, malträtieren seine Zähne einen Kaugummi, sodass es den Anschein hat, seine Worte würden von einer Weisheit zernagt, die von einem anderen Kontinent stammt. Er begnügt sich nicht damit, Kleider und Schuhe zu verteilen. Er ist ein Perfektionist. Jede Jacke, jedes Kleid, jeden Hut und jedes Paar Schuhe teilt er einzeln zu, je nach der Person, die er vor sich hat und deren Eigenheiten er zu würdigen sucht. Dann tritt er, den oder die neu Eingekleideten an der Hand, Golda gegenüber, damit sie beide beraten, was an den Kleidern noch angepasst werden könnte. Ein Eingriff da und einer dort ... etwas mehr Watte an den Schultern und eine zusätzliche Falte an der Hüfte ... Die Kleidung soll nicht wie auf einem Drahtbügel hängend aussehen, noch soll sie die Person wie eine Wurstpelle umfangen, ganz selbstverständlich soll sie wirken und schier von sich aus die Person vervollständigen.

Der Amerikaner zeigt und führt vor, wenn Goldas Englisch nicht ausreicht, dabei berührt seine Handfläche ihre fragile Taille. Dass man im Falle eines Menschen, der mit nichts als seiner nackten Haut vor einem steht, nur äußerst selten von Würdigkeit und Persönlichkeit sprechen kann, müssen wir hinnehmen, unabhängig davon, ob es sich um einen Mann oder um eine Frau handelt. Golda zieht die Stirn kraus, starrt unfreiwillig in die Vergangenheit: Wieder fallen ihr die Ohnmächtigen und die Leichen des Pogroms ein, ihrer Kleider beraubt, weil die Lebenden danach gierten. Der Amerikaner merkt, dass er ins Leere spricht, aber er interpretiert die Traurigkeit des Mädchens falsch.

Er sagt es frei heraus: Ihm gefällt die Verzweiflung hier nicht, das mag er nicht, und basta. Das ist hier kein Spital, das ist ein Totenhaus. Er will Optimismus, viel Optimismus zum Teufel, schließlich brecht ihr allesamt auf in ein neues Leben. Alles, was böse war, liegt hinter euch. Man kann sein Land nicht an der Schuhsohle mit sich tragen. Hier müssen dringend Maßnahmen ergriffen werden. Beispielsweise hat man in einem Raum eine Synagoge eingerichtet. Okay, sie ist durchaus nötig. Aber hat jemand an einen Ballsaal gedacht? Seht ihr, wie leicht man gewisse Bedürfnisse übersieht? Wenn man die Tische in der Kantine beiseite schiebt, hat man ausreichend Platz für ein bisschen Unterhaltung. Schließlich habe ich dieses Grammofon nicht umsonst über den Ozean geschleppt und mir dabei den

Rücken verrenkt. Ich will, dass etwas los ist, und ich will es einmal pro Woche.

Sieh an, erst gestern hatte mir jemand erzählt, dass große jüdische Künstler wie Willy Rosen oder Max Ehrlich selbst im Lager Westerborg noch Kabarettvorstellungen gegeben haben; sie waren dort eingesperrt, bevor man sie nach Auschwitz weitergeschickt hat. Das ist nicht eure Sache, die ihr definitiv der Gefangenschaft entronnen seid. Ich werde mich um ein paar spezielle Naschereien und ein bisschen was zur Befeuchtung der Kehlen kümmern. Der Eintritt ist frei. Sein Lachen schlägt sich farblich auf den weißen Wänden der ehemaligen Krankenhauszimmer nieder. Ein Gefühl, das sie nicht an sich kannte, lässt Golda sichergehen, dass der Amerikaner ganz allein für sie und nur für sie lacht. Und jenes Schnauzbärtchen widmet ihr in seinen Klammern jede einzelne Wortgruppe. Jedes Komma und jedes Fragezeichen nimmt sie als Geschenk entgegen, als wären es Sesamkipfel, in die man lachend hineinbeißt.

Sagst, du hast dir den Rücken verrenkt, als du das Grammofon getragen hast? Gib ihn mir her, diesen Rücken, ich nähe ihn dir wieder an auf meiner Singer-Nähmaschine. Welche Farbe soll denn der Futterstoff haben?

Die etwas älteren Frauen betrachten ihn mit Schwiegermutteraugen, wenn er von da nach dort geht. Die Mädchen vergessen den November und verlegen sich aufs Säuseln, aber sie begreifen schnell, dass sie überzählig sind.

Golda merkt, dass sie immerzu seufzt. Jetzt aber tut sie es nicht mehr mit dem Blick in die Vergangenheit, sie schaut in die Zukunft. Sie wird eingehen vor Trauer, wenn dieser Schöne abgereist ist. Sie weiß, dass sie ihm nicht genügt. Er mag ein schlichter Pyromane sein, der sich davon nährt, dass er Herzen anzündet. Und trotzdem ... Auf wundersame Weise und als wäre es ein Zeichen, hört das Sirren in ihrem Kopf auf und ordnet sich neu zu Tönen der Musik. Einmal ist es ein Streichquartett und ein anderes Mal ein Klavierkonzert. In ihren Ohren hört es sich an, als folgte eines aufs andere. Da erkennt sie ein Stückchen aus der *Kreutzer-Sonate*, dort ein weiteres Stück aus der *Kleinen Nachtmusik* oder der *Unvollendeten* von Schubert …

Sie näht an der Nähmaschine und singt. Unterbricht das Nähen und lacht. Lacht und weint.

Als er sie zu einer Spazierfahrt mit dem Auto durch Grinzing einlädt, freut sich Golda, dass sie auf einem Stuhl sitzt. Andernfalls läge sie flach auf dem Boden, und es bräuchte mehr als ein ganzes Fass voller Riechsalz oder Schießpulver, sie wieder wach zu kriegen. Sie kriegten sie nicht mehr wach, weil sie nicht mehr aufwachen wollte. Der Abend bricht herein. Ein Jeep der amerikanischen Armee erwartet sie vor dem Spital. Das Straßenband windet sich bis hinauf auf ein Plateau, von dem aus man die Stadt sehen kann, hier liegt sie wie ein Opferlamm den Siegern zu Füßen. Der Wienerwald! Von hier, aus dem westlichen Wienerwald, sind die sowjetischen Truppen vom 6. April 1945 an hinabgefahren nach Wien. 13.000 Deserteure, die sich in den Wäldern versteckt hatten – schließlich ist der Wald der Bruder des Österreichers –, haben sie unterstützt. Es ist wunderbar, so viele Dinge zu wissen. Als die Russen in meine Stadt kamen, bin ich kahlgeschoren worden.

Seltsam. Ihnen zu Ehren?

Eher aus Angst vor ihnen. Prophylaktisch, wie das arme Väterchen gesagt hätte.

Während er ihr kurzgeschnittenes Haar betrachtet, will der Amerikaner erklärt bekommen, warum. Golda wundert sich, dass sie in ihrer neuen Sprache ganz natürlich mit ihm über eine so unkeusche Angelegenheit sprechen kann. Schließlich sagt sie ihm im letzten Moment dann doch nicht, dass die langen Haare bei den Männern das Ding da aufrichten. Und den

Russen wird es zum *drug*. Denn in deren Sprache heißt *drug* nicht zufällig Freund. Und der *drug* zwischen den Beinen ist der treueste Freund des Russen.

Aber du trägst auch jetzt deine Haare kurz.

Man hat mir geraten, mir die Haare kurzzuschneiden, auch diesmal prophylaktisch.

Na siehst du, in meinem Fall hat diese Prophylaxe nicht gewirkt.

Beide lachen. Die Stadt funkelt mit ihrer Glühwürmchen-Armee. So klein und hilflos, wie sie sich einem hier darstellt, kann man sie in einen Sack stecken und auf die Rückbank des Jeeps verfrachten. Nun kommt es ihr nicht mehr so vor, als ähnele Wien Iași, wenn man es von oben, von den Weingärten des Bucium-Berges her, betrachtet.

Nein, Wien gleicht nichts sonst. Wien ist Wien.

Sie halten an einer Kneipe in der Cobenzlgasse, um sich die Lebenslust ein bisschen im Heurigen einzuweichen. Ein Geiger und ein Akkordeonspieler bringen zu ihren Ehren die Instrumente zum Einsatz. Während sie ihr Eintreffen mit einer von Ivanovici komponierten schaumgekrönten Donauwelle besprenkeln, starren die Musikanten eher auf das Paket mit den Esswaren, das der Herr in der Hand hält, als dass sie seine seltsame Begleiterin beachteten. Sie spielen und lassen den Speichel fließen. Die Lokale bieten keine Speisen an, aber man kann sich etwas von zu Hause mitbringen. Wenn man etwas hat. Ihren gierigen Blicken kann man entnehmen, dass zwei, drei Semmeln mit Schinken und Käse ihnen als Bezahlung für die Musik sehr viel willkommener wären als Geld. Mit Geld kann man den weit aufgesperrten Rachen des Wiener Schwarzmarkts nicht stopfen. Aber eine Zigarette mit hellem Tabak aus der Packung, die jeder Amerikaner in der Hosentasche mit sich trägt, kann das Trinkgeld wunderbar ergänzen.

Golda gießt sich einen ganzen Sturzbach Sodawasser in den

noch gärenden Wein, um ihn dann in kleinen, leicht perlenden Schlucken zu trinken. Sie kümmert sich nicht mehr um die guten Manieren. Wer entscheidet, was gute Manieren sind und was man getrost beiseitelassen kann? Auch dies ist doch bloß Konvention. Jetzt ist sie frei, endlich frei. Der Amerikaner fasst sie an der Hand. Aus jedem seiner Finger macht sich ein Vertrauenstorpedo auf zu ihrem Herzen. Am Nebentisch verschlingen Geiger und Akkordeonspieler ihre Semmeln. Eine Packung Lucky Strike wartet geduldig darauf, einer kurzen Siesta den Ton anzugeben. Die Musikanten machen eine Pause, aber Golda ist noch immer umfangen von den Strauss-Klängen. Sie spürt, wie ihre Haare an Volumen gewinnen.

Ich möchte nicht, dass du abreist.

Ich muss aber gehen.

Und was geschieht mit mir?

Ich denke, du wirst es sehr gut haben.

Sehr gut ohne dich?

Sehr gut mit mir.

Wie das?

Ich nehme dich mit.

Aber ich habe keine Papiere, und auch sonst nichts.

Ich habe alles geregelt, in zwei Tagen werden deine Papiere fertig sein. Wir haben auf einem Schiff, das in zehn Tagen aus Italien – aus Genua – abfährt, zwei Plätze gebucht.

Und was soll ich in Amerika tun?

Was alle Ehefrauen tun. Amerika ist voll von Ehefrauen.

Sag bitte, würdest du das Messer aus dem Stiefelschaft allein für mich schärfen?

Das habe ich soeben beschlossen.

Wenn sie eine Pistole hätte, würde Golda diesem Augenblick mitten ins Herz schießen. Ihr ist danach, ihn wie im Kino zu küssen, sich in ihn hineinzuschrauben, bis ihre Lippen vertauscht wären. Sie knöpft ihm einen Hemdknopf auf, um mit der Hand hineinfahren zu können. Sie ist ein neues Wesen, vorbereitet auf ein neues Leben in einer neuen Welt. Ihr fehlt nur noch ein neuer Name.

Mehr nicht.

3

Wien, das ich mir so lange und schmerzhaft erträumt habe. Es wird von Unmengen Plakaten mit nackten Männern überschwemmt. Sie kündigen die Ausstellung »Nackte Männer« im Leopold Museum an.

Das Plakat zeigt drei Fußballer mitten auf dem Spielfeld in einem überfüllten Stadion. Mit je einem ruhenden Ball am Fuß. Von den Tribünen ergießt sich ein Konfettiregen. Es handelt sich um den Beginn eines wichtigen Spiels. Einer der Fußballer ist schwarz. Ein Mulatte an seiner Seite bildet den Übergang zum dritten, dem Weißen. Der Schwarze hat blaue Stutzen, der Mulatte weiße und der Weiße rote. Blau-Weiß-Rot. Die französische Trikolore, das führt auch zum Titel der Fotografie: *Vive la France!*

Sie soll leben!, sage auch ich. Außer den Stutzen und Schuhen haben die Spieler nichts an. Sie sind nackt und weisen drei großzügig gestaltete Mannhaftigkeiten vor. Fehlten sie, die Erde stände still. Die des Schwarzen wird vom Morgengrauen einer Erektion erweckt. Eine Art frühes Dämmern noch vor Tage.

Ich nehme mir ein nicht sonderlich teures Hotel in der Mariahilfer Straße. Der Snob, der auf den Namen Dora hört, nimmt sich ein Zimmer im Sacher. Ich überlege, mit welchem Speichelfluss sie wohl kämpfen wird müssen, wenn sie die Plakate sieht, die die Stadt überziehen.

Plakate, die die Wiener kaltlassen, wenn sie aus den Kaffeehäusern treten, in denen sie stundenlang herumsitzen, die Zeitung vor dem Gesicht, sodass man den Eindruck hat, die Zeitungen läsen sie und nicht umgekehrt. Ob sie nun zu Fuß unterwegs sind, mit dem Fahrrad oder Motorroller, sie bewegen sich gleichmütig an den nackten Geschlechtsteilen vorbei. Um bei den Rollern zu bleiben: In meiner gesamten Kindheit habe ich nicht so viele davon gesehen wie in Wien. Elegante Frauen fahren darauf ebenso wie tadellos gekleidete Herren, dabei sehen sie so stolz drein, als handelte es sich um das neueste Ferrari-Modell.

Selbstverständlich verpasse ich die Ausstellung im Leopold Museum nicht. Beim Eingang wird mir die Standardfrage aller Museen der Welt gestellt:

Where are you from?

Ich antworte nicht mehr wie früher, *I'm from the moon.*

I'm from Romania, USA.

Be welcome!

Ich lüge nicht. Rumänien ist der letzte Stern, der auf der amerikanischen Fahne aufgetaucht ist.

Der Saal ist voller aufgeregter Zicken. In welchem Paradies sind sie gelandet? Auch die erwachsenen Frauen und Frauen im fortgeschrittenen Alter haben sich zum Festival des Schwanzes in Kunst und Pseudokunst eingefunden. Bei dem der Weg durchmessen wird, der von einem lächerlichen, zweitausend Jahre alten Pimmelchen unter dem Bauch einer ägyptischen Statue bis zu den Selbstporträts von Richard Gerstl und Egon Schiele führt. Auch zu den Männern hin, die von Edvard Munch gemalt wurden, wie sie in Warnemünde in Deutschland nackt aus der Ostsee stiegen. Um schließlich bei den drei Fußballhengsten von heute, dem 7. November 2012, zu landen. Genährt mit Viagra-Glut.

Ich spaziere durch das Museum und stoße wieder einmal auf Minimal Art. Auf einem Foto weicht einer sein Ding in einem Bierkrug ein. Gute Werbung für dieses Getränk. Das die Männer äußerst großzügig in sich kippen, damit sie stets versorgt sind mit Rohstoff fürs Pinkeln.

Daneben zeigt eine Grafik den glücklichen Besitzer zweier Pimmel. Glückwunsch, Meister, du hast den Vogel abgeschossen! Aber wozu sollten zwei davon gut sein, wenn schon einer pro Mann dem Planeten solche Probleme beschert hat? Eine ganze Menge Katastrophen hätte vermieden werden können, wenn die Natur für die Fortpflanzung des Menschen einen anderen Weg eingeschlagen hätte. Durch Knospenbildung etwa. In einem Buch unseres jüdischen Autors Romain Gary sagt eine Person ganz richtig: »Der Schwanz ist der Feind der Menschheit.« Aber vielleicht sind die zwei Schwänze bloß eine Anspielung auf den habsburgischen zweiköpfigen Adler, den man auf alten Fahnen sehen kann.

Auf einem anderen Bild legt sich ein Alter schrecklich ins Zeug. Das Bild ist so verführerisch wie ein Stück Klopapier. Er posiert wie die Schönen aus den Sex-Illustrierten, inklusive der geschätzten und geliebten Position »Ziege«. Bereit, den Finger des Urologen zu empfangen. Oder eben etwas anderes, wer weiß.

Ich mag nicht mehr. Mir platzt der Schädel. Meine Gedanken wandern zu jenen mutigen Mädchen, die ihre Brüste entblößen, um damit für mehr Menschlichkeit einzutreten. Gegen das Abschlachten der Robben, gegen die Pressezensur in Russland und für die Beachtung der Menschenrechte in Uganda. Ich bin überzeugt, dass die Proteste splitterfasernackter Männer sehr viel effizienter wären. Wenn sie Losungen riefen, Plakate schwenkten ... Während gleichzeitig ihr Starorgan philosophisch den von den Sorgen des Erdkreises beschwerten Kopf neigte.

Erst nach zwei Tagen ruft mich Dora an, um mich zum Essen einzuladen. Ich suche uns ein künstlerisch wirkendes Restaurant auf der Mariahilfer Straße aus, im MuseumsQuartier. Ein Ensemble aus neun Museen, darunter auch das Leopold. Wo die Männer ihr Denkmal im Namen der Kunst enthüllen. Ich betrete das Restaurant namens Kantine, einen der wenigen gesegneten Orte, an dem nicht geraucht wird. Denn Wien wird in den Tourismusprospekten auch damit angepriesen, dass es das »Paradies der Raucher« sei. Dabei hatte ich gedacht, das Laster der Kippe würde mit der Hölle verbunden und nicht mit dem Paradies. Denn schließlich heißt der Tabak auch Teufelskraut. Wiewohl Serge Gainsbourg in einem seiner Lieder mitteilt, Gott sei Zigarrenraucher. Jüdische Spielchen.

Bald aber habe ich begriffen, dass dieser Tabakkompromiss eine tiefe Verneigung vor dem russischen Geld darstellt. Schier allmächtig grimassiert der Russe in der österreichischen Hauptstadt. Er nimmt einen Happen Schnitzel zu sich, worauf selbstverständlich ein Zug an der Zigarette folgt. Ein Löffelchen Schokoladentorte gefolgt von einem weiteren Zug. Die meisten Kaffeehäuser verkünden beim Eingang: говорим по-русски, wir sprechen Russisch. Auch die Speisekarte singt dreisprachig: deutsch, englisch und russisch. Die Wiener müssen noch einen Schritt voran tun und auch in den Kirchen einen Bereich für die russischen Raucher einrichten.

Doras Auftritt wird schon von der Tür her von ihrem starken Parfüm markiert, das sogleich mit den kulinarischen Düften in Konflikt gerät. Ihr Pelz, die Stiefel, die Tasche und der Hut verkünden drei große, weltweit bekannte Markennamen. Die Requisiten der reichen Amerikanerin, der alles sonst egal ist. Unser Rabbi kann beruhigt sein. Keine Gefahr, dass Dora zu einer *grave widow* wird. Der arme Joe ist schon in eine dicke Schicht Vergessen verpackt.

Sie bestellt eine der Spezialitäten des Hauses, *chicken curry rice*. Ich einen schlichten Salat. Sie bestellt auch zwei Gläser Rotwein. Zu denen es unaufgefordert zwei Glas Wasser gibt. Die Wiener plustern sich ganz schön auf mit ihrem Wasser, das von den höchsten Gipfeln der Alpen herab und schließlich durch ihre häuslichen Wasserhähne fließt. In den Kaffeehäusern kann man nichts bestellen, ohne dazu nicht auch ein stattliches Glas Wasser zu bekommen. Wenn man ein Mineralwasser bestellt, bekommt man automatisch auch ein Glas Leitungswasser dazu.

Als das Essen kommt, gieße ich einen Tropfen Wein auf den Boden. Für Joes Seele. Sogleich eilt der Kellner mit einem Lappen herbei und wischt ihn weg. Er sagt: Nicht schlimm, geschieht schon mal. Dora ist nach Spielchen zumute. Sie vertauscht unsere Teller. Schiebt mir das Huhn hin und schnappt sich meinen Salat.

Lassen wir das Theater, Suzy! Guten Appetit!

Das Theater?

Meine und deine Possen. Du brauchst Proteine, das kann man sehen. Der Salat ist besser für mich. Der Wein aber tut uns beiden gut.

Sie schaut mich mit einer Zärtlichkeit an, die mich beinahe am Essen hindert. Ich schlage diese humane Regung Wien zu, glaube nicht, dass sie etwas mit mir zu tun hat. Diese Stadt bewirkt Wunder mit ihrem alpinen Wasser. Ich lasse meinen Blick über ihren neuen Pelzmantel gleiten.

Schau das Ding nicht so bewundernd an. Ich habe es 150 Mal billiger gekauft als normal, in einer Klitsche im jüdischen Viertel. *Luxury Second Hand Fashion* heißt der Laden.

Waaas? Ich dachte, Luxus und *second-hand* vertrügen sich nicht. Ich sehe hier ein großes Paradox.

Du siehst das Paradox, ich sehe die Philosophie!

Herrgott, wie genussvoll sie lacht! Der beredte Geist des Alkohols verrichtet seinen verdammten Job. Ich und meine

Schwiegermutter – wie die Mädels – beim Trinken. Vielleicht dann auch beim Aufreißen. Plötzlich fällt mir ein Spruch von Joe ein: »Geben wir Cäsar, was des Cäsaren ist, und dem Fremdenfeind, was des Fremdenfeindes ist.« Ich lache. Dora glaubt, das Verdienst käme ihrem Scherz zu.

Ich muss die Sache mit den nackten Männern nicht ansprechen. Sie tut es:

Hast du dieses ekelhafte Plakat gesehen, das die ganze Stadt beherrscht?

Das habe ich gesehen, aber ich habe nicht bloß das Plakat gesehen. Ich war auch in der Ausstellung, dort, im Leopold Museum. Du kannst es Ben verraten, wenn du magst.

Wie käme ich dazu, dich zu verraten!? Ich hab es vorgezogen, ins Jüdische Museum zu gehen. Habe dort die Fotos von Henry Ries wiedergesehen. Die er 1947 im Rothschild-Spital gemacht hat.

Die hast du wiedergesehen?

Die meisten davon kannte ich.

Ich schlürfe den Wein und lasse ihn allen meinen Mundpartien zukommen. Irgendetwas kriege ich nicht zusammen. Die Fotos waren im November 1947 in der *New York Times* erschienen. Als Dora siebzehn Jahre alt war. Hat Dora mit siebzehn Jahren schon die *New York Times* gelesen? Sei's drum, ich nehme mir vor, dieses Rätsel ein andermal zu lösen.

Trotzdem, Dora, der männliche Körper hat seine eigene Schönheit.

So altruistisch wie ich bin, du weißt es, überlasse ich es gerne anderen, ihn zu bewundern. Wenn man in der Kindheit so viele unfreiwillige Nackte gesehen hat – ich beziehe mich auf die Leichen, denen man die Kleider vom Leib gestohlen hatte –, kannst du mit diesem Dreigroschen-Stehaufmännchen nichts mehr anfangen. Das sich auch noch selbst zum Kunstwerk erklärt. Wenn man so vielen Zwangsentkleideten begegnet ist, entzücken einen auch die freiwillig Nackten nicht mehr. Reiner Exhibitionismus.

Das überrascht mich. Ich wusste nicht, dass sie so prüde ist. Ob dies ebenfalls aufs Konto des Alpenwassers geht, das auch innerlich reinigt?

Wenn es dich interessiert, ich habe mir auch Joe nicht angeschaut, wenn er entkleidet war.

Ich muss von etwas anderem sprechen. Bin ich denn in die Museumsstadt gekommen, um mit meiner Schwiegermutter den nackten Männerkörper auseinanderzunehmen? Dafür gibt es sehr viel qualifiziertere Personen als sie.

Weißt du, Suzy, dass Joe der einzige Mann in meinem Leben war? Er war der einzige und wird der einzige bleiben. Ich habe nicht vor, mir einen anderen zu suchen. Nicht weil ich ihn verriete, sondern weil ich mich verriete. Er war und wird mein einziger Freund bleiben.

Der einzige?

Neben dir. Aber du bist spät aufgetaucht.

An dieser Stelle hätte ich beinahe einen tödlichen Gabelunfall erlitten! Sieh an, Dora ist letztlich doch eine *grave widow*. Trotz der Düfte und der auffallenden Kleider nährt sie sich aus Erinnerungen mit *ketchup*. Ob sie tatsächlich ehrlich ist oder nur eine Rolle spielt?

Trinken wir noch ein Glas? Morgen Abend haben wir Karten für die Oper. Ich weiß nicht, was es geben wird, interessiert mich auch nicht. Aber wenn ich schon mal hierhergekommen bin, wäre es schade, wenn ich nicht ... Ich bedauere ja, dass nicht mehr dieser schöne Rumäne dort Direktor ist, Ioan Holender. Vielleicht hätten wir eine kleine Ermäßigung bekommen, so von Jude zu Jude.

Ich beruhige mich. Dora wird wieder Dora. So hab ich dich gern, Schwiegermutter!

Übermorgen lade ich dich zu einem Spaziergang nach Grinzing ein. Dort gibt es äußerst poetische Beisel. Es wäre schade, nach Wien zu kommen und nicht durch Grinzing spaziert zu sein.

Vielleicht trinken wir auch einen Heurigen, gebe ich mich kultiviert.

Den trinken wir, warum denn nicht? Jetzt kannst du gehen, wenn du magst. Ich bezahle. Ich möchte noch ein Glas Wein trinken. Allein.

Ich glaube, sie will mich loswerden, um ganz gemütlich die Schwänzeleien gegenüber im Leopold Museum zu besichtigen.

Ich verlasse das MuseumsQuartier und gehe gemächlich die Mariahilfer Straße hinauf. Das künstliche Licht flößt dem Abenddunkel Respekt ein. Das Akkordeon eines Zigeuners gleitet wie ein Papierschiffchen über die Donauwellen. Die Buden auf der Straße verströmen verführerische Düfte nach Bratwürsten, Glühwein und heißem Schnaps.

In Wien wird kräftig getrunken. Nirgendwo habe ich so viele Frauen jedweden Alters gesehen, die beim Gehen den Eindruck erweckten, sie strickten Wollsocken mit den Beinen. Vielleicht haben sie das Bedürfnis, sich zu besaufen, wenn sie sich an der »Geschichte des männlichen Akts« sattgesehen haben.

Ich habe vor, das Gleiche zu tun. Mir einen anzutrinken. Und nicht irgendwo, sondern in einem Club.

Am nächsten Tag gehe ich mitsamt meinem Kater ins Jüdische Museum. Mich interessiert nicht so sehr die Ausstellung über die »Shooting Girls«, die jüdischen Mädchen, die aus der Fotografie ein Geschäft ebenso gemacht hatten wie eine Kunst. Sondern die Schnappschüsse von Henry Ries aus dem November 1947 im Rothschild-Spital. Damals Herberge für jüdische Flüchtlinge, nachdem es ab 1942 auch von der finsteren SS als Spital genutzt worden war.

Jüdische Flüchtlinge. Menschen ohne irgendeine Zugehörigkeit, die meisten waren aus Rumänien geflohen. Die Fotos wurden unter dem Titel »The Waiting Room of Hope« zusammengefasst. Ein Teil davon war in der *New York Times* erschienen. Dora brüstet sich damit, dass sie sie kennt. Dass sie sie schon kannte, bevor sie hierhergekommen ist. Ob sie lügt?

Menschen, die an keine rumänische Zukunft für sie mehr glauben konnten; die wievielte Generation jener, denen das Schicksal übel mitgespielt hat? Die Verstümmelten der Pogrome, Schuldige vom Dienst. Sie hatten all die Rechnungen zu bezahlen, auf denen die Frustrationen der Rumänen mit tausendprozentigem Aufschlag verzeichnet waren. Sie haben sich davongemacht, sind bei Nacht und Nebel über die Grenze gegangen. Sie haben oftmals verlogene Geländeführer bezahlt, Gefahren und Risiken überstanden. Manch einer ist unterwegs gestorben, darin hatten sie nun tatsächlich ausreichende Erfahrung. Ihre Gedanken waren stets ihren Schritten voraus, nach Palästina und in die USA. Wien war bloß eine Zwischenstation.

Ich kann auf jedem Foto die Rumänen von 1947 erkennen. Ebenso wie ich auf den Flughäfen die Rumänen von 2012 sofort erkennen kann. Schnappschüsse, die draußen in der Kälte bei der Ankunft im Rothschild-Spital entstanden sind. Und auf den Bänken des Währinger Parks, das von den Wein- oder Wodkaflaschen betäubte Warten. Und bei der Aufnahme der Personen, bei ihrer Unterbringung in den hölzernen Etagenbetten in den Sälen des Krankenhauses, die nunmehr lediglich Schlafräume waren. Bilder aus der Kantine, wo die verlogene Brühe und ein paar Datteln in der Hand Märchen vom erfolgreich verdrängten Hunger erzählten. Und aus dem Schneideratelier, wo eine bubenhaft geschorene junge Frau ihr Lied an einem Singer-Instrument um- und umschneiderte. Und aus den Räumen der improvisierten Schule mit den Kleinen, denen nun die Liebe zum Buch wieder beigebracht wurde. Und aus der

Synagoge, wo der Gottesdienst am Samstagvormittag mit heiliger Strenge befolgt wurde. Und mit den lächelnden Menschen auf den Ladeflächen der Lkw, die zu den italienischen Häfen fuhren, wo man schon den hellen amerikanischen Himmel leuchten sehen konnte, ohne Pogrome.

Rothschild Hospital, »The Waiting Room of Hope«. Menschen, die wieder zu hoffen lernten. Menschen, die nach und nach wieder vergessen lernten. Bis auf die heutige Generation, die nichts, was mal gewesen ist, mehr interessiert.

Das Rothschild-Spital. Ein Ort der Versöhnung mit der Vergangenheit. Ein Ort der Versöhnung mit den anderen. Ein Ort der Versöhnung mit sich selbst.

Bei unserem kurzen Spaziergang durch Grinzing sagt Dora kein Wörtchen. Ist mir recht. Die Umgebung ist derart durchtränkt von Poesie, dass jeder Kommentar ihrerseits störend wäre. Ich passe meinen Gang ihrer langsameren Schrittfolge an. Eine Schar Gänse überquert die Straße und parodiert uns so überlegen wie gelassen. Die Bäume verschenken ihre Blätter an den Bürgersteig und hoffen vergeblich, der Wintersteuer zu entgehen. Ich steige aufwärts und atme genüsslich tief durch. Wie die Kinder auf den Schultern ihrer Eltern sitzen die Weingärten hier auf den Bergrücken und saugen durch ihre gespitzten Lippen den Saft letzter Sonnentage. Das ist keine Sonne, es ist eine Nachttischlampe, die nur schlecht mit Strom versorgt wird. Dort hinterm Berg sitzt schon der Winter.

Hin und wieder laden grün und gelb gestrichene Container die Wiener ein, alles zu spenden, wonach ihnen ist. Hauptsächlich Kleidung. Aber was ist mit mir los? Heute möchte ich nicht, dass der professionelle Blick die romantischen Anwandlungen überlagert.

Wir gelangen ganz hinauf, auf ein Plateau, wo einem Wien nicht mehr höflich vom Grinzinger Kellner serviert wird. Wie sehr es doch Iași ähnelt, wenn man vom Bucium-Berg darauf hinabschaut! Ein aus dem Wald herüberwehender Lufthauch verrät etwas von der stillen Arbeit der Bäume. Sie produzieren Ozon, damit die Fettleibigen es sich irgendwohin pumpen können.

Dort auf der Höhe ereignet sich noch ein seltsames Phänomen. Das man dem Überfluss an Ozon zuschreiben mag, dieses von sich selbst übervollen Sauerstoffs. Dora umarmt mich. Wie eine Anakonda, nicht nur pro forma. Und küsst mich, dass mir schier die Wange wegschmilzt. Dies tut sie, bevor sie mir den Arm auf die Schulter legt und mich in ein Wirtshaus schleppt. Romantisch auch dieses. Das Dach wird von einem Rebstock umfasst, aus dem ununterbrochen Rost rieselt. Da muss der Installateur ran.

An der Tür empfängt uns ein Akkordeonspieler. Ein Musikkellner. Einen Augenblick lang habe ich den Eindruck, Dora wolle ihn ohrfeigen. Aber nein. Sie klebt ihm einen Hundert-Dollar-Schein an die Stirn. Und ermahnt ihn, auf jeden Fall einen Geiger herbeizuschaffen. Damit sie auf den *Donauwellen* auf und ab schippern kann. Von irgendwoher taucht der Inhaber persönlich auf:

Ich spiele für Sie, Frau Bernstein. Ist's recht?!

Zu viele Überraschungen für einen Tag. Man kennt Dora hier?

Sie summt die *Donauwellen* ebenso mit wie Ciprian Porumbescus *Ballade.* Letztere kennt der Inhaber, um seinen rumänischen Gästen eine Freude zu bereiten. Sie kommen gerne zu ihm, mit ihren Damen im Schlepptau. Aber noch lieber mit jungen Damen.

Ich stürze mich auf das Glas Heurigen und schnabuliere mit Paprikapulver angemachten Käse und frischen Paprika. Dora stürzt sich auf eine Platte Pastrami mit Sauerkraut.

Dora, es hat keinen Sinn, das Geld zum Fenster hinauszuwerfen. Bestell lieber frischen Krautsalat, der wird von allein sauer, wenn du ihn in den Mund nimmst!

Dass ich sie für versauert halte, ärgert sie nicht. Sie lacht und fordert mich auf zu tanzen, ich, die ich mit dem Tanzen auf Kriegsfuß stehe. Und zwar mit einem Engländer, der mir sagt, ich ähnelte Brooke Shields. Und wenn ich am nächsten Tag frei wäre, würde es ihn freuen, mit mir ... Leider ähnelt er niemandem. An den anderen Tischen turteln ein paar Verliebte. Einige von ihnen unterbrechen ihr Lippen- und Händespiel und beklatschen unseren Tanz.

Nach einer Weile versetzt mir Dora einen weiteren Schlag in die Magengrube. Sie bestellt sich ein Guinness und fühlt sich verpflichtet, mir ihre Wahl zu erklären:

Mir schmeckt das Guinness, denn es ähnelt dem hausgemachten Bier aus der Bukowina.

Hoppla! Woher weiß sie, wie das hausgemachte Bier in der Bukowina schmeckt? Hat Ben sie etwa dorthin gebracht, damit sie die Klosterkirchen besichtigen kann, ohne dass ich etwas davon mitbekommen habe?

Es ist beinahe Mitternacht, als wir uns schwerfällig aus dem Wirtshaus hinausbegeben. Wir gleichen zwei Korken, die nicht aus ihren Weinflaschen rauswollen. Die kalte Luft versetzt uns ein paar Ohrfeigen. Wir kuscheln uns aneinander und machen uns in diesem wechselseitig vorteilhaften Eingenistetsein auf den Weg. Die seelische Temperatur kompensiert die atmosphärische. Hin und wieder löst sich Dora von mir und umflattert mich mit einem ganzen Satz von Tanzfiguren. Dem Lärm nach zu urteilen, den unsere Stiefel auf dem Bürgersteig machen, tragen wir Hufeisen. Wir sind die russischen Truppen, die im April 1945 nach Wien hinuntermarschieren.

Wir haben noch die Hälfte des Weges bis zur Straßenbahnhaltestelle. Ich fühle mich blöd vor Glück. Schwachsinnig vor Glück.

Dora bleibt wie vom Donner gerührt – vielleicht hat sie eine Blase am Fuß? – am Tor einer stattlichen Villa stehen, die Fenster von Reben umrankt. Stimmt schon, sie hat ganz schön heftig getanzt, wie eine Clubgeherin. Und hat ein bestimmtes Alter, obwohl sie glaubt, mehrere zu haben.

Aber das ist es nicht. Sie sucht etwas in ihrer Vuitton-Tasche. Hat sie ihr Geld verkramt? Die Papiere?

Schließlich holt sie zwei Schlüssel hervor:

Was meinst du, Suzy, wollen wir mal eine Weile in diese Hütte hier reingehen?

Es ist spät, Dora. Ich habe keinen rechten Sinn für solche Abenteuer mitten in der Nacht. Würde mich nicht wundern, wenn das ein etwas gespenstisches Anwesen wäre.

Das ist es gewiss. Komm, lass uns einen Glühwein mit den Gespenstern trinken! Du kannst dir ja etwas später noch ein Taxi bestellen, wenn du das überlebst. Obwohl du auch hier übernachten kannst.

Ich bitte dich, es ist dunkel. Ich hab nicht gewusst, dass du in Wien Freunde hast. Hast du einen Wohnungsschlüssel?

Ja, ich kenne die Besitzerin ganz gut.

Interessant. Wer ist es?

Dora Bernstein.

Sie heißt genau so wie du?

Ich bin es. Hier wohne ich.

Instinktiv fahre ich mir mit der Hand an die Stelle, an der sich zuletzt das Herz befunden hat.

Aber du wohnst doch im Sacher, hast du jedenfalls gesagt.

Ich bin doch nicht blöde und zahle ein Vermögen für ein Zimmer im Sacher.

Warum hast du mich getäuscht?

Wenn du mich für snobistisch hältst, werde ich dich und deine Vorurteile nicht enttäuschen. Wen hast du sonst noch verachtet, so still und leise?

Ich gehe hinter ihr her, als wäre ich mein eigenes Gespenst.

Der Glühwein ist schon gekocht, er muss nur noch heiß gemacht werden. Die Karaffe in der Hand, geleitet mich Dora durch die Zimmer. Sie beginnt mit dem ersten, auf dessen Tür »Golda« steht. Sie öffnet sie, und wir platzen in die Vollversammlung der internationalen Gewerkschaft der Plastikentchen. Tausende, es ist schrecklich. Kleinere und größere, alle sind sie gelb und haben einen orangen Schnabel. In Seemannstracht, in Schuluniform, mit rumänischer Bauernbluse. Alle mit enormen Augen. Und riesigen Füßen.

In der Mitte erkenne ich den Erpel Franz. Den Vasile-Roaită-Gewerkschaftschef der Entchen. Diesen Erpel kenne ich bestens. Oscar hatte ihn einem seiner Mitschüler verkauft und war von Dora gezwungen worden, ihn zurückzufordern. Ich packe Franz am Hals. Er protestiert mit einem *Fuck-off*-Schnattern.

Golda. Wer mag Golda sein? Hatte Dora mal eine Tochter, die gestorben ist? Die vielleicht in Wien empfangen worden war? Ist nicht auszuschließen. Dora und Golda klingt irgendwie ähnlich. Beides erinnert an das sinnlose Funkeln des Goldes. Jedenfalls in meinen Ohren.

Dora erklärt mir in ein paar Sätzen die Geschichte ihres Hauses in der Cobenzlgasse. Nach dem Krieg war es eine Pension für Touristen. Hier hatte sie zum ersten Mal mit Joe im November 1947 übernachtet. Sie war aus ihrem Land geflohen. War unterwegs nach Nirgendwo.

Aus welchem Land.

Diese Frau hofft tatsächlich, sie kann mir zu einem Infarkt verhelfen. Sie verpasst mir einen Schock nach dem anderen. Also antwortet sie auf Rumänisch:

Aus Rumänien war ich gekommen, *darling*. Ich stamme aus Iași. Bin Iașierin, wie irgendein jüdischer Mensch, der dort geboren wurde und gelebt hat, es nur sein hatte können.

In meinen Ohren setzen plötzlich Luftalarm-Sirenen ein. Die Bombardierung steht unmittelbar bevor. In Onești hatten wir einen Nachbarn, der aufgrund einer viel geringeren Überraschung sein Gehör verloren hat. Ich bitte sie, lauter zu sprechen, damit sie den Alarm übertönt.

Zeitweilig hatte sie im Rothschild-Spital bei all den *DPs* und Geflüchteten gelebt. Sie arbeitete in der Schneiderei, besser gesagt, in der Umschneiderei. Denn dort wurde sehr viel mehr umgeschneidert als geschneidert.

Joe war aus heiterem Himmel mit einer Lieferung *Secondhand*-Klamotten für die Elenden dort aufgetaucht. Es war eine jener äußerst seltenen Lieben. Wovon die Dichter und andere ungare Gestalten in ihrer Ahnungslosigkeit halt so reden. Eines Abends waren sie nach Grinzing gefahren. Mit einem von den amerikanischen Soldaten in der Stadt geliehenen Jeep. Sie hatten sich in einem Heurigenlokal mit einem Akkordeonspieler und einem Geiger amüsiert. Zu essen gab es nichts, das Essen hatte Joe in seiner Umhängetasche mitgebracht. Wien litt Hunger.

Spätnachts, als sie vom Wirtshaus hinunter Richtung Stadt gingen, hielten sie bei dieser Pension. Joe hat das Zimmer mit zwei Päckchen Lucky Strike bezahlt. In jener Nacht hat das Nirgendwo, zu dem hin sie unterwegs war, einen Namen bekommen. Amerika. Sobald sie über das nötige Geld verfügten, hatten Dora und Joe die Pension gekauft. Sie waren jedes Jahr hierhergekommen, immer im November. Es war ihr Monat. Ihr Ort. Dieser November jetzt ist der erste hier ohne Joe. »November ohne Joe«, ein Filmtitel.

Sie könnte es in diesem Jahr nicht ertragen, so ganz allein in dieses Haus zu kommen. Auch hätte sie nicht irgendwen dazu einladen können. Deshalb befinde ich mich an ihrer Seite. Damit ich sie tröste. Ich bin Expertin Nummer eins in Tröstungen.

Mir ist schon klar, dass ich drei Söhne habe, der eine blöder als der andere. Du bist die Einzige, die die gleiche Sprache wie ich spricht. Wir beide sind uns gleich. Darum habe ich dich mitgenommen nach Wien.

Sie hat mich mitgenommen? Wenn ich mich recht erinnere, habe ich sie mitgenommen. Aber lassen wir das. Man weiß, dass Maria die Kuh melkt. Im Wasser gespiegelt, sieht es jedoch anders aus, umgekehrt. Ich richte meine Aufmerksamkeit auf das Feuer, das katergleich im Kamin schnurrt.

Ich habe jemanden angestellt, der sich um das Feuer und um das Haus insgesamt kümmert.

Wir gehen in ein Arbeitszimmer mit großen Fenstern. Ich spüre die Weinberge, wie sie auf dem Berg schlafen, wie die Stachel auf einem Igelrücken.

Ich weiß nun wirklich nicht, was ich tun könnte, um der Bernstein'schen Besessenheit vom Schuhwerk zu entrinnen. An einer Wand hängen zwei Damenschuhe. Einer davon braun, der andere schwarz. Sie sehen aus, als habe sie ein zahnender Hund zernagt.

Das sind die Schuhe, mit denen ich die Grenze nach Ungarn überschritten habe. Als ich hier angekommen bin, waren sie kaputt. Nachdem Joe mir neue Schuhe geschenkt hatte, wollte ich sie nicht wegwerfen.

Von unseren Worten animiert, kehrt Joes Gespenst zurück unter die Lebenden. »November mit Joe«, ein Filmtitel.

Man nimmt sein Land nicht an den Schuhsohlen mit, sagte Joe, jenen französischen Guillotinierten zitierend.

Das kann man tatsächlich nicht, Suzy.

Aber im Absatz hebt man immer etwas auf, pflegte er hinzuzufügen.

Mag sein. Wäre zu besprechen. Als ich bei Oradea über die Grenze bin, habe ich auch die rumänische Sprache hinter mir zurückgelassen. Seitdem habe ich sie nicht mehr gesprochen.

Bis jetzt.

Bis jetzt. Bis hier.

Die Schuhsohlen sind lackiert. Weisen zwei große Löcher auf, die in allen möglichen Sprachen vom Nachkriegselend sprechen.

Und Golda? Wer ist Golda? Deine Tochter?

Das Mädchen in mir. Die Prinzessin der Kautschukentchen.

Komm, lass und zurückgehen in Goldas Zimmer, vielleicht begreife ich, wer sie ist.

Ich war Golda. Golda ist hiergeblieben, hier in diesem Haus, hier schläft sie. Jedes Jahr im November wecke ich sie aus dem Schlaf und schlüpfe zurück in ihre Haut.

Sie holt aus einer Schreibtischschublade eine Mappe.

Hier hast du Goldas Geschichte, von ihr selbst aufgeschrieben. Vielleicht fällt dir dazu etwas ein. Du hast doch so viele Ideen ...

Ich fahre mit den Fingern über den gelben Umschlag mit orangem Rand. Schlage die Mappe auf und lese den ersten Satz. Die tadellose Kalligrafie blendet mich. Es ist ein himmelweiter Unterschied zu Doras Schrift. Die kenne ich gut. Eine böse, verächtliche, rassistische Schrift.

»Wärme und Wohlstand der Familie beherbergen die kleine Golda wie ein Gewächshaus, in dem für alles gesorgt ist. Das Haus der Oxenbergs, im Zentrum der Stadt gelegen, ist hochgeachtet und wird stark beneidet. »Frieden und Harmonie« stünde auf dem Familienwappen, hätte man denn eines. Dienstfrau, Automobil, Skiurlaub in den österreichischen Alpen, die auf die Sommerferien an der Ostsee, im malerischen Warnemünde, folgen und die dort erlebten Freuden kompensieren ...«

Oxenberg, wiederhole ich den Namen.

Ja, die Familie Oxenberg aus Iași. Roza, Jacques, Lev und Golda Oxenberg. Plus Großmutter, Elisa Șoicaț. Großvater habe ich nicht gekannt. Er ist für Rumänien an der Front gestorben, im Ersten Weltkrieg. Er war Arzt.

2001 habe ich Dora und Ben kennengelernt. Sie waren nach Iași gekommen, weil sie eine Rede auf einem Symposion halten wollte, das sechzig Jahre danach in Erinnerung an das Pogrom vom Juni 1941 stattfand.

Sie hatte im letzten Augenblick ihre Rede zerrissen. Ihre Worte hatten ihren Sinn verloren. Es hatte keinen Sinn, von ihrem Entschluss, nie wieder Rumänisch zu sprechen, abzurücken – nur für einen Vortrag, den gerade mal fünf Personen gehört hätten. Das Haus auf der Strada Ștefan cel Mare hat sie dem rumänischen Staat geschenkt. Der ohnehin mit dem Geld so seine Schwierigkeiten hatte. Wo es nun keine Juden mehr gab, die es ihm hätten beschaffen können ... Nicht wegen des Profits hatte sie in Iași eine Filiale ihrer Firma eröffnen wollen. Sondern weil es die eleganteste Weise war, sich an den Nachkommen derer zu rächen, die den dahingemordeten Juden während des Pogroms die Kleider vom Leib gestohlen hatten. Das Bild der entblößten Toten hat sie ihr Leben lang nicht losgelassen.

Los, herbei zu den Fetzen und Lumpen! Kommt nur, sättigt euch an getragenen Kleidern! Von anderen getragen. Es sind Markenkleider, machen was her. Darin könnt ihr alles unternehmen, um als die durchzugehen, die ihr nicht seid und niemals sein werdet. Ihr wollt gehen, ohne zu bezahlen? So nicht, raus mit dem Geld! Diese Klamotten sind nicht nichts! In dieser Welt gibt es nur Jesus gratis. Und nicht einmal den. Versuchen Sie nur mal, in einer Kirche eine Kerze anzuzünden, die Sie nicht vorher bezahlt haben!

In diesem Geschäft steckt ihre ganze Verachtung. Es ist ihre Weise, *fuck off* zu sagen. Wenn sie es ausspricht, reproduziert ihr großer Mund maßstabsgetreu die Karte von Rumänien.

Dora kehrt nicht mehr mit mir nach Washington, D.C. zurück. Sie bleibt in Wien und beim Gespenst von Joe. Wo sie ihre gelben Kautschukentchen mit den orangen Schnäbeln in der

Badewanne schwimmen lassen kann. Im Sommer wird sie mit ihnen nach Warnemünde fahren. Und sie im Ostseewasser in die Freiheit entlassen.

Wenn sie den nächsten November erlebt, wird Dora Bernstein sich wieder in Golda Oxenberg verwandeln. Sie wird auf ihrer Bank im Währinger Park sitzen und Jessenin zitieren:

»Durch Tageslocken werd ich gehen,
auf karges Stroh mich abends werfen.
Mein Freund wird gegen mich aufstehn,
am Stiefelschaft das Messer schärfen.«

Dann wird sie eine Kutsche nach Grinzing nehmen und in ein Heurigenlokal gehen; Pastrami und Sauerkraut. Sie wird einen Akkordeonspieler und einen Geiger anheuern und ihre rheumatischen Knochen auf den *Donauwellen* schaukeln lassen. Nach Mitternacht wird sie zu Fuß zu dem Haus aufbrechen, in dem sich ihre Seele mit der von Joe verbunden hat.

Dora wird stets eine jener *grave widows* bleiben, die dem Judentum so entsetzlich sind. Das kümmert sie nicht. Ihr religiöser Glaube ist und bleibt der Atheismus.

Wien. Dort gehört sie hin. Ihre bösen Erinnerungen endeten im Bauschutt, als das Rothschild-Spital abgerissen wurde. Sie gibt mir die Schlüssel zu ihrem Haus in Georgetown, damit ich mich um ihre Blumen kümmere. Sagt mir, sie erwarte mich jederzeit in ihrem Haus in der Cobenzlgasse, aber niemals mehr im November. Dieser Monat gehöre nur noch ihr und Joe. Der Monat, in dem Dora wieder Golda wird.

Ich bin neidisch. Auch zwischen mir und Ben hat es mal so gelodert, dass die Dichter und andere ungare Gestalten darauf hätten aufmerksam werden können. Aber dieses Feuer war von einer kleinen mathematischen Berechnung entzündet worden. Jedenfalls meinerseits. Ich steuerte auf eine Havarie zu, war 33 Jahre alt und benötigte mehr als einen Installateur. Dora war siebzehn. Sie war rein. Ich auch, aber nur in groben Zügen.

Solange das Flugzeug in der Luft ist, denke ich an Levy Moreno. Den Begründer des Psychodramas, von dem ich schon einmal gesprochen habe. Er allein könnte die Distanz in Kilometern erklären, die zwischen Golda und Dora liegt.

Ben habe ich gesagt, er möge nicht auf dem Flughafen auf mich warten. Ich winke mir ein Taxi herbei und sage, man möge mich in Georgetown absetzen. Ich stürze ins Haus und eile die Stufen hinauf. Oben öffne ich die Tür zu Joes Arbeitszimmer. Ich zittere am ganzen Leib.

Die Stiefel sind an ihrem Ort an der Wand. Die Stiefel, die sein Vater trug, als er aus Rumänien kam. »Man kann sein Land nicht an den Schuhsohlen mitnehmen«, hatte ein großer Schlaumeier gesagt. »Aber im Absatz wird immer etwas aufgehoben«, hatte Joe, um einiges schlauer, hinzugefügt.

Ich besitze – aus Wien – ein Schweizermesser. Ich nehme den ersten am Nagel hängenden Stiefel herunter, klopfe ihn ab und öffne den Absatz. Nichts, nur die klassische Höhlung, die es in jedem Absatz gibt. Ob ich mich täusche?

All meine Hoffnung richtet sich nun auf den Absatz des zweiten Stiefels. Den klopfe ich nicht mehr ab. Langsam und methodisch nehme ich hier die Sohle ab. Wenn auch hier nichts ist, vergesse ich das alles und fahre nach Hause. Das Taxi wartet vor dem Haus auf mich. Und ganz sicher erwarten mich die Kinder mit der obligatorischen Geburtstagstorte.

Ich spüre es! Da ist es! Ein altes Stück Papier. Winzig klein zusammengefaltet. Ich falte es sorgsam auseinander. Damit bloß kein Wort verletzt wird. Wie erwartet ist die Schrift rumänisch. Mit violetter Tinte.

»Mein Sohn, gesegnet sei dein Name,

Shalom!

Nun mögest du als Erstes von mir erfahren, dass ich, Gott sei's gedankt, wohlauf und gesund bin. So rege und gesund, wie jemand meines Alters, der durchgemacht hat, was ich durchgemacht habe, nun mal sein kann. Amen!

Auch sind es nun schon drei Monate, seitdem ich meine Tochter Rifca – möge Gott ihr Glück bescheren im Leben – anhalte, mir auf der Karte New York zu zeigen. Wenn ich die Brille aufsetze, die Augen wollen nicht mehr wie einst, sehe ich aber sogleich einen Punkt mit einer großen Mütze und großem Herzen, der ohne Unterlass von einer Mitzwa zur anderen eilt. Wer mag das sein?

Du bist das, Schlitzohr, du bist das, Gelehrter, Verständiger, Unübertroffener, allseits Bekannter! Das bist du, mich täuscht du nicht so leicht! Sag bloß nicht, ich könnte nicht auch über Tausende Kilometer hinweg den Avi Bernstein aus Socola erkennen, möge sein Name den New Yorkern in den Ohren klingen, wie er es in Iași immer noch tut, von wo ihm alle Nachbarn ausrichten lassen, es möge ihm schlechter nie gehen, der Dollar ihm immerzu grünen und das Glas frei bleiben von Bittersaft!

Weißt du, ich habe mir immerzu überlegt und überlegt, ob ich dir schreiben soll oder nicht. Und sieh an, schließlich hab ich doch einen Brief an dich aufgesetzt, was soll daran schon schlimm sein, wenn er dich langweilt, wirfst du ihn gleich nach den ersten Worten in den Papierkorb, und hast kein weiteres Kopfzerbrechen damit.

Aber du bist nicht der Mensch, der einen Brief vom Rabbi wegwirft, besser als ich kennt dich keiner. Ich schreibe einfach so, um mich zu vergewissern, dass du dort in deinem Amerika ordentlich unterwegs bist, immerhin weiß ich ja, dass du gewitzt bist und tüchtig und ehrlich. Ich habe den Brief einem Mann aus unserer Gemeinde mitgegeben, der nach Wien geflohen ist, denn ungestümer als jetzt sind die Juden von hier noch nie in die Welt hinausgezogen. Was kann man schon tun, die Zeiten sind trübe verhangen, aber wann waren sie denn für die Söhne Israels jemals hell?

Hör, Avi! Ich hatte dir, bevor du hier dein Ränzlein geschnürt hast und in die Fremde aufgebrochen bist, von den amerikanischen Kolonisten erzählt, die himmlische Früchte der Inspiration aus dem Freiheitskampf der Israeliten bezogen haben. Denn nicht umsonst haben sie sich entschieden, auf ihre Freiheitsglocke *Liberty Bell* zu schreiben, wie sie es in ihrer verschnörkelten Sprache dort nennen, was nur die Kurzform des aus dem Hebräischen übersetzten Verses ist: ›Verkündet die Freiheit im ganzen Lande und allen, die darinnen wohnen‹.

Vergiss nicht, mein Junge, dass die Geschichten von Adam und Eva im Garten Eden, von Abraham in Kanaan, von Joseph und dem Bruder Moses in Ägypten, der Ruth und der Noemi, des David und des Salomon, die von Mordechai und Esther, der Propheten Jesaja und Jeremias zuerst auf Hebräisch erzählt worden sind! Auf Hebräisch werden auch die ruhmreichen Geschichten erzählt werden, die ihr heute in Amerika erlebt. Zum Ruhme dieser Namen mögest auch du dir das Leben einrichten und nicht vergessen, dass eine Mitzwa pro Tag dich näher an ihre Größe heranführt.

Und wo wir grade bei der Mitzwa sind, du hast doch bestimmt auch schon von dem Elend gehört, das die aus den osteuropäischen Ländern geflohenen Juden in Wien zu erdulden haben. Wien ist ihnen nur eine Zwischenstation, um wieder Atem zu schöpfen und an den Herrn da droben zu beten, denn ihre wirklichen Ziele sind Amerika oder Palästina, wo sie ein besseres Leben suchen, wie du es ja auch vor ein paar Jahren getan hast, nachdem die Legionäre dein Geschäft zum vierten Mal angezündet hatten.

Aber was tust du, Avi? Ich habe dir Hunderte Mal gesagt,

dass du dich für meinen Rat und für das Geld, mit dem ich dir beigestanden bin, damit du nach Amerika gehen konntest, nicht bedanken musst. Ich habe nur getan, was jeder andere Rabbi an meiner Stelle auch getan hätte, und ich habe weder Zinsen von dir verlangt noch überhaupt das Geld erstattet bekommen wollen, auch wenn du es mir, korrekt wie du nun mal bist, geschickt hast.

Die armen Leute in Wien, möge Gott sie vor allem Übel bewahren! Ich schließe die Augen und sehe sie vor mir, hungrig und nackt, wie sie sich im Rothschild-Spital ineinanderkringeln, und das Rothschild-Spital ist kein Spital mehr, sondern viel eher ein Schweinestall oder ein Konzentrationslager, sodass man sich wundern muss, warum die Familie Rothschild es erlaubt, dass solch ein Verhau ihren Namen trägt. Die armen Flüchtlinge, die nun überlegen, warum sie überhaupt von zu Hause weggegangen sind, denn dortselbst schien es weniger schlimm gewesen zu sein!

Es herrscht Hungersnot in Wien und bittere Armut, und ich fürchte mich davor, an den kalten Herbst und an den Winterfrost zu denken, die unweigerlich kommen werden. Selbst diesen Brief schicke ich dir durch einen der Flüchtlinge, wie ich dir schon mitgeteilt habe, damit der ihn in Wien auf die Post gibt und ich mir sicher sein kann, dass er in deine Hände gelangt, denn bei uns kann man in nichts und niemanden mehr Vertrauen haben, nicht einmal in die Post. Ich habe für unsere Brüder im Rothschild-Spital gebetet, ich habe sie gesegnet und dabei gespürt, dass ihr Leben auch meines hätte sein können oder deines. Eher noch deines, denn wenn du nicht damals schon gegangen wärest, würdest du gewiss jetzt gehen, so entschlossen, wie du nun mal bist.

Avi, mein Sohn, es ist an der Zeit, unseren vom Schicksal so arg gebeutelten Geschwistern beizustehen. Es befinden sich viele Rumänen darunter, Tausende, auch aus Iași sind, Gott sei

Dank, eine ganze Menge dabei, die alles verscherbelt und zu Geld gemacht haben, um den Grenzübertritt nach Ungarn bezahlen zu können, die Armen. Ich aber habe Vertrauen ins jüdische Herz meines Avi, und weil dein Geschäft mit den Kleidern – die nicht neu sind, wiewohl man schwören könnte, sie seien es – läuft, und ich zweifle keinen Augenblick daran, dass es wie geschmiert läuft, könntest du vielleicht eine Lieferung auch dorthin bringen, damit die Unglücklichen dort etwas anzuziehen haben.

Du kannst dir sicher sein, das ist nicht umsonst. Deine Tat wird die Würdigung erfahren, die sie verdient, jeder und jede wird beim Gebet deinen Namen auf den Lippen tragen, und auch die humanitäre Organisation *Joint Distribution Committee* selbst wird höchlichst zufrieden sein! Von Gott will ich hier gar nicht reden, Ihn kennen wir seit Tausenden von Jahren, und alles, was wir tun, geschieht in Seinem Namen. Danken wir Ihm für die väterliche Liebe und alles, was von Ihm auf uns kommt, amen.

Und dann ist's erst drei Tage her, dass Doktor Solomon – der dir ausrichten lässt, dein Geldbeutel möge aufgehen wie ein Hefezopf – mir gesagt hat, dass gute Taten die Gesundheit befördern, weil sie die stillen Säfte des Leibes in Bewegung setzen. Ich rechne also so: Verwirkliche eine Mitzwa pro Tag, lass die stummen Säfte zu Wort kommen und erspare dir das Geld für den Doktor! Und dein Vermögen wird ganz bestimmt heranreifen und an Umfang zulegen wie eine Wassermelone im August.

Aber vielleicht hast du jetzt nicht die Zeit dazu, mit der Kleidung nach Wien zu reisen, weil du dich an die Weisheit hältst, die da besagt, ›den guten Laden erkennt man am Besitzer hinter dem Tresen‹. Das macht nichts, wenn du keine Zeit hast, hast du eben keine Zeit, schließlich werden wir dir deswegen nicht den Kopf abreißen.

Warum solltest du dann nicht deinen Buben schicken, den Josef, der noch ein Knirps war, als ihr aus Iași weggegangen seid, und der dann tapfer für die Befreiung Europas gekämpft hat und die Vernichtung dieses wahnsinnigen Hitler – möge sein Name auf ewig im Schandbuch der Geschichte verzeichnet bleiben. Ich kann dir versprechen, dass man den Josef dort so empfangen wird, wie es sich gehört, schließlich befindet sich das Spital in der amerikanischen Zone der Stadt. Ach, wie gerne würde auch ich eine Stippvisite dorthin unternehmen, aber meine ausgelaugten Knochen schaffen kaum mehr den Weg von Podu Roșu zum Târgu Cucului, und auch dabei muss ich alle zehn Meter stehen bleiben, damit ich wieder Luft kriege.

Mein Junge, du weißt doch, dass ich immerzu gesagt habe, es sei gut, die Dinge des Lebens mit ihrem Vor- und Nachnamen anzusprechen. Wenn nun Josef derjenige ist, der den langen Weg nach Wien auf sich nimmt, um den Elenden dort die Kleider zu bringen, so könnte er einen Blick auf ein Mädchen werfen, das ebenfalls dort im Rothschild-Spital sitzt. Was meinst du, das kann doch nicht schaden? Oder ist Josef etwa diesbezüglich gebunden? Ich nehme an, er ist es nicht. Wenn ihm das Mädchen nicht gefällt, reist er eben schön brav nach Amerika zurück, und niemand wird ihm auch nur den leisesten Vorwurf machen.

Aber ich wüsste nicht, warum ihm das Mädchen etwa nicht gefallen sollte, vor allem, wenn auch du ein gutes Wort für sie bei ihm einlegst. Ich kann dir versichern, sie hat es sich reichlich verdient. Sie ist eine von uns hier, aus Iași, ist siebzehn Jahre alt und voller Zartgefühl, wie ein gelbes Kautschukentchen. Ich habe sie genau so genannt, mein Entchen, denn sie hat mir beim Pogrom das Leben gerettet, als man mir auf der Strada Ștefan cel Mare den Bart und die Schläfenlocken angezündet hat. Du hättest mal sehen sollen, wie sie da mit einem von Hitlers Offizieren auf Deutsch geredet hat, dem sie mit größter Bestimmtheit gesagt hat, ich sei ihr Vater, und wir müssten zusammen nach Hause gehen, was dann auch geschehen ist. Da war sie erst elf Jahre alt, aber sie hat sich besser durchgesetzt als eine Fünfundzwanzig- oder Dreißigjährige, das mal ganz sicher. Ich fürchte sehr, wenn es sie nicht gegeben hätte, wäre mir das gleiche Schicksal bestimmt gewesen wie das der anderen in jenen schwarzen Tagen ermordeten Rabbiner. Mögen sie in Frieden ruhen bei Gott.

Mein armes Entlein! Arg zittert mir das Herz, wenn ich an ihre weiche Seele denke, so weich und zart wie der Samt in Aizics Laden auf der Strada Costache Negri. Sie ist ein Waisenkind, die Arme, in den verdammten Tagen Ende Juni 1941 sind alle ihre Familienmitglieder umgebracht worden. Oho, was war ihr Vater für ein großartiger Arzt! Sein Name war in der ganzen Moldau bekannt!

Das Mädchen ist bescheiden, fleißig und dermaßen geschickt in den Dingen der Schneiderei, dass man Bauklötze staunen könnte. Aus sieben alten Mützen schneidert sie einem eine solche neue Jacke, dass man aus der Verwunderung nicht mehr herausfindet. Sie hält nichts von Schmuck und Farbanstrichen, so hat sie beispielsweise darauf bestanden, die Haare bubenhaft geschnitten zu bekommen, bevor sie nach Wien aufgebrochen ist. Sie ist nicht verrückt nach Chansonnetten, aber tanzen kann sie wie niemand sonst, wenn sich die Gelegenheit dazu bietet. Leider hat sich diese Gelegenheit noch nicht für sie ergeben.

Dein Josef wird sie dort in der Schneiderei vorfinden. Wenn ihr mir nicht glaubt, soll er sie auf die Probe stellen. Er soll ihr einen Anzug zum Wenden geben und dann ihren geschickten Händen folgen. Sie hat auch etwas Geld dabei, aber es kann auch gut sein, dass sie keinen Heller mehr besitzt, so gutmütig wie Gott sie geschaffen hat.

Hör mal, Avi! Ich würde dich nicht zu so etwas anstupsen, du kennst mich doch nicht erst seit gestern oder vorgestern, aber ich habe kürzlich eine Weisheit gelesen, die mir schnurstracks zu Herzen gegangen ist. Da heißt es, die Kuh und das Weib solle man sich am besten aus dem eigenen Dorf holen. Denn wenn du nicht weißt, wer ihr Herr und Gebieter ist, kannst du sie prügeln und danach bereuen so viel du willst, kannst mit dem Kopf gegen die Wand rennen, aber es wird alles nichts nützen. Ich stimme dir sicher zu: Was die Kuh betrifft, ist's gewiss etwas schwieriger, dir eine von hier aus Iași zu holen, denn das arme Rindvieh geht auf dem langen Wasserweg bestimmt vor die Hunde.

Aber hinsichtlich der Ehefrau findet der Herr immer wieder einen Weg ... Und keiner weiß es besser als du selbst, was für einen Schatz im Haus eine gute Ehefrau bedeutet. Wobei dieses Mädchen mehr ist als ein Hauptgewinn, das kann ich dir versichern. Sie wird deinem Geschäft mit den nicht mehr ganz neuen Kleidern, von denen man aber schwören würde, sie seien neu, frischen Lebensschwung einhauchen. Sag selber, wäre es denn falsch, deinen Kundenkreis ein bisschen auszuweiten und, warum eigentlich nicht, eine Filiale in Fashington, wie meine Frau Washington nennt, zu eröffnen? Warum sollte es denn falsch sein, da ist überhaupt nichts Falsches dran, schließlich ist Washington die Hauptstadt Amerikas, wahrscheinlich sogar der ganzen Welt. Wisse also, dass ich, wie stets einen Schritt voraus, euch jetzt schon Mazeltov zurufe!

Um eines aber bitte ich dich, Avi, mein lieber Junge. Wenn dein Josef mein Entlein kennengelernt und sie eingeladen hat, wie das die jungen Leute so tun, dann soll rein gar nichts so aussehen, als geschähe es mit der linken Hand. Es muss aus reinstem und vollstem Herzen geschehen, nicht zuletzt auch aufgrund unserer, vor allem deiner Weisheit. Wie heißt es so schön: Die linke Hand muss nicht unbedingt alles wissen, was die rechte tut.

Ich würde dir ja gerne noch mehr schreiben, Avi, denn ich tausche mich nur zu gern mit so aufrechten und klugen Leuten wie dir aus, von denen ich so viel lernen kann. Aber schau, da ermahnt mich mein Weib, nun mal zum Ende zu kommen, denn der Zug mit dem Mann, der den Brief zu dir auf den Weg bringen soll, wartet nicht länger. Mit Gottes Hilfe werde ich dir nächstes Mal mehr schreiben.

Dir alles Gute, Komplimente an deine liebe Frau Larissa, an den Sohn Josef und die künftige Schwiegertochter Golda. Denn so heißt das Mädchen, Golda Oxenberg, künftige Bernstein.

Gehet alle in meiner Seele dahin!

Shalom!

Rabbi, der Deine«

Ich lese den Brief noch ein paarmal durch. Bis ich ihn auswendig kann. Man könnte ihn an jeder Universität der Welt für den Unterricht verwenden. Im Fach »Handlungsanalyse« oder in einem Seminar über beständige Freundschaft. Nirgendwo und niemals mehr sonst ist mir eine so zartfühlende Manipulation begegnet. Auf ein paar Seiten.

»Gehet alle in meiner Seele dahin!« Niemals und nirgendwo habe ich einen humaneren Gruß vernommen. Der schwerer umzusetzen wäre.

»Man kann sein Land nicht an der Schuhsohle mitnehmen«. Jahrelang habe ich mich gefragt, welchen Hintersinn Joes Ergänzung dieses Spruches wohl meinen mag: »Aber im Absatz wird immer etwas aufbewahrt.«

Dabei war es letztlich nichts Hintersinniges. Im Absatz ist tatsächlich etwas aufbewahrt worden. Ein Brief. Ein Rabbi aus Iași hatte aus der Ferne zwei Schicksale miteinander verwoben. Das von Golda und das von Joe.

Das war das Geheimnis von Joe, Josef, wie ihn der Rabbi nannte. Das er allein mir anvertraut hat. Joe ahnte, dass ich den

Brief finden würde. Letztlich war die Liebe zwischen ihm und Dora nicht gerade so spontan zustande gekommen. Wie sie es glaubte.

Bevor ich zu Hause ankomme, lasse ich den Taxifahrer noch einmal anhalten. Im Wald, unweit der Stelle, an der ich Ben mit der Pistole erschreckt habe. In jener denkwürdigen Nacht. Ich nehme das Feuerzeug und zünde den Brief an. Das Herz tut mir weh für jedes Wort, das in den Flammen verschwindet. Aber der Brief muss verschwinden. Das war Joes Wunsch.

Noch bleibt mir ein bisschen Zeit, darüber nachzudenken, ob es etwa auch einen Brief meines früheren Chefs vom Kaufhaus Moldova gibt. Herr Finkelstein an Dora und/oder Joe. Wo drinsteht, dass man sich die Kuh wie das Weib aus dem eigenen Dorf holen muss. Und selbst wenn es mit der Kuh etwas schwieriger sein mag, weil das arme Rindvieh sich im Flieger bestimmt langweilen würde, für die Ehefrau findet Gott der Herr stets einen Weg.

Wenn es den Brief gibt, hoffe ich, ihn niemals zu finden. Auch nichts von ihm je zu erfahren. Mag ihn ein neugieriger Schwiegersohn dereinst finden. Oder eine Schwiegertochter.

Ich öffne die Tür, und es wird *Happy birthday to you* gesungen. Die Kinder springen mir in die Arme. Ben küsst mir die Hand und nennt mich »mein Schatz«. Melinda wünscht mir, ich möge stets die gleiche *lady* bleiben.

Zu viele Gefühle für eine einzige Woche. Zu viele für ein einziges Leben.

Nun ist's gut! *Keep in touch*, wie unsere dakischen Vorfahren zu sagen pflegten!

Gehet alle in meiner Seele dahin!

In aller Aufrichtigkeit, *Suzy Bernstein*,
Washington, D.C.

ANMERKUNGEN DES ÜBERSETZERS

Ion Creangă, volkstümlicher rumänischer Erzähler (1839 bis 1889), der mit seinen Kindheitserinnerungen (1879) berühmt wurde. Die 1878 geschriebene »Geschichte der Geschichten« ist eine Erzählung, in der der Penis die Hauptfigur ist.

Frühlingsviertel hieß der Bukarester Stadtteil, in dem die kommunistische Nomenklatura wohnte und in dem sich auch die Stadtvilla der Ceauşescus befand.

Apărarea Naţională, die nationale Verteidigung

Mazăre, rumänisch, Erbse

Însemnări Ieşene, Iaşier Aufzeichnungen (Aufzeichnungen aus Iaşi)

Niznai, russisch, umgangssprachlich Nichtwissen

Junimea [Die Jugend], 1863 gegründete literarische Vereinigung und kulturelle Bewegung

Adevărul [Die Wahrheit] und *Dimineaţa* [Der Morgen], Tageszeitungen

Neamul Românesc, [Die Rumänische Nation], Zeitschrift, die 1906 von Nicolae Iorga gegründet wurde und zweiwöchentlich erschien; die Zeitung hat 1940 ihr Erscheinen eingestellt, als der Legionär Horia Sima an die Macht gelangte; Nicolae Iorga ist am 27. November 1940 von den Legionären ermordet worden.

Corneliu Zelea-Codreanu (1899 bis 1938) war der rumänische Faschistenführer, der Căpitan (Kapitän/Führer) genannte Anführer der Legion Erzengel Michael.

Steaua Bucureşti, noch aus dem Kommunismus stammender Bukarester Fußballverein, der früher als Club der Securitate (bzw. des Innenministeriums) galt

Cu ştaif (rumänisch) enthält das Lehnwort aus dem Deutschen steif; cu ştaif meint eine Situation/Gelegenheit, bei der man sich besonders vornehm kleidet bzw. gibt: mit steifem Kragen.

Nicolae Iorga (1871 bis 1940), rumänischer Gelehrter, Historiker,

Schriftsteller und Politiker; von 1931 bis 1932 ein Jahr lang rumänischer Ministerpräsident, 1940 als Gegner (Nationaldemokrat) der militanten Eisernen Garde von dieser bei Ploiești ermordet

Opinia [Die Meinung], Zeitung

Tribuna evreiască [Jüdische Tribüne], Zeitung

Siguranța Statului [Staatssicherheit], der Geheimdienst der Zwischenkriegszeit, im Kommunismus Securitatea Statului, heute Serviciul Român de Informații/SRI

Prutul [Der Pruth], *Moldova* [Die Moldau], Zeitungen, nicht nachgewiesen

krasiwo-krasiwo, balschoe spasiva, russisch, schön, schön, vielen (großen) Dank

Miorița-Küken, Miorița ist das Schäfchen aus der gleichnamigen rumänischen Volksballade.

Suliko als Mädchenname klingt im Rumänischen seltsam, weil Sula eines der Worte für Schwanz (Penis) ist.

Jessenin-Übersetzungen auf S. 223 und S. 330 von Paul Celan und auf S. 354 von Annemarie Bostroem

Lumea [Die Welt], Zeitung, nicht nachgewiesen

Piața Unirii, rumänisch, Vereinigungsplatz

Unu [Eins], avantgardistische Zeitschrift, die für DADA und den Surrealismus eintrat, erschien von April 1928 bis Dezember 1932.

Mihail Sadoveanu (1880 bis 1961), einer der wichtigsten rumänischen Schriftsteller des 20. Jahrhunderts, in der Volksrepublik Rumänien bekleidete er zeitweilig auch politische Ämter.

23. August 1944, Tag, an dem Rumänien aus dem Bündnis mit dem nationalsozialistischen Deutschland an die Seite der Sowjetunion wechselte; galt im kommunistischen Rumänien als »Tag der Befreiung vom faschistischen Joch«

Ciprian Porumbescu (1853 bis 1883), rumänischer Komponist